Bevor ich's vergessen könnte

Meiner Frau Hildburg
danke ich für die kritische
und dem Text wohltuende Durchsicht.

Ihr und unseren Kindern Dirk, Bernd und Valerie
ist dieser Bericht gewidmet.

Klaus H. A. Jacob

Bevor ich's vergessen könnte

Ein Bericht aus meiner Zeit

Bibliografische Information der Deutschen Nationalbibliothek:
Die Deutsche Nationalbibliothek verzeichnet diese Publikation in der Deutschen Nationalbibliografie; detaillierte bibliografische Daten sind im Internet über http://dnb.dnb.de abrufbar.

Satz, Umschlaggestaltung, Herstellung und Verlag:
BoD – Books on Demand

ISBN: 978-3-7322-2664-1

Inhalt

Vorbemerkung

Die beiden Weltkriege des 20. Jahrhunderts haben nicht nur mein Leben, sondern das aller Menschen beeinflusst. Noch bis heute sehen wir die Folgen. Darüber, wie ich diese Jahre erlebte und glücklich überlebte, will ich berichten.

Wer schreiben kann, soll es tun!

Seit 6.000 Jahren ist die Menschheit dazu fähig. Durch Katastrophen ist leider immer wieder Aufgeschriebenes unwiederbringlich verloren gegangen. Die heutigen Möglichkeiten der Vervielfältigung von Texten können solche Verluste unmöglich machen.

Sind die Lebenserinnerungen eines alten Menschen objektiv?
Sie sind es mitnichten.

Kindheit in Leipzig, Halle an der Saale und Stolberg im Harz

Deutschland war 1936, in meinem Geburtsjahr, kein demokratisches Land. Die Nationalsozialisten hielten unter ihrem Führer Hitler dieses Land fest im Griff. Er gründete damals die faschistische „Achse Berlin–Rom“ mit Mussolinis Italien. Mit Japan wurde der sogenannte Antikominternpakt gegen den Kommunismus beschlossen. Es war auch das Jahr der Olympiade in Deutschland. Durch Rüstungsaufträge florierte die Wirtschaft.

Am 11. Januar, kurz nach Mitternacht, wurde ich in Leipzig geboren, sehnlichst erwartet von den Eltern, auch von meiner über fünf Jahre älteren Schwester Irene, genannt Reni. Seit Renis Geburt im August 1930 hatte sich die Familie nicht vergrößert. Aber die Zeiten waren damals sehr schwierig, und der Vater war lange arbeitslos.

Möglicherweise gibt es für mich noch eine erste Erinnerung an die Wohnung in der Könneritzstraße 64, in der ich im obersten Stockwerk eines Mietshauses geboren bin. Dort war ein Laufgitter, das mich schmerzlich von meiner Mutter getrennt hielt, während sie ihre Hausarbeit erledigte. Im Mai wurde ich, fast nebenan, in der Bethanienkirche evangelisch-lutherisch getauft. Diese Kirche besuchte ich erst wieder als 66-Jähriger. Dabei erfuhr ich, dass sie erst zwei Jahre vor meiner Taufe erbaut wurde. Der außergewöhnliche, vom damaligen Zeitgeschmack beeinflusste Baustil der Kirche beeindruckte mich.

Noch im Juli 1936 zog die Familie nach Taucha bei Leipzig um. Dort wohnten wir in einer hellen Neubauwohnung mit Balkon in der damaligen Büchner-Straße. Ich erinnere mich an eine Wiese mit einem Platz zum Wäscheaufhängen hinter dem Haus. Die mit mir fast gleichaltrigen, später berühmt gewordenen Kessler-Zwillinge sollen benachbart gewohnt haben. Deren schöne Beine dürften aber damals noch genauso unbeholfen wie meine gewesen sein.

Hier wurde alljährlich der sogenannte „Dauchsche“ gefeiert, ein Volksfest in Karl-May-Manier. Jeder bekam irgendetwas Indianisches angezogen oder aufgesetzt, und so sehe ich noch heute meine Schwester Reni als kleine indianische

Squaw mit einem farbigen Stirnband, in dem am Hinterkopf eine bunte Feder steckte, neben meinem Kinderwagen einhergehen. Auf der Festwiese standen große Wigwams, und es gab auch sonst alles, was zum Indianerleben gehört.

Meine eigentliche Heimat aber sollte ab 1939 Halle an der Saale werden. Wir bezogen dort die Hochparterrewohnung eines Jugendstilhauses in der Krosigkstraße, der späteren Geschwister-Scholl-Straße, nahe dem Zoo.

Das Wohnen in Mietshäusern war damals noch eine recht kommunikative Angelegenheit. Man pflegte das gute nachbarschaftliche Miteinander. Familie Stolle wohnte unterm Dach. Die Frankes im zweiten Stock sind mir besonders durch den Sohn „Fredi“ noch in Erinnerung, der mit seinem Chemie-Hobby immer Interessantes zu bieten hatte, oft verbunden mit laut knallenden Effekten. Herr Sachse war Schuhmacher mit einer kleinen Werkstatt neben unserem Hauseingang. Ich sah ihm gern beim Arbeiten zu, obwohl er nicht allzu gesprächig war. Aber ich mochte den Geruch des Leders und des Klebstoffes. Im Kriege, als Metall anderweitig gebraucht wurde, nagelte er die Sohlen übrigens mit zwei Reihen Holznägelchen fest. Und das soll gar nicht mal so schlecht gehalten haben, weil die Nägel durch ihr Aufquellen dann noch fester wurden. In der gehobenen Klasse der Schuhanfertigung werden sogar heute noch Holznägelchen mitverwendet.

Es waren da noch Peters, die Vermieter, und Schlossers, der SA-Mann mit seiner sonnig-freundlichen Frau. Von den sieben Mietparteien waren erstaunlicherweise vier kinderlos. Solches gab es also auch damals schon. Fredi Frankes Mutter war eine kräftige Frau mit rosigem Teint. Als ich ihr im Hof beim Brennholzspalten für den Badeofen zuschaute und sie in leicht gebückter Stellung ein durchaus großzügig zu nennendes Dekolleté zeigte, rief ich als Vierjähriger aufgeregt über den ganzen Hof meiner Mutter zu: „Mutti, Frau Franke hat vorn noch einen Popo!“ Das hing mir jahrelang an!

Im Nachbarhaus wohnte der alte Herr Dörfler, von dem man wusste, dass er länger in Südamerika gelebt hatte. Als Vater ihn mit mir besuchte, trank er gerade seinen Matetee aus der typischen Bombilla. Zum Abschied schenkte er mir eine schwarz-rote Bohne, die wie ein Indianergesicht aussah. Ich habe sie lange aufgehoben. Im anderen Nachbarhaus gab es die alte, alleinstehende Frau Diberius, die mit ihrer Hakennase und den dichten grauen Haaren für mich wie eine freundliche Hexe aussah. Sie konnte uns Kindern sehr ausführlich über die vielen Vogelarten erzählen, die sie von ihrem Fenster aus beobachtete. Klaus R., der Nachbarsjunge, schoss vom Fenster selbst gemachte Raketen aus UnkrautEx und Löschpapier ab.

Meine Mutter ging in ihrer Aufgabe als Hausfrau und als Mutter völlig auf. Sie war eine Person, die gern bescheiden im Hintergrund blieb, die aber durchaus ihren Willen mit Beständigkeit zum Ziel brachte. Sie hatte praktischen Sinn und konnte schlüssig denken, was sich später unter anderem daran zeigte, dass sie meinen Vater im Schachspiel meist besiegte.

Der Vater arbeitete als Ingenieur und fliegerisch tätiger Flugbeobachter bei den Siebel-Flugzeugwerken in Halle. Um diese Arbeitsstelle überhaupt zu bekommen, musste er 1939 der NSDAP beitreten. Sicher auch deshalb, weil er sonst nicht Mitglied im „Verein Deutscher Ingenieure (VDI) im Nationalsozialistischen Bund Deutscher Technik" hätte werden können. Das war reiner Opportunismus, denn von den Nazis hielt er nichts. Echte Nazis waren der Partei schon spätestens 1933 beigetreten, dem Zeitpunkt der Machtergreifung Hitlers. In der Partei fiel er durch seine Inaktivität auf, was ihm Rüffel einbrachte. Die Rüge der Partei kann man im Anhang dieses Berichtes lesen. Unserer Familie ging es wirtschaftlich gut, und wir fühlten uns in dieser Stadt an der Saale recht wohl. Auch lag Halle ein gutes Stück näher zu unserem Stolberg im Harz, wo die geliebte „Oma Stolberg" wohnte.

Die Krosigkstraße, damals Endstation der Straßenbahnlinie 3, war eine sonnige Straße mit viel Platz zum Spielen. Geparkte Autos gab es dort noch nicht. Hin und wieder kam ein Leierkastenmann entlang. Dann begleiteten wir Kinder ihn ein Stück, hörten die Musik und sahen, wie ihm aus den Fenstern in Zeitungspapier eingewickelte Münzen zugeworfen wurden. Meist tobten wir in der berganführenden und kurvigen Tiergartenstraße herum, weil es hier keine störenden Straßenbahnen gab. Aber selbst die Straßenbahnschienen nutzten wir für unsere Streiche aus, weil sich auf ihnen so schön Pfennigstücke platt walzen ließen, wenn die Bahn drüberfuhr. Noch besser war es, wenn man sogenannte Zündplättchen, die damals jeder Junge hatte, in einer Reihe auf die Schienen legte. Fuhr die Bahn darüber, gab es ein Knattern, das manchen Fahrgast erschreckt auffahren ließ. In der Straße existierte auch ein kleiner Friseurladen.

Der Meister hieß ausgerechnet Lause. Er hatte die Angewohnheit, dem Kunden die abgeschnittenen Haare vom Nacken zu pusten, wobei er vorher immer geräuschvoll die eigene Spucke hochzog. Das imitierten wir Kinder ohne Ende.

Große Aufregung bereitete ich unserer Familie, als ich gedankenlos allein in die noch unbekannte nähere Umgebung wanderte. Es waren die Klausberge mit der Jahnhöhle und einem Steilufer in die Saale. Entweder hatte ich mich zeitlich verzettelt oder auch verlaufen. Meine Mutter suchte mich. In ihrer Verzweiflung lief sie in die Höhere Mädchenschule „Helene Lange“ zu Reni und hoffte mich dort zu finden. Reni ließ sofort den Unterricht platzen und brachte es auch fertig, die gesamte Schulklasse mitsuchen zu lassen. Diese Schulstunde fiel also meinetwegen aus. Wenn ich mich recht erinnere, fand ich dann doch selbst den Weg nach Hause. Am nächsten Schultag hatte ich meiner Schwester in ihre Schule zu folgen und mir eine augenzwinkernde Strafpredigt des Lehrers anzuhören. Diese Situation mit den mir zugewandten Gesichtern der ganzen Klasse und mit meinem Schuldbewusstsein ist mir noch heute sehr gegenwärtig.

In der Nachbarschaft wohnte mein Spielfreund Horst P. Ich beneidete ihn um seinen luftbereiften Tretroller. Seine Eltern besaßen auch schon damals einen elektrischen Staubsauger – ein Luxus, über den in meiner Familie nicht mal ein Gedanke verschwendet werden konnte. Die Familie P. wirkte auf mich geradezu exotisch, weil sie katholisch war. Wir Mitteldeutschen waren ja fast durchweg evangelisch, und etwas anderes überstieg meine Vorstellungskraft. Unsere Familie lebte zwar nicht aktiv christlich, war aber doch traditionsbewusst kirchlich eingestellt. Großmutter Anna Jacob war „reformiert“. Sie wurde von uns Lutherischen deswegen gern etwas bedauert, galten die Reformierten doch allgemein als nicht besonders lebensfroh.

In unserer Wohnung konnte man die Löwen vom nahe gelegenen Zoo brüllen hören. Riefen die Pfauen, war mein Vater sicher, dass der Ruf immer nur „Klaus! Klaaauuus!“ hieß – und ich glaubte das damals auch.

Der Zoo auf dem Reilsberg war meine eigentliche Spielwiese. Am Eingang existierten zwei Sandkästen, in denen wir Kinder stundenlang schippten und

Burgen, Tunnels und Unterstände für unser Spielzeug bauten. Mit dieser Art Spielzeug war ich selbst noch relativ bescheiden ausgestattet. Es waren kleine Soldatenfiguren aus bemaltem keramischem Material. Da gab es so ziemlich alles vom Tamburin zu Pferde bis zum liegenden Scharfschützen. Aus Blech hatte ich eine kleine Kanone, die eine Holzgranate verschoss, einen funkensprühenden Panzer und so weiter. Manche der Spielfreunde konnten mit ganzen Kompanien aufwarten. Immer ging es bei diesem Spiel ums Erobern und Burgenkaputtschmeißen. Der Feind war immer der „Tommy", also der Engländer. Aber wir spielten das ohne Hass, sondern eher sportlich. Keiner von uns hatte damals eine Ahnung, wie ernsthaft der Krieg unser späteres Leben bestimmen würde. Meinem Vater gefielen diese Spiele nicht. Deshalb schenkte er mir gern auch anderes. Zum Beispiel einen kleinen Fuhrhof, der aus Holz gefertigt war. Ein Unikat, denn er war extra für mich gebaut worden. Meine kleinen Pferdefuhrwerke passten ganz genau in die Remise hinein. Dann besaß ich noch eine kleine hölzerne Schiebkarre. Sie war dunkelblau gestrichen mit silbernen Randstreifen und roch noch lange Zeit so gut nach frischer Farbe.

Um im Zoo ständig ein und aus gehen zu können, bekam ich eine Jahreskarte mit Foto, die mir in einer Klarsichthülle am Halsband ständig auf der Brust herumbaumelte.

So lernte ich die exotische Tierwelt des Zoos schon als kleiner Junge ganz gut kennen. Kaum ein Tier gab es, über das ich nicht Bescheid wusste. Noch vor meiner Einschulung konnte ich schwierige Worte wie „Schabrackenschakal" so schnell und exakt wie kaum ein Erwachsener sagen. Ich ging deshalb gern zum Käfig der Schakale und wartete, bis Erwachsene beim halblauten Stottern des Käfigschildes „Scha... Schab... Schab..." von sich gaben, um dann altklug den korrekten Namen im Expresstempo zu sagen. Die sahen dann ziemlich ertappt auf mich herab, und ich hüpfte davon. Der Elefant Rani kniete vor mir nieder, wenn ich es ihm zurief. Vor fremden Zoobesuchern zog ich so manchmal eine kleine Schau ab. Meine Erinnerungen gehen heute viel zu dieser Landschaft des Zoos auf dem Reilsberg zurück, zum weiten Panoramablick mit der Burg Giebichenstein, nach Kröllwitz, zur Giebichensteinschule und zur sich heraushebenden Pauluskirche. Auf der Nordseite konnte man bis zum Petersberg sehen, der, wie wir später in Heimatkunde lernten, auf diesem Breitengrad die höchste Erhebung bis zum Ural sein soll.

Dieser Zoo war auch das Erholungsgelände unserer ganzen Familie. Mein Vater sammelte die großen Federn des Kondors und fertigte daraus und mit Mutters eindrucksvoller Perlenstickerei einen gewaltigen Indianerkopfschmuck nach echten Vorlagen. Leider haben die Motten die Lebensdauer dieses Prachtstücks nicht endlos werden lassen.

Überhaupt war unser Vater in seinen jungen Jahren sehr kreativ. Er malte in Aquarell und in Öl, zeichnete und bastelte viel und gut. Ich denke an ein Doppeldecker-Flugzeugmodell, das er gebaut hatte und an dem meiner Erinnerung nach nichts fehlte. Wir alle wurden von ihm kreativ angeregt, besonders aber Reni mit ihrer Liebe zum Detail. Schöne, melodische Musik liebte er genauso sehr.

Er hatte auch für manches so seine ganz eigenen Bezeichnungen. Frauen, die ihm mit ihrem pausenlosen Gerede auf den Wecker gingen und außerdem noch hässlich waren, nannte er „Spinatwachteln". Hübsche, aber zu sehr aufgemotzte Damen mit hohen Stöckelschuhen dagegen „Tortchen". „Verräucherte Radieschen" waren Frauen, die nach Zigarettenrauch rochen.

Sehr gern schwamm er sportlich. Obwohl ich selbst später ein guter Schwimmer geworden bin, habe ich an seinen perfekten Kraulstil nie herankommen können.

Aber er war Kettenraucher. Leise Vorhaltungen meiner Mutter wehrte er gern mit dem Spruch ab: „Die Summe der Leidenschaften ist eine Konstante." Meine Mutter hatte also leider öfter die vergilbten Gardinen von Hand zu waschen. Elektrische Waschmaschinen waren uns damals unbekannt. An den Folgen seiner nie abgestellten Raucherleidenschaft ist der Vater im 74. Lebensjahr gestorben.

Zu meinem Lieblingsspielzeug gehörte auch die Kiste voller aus Holz geschnitzter Hohnsteiner Kasperpuppen, mit denen ich öfter für einen Kinderauflauf vor unserem Wohnzimmerfenster zur Straße sorgte. Mit lauter Stimme feuerten dann Kasper, Seppl, Tod und Teufel alle an, die dort unten vor dem Fenster standen. Reni spielte gern mit, wenn sie Zeit hatte. Unsere Kasperpuppen liebten wir so sehr, dass wir sie sogar in den Ferien nach Stolberg mitnahmen. Reni spielte mit einer Freundin dort in der Töpfergasse ein Stegreifstück. Alle Kinder der Gasse saßen mit offenen Mündern davor und waren vom Spektakel beeindruckt.

Das einzige Medium, das uns damals mit der Außenwelt verband, war das Radio. Wir besaßen einen Mende, dessen Innenleben aus einem faszinierenden gläsernen Röhrenwald bestand. War das Radio angeschaltet, leuchteten die Röhren geheimnisvoll. Ich hörte mit großer Ausdauer Musik, habe dabei gern den Dirigenten gemimt und alles nachgesungen, was mir gefiel. So zum Beispiel

„Hoch drob'n auf dem Berg, gleich unter den funkelnden Sternen,
da weiß ich ein Haus, das wartet auf dich, mein Schatz ...“

Das war damals so ein gängiger Schlager, den ich auf den Kaffeekränzchen meiner Mutter immer wieder zur Belustigung der „Kuchentanten“ zu singen hatte, weil ich den Interpreten Wilhelm Strienz imitierte. Ich nannte ihn allerdings „Wilhelm striezt“, was wiederum Gelächter garantierte. Auch weiß ich noch, dass ich damals sämtliche Verse von *„Auf der schwäbschen Eisenbahne wollt emal ein Bäuerle fahre ...“* auswendig vortrug.

Als Reni mich einmal als Mädchen verkleidete, erkannte mein Vater mich überhaupt nicht und reagierte dann etwas säuerlich. Wahrscheinlich war ihm die Vorstellung, sein zweites Kind könne auch ein Mädchen sein, äußerst unsympathisch. Meine Schwester liebte es aber auch sehr, ihren kleinen Bruder in alles, was ihr gefiel, mit einzuspannen. Typisch dafür war unser gemeinsamer Auftritt zum Heiligen Abend 1941 beim Kerzenschein, mit Gedichtaufsagen und mit einem beladenen Holzschlitten, den wir hinter uns herzogen und dessen Eisenkufen dabei laut und unangenehm über das Parkett des Wohnzimmers kratzten.

Das fünfte Familienmitglied war Bubi, ein netter grüner Wellensittich. Er zwitscherte ständig irgendetwas in seinem Käfig vor sich hin. Manchmal durfte er unsere Wohnung erkunden. Wenn er alles für ihn Wichtige gesehen hatte, setzte er sich gern einem von uns auf die Schulter und knabberte zart in dessen Haaren herum. Eines Tages fanden wir ihn steif in seinem Käfig liegen. Sein Seelchen war davongeflogen.

Unsere Familie spielte gern. „Mensch ärgere dich nicht“ fand ich schrecklich, weil ich mich eben doch ärgerte, wenn jemand meine Spielfigur, das „Männchen“, rausschmiss. Da konnte ich überhaupt nicht drüber lachen. Auch fand ich solche Spiele wie „Hütchen-Spiel“ und „Mühle“ einfach blöd. Mit Halma ging es schon besser. Die besten Erfolgserlebnisse hatte ich mit Spielkarten beim „Quartett“ oder „Elfer raus“.

Am 22. Juni 1941 geschah Hitlers Angriff auf die Sowjetunion. An diesem warmen Sommertag badeten die befreundeten Familien Jacob und Wachsmuth im Freibad Ammendorf bei Halle. Mir ist, als erinnerte ich mich an die leisen und skeptischen Gespräche der Erwachsenen zu diesem Kriegsereignis. Albrecht Wachsmuth war übrigens mein Patenonkel neben meiner Leipziger Patentante Ursel Hickmann.

Etwa um diese Zeit begann auch meine Freundschaft mit Thilo Wagner. Eine Freundschaft, die trotz der späteren Trennung durch die Teilung Deutschlands erst mit Thilos Tod 1991 enden sollte. Er wohnte zwei Häuser neben uns, war im gleichen Alter, aber kräftiger gebaut als ich. Ich hatte dafür die lebhaftere Phantasie, mit der ich ihn regelrecht von mir abhängig machte. „Man kann in einer Kokosnussschale über den Atlantik nach Amerika fahren“ – diesen Bären beispielsweise habe ich ihm damals aufgebunden, und er glaubte es! Was wusste denn schon ein Kind damals wirklich über Kokosnüsse, außer dass es das Wort kannte? Schließlich nannte man kleine Schiffe doch auch Nussschalen. In meiner eigenen Vorstellung musste so ein Ding ja doch mindestens die Größe einer Badewanne haben. Mit seiner ganzen eigenen Familie geriet er deshalb in Streit, und noch Jahrzehnte später hat er mir diesen Ärger vorgehalten.

Vom Krieg spürten wir anfangs nur wenig. Es gab durchaus auch Luftalarm, der uns nachts in den halb unterirdisch gelegenen Luftschutzraum unseres Hauses verbannte, aber Halle blieb bisher von Bombenangriffen verschont. Der sogenannte Luftschutzraum unseres Hauses war eigentlich gar kein richtiger, sondern nur ein Nebenraum der Waschküche, die zur hinteren Hausfront zwar ein Souterrain bildete, zur Straße hin aber nur ebenerdig lag. Für mich, als jüngsten Schutzsuchenden, wurden zum Zeitvertreib an der weiß gestrichenen Kellerwand Schattenspiele mit den Händen veranstaltet.

Weil aber die meisten Luftschutzräume in diesen Häusern so ungenügend waren, wurde später ein großer Felsenbunker tief unter den nahe gelegenen Klausbergen gebaut.

Meiner Generation ist das Sirenengeheul vor drohenden Bombenangriffen lebenslang im Kopf geblieben. „Lang, kurz, lang, kurz ..." war der Voralarm, ständiges heulendes „Rauf, runter, rauf ..." der Hauptalarm, und ein lang gezogener Dauerton bedeutete die erlösende Entwarnung.

Nach dem Alarm gingen wir Kinder regelmäßig auf Granatsplittersuche. Das Sammeln dieser bizarren metallenen Granatreste wurde geradezu Volkssport. Die „schönsten" Objekte lagen dann in den Wohnungen dekorativ herum, oft sogar in Vitrinen. Es gab aber auch gelegentlich Alarm am Tage. Ich erinnere mich an einen Besuch mit Reni im Kino zum Film „Das tapfere Schneiderlein". Gerade als sich die Riesen gegenseitig abmurksten, heulten plötzlich die Sirenen zum Voralarm und wir mussten mitten aus dem Film heraus Hand in Hand von Trotha nach Hause rennen.

Als der Krieg noch nicht so sehr den Alltag beeinflusste, kamen die Großeltern aus dem nahe gelegenen Leipzig mit dem Zug gelegentlich zu uns nach Halle. Meist wurden sie auch von Omas Schwester begleitet, meiner Großtante Emma Sasse. Tante Emma war durch den tödlichen Betriebsunfall ihres Ehemannes Fritz, eines Lokomotivführers, frühzeitig Witwe geworden, und ihre Ehe war kinderlos geblieben. Sowohl bei uns Kindern als auch bei unseren Eltern war die herzensgute Tante Emma sehr beliebt, was die Oma etwas eifersüchtig machte. Mein Vater kannte seine Mutter in seiner Erinnerung übrigens nur mit weißem Haar. Sie selbst war stolz auf dieses von ihr immer sehr gepflegte Haar.

„Oma Leipzig", die im Familienjargon „die alte Dame" hieß, liebte die Sonntagnachmittagskonzerte im Zoo, deren Besuch sie sich nicht entgehen ließ, wenn sie in Halle war. Operetten- und Walzermelodien trafen völlig ihren Geschmack und so konnten ihre hellblauen Augen immer noch einen schmachtenden Ausdruck bekommen, wenn der „Kaiserwalzer" oder „Gold und Silber" erklangen. Wer weiß, welche schönen Erinnerungen sich bei ihr damit verbanden. Übrigens erzählte sie gern, dass sie 1902 bei der Einweihung der Pauluskirche in Halle die Kaiserin Auguste Viktoria gesehen hatte und von deren wunderschönem großem Hut sehr beeindruckt gewesen war.

Als die Großeltern uns wieder mal besuchten, kam Vati in seinem dunkelgrünen Fliegeroverall aus dem Flugzeugwerk angeradelt und präsentierte sich so seinen Altvorderen. Die waren futsch vor Stolz – aber seine eigene Familie nicht minder. Mir ist klar, woher meine Eitelkeit stammt.

Im Alter von sechs Jahren erkrankte ich an einer leichten Lungentuberkulose mit Pleuritis, die wohl über den damals üblichen Hilusdrüseninfekt hinausging. In der Universitätskinderklinik Halle wurde ich von Herrn Prof. Niekisch ambulant behandelt, erinnere mich aber auch noch an die Höhensonnenbestrahlungen in der Praxis des Herrn Dr. Gräfe am damaligen Friedrichplatz. Von der Einschulung wurde ich wegen dieser Krankheit um ein Jahr zurückgestellt und stattdessen mit Butter und schrecklichem Lebertran gemästet. Es gibt noch Fotos vom sichtbar übergewichtigen Klaus aus jener Zeit. Zur Rekonvaleszenz kam ich mit meiner Mutter auch noch für ein paar Wochen in ein Kurheim bei Saalfeld in Thüringen. Schließlich wurde ich mit sieben Jahren in die Giebichenstein-Grundschule aufgenommen.

Im Oktober 1943 organisierte mein Vater für seinen Vater eine Reise in dessen Heimatstadt Elsterberg im Vogtland. Opa Jacob war seit 40 Jahren nicht mehr dort gewesen! Unsere Familie war vollständig mit von der Partie und somit bekamen Reni und ich zum ersten Male einen Eindruck von dem Land, in dem unsere Vorfahren für rund 350 Jahre gelebt hatten. Opa war ein rechtes Unikum. Wir bewunderten seine fingerfertigen Kunststücke. Mit Spielkarten und mit Pfeifenrauch konnte er ein Kerzenlicht auf weite Distanz auslöschen und auch aus gefaltetem Zeitungspapier auf wunderbare Weise eine Palme oder auch eine Leiter entstehen lassen. Neben seiner Leidenschaft für Skat war er dem Biergenuss auch nicht so ganz abgetan – als ehemaliger Gastwirt! Übrigens, beim Zuprosten sagte er nie das übliche „Prost“, sondern merkwürdigerweise „Humpa eingeladen!“ Ich habe nie herausbekommen, was dieser Ruf zu bedeuten hatte. Sehr typisch für ihn war, dass er am Abend unserer gemeinsamen Rückreise von Elsterberg nach Leipzig keineswegs vom Bahnhof aus direkt zu seiner Frau im Stadtteil Lindenau fuhr, sondern erst und direkt zu seinem festen Skatabend, der für ihn Vorrang vor allem anderen hatte. So war er! Und an dem Tage setzte er auch noch eins drauf. Das Wohnhaus, in dem die Großeltern im vierten Stock zur Miete wohnten, war gerade eingerüstet. „Wie passend!“, sagte sich der sicher nicht mehr stocknüchterne Opa, der auch noch seinen Hausschlüssel vergessen hatte. Er kletterte mit fast 78 Jahren am Gerüst hoch und klopfte mitten in der Nacht an das Schlafzimmerfenster, das ihm die fast zu Tode erschrockene Oma öffnen musste.

Dieser Opa konnte eine rohe Zwiebel wie einen Apfel essen, so wie ich selbst damals auch rohe Kartoffeln wie Äpfel essen konnte.
Als leidenschaftlicher Pfeifenraucher hatte er mit seinem zahnlosen Mund ein Problem. Weil die Pfeife, mangels Halt durch Zähne, herauszurutschen drohte, musste sie immer mit einer Hand festgehalten werden. Opa hatte aber eine intelligente Lösung gefunden. Das Pfeifenmundstück bekam den ringförmigen Gummi des Schnappverschlusses einer Bierflasche übergezogen. So konnte die Tabakspfeife ohne zusätzliches Festhalten gemütlich geraucht werden.

Nur wenige Wochen, nachdem er seine vogtländische Heimat wiedergesehen hatte, starb er im November 1943. Er musste also die große Zerstörung Leipzigs im Bombenkrieg nicht mehr miterleben. Die Trauerfeier im Leipziger Südfriedhof habe ich noch sehr in Erinnerung. Auch deshalb, weil ich damals zum ersten Mal in einem Personenauto mitfahren durfte. Da lag er nun in der Kapelle, mein Opa, so tot und blass, fast wächsern. Ein Cellist spielte für ihn das vogtländische Lied „S'ist Feierohmd, s'ist Feierohmd …"

Mindestens zweimal im Jahr besuchten wir unsere Oma in Stolberg im Südharz, und wir benutzten für diese Reise immer den Bummelzug, weil es erstens billiger war und weil zweitens der auf dieser Strecke rasende D-Zug Kattowitz–Kassel nicht auf der kleinen Bahnstation Berga-Kelbra Halt machte, auf der wir in die Kleinbahn umzusteigen hatten. Immerwährende Reiseeindrücke sind das, der Blick auf den Kyffhäuser und das Umsteigen in die Kleinbahn. Auch der Tunnel von Blankenheim, wo der schwarze Rauch der Lokomotive bis in die Abteile drang. Vor der Einfahrt in den Blankenheimer Tunnel musste man also möglichst schnell noch das Abteilfenster schließen. Das waren damals Hebefenster, deren Einstellung man unten mit einem gürtelartigen Lederriemen einstellen konnte. Für mich war diese Reise immer ein langes Abenteuer von in Wirklichkeit nur 95 Bahnkilometern.

Ja, dieses liebe alte Stolberg! Wenn ich dort aus der Kleinbahn ausstieg, empfand ich immer eine innere Wärme. Alles war schön, freundlich und gemütlich. Es duftete nach Wald. Hier schien der friedlichste Ort auf Erden zu sein. Schon auf dem Weg zur Töpfergasse traf man oft auf Verwandte und Bekannte, die uns begrüßten. Drei Hauptgassen treffen auf dem mittelalterlichen Marktplatz zusammen, weshalb schon Martin Luther diese Stadt mit einem fliegenden Vogel verglichen haben soll. Die Sommerferien verbrachten wir Kinder alljährlich bei unserer „Oma Stolberg". Auch über Weihnachten hielten wir uns gern im schneereichen und romantischen Stolberg auf. Das Weihnachtsfest in Stolberg war ein spitzweghaftes Ereignis. Die Stadt war garantiert verschneit. So wirkten die alten Fachwerkhäuser besonders märchenhaft. Man ging am ersten Weihnachtsfeiertag frühmorgens noch in der Dunkelheit mit Laternen zur Christmette in die Martinikirche. Die Bescherung fand erst danach statt. Wir Kinder hatten es also nach dem Kirchgang sehr eilig, in der Töpfergasse wieder anzukommen.

Durch die häufigen Aufenthalte hatte ich in Stolberg auch einen festen Freundeskreis. Wir tobten zu jeder Jahreszeit hauptsächlich auf dem nahen Knüppelberg herum. Seine Hangwiese reizte im Sommer zum Indianerspielen, im Winter zum Schlittenfahren oder zum Herabrollen von Schneewalzen, die mit jedem Meter größeren Umfang bekamen und weit unten kaum noch zu steuern waren. Das Schlittenfahren am Knüppelberg hatte für uns Hallenser, die wir solch hohe Berge nicht aufweisen konnten, einen besonders sportlichen Anreiz. Der Nachteil war nur, dass sich am unteren Ende des Berges ein Zaun befand, vor dem man tunlichst gebremst haben sollte. Einmal schaffte ich das Manöver überhaupt nicht und fuhr mit voller Wucht gegen den Holzzaun. Die Folge war, dass meine Zähne die Unterlippe durchschnitten und dass diese Narbe noch für längere Zeit zu sehen war.

Stolberg damals, das war wirklich wie eine Stadt aus dem Märchenbuch. Die Straßen und Gassen kannten noch keine parkenden Autos. Jeden Morgen blies der Kuhhirte aus der Neustadtgasse mit einem Trompetensignal zum Aufbruch. Die Kühe kamen aus ihren Ställen, sammelten sich und zogen mit ihrem melodischen Kuhglockengeläute aus der Stadt. Ich hörte die Trompete des Kuhhirten immer, wenn ich noch in meiner Kammer im Bett lag. Man erzählte, dass sich der Hirte vor dem Blasen nicht nur das Mundstück, sondern auch sein Gebiss aus der Jackentasche nahm und in den Mund schieben musste. Sonst wäre kein Ton gekommen. Abends kam die Herde mit derselben Glockenmelodie und mit prallen Eutern wieder zurück. Aber die Straßen waren nun auch grünlich bepflastert und hatten ihren ganz eigenen Duft.

Städtische Bekanntmachungen wurden damals noch mündlich kundgetan. Der Anweiser, genannt Wieser, ging mit einer Handglocke durch alle Gassen, hielt etwa jede 50 Meter an und las nach einleitendem Gebimmel den Text laut vor, wobei er sich sehr bemühen musste, im Hochdeutschen zu verbleiben.

Sehr gern gingen wir aber auch zum gegenüberliegenden Berg, dem „Mägdefleck". Oma konnte uns vom Küchenfenster aus dort gut sehen und winkte auftragsgemäß mit einem weißen Tuch zu uns herauf („Oma, vergiss bitte nicht das Winken!"). Das Stolberger Waldbad aber war eine ständige Hauptattraktion. Im Sommer waren wir kaum davon abzuhalten, den langen Fußweg bis dorthin zu machen, um zu baden, zu planschen und die fest anberaumten Mahlzeiten in der Töpfergasse völlig zu vergessen. Wenn wir dann doch endlich wieder zur Haustür hereinkamen, waren wir innerlich gegen die erwartete Standpauke schon gewappnet.

Das Haus der Oma war ein kleines Fachwerkhaus mit mehreren Schlafkammern unter dem schrägen Dach. Es gab ein Wohnzimmer, auch „die gute Stube" genannt, das nur selten mit Leben gefüllt war, die Küche mit einem gusseisernen Herd, dessen einzelne Kochstellen durch Herausnehmen eiserner Ringe vergrößert werden konnten. Der Herd wurde mit Holz geheizt. Aber in den Schlafkammern oben gab es keinen Ofen. Wenn wir dort im Winter schliefen, ging es selten ohne Wärmflasche ins Bett. Die Fensterscheiben waren durch Eisblumen undurchsichtig geworden und mussten morgens erst angehaucht werden, damit man draußen etwas sehen konnte.

Dann gab es hinter Omas Haus noch einen kleinen, mit großen Schieferplatten gepflasterten Hof, wo sich links ein Kaninchenstall und rechts der Misthaufen, das Scharrparadies der Hühner, befanden. Ja, Omas Hühner! Ich liebte es, sie zu füttern. Dann stand ich oben auf der Steintreppe über dem Hof und warf einen Schwung Körner mal nach rechts, die Hühner rasten hin, mal nach links, mal nach rechts, und die Hühner rasten sofort dorthin. Nach einer Weile machte ich nur noch die Wurfbewegung nach hier und nach dort, und die Hühner rasten unverdrossen weiter. Diese Dressur machte mir einen Riesenspaß. Wer ahnte schon damals, dass frei laufende Hühner einst zum Politikum werden könnten. Mitten im Hof wuchs ein Apfelbaum. Der ehemalige Schweinestall war jetzt die Wohnstätte der Hühner geworden. Abends wurden sie dort eingeschlossen und frühmorgens wieder rausgelassen. Nachts konnten sie ohne Angst vor dem Marder schlafen. Und direkt daneben stand das Klohäuschen. In dem saß man auf einem breiten Brett mit einem kreisrund ausgesägten Loch, das ganz vorn noch einen kleinen zusätzlichen Ausschnitt hatte – für die männlichen Besucher. Zurechtgeschnittene Zeitungsseiten waren das Klopapier, das auf einem großen Nagel aufgespießt war. Wenn man auf dem Örtchen saß, konnte man durch die Ritzen zwischen den Türbrettern die ganze Welt beobachten, ohne selbst gesehen zu werden. Hin und wieder kletterte ein „Weberknecht", wir nannten diese langgliedrigen Spinnen „Kanker", über die Bretter dicht an einem vorbei. Dann musste man mitten im Geschäft Nerven behalten.

Hinter der Liebfrauenkapelle „Vorm Tore" befindet sich eine steile, feuchte Felswand, in der wir nach Feuersalamandern suchten und meist auch welche fanden. Seit jener Zeit gilt dem Feuersalamander meine ganze Liebe und Aufmerksamkeit. Seine Farben Schwarz und Gelb sind ja zufällig auch die Wappenfarben von Stolberg. In unserem Garten in Siegen begegnete mir immer wieder mal solch ein schönes Tier, das mich dann an Stolberg erinnerte. Aber dort „Vorm Tore" spielten wir Kinder auch stundenlang und selbstvergessen an dem klaren Bache Kleine Wilde, den wir gern mit Steinen und Kies aufstauten, und begeisterten uns nach dem Niederreisen der Mauer an der zu Tale stürzenden Flutwelle. Gelegentlich wanderten wir über die „Sieben Wege" zum riesigen Josephskreuz am Auerberg oder zum Frankenteich mit seinen Süßwasserkrebsen, die wir in aller Heimlichkeit wilderten, um sie dann zu Hause zu kochen.

Bevor wir wieder abreisten, war es fast ein Gesetz, dass wir am Klingelbrunnen das kühle Wasser aus der hohlen Hand tranken. Die Prophezeiung sagte, dass man dann immer wieder nach Stolberg zurückkehren würde. Und das wollten wir doch unbedingt.

In Hackpfüffel bei Tilleda lebten unsere Verwandten Artur und Ida Wolf, zu denen wir immer guten Kontakt hielten. Ida war meine Großtante, Omas

Schwester. Das betriebsamste Haus des Ortes bewohnten die Wolfs. Wen wundert's! Im Hause befanden sich eine Gastwirtschaft, ein Lebensmittelladen der Edeka, die Poststelle, eine Bäckerei und der einzige Versammlungssaal des Dorfes, der gelegentlich zum Kinosaal umfunktioniert wurde. Alle diese Aufgaben oblagen den Wolfs, die deshalb auch fast immer einen unglaublich langen Arbeitstag zu bewältigen hatten. Später halfen ihnen dann ihre beiden Söhne „Artchen und Ottchen". Waren wir dort zu Besuch, mussten wir unser Programm selbst gestalten, denn die Wolfs waren zu sehr beschäftigt. Wir machten dann meist einen Ausflug zum nahe gelegenen Kyffhäuser oder zur Süßkirschenernte in Tilleda. Wolfs Kirschgarten lag direkt neben der Ruine der ehemaligen ottonischen Kaiserpfalz. Lange Jahre mussten die beiden Alten ohne ihre Söhne auskommen, die als Kriegsgefangene in der Sowjetunion schufteten. Gesundheitlich haben sich „Artchen und Ottchen" davon nie mehr ganz erholt.

Inzwischen war also das Jahr 1943 gekommen. Ein wenig erinnere ich mich noch an den Einschulungsgottesdienst, den wir in der neben der Schule liegenden Bartholomäuskirche hatten, einem hübschen Barockkirchlein mit romanischem Turm. In diesem Kirchlein waren schon die Eltern Georg Friedrich Händels getraut worden. Noch oft danach besuchte ich diese Kirche zum Kindergottesdienst.

Verhältnismäßig wenig Erinnerung habe ich an die ersten Schuljahre in Halle. Die Kriegsereignisse haben durch die Stärke der Eindrücke vieles überlagert. Ich weiß nur noch, dass ich als Linkshänder völlig auf rechts umerzogen wurde und in den ersten Schultagen meine Schiefertafel mit „i" vollschreiben musste – unter dem begleitenden Gemurmel „Rauf, runter, rauf, Pünktchen oben drauf". Irgendwann bald zerbrach zu meinem großen Entsetzen meine schöne holzgerahmte Schiefertafel. Ich bekam keine neue, sondern musste fortan in Heften mit linierten Seiten schreiben. Das erwähnte „i" gefiel mir eigentlich gar nicht mal so gut, die meisten anderen Buchstaben aber doch. Besonders beispielsweise das „u", das mir immer wie ein Querschnitt durch einen großen Bottich erschien.

Körperliche Züchtigung gehörte damals als Strafe leider zur allgemein üblichen Pädagogik, vor allem bei den Knaben. Hin und wieder bekam ich von meinem

Vater da etwas ab, manchmal sogar mit dem berüchtigten Rohrstock. Die Strafe, die ich wegen meines Rollerfahrens auf der Straße während des Bombenalarms bekam, vergaß ich nie. Dabei war mir doch nur aufgefallen, dass alles so schön menschenleer war.

Er sah blass aus, der aus meiner Kindesperspektive alte Mann mit dem langen braunen Mantel, auf dem man einen gelben Stern aus Stoff sehen konnte. Irgendetwas stand da drauf, aber das konnte ich nicht lesen. Ich ging an der Hand meiner Mutter, die mir auf meine Frage erklärte, dass der alte Mann ein Jude sei. Den Juden sei befohlen worden, diesen Stern zu tragen. Das fand ich gemein. Machte mir aber keine weiteren Gedanken über diese Begegnung.

In östlicher Richtung hinter der Eisenbahnbrücke stieg unsere Straße in offenem Gelände etwas bergan. Rechts waren eine Gärtnerei und Schrebergärten, links lag ein freier Acker, der sich hinter der höchsten Erhebung allmählich wieder absenkte, hinunter zu den Lehmgruben, in denen Thilo und ich gelegentlich auch gebadet haben. Auf dem höchsten Punkt des Ackergeländes aber stand ein ausrangierter Autobus mit ein paar provisorischen Buden. Man sah außen aufgestellte Matratzen, löcherige Decken als Vorhänge in den glaslosen Busfenstern. Dort wohnte eine Zigeunersippe, durch die sich wohl kaum jemand gestört haben dürfte. Der junge Zigeuner Josef war wegen seiner Gesangskünste, zum Beispiel mit dem Lied *„Du hast Glück bei den Frauen, Bel Ami …“* von Theo Mackeben, in unserer Straße durchaus beliebt. Irgendwann fiel auf, dass alle Zigeuner, die Buden und der alte Bus völlig verschwunden waren, als habe dort überhaupt nie etwas existiert. Auch Josef sang nicht mehr. Man habe sie fortgebracht, wurde gesagt. Wahrscheinlich gaben wir uns mit dieser Auskunft zufrieden, denn dass sie in einem KZ der Nazis umgebracht würden, hätte wohl niemand für möglich gehalten.

Mein Vater machte während des Krieges innerhalb unserer Familie aus seiner Sympathie für die Briten kaum einen Hehl. Das war nicht ungefährlich. An einem der Radioknöpfe war eine rote Pappscheibe angebracht, auf der stand, dass das Abhören von „Feindsendern“ sogar mit dem Tode bestraft werden könne. Vater hörte trotzdem regelmäßig die deutschsprachige Sendung der BBC London, deren „Bumm, bumm, bumm, BUMMMM!“ ich noch heute im Ohr habe. Es war der Morsebuchstabe „V“ für Victory. Vater wusste daher ganz gut, wie der Krieg wirklich verlief. Auch wir Kinder waren eingeweiht und ebenso verschwiegen. Er wünschte, wie wir alle, das Ende des Krieges möglichst schnell herbei. Im Wohnzimmerschrank hatte er eine ungebrauchte Shag-Pfeife mit Bernsteinmundstück und weißem Meerschaumkopf deponiert. Diese Pfeife sollte am ersten Friedenstag angeraucht werden – was mein Vater dann auch später genüsslich getan hat. Zu jener Zeit kamen die Antinaziwitze auf, vor allem über den fetten Göring und den verlogenen Propagandisten Goebbels. Ein harmlos erscheinender und zugleich gefährlicher Witz ging so:

„Hast du schon gehört, dass die Amerikaner gelandet sind?“
„Nanu, wo denn?“
„Beim Bäcker auf dem Kuchenblech!“

Gemeint war das mit Zuckerguss überzogene, kreisrunde Gebäck, Amerikaner genannt.

Nach der verlorenen Schlacht von Stalingrad wurden die Männer verstärkt zur Wehrmacht verpflichtet. Im Jahre 1943 musste mein Vater auch seinen militärischen Grundwehrdienst ableisten. Dafür kam er zur Artillerie nach Breslau. Weil er aber als Flugzeugkonstrukteur als „unabkömmlich“ galt, konnte er Gott sei Dank nach sechs Wochen wieder wohlbehalten, wenn auch etwas ausgehungert, zu uns nach Halle zurückkehren und musste nicht an die Front. Er war damals 35 Jahre alt.

Britische und ukrainische Kriegsgefangene begannen im Jahre 1943 in der Seebener Straße, nur 150 Meter von unserer Wohnung entfernt, einen riesigen Luftschutzkeller tief in den Felsen für die in der Nähe wohnenden Menschen zu bauen. Dazu wurde gesprengt und laufend Grundwasser abgepumpt. Der Aushub wurde mit Loren und per Aufzug irgendwohin oben auf den Felsen verbracht.

Diese Kriegsgefangenen traten durchaus selbstbewusst auf. Die Ukrainer trugen helle Drillichkleidung und kamen morgens in einer Marschkolonne und oft singend zur Bunkerbaustelle. Irgendwann allerdings sahen wir sie nicht mehr. Erst viel später erfuhr ich aus der Geschichtsliteratur, dass die Ukrainer aus der

Gefangenschaft entlassen wurden, weil das Dritte Reich sie als Erntehelfer in ihrer Heimat benötigte. Dort desertierten sie allerdings haufenweise. Die Briten wurden mit einem Sonderwagen der Straßenbahn transportiert. Bewacher war nur ein einziger deutscher Soldat, sichtlich älteren Jahrgangs. Wenn der abends auf dem Heimweg mal bummelte oder ein Schwätzchen mit Passanten hielt, marschierten die Briten alleine weiter, stiegen ein und bimmelten entrüstet, bis endlich auch der Bewacher eintraf. Sie hatten es naturgemäß etwas eiliger zum sicher nicht üppigen Dinner nach der Arbeit.

Ich selbst war es, der den persönlichen Kontakt unserer Familie zu den Kriegsgefangenen am Bunker herstellte. Den elektrischen Lorenaufzug bediente damals David Lloyd aus Swansea in Wales. Jedes Auf und Ab der Lore wurde von ihm mit einem Bleistiftstrich auf einer Bretterwand notiert. Wir Kinder konnten diesen „Außerirdischen", die ja noch ihre braune britische Uniform trugen, stundenlang bei der Arbeit zuschauen. Ich versuchte auch schon meine ersten englischen Sprachbrocken anzubringen, die ich in Renis englischem Schulbuch mitbekommen hatte. „This is an inkpot, this is a swastika."

Eines Tages war Davids Bleistiftstummel zu Ende, und ich war gerade Zeuge dieser Katastrophe. In seiner Verzweiflung machte er mir klar, dass er einen neuen Bleistift benötigte. Ich verstand. Er tat mir leid, und ich brachte ihm sofort aus dem nahen Zuhause einen neuen. So wurde die erste Verbindung geknüpft. David unterhielt sich dann schon gelegentlich mit mir, der Wachsoldat schaute weg. Als David etwas mehr Mut bekam, fragte er mich nach einem „apple". Wahrscheinlich hatte er lange kein Obst mehr gesehen. Auch den brachte ich ihm aus eigenen Küchenbeständen. Die eigene Versorgungslage war trotz des Krieges ja noch gut.

So ganz allmählich bekamen auch noch ein paar andere Kriegsgefangene Mut, die anfängliche Sprachlosigkeit zwischen ihnen und uns Deutschen zu überwinden. Ich denke auch an James N. Hume aus Scarborough in Yorkshire und besonders an Nick Deyzel aus Durban in Südafrika.

Jetzt wurde auch die Englisch lernende Schwester neugierig, sie war damals 13 Jahre alt und überwand ihre eigene Scheu. So gut es ging, unterhielt man sich an der Baustelle. Auch Nick hat sicher seinen ganzen Mut zusammennehmen müssen, als er an Reni die Frage wagte, wo die britischen Truppen im Westen jetzt stehen würden. Die Brisanz dieser Frage war gewaltig – aber wir haben ihm diese Auskunft gegeben, dank BBC. Die Jungs sehnten das Ende ihrer Gefangenschaft herbei.

Ab 1944 erhielten sie von uns immer wieder Hinweise über den Vormarsch der Alliierten im Westen. Im August 1997 besuchten Hille und ich die Ausstellung „Der Schatz der Wettiner" im Schloss von Dresden. Dort erfuhr ich, dass auch der Prinz von Sachsen 1941 das Gleiche mit den bei ihm in Moritzburg arbeitenden französischen Kriegsgefangenen getan hat.

Während einer Bahnfahrt mit meinem Vater zur Oma in Leipzig hielt der Zug unvermittelt auf offener Strecke bei Schkeuditz an. Auf dem nahe gelegenen Flugplatz waren Flugzeuge zu sehen. Plötzlich tauchten aus dem Süden einige britische Jagdbomber im Tiefflug auf und flogen über unseren Zug in Richtung Flugplatz. Nach wenigen Minuten waren nur noch die rauchenden Trümmer der deutschen Maschinen übrig. Wir waren froh, dass unser Personenzug nicht beschossen wurde, und trauerten gleichzeitig über die zerstörten Flugzeuge. Insofern waren unsere Gefühle damals durchaus zwiespältig.

Von unserer Wohnung waren es nur ein paar Gehminuten zum „Schießhaus Fuchs". Unser Vater traf sich dort hin und wieder am Wochenende mit seinen Arbeitskollegen zum sportlichen Scheibenschießen. Ich durfte manchmal dabei sein. Meist wurde sitzend mit aufgelegter Kleinkaliberbüchse auf schätzungsweise 30 Meter geschossen. Interessant war, wie die Einschüsse erkennbar gemacht wurden. Vor den beweglichen Zielscheiben war ein mannshoher Graben, in dem ein Gehilfe stand, der die Einschüsse dem Schützen mit einer bunten Kelle an einer Stange anzeigte. Vatis Kollege, Herr Rauschen, übte auch Pistolenschießen. Einmal stand ich dabei neben ihm, als mir nach einem Schuss die automatisch ausgeworfene, aber sehr heiße Patronenhülse hinten ins Hemd sauste und eine Brandblase auf meinem Rücken machte. Durch mein Geschrei mit heftigem Indianertanz brachte ich die Konzentration der Schützen völlig zum Erliegen.

Als in diesem Jahre die Bombengefahr in Halle anstieg, brachten mich die Eltern nach Stolberg, damit ich besser dort die Schule besuchen sollte.

Bei Rottleberode war östlich neben der Bahnlinie ein von Stacheldraht und mit Wachtürmen umgebenes Lager zu sehen. Die Lagerinsassen wurden von den Mitreisenden wegen der auffällig gestreiften Kleidung als „Zebras" bezeichnet.

Den Wachposten winkten wir Kinder zu, und sie winkten von ihren Wachtürmen zurück. Wir dachten halt, die wären die Guten. Erst nach dem Krieg erfuhren wir, dass es sich hier um das berüchtigte Konzentrationslager Mittelbau-Dora gehandelt hatte, das für den Bau der V2-Raketen, Hitlers sogenannter Wunderwaffe, zuständig war.

Die Einstellung der Bevölkerung Stolbergs zum KZ bei Rottleberode war ausgesprochen naiv. Es soll vorgekommen sein, dass ein Häftling floh. Die KZ-Leitung konnte sich dann auf die Mithilfe eines Teiles der Bevölkerung bei der Suche in den umliegenden Wäldern durchaus verlassen. Ich erlebte es, wie wir alle auf dem Weg vorm Friedhof standen und zum gegenüberliegenden Wald am Mägdefleck hochstarrten, weil sich dort angeblich ein entflohener „Zebra" aufhalten sollte. Gott sei Dank entpuppte sich die zwischen den Bäumen erspähte Gestalt als ein Stolberger Spaziergänger. Große Teile der deutschen Bevölkerung waren über die KZ-Insassen durch die Nazipropaganda falsch informiert. Für sie waren die Sträflinge Kriminelle, und Juden gehörten sowieso zu denen.

In dem Harzstädtchen musste ich nun also auch die Grundschule in der Rittergasse besuchen, in der schon meine Mutter Schülerin gewesen war. Um als Neuling in der Klassengemeinschaft schnell akzeptiert zu werden, äffte ich die Lehrerin hinter ihrem Rücken pantomimisch nach und schaffte es, die gesamte Schulklasse durch ihr Gelächter disziplinarisch völlig außer Rand und Band zu bringen.

Trotzdem hielt ich es dort nicht sehr lange aus. Das Heimweh nach Halle war diesmal so stark, dass ich es trotz der Gefahren durchsetzte, wieder zur Giebichensteinschule gehen zu dürfen.

Die Oma musste auch damals schon ihre sehr knappe Rente aufbessern, indem sie die Tageszeitung austrug. Und das nicht nur für ein paar Straßen, sondern für die gesamte Stadt. Eine unglaubliche Leistung! Es war klar, dass wir Enkelkinder dann beim Zeitungaustragen mithalfen. Und Oma war immer fröhlich dabei und konnte auch oft etwas Zeit für ein Schwätzchen unterwegs erübrigen. Bei der Heuernte war Oma als Helferin gern gesehen, zum Beispiel auf Ehrings Wiese im Kalten Tal. Wir Kinder gingen gerne mit und staunten über die überdimensionalen Rechen aus Holz, die da zum Wenden oder Aufladen benutzt wurden. Wenn es dann abends heimging, saßen wir Kinder ganz oben auf den schwankenden, von Kühen gezogenen Heuwagen und mussten uns am straffen Sicherungsseil festhalten.

Oma war eine von all ihren Enkeln geliebte und stets gastfreundliche Person. Außer meiner älteren Schwester Reni und mir gab es ja noch drei Enkelkinder und zwei Stiefenkelinnen. Als Kriegerwitwe hatte sie es in ihrem Leben gewiss nicht leicht gehabt. Das tat ihrer Fröhlichkeit aber keinerlei Abbruch. Wenn wir uns dort aufhielten, war es für uns eine Selbstverständlichkeit, ihr öfter behilflich zu sein wie schon beim erwähnten Zeitungaustragen. Aber da gab es auch noch andere Beschäftigungen, wie Enten zum Bach führen, Löwenzahn als Kaninchenfutter sammeln, Holz im Wald einsammeln und mit einem riesigen Handkarren nach Hause bringen. Manchmal hieß es: „Heute geht es in die Himbeeren." Dann zog die ganze Verwandtschaft los. Jeder bekam am Bauch per Gürtel oder Hosenträger ein Töpfchen befestigt, das mit Himbeeren gefüllt werden musste. Für uns Kinder durchaus eine nicht gerade unerfreuliche Angelegenheit. Sagten wir uns doch heimlich: „Die guten ins Kröpfchen, die schlechten ins Töpfchen." Trotzdem kam am Abend eine große Ernte zusammen. Vater liebte es, in Stolberg „in die Pilze" zu gehen. Das Herumkrauchen unter den niedrigen Fichten, das ständige Wegwischen der Spinngewebe aus dem Gesicht und ohne Aussicht auf Naschen war aber nicht so mein Ding.

An warmen Sommerabenden saßen die Nachbarn nach getaner Arbeit in der Gasse zusammen und erzählten sich gegenseitig bis in die Nacht. Es war so friedlich und ruhig. Gegenüber saß auf der Haustürschwelle der alte Kramer und schmauchte seine Pfeife. Für Stolberger war er ein weit gereister Mensch. Deshalb erzählte er auch gern über seine Soldatenzeit in Mazedonien im Ersten Weltkrieg, wenn man ihn danach fragte.

Schräg gegenüber wohnte der in Stolberg sehr bekannte vollbärtige Naturfreund Hermann Müller mit seinem Papagei. Er selbst trug nur Gebirgstracht und hatte immer einen langen Wanderstock bei sich. Wir Kinder durften manchmal in seine Wohnung kommen und die vielen interessanten Dinge und Kuriositäten bewundern. Er war ein alter Junggeselle, und man wusste, dass er von den Nazis überhaupt nichts hielt.

Regelmäßig kam die städtische Motorbandsäge durch die Gassen und sägte das vor jedem Haus gestapelte Buchenholz-Deputat ofenfertig zurecht. Das gleichmäßige „Tuck, tuck" des Diesels und der Schrei der Säge, wenn das

Band die armdicken Buchenäste durchfuhr, verbunden mit dem Duft frisch gesägten Holzes, auch das ist meine Erinnerung an die Kindertage in Stolberg. Dieser Holzberg musste sofort im Inneren des Hauses fein gestapelt werden. Der Berg Sägemehl kam in den Hühnerstall. Litten wir Enkelkinder an irgendeinem Wehwehchen, hatte Oma immer nur eine einzige Behandlung parat. Das war ein Teelöffel voll Zucker und darauf ein paar Tropfen von Hoffmanns „Hingfong". Das half, aber vermutlich nur, weil sich so schön viel Zucker auf dem Löffel häufte. Wenn ich heutzutage Julie Andrews das Lied: „Just a spoon full of sugar helps the medicine go down ..." aus dem Film „Mary Poppins" singen höre, kommt mir sofort Omas „Hingfong" in den Sinn. Oma hatte aber auch so ein paar Eigenarten, die wir Enkel belustigt beobachteten. Wenn sie der Rücken juckte, griff sie sich in der Küche einen Quirl aus Holz und kratzte sich damit unter ihrem Kleid. Manchmal boten wir ihr mit dem Quirl auch unsere Dienste an, was sie sehr genoss. Dass es sich da um keinen Einmalquirl handelte, kümmerte uns recht wenig. Lustig war es auch, wenn sie etwas mit der Schere zu schneiden hatte. Im Takt zum Auf und Zu der Schere machte sie auch ihren Mund auf und zu. Eine Marotte, die sich von uns herrlich nachäffen ließ.

Gern erzählte sie uns Stolberger Geschichten. Zum Beispiel die über den Stolleneingang im hinteren Zechental. Dort habe früher mal ein Drache gehaust. „Na, Oma, ist das wirklich wahr?" Später sei mal ein Mann dort von oben hineingestürzt. Man habe von ihm aber nur noch – wörtlich – „zerknetschtes Krooms" gefunden.

Tatsächlich findet sich in der Stolberger Chronik des Carl Joseph Olearius ein Hinweis aus dem Jahre 1847: „Am 14. Dezember stürzte ein junger Bergmann von hier namens August Müller von der Fahrt ausgleitend in den Schacht zum Silbernen Nagel und wurde als zerschmetterte Leiche herausgebracht." War er vielleicht ein Verwandter der Oma, die ja eine geborene Müller war?

Bisher war Halle vom Bombenkrieg kaum behelligt worden. Eines Nachts aber standen doch „Christbäume" am Nachthimmel über uns. Diese sogenannten „Christbäume" waren am Himmel schwebende bunt leuchtende Markierungen, die alliierte Flugzeuge vor dem Angriff abwarfen, um den zu bombardierenden Bereich sichtbar zu markieren.

Unvergesslich ist mir, wie ich im Lodenmantel und mit einem kleinen Rucksack auf dem Rücken an Vaters Hand nachts zu unserem Felsenbunker rannte. Mutti und Reni waren dicht hinter uns. Letztendlich hatten die „Christbäume“ aber doch nicht unserem Stadtviertel gegolten, und wir konnten nach ein paar Stunden in unsere unzerstörte Wohnung zurückkehren. Die Erwachsenen stiegen danach noch auf das Dach, denn im Nordosten war der Nachthimmel rot. Bitterfeld brannte, Wolfen brannte.

Eine weitere Kriegserinnerung ist, dass an der Wohnungstür eines Tages zwei russische Zwangsarbeiter klingelten. Abgemagert sahen sie nicht aus, aber ihre Kleidung war speckig und dreckig. Sie fragten, ob sie zu essen bekommen könnten. Irgendeine Suppe hatten wir noch reichlich. Wir setzten die beiden an unseren Küchentisch und gaben ihnen die Suppe, die sie gierig verschlangen. Ich studierte dabei ihre schlichten und schmaläugigen Bauerngesichter. Wer ahnte schon damals, dass Russen später einmal unser Leben so entscheidend beeinflussen würden. Zwangsarbeitern Essen zu geben war strafbar. Meine Mutter konnte sich später an diese Begebenheit nicht mehr erinnern. Es hatte sie also nicht in dem Maße beeindruckt wie mich.

Das Attentat auf Hitler am 20. Juli 1944 ist auch an mir, obwohl ich damals erst acht Jahre alt war, nicht so ganz unbemerkt vorbeigegangen. „Das ist leider schiefgegangen“ brummte mein Vater leise. Es war, als würde die Familie tagelang die Luft anhalten. Die Arbeitsgruppe meines Vaters im Siebel-Flugzeugwerk war gegen Hitlers Krieg eingestellt.

Auch die Stadt selbst, vor allem die Bahnhofsgegend, hatte einige Bomben abbekommen. Im Dach unserer Schule befand sich plötzlich ein großes Loch, das uns Kinder sehr irritierte. Ich weiß noch, dass meine Schwester von diesem Dach eine Buntstiftzeichnung machen musste.

Im nahen Leipzig sah es mit der Zerstörung durch Bomben wesentlich schlimmer aus. Gegenüber dem Hauptbahnhof Leipzig gab es an einem Hause eine Neonreklame für Schuhe in Form eines großen Elefanten. Wenn wir dort ausstiegen, galt mein erster Blick immer ihm. Ich war untröstlich, als er zerbombt war.

Am 16. August 1944 wurde am helllichten Tage das Siebel-Flugzeugwerk bombardiert. Vati konnte sich mit einigen Kollegen in eine entfernt liegende

Feldscheune retten und musste von dort aus dem Werk der Zerstörung zuschauen, wobei er um sein eigenes Leben bangte. Äußere Zeichen des totalen Krieges waren ja schon länger die bis auf kleine Rechtecke schwarz abgeklebten Autoscheinwerfer, mit Leuchtfarbe versehene Bordkanten und Laternenpfähle und die mit Leuchtfarbe versehenen Hinweise „LSR“ für Luftschutzraum mit Richtungspfeil an Hauswänden.

Im Frühjahr 1945 näherte sich die Kriegsfront von Westen her. Die Aktivität der deutschen Wehrmacht nahm in Halle zu, und durch unsere Straße marschierten immer häufiger Soldatenkolonnen.

Inzwischen kamen auch die ersten Flüchtlingstrecks mit ihren Planwagen aus den deutschen Ostgebieten Ostpreußen, Pommern und Schlesien in Halle an. Wir Kinder bestaunten sie aus den Fenstern unserer Schule und begriffen immer noch nicht, was mit Deutschland passierte.

Damals muss ich wohl mit meinem sicher nicht gerade reichlichen Taschengeld überhaupt nicht mehr ausgekommen sein. Irgendwie musste ich mir etwas dazuverdienen. Für die Gefälligkeit, ihren Koffer von der Straßenbahnhaltestelle zur Wohnung zu tragen, hatte mir eine ältere Dame etwas Geld gegeben, womit ich überhaupt nicht gerechnet hatte. Solch ein Geschäft müsste sich doch ausbauen lassen, da war ich mir ganz sicher. Es war gerade Winter. Ich schnappte mir unseren Schlitten und schrieb einen Zettel, den ich mir mit einem Band um den Hals hängte:

„Ich schlepe ales
Koffer und Kinder bis 10“

Mit „bis 10“ meinte ich bei den Koffern Kilogramm, bei den Kindern aber Lebensjahre. Das aber alles auf dem Brustschild zu erklären, wäre zu kompliziert geworden. Damit ging ich beileibe nicht zu unserer eigenen Straßenbahnhaltestelle, denn verschämt war ich durchaus, sondern erst zur nächsten. Leider hatte ich nur ein einziges Mal Glück und konnte einen bescheidenen Gewinn machen.

Abb. 1: Die erste Afrika-Erfahrung im Zoo von Halle, mit Schwester Reni, 1939

Abb. 2: Der Vater 1943

Abb. 3: In Stolberg 1940 mit Omas Enten

Abb. 4: Die russischen und polnischen Zwangsarbeiter mussten diese Zeichen auf der Kleidung tragen.

Abb. 5: Dieses Plakat ist in meiner Erinnerung besonders haften geblieben.

Kriegsende und Nachkriegszeit

Die Kriegspropaganda der Nazis nahm zu, nachdem sich die militärische Lage deutlich zu Gunsten der Alliierten verändert hatte. Überall hingen Plakate, wie „Sieg oder Bolschewismus", „Pst, Feind hört mit!" oder „Achtung! Kohlenklau", wie man sie auch heute noch im Haus der Geschichte in Bonn betrachten kann.

Neben dem Kontakt unserer Familie zu den britischen Kriegsgefangenen unterhielt der Vater auch noch eine vertraute Verbindung zu dem französischen Ingenieur und Kinobesitzer George Lefort aus Bourges (Cher), der im Konstruktionsbüro der Siebelwerke arbeiten musste. Auch gab es noch den Arbeitskollegen Albert Kluth, der aus Kanada nach Deutschland zurückgekommen war – warum auch immer. Als die Bombengefahr und auch die Möglichkeit von Kampfhandlungen in Halle stieg, zog der Junggeselle Kluth sogar für einige Tage zu uns, denn der schon erwähnte Felsenbunker in der Seebener Straße wurde in seiner Bedeutung für unsere Sicherheit jetzt immer größer.

Sowohl zu Lefort in Frankreich als auch zu Kluth, der nach dem Krieg wieder nach Kanada ging, hatten wir später von Russland aus Briefkontakt, was uns dort moralisch sehr unterstützt hat.

Die Sirenen gaben am 14. April 1945 sogenannten Panzeralarm, und die schöne Kröllwitzer Brücke versank durch Sprengung auf Befehl der Nationalsozialisten in der Saale. Wir befanden uns schon seit einigen Tagen im großen Bunker und warteten gespannt darauf, wie wir den kriegerischen Machtwechsel erleben würden. Als die US-Truppen aus nördlicher Richtung nah herankamen, ging Nick in seiner britischen Uniform den Amerikanern am Morgen des 15. April mit einer weißen Fahne nach Trotha entgegen. In unserem Stadtteil und auf den Klausbergen, unter denen sich unser Bunker befand, fielen noch Schüsse, bis die Amerikaner der 104. Infanteriedivision „Timberwolfs" diesen Stadtbezirk besetzen konnten. Unten im Felsenbunker bekamen wir davon kaum etwas mit. Allerdings wurde im Bunker der Sauerstoff schon so knapp, dass sich ein Streichholz kaum mehr anzünden ließ. Als die Kampflage oben entschieden war, brachten Nick und andere „POWs" (Prisoners of War) einige amerikanische

Soldaten zum Bunker, damit sie sich von der Friedfertigkeit der ausschließlich zivilen Schutzsuchenden überzeugen konnten. So standen also am Sonntag, dem 15. April 1945, am nördlichen Ausgang des Bunkers deutsche Zivilisten mit uns neugierigen Kindern, britische befreite Kriegsgefangene und amerikanische Soldaten zusammen und sprachen miteinander. Alle waren froh, dass es hier keine Kampfhandlungen geben wird – und die ersten amerikanischen Chesterfield-Zigaretten machten die Runde. Unser Deutsch-Kanadier Albert Kluth schaffte es sogar, einen Amerikaner durch den ganzen verwinkelten Bunker zu führen. Der Soldat ließ dabei allerdings seinen Finger von Abzug der Maschinenpistole nicht los. Der dolmetschende Kluth konnte etlichen sehr verängstigten Bunkerinsassen klarmachen, dass vonseiten der Amerikaner keine Repressalien zu erwarten wären, wenn sich die Deutschen hier im Bunker weiter so friedlich wie bisher verhalten würden.

Für uns war der Krieg endlich vorbei!

Die britischen ehemaligen Kriegsgefangenen sorgten auch jetzt noch dafür, dass die Grundwasserpumpen im Bunker weiter arbeiteten. Einen bemerkenswerten Satz las ich später bei D. Rolf, Prisoners of the Reich, German Captives 1939–1945, London 1988:

> „Quite a large number of the boys did not seem very particular about going home, said Signaller Warsop. They were having such a great time in the town (Halle).“

Draußen herrschte sonniges Frühlingswetter, und der Flieder blühte schon. Nach wenigen Tagen durften wir alle den Bunker verlassen und in die Wohnungen zurückkehren. Aus vielen Fenstern in unserer Straße hingen weiße Fahnen, das internationale Zeichen der Friedfertigkeit. In unserer Wohnung selbst war alles in Ordnung, bis auf ein umgestürztes Weinglas. Kaum zu glauben, aber es gab sogar elektrischen Strom und Gas.

Die Amerikaner trauten ihren Augen nicht, aber im soeben befreiten nördlichen Teil der Stadt fuhren schon wieder die Straßenbahnen, und die Menschen gingen in der Frühlingssonne spazieren, während im Süden der Stadt noch heftige Kämpfe stattfanden. An der großen Kastanie in unserer Straße lag unter einer Zeltbahn ein gefallener deutscher Soldat, der aber schon bald irgendwo beerdigt wurde. Überall starrten uns weggeworfene Gewehre, Panzerfäuste, Munition und Uniformteile an. Am Zooeingang gab es auch einige frische Gräber mit Stahlhelmen über den Holzkreuzen. Wir spielten mit dem abgelegten Kriegsgerät, die Gefahr nicht erkennend.

Hitler, der die Welt in ihre größte Katastrophe mit 50 Millionen Toten gestürzt hatte, nahm sich am 30. April in Berlin das Leben. Aber erst am 8. Mai kapitulierte Deutschland bedingungslos vor den Alliierten in Reims. Unsere Familie war ohne menschliche Opfer durch den Krieg gekommen, was leider den wenigsten Familien beschieden war.

Ein für mich schwer begreifliches Bild war es aber jetzt, wenn Kolonnen gefangener deutscher Soldaten mit erhobenen Händen durch unsere Straße geführt wurden. Vorher waren wir darauf geprägt gewesen, dass die Deutschen die Bewacher waren. Ebenso ungewohnt war für uns die grenzenlose Motorisierung der Amerikaner, die kaum einen Meter zu Fuß gingen. Die Jeeps hatten anfangs große rote Tücher über den Kühler gespannt, damit die Air Force den Frontverlauf besser aus der Luft erkennen konnte – ein Schutz vor „friendly fire". Mit Jeeps wurde so ziemlich alles transportiert, sogar für Verwundete konnte eine offene Liege quer über den Kühler montiert werden. Eine völlig neue Welt war das für uns! Und im Radio hörten wir Glenn Miller, Count Basie und Benny Goodman.

Wenn es um die glimpflich verlaufene Übergabe Halles an die Sieger geht, soll der positive Einfluss des „Seeteufels" Graf Luckner, der damals in Halle wohnte, nicht unerwähnt bleiben. Er war Ehrenbürger von San Francisco. Luckner ging mit einigen politischen Freunden couragiert durch die deutschen Linien, suchte den amerikanischen Befehlshaber auf und verhandelte mit ihm erfolgreich über die Schonung unserer Stadt. Die Amerikaner kannten Luckner und empfingen ihn ehrenvoll. Viele Menschenleben und die größten Teile Halles konnten dadurch gerettet werden. Als Hitler davon erfuhr, forderte er die Todesstrafe für den „Seeteufel". Aber die realen Machtgegebenheiten verhinderten das glücklicherweise.

Wir Kinder waren froh, dass wir nun bei schönem Frühsommerwetter und ohne Angst vor Bomben wieder draußen spielen durften. Alles erschien uns irgendwie anders zu sein als früher. Ich erinnere mich, dass am Gasthof „Deutscher Reichsadler" in der Trothaer Straße, wo zuletzt Zwangsarbeiter wohnten, ein kleiner Galgen aus einem Fenster hing. Daran baumelte an einem Strick ein lebensgroßer Adolf Hitler aus Pappe, den man aus einem offiziellen Gemälde fein säuberlich herausgeschnitten hatte. Für mich war dieser Anblick sensationell, war es doch ein Sinnbild des welthistorischen Gewichtes dieser Tage.

In unserem Familienarchiv befand sich auch ein kleiner mit Bleistift geschriebener Zettel, den der britische Kriegsgefangene Nick Deyzel geschrieben hat. Im Jahre 2008 gab ich die Kopie dieses Zettels dem Imperial War Museum in London zur Kenntnis. Das dortige Archiv zeigte aber großes Interesse am Original, das ich ihm nach Absprache mit unseren Kindern geschenkt habe.

Ein französisches Zeugnis erhielt mein Vater von George Lefort. Die Abbildung des Originals und auch das des britischen Kriegsgefangenen Nick Deyzel ist im Anhang zu sehen.

Über einen Umkreis von sechs Kilometern hinaus durfte anfangs kein Deutscher Halle verlassen.

Mit Hilfe dieser Schreiben war es Vater aber möglich, unmittelbar nach dem Krieg alle, ihm zum Teil salutierenden, amerikanischen Militärposten zu passieren, um Lebensmittel für die Familie zu hamstern. Mein Vater fuhr mit seinem alten gusseisernen Fahrrad über die kopfsteingepflasterten Landstraßen die 65 Kilometer bis zu den Wolfs in Hackpfüffel am Kyffhäuser und am folgenden Tag dieselbe Strecke mit Essbarem wieder zurück. Hunger leiden mussten wir also glücklicherweise nicht. Außerdem kamen nach ihrer Befreiung die ehemaligen britischen „POWs" mit einem requirierten Auto zu unserer Wohnung und brachten uns reichlich Nahrungsmittel. Im Gedächtnis sind mir ganze Stapel von Kommissbrot. Es war der Dank an unsere Familie für die Hilfen während ihrer Gefangenschaft und für unsere Sympathie, die sie gespürt haben. Schwester Reni hatte noch Verbindung zu David Lloyds Familie in Swansea (Wales) bis in die 60er Jahre.

Es war die Zeit, in der ich mit meinem Vater oft angeln ging, meist am Trothaer Teich neben der Bahnlinie. Seine Angel war selbst gebaut, mit einem Schwimmer aus Korken, durch den er einen Federkiel gesteckt hatte, der einen Fang signalisierte, indem er sich senkrecht aufstellte. Köder waren Regenwürmer oder sogenannter Einback aus der Bäckerei. Wir fingen einige Rotschwänze. Vater hat immer sehr gern geangelt, weil er dabei seinen Gedanken nachgehen konnte. Noch mit über 60 Jahren stand er bis zum Bauchnabel im warmen Lake Langano im äthiopischen Rift Valley und angelte.

Wenige Tage nach der amerikanischen Besetzung klingelte es an unserer Tür, und ein junger amerikanischer Offizier fragte, ob er hereinkommen dürfe. Seitdem besuchte er uns mehrmals. Vermutlich hatte er einen Hinweis von den ehemaligen „POWs" bekommen. Noch heute sehe ich Gabriel Levensson aus Fort Green Houses, Brooklyn, auf unserem Sofa sitzen und plaudern. Er interessierte sich für unser Leben und für unsere Meinung zu vielen Fragen. Sein Stahlhelm und sein automatischer Karabiner lagerten bei seinen Besuchen in der Zimmerecke. Er kam nie ohne eine kleine Aufmerksamkeit, sei es Schokolade oder zum Erstaunen der Eltern „for Klaus" Bohnenkaffee mit Milch in der Thermosfeldflasche. Echten Kaffee hatte es bei uns seit dem Beginn des Krieges nicht mehr gegeben. Dafür trank man Malzkaffee, auch Muckefuck genannt. Weil wir nichts anderes kannten, schmeckte der uns eigentlich auch ganz gut. Wenn Gabriel seine geöffnete Feldflasche auf den Tisch stellte, dann zog ein lange nicht mehr gekannter, betörender Duft durch die entwöhnten Nasen der Familie.

Als allgemein klar wurde, dass die Rote Armee ganz Mitteldeutschland gemäß dem Abkommen von Jalta besetzen würde, versicherte er uns, dass es uns dann immer besser ginge – und Stalin sei übrigens völlig in Ordnung. Offenbar war er völlig „blauäugig" oder Kommunist. Nach viel späteren Recherchen im Internet habe ich herausbekommen, dass er ein uniformierter „New York based travel writer" als „embedded journalist" der US-Army war und als solcher auch über das kurze Zeit vorher befreite KZ Buchenwald geschrieben hatte. Er hatte demnach den ganzen Schrecken dort gerade erst ansehen müssen, bevor er zu uns kam. Welche Wechselbäder der Gefühle muss dieser, unverkennbar jüdische Soldat damals durchgemacht haben, bevor er unsere Familie besuchte und sich von dem gerade Erlebten nichts anmerken ließ.

Erst im 21. Jahrhundert wurde mir das richtig klar, als ich mit dem ehemaligen amerikanischen Soldaten Oak Gifford in einen freundschaftlichen Kontakt kam. Oak hatte sich für mich dafür eingesetzt, eben diesen Gabriel Levensson ausfindig zu machen, leider erfolglos, obwohl Oak damals mit den „Timberwolfs“ Halle besetzt hatte. Oak berichtete mir, dass er immer noch nächtliche Albträume von der Eroberung des KZs Mittelbau-Dora bei Nordhausen habe, wo er die dort befreiten, kranken und fast verhungerten Häftlinge sah. Eine amerikanische Freundin übersetzte für mich das Kapitel über das Ende des Krieges in Halle ins Englische. Das mailte ich an Oak Gifford. Nach einiger Zeit antwortete er: „Hello Klaus, I've read and reread your very moving memoirs. Family and friends have read it too. All exclaimed how moving it was ...“

Wir Kinder konnten unsere eigene Neugier über die US-Army auch kaum zügeln und besuchten deren Unterkünfte in der Nähe. Außerdem galten bei den Rauchervätern die großzügig weggeworfenen Zigarettenkippen der GIs als hoch begehrenswert. Wir Kinder mussten sie aufsammeln, damit sich die Väter daraus neue Zigaretten drehen konnten. Selbst bekamen wir dann auch schon mal kleine Delikatessen wie Schokolade oder Chewinggum zugesteckt.

Mit großem Interesse schmökerten wir in den herumliegenden bunten Comic-Heften, obwohl wir den knappen Text in den Sprechblasen nicht verstanden.

Die „Amis“ verlangten nun, dass alle Waffen in Privatbesitz abgegeben werden mussten – eine verständliche Anordnung. Die Sammelstelle war in Trotha gegenüber dem Kino. Schweren Herzens brachte mein Vater mit mir zusammen seine Kleinkaliberbüchse dorthin. Für ihn war sie nur ein Sportgerät. Ein GI nahm sie uns ab, schlug mit einem Schwung gegen den Boden den Schaft ab und warf die Teile auf einen Haufen zerschlagener Gewehre. Das war's! Und wir beide ließen auf dem Rückweg den Kopf hängen.

Auch den Sommer 1945 verbrachte ich wieder bei meiner Oma in Stolberg. Es war ein wunderschöner warmer Sommer, und das Waldbad war ständig bevölkert. Eine einzige Bombe war am 3. April 1945, wenige Tage vor dem amerikanischen Einmarsch, auf Stolberg niedergegangen. Sie traf ausgerechnet meine Tante Irma Wedler und meine Cousine Edith tödlich. Für die Großmutter und auch für uns war das ein sehr schwerer Schicksalsschlag. Wir mussten deshalb möglichst viel in Omas Nähe sein.

In Stolberg erlebte ich damals aber auch Anfang Juli den Wechsel von der amerikanischen zur sowjetischen Besatzung. Die hochtechnisierten Amis verließen eines Tages die Kleinstadt. Für einen Tag war Stolberg besatzungslos, aber dann kamen sie, die Sowjets, vom Auerberg her über den sogenannten Acker herunter, in kleinen von Pferden gezogenen Panjewagen. Kleinwüchsige und völlig desolat wirkende Rotarmisten in solch schmutzigen Uniformen, dass man sie nicht mal mit einer Pinzette hätte anfassen mögen. Oje, welch ein Unterschied zu den Amerikanern! Wir beobachteten den Einmarsch „Am Tore“ Ecke Töpfergasse/Neustadt, standen da mit verschränkten Armen und unseren Augen nicht trauend. Irgendwann hielt ein Auto bei uns an, und ein Offizier fragte, wo es nach „Rottläbärrode“ ginge, was wir ihm mit Handzeichen auch bedeuteten. Die Russen hatten es eilig, zum wenige Kilometer entfernten Rottleberode zu kommen. Dort in der Höhle Heimkehle hatten die Nazis mit Hilfe der Insassen des Konzentrationslagers Dora-Mittelbau V2-Raketen gebaut. Die Russen aber kamen zu spät, denn das hatten die Amerikaner alles schon längst mitgenommen.

Durch den Wechsel der Besatzungsmacht änderte sich unser gewohntes Alltagsleben erst einmal so gut wie nicht, insbesondere nicht für uns Kinder. Meine Familie konnte damals noch nicht ahnen, dass die Sowjets uns ein Jahr später nach Russland verschleppen würden.

Ich war nun im zehnten Lebensjahr und im sogenannten Flegelalter angekommen.

Angestachelt von einigen Spielfreunden neckte ich eines Tages in Stolberg lauthals einen bekannten ambulanten Kurzwarenhändler mit seinem heimlichen Spitznamen „Äppelchen!“, was sich die Stolberger selbst bisher nie getraut hatten. Die Sensation war da! Das Gelächter schallte durch die Gasse. Prompt beschwerte sich „Äppelchen“ danach bei der Oma über mich, während die vor innerem Lachen fast geplatzt wäre. Ich musste mich bei dem armen „Äppelchen“ entschuldigen.

Die neue Besatzungsmacht verhielt sich zwar anfangs noch unauffällig, aber trotzdem ging ein Rotarmist in der Töpfergasse von Haus zu Haus und durchstöberte auch Omas Haus nach versteckten deutschen Soldaten oder Waffen.

Onkel Kurt Wedlers Overall erregte Verdacht. Die beherzte Drohung mit einer Meldung an den sowjetischen Kommandanten ließ den Russen aber unverrichtet abziehen.

Die durch die Kriegswirren ruhende Jagd führte zu einer Wildschweinplage. Besonders traf es die Bevölkerung in einer Zeit der Nahrungsmittelknappheit. Auch unsere Oma hatte zur Selbstversorgung einen eigenen Kartoffelacker am Knüppelberg. Genau dieser Acker war aber ein beliebtes nächtliches Ziel ganzer Schwarzkittelrotten. Als es zu bunt wurde mit den Räubereien, ließ man die ganze Nacht dort ein Holzfeuer brennen, was die Sauen aber nicht immer fernhielt. Aus Abenteuerlust boten wir, ein Nachbarsjunge und ich, den Pächtern eine nächtliche Wildschweinwache am Knüppelberg an, in der stillen Hoffnung, dass sich dieses Mal keine Sauen blicken lassen würden. Also das Feuer blieb aus, und wir beide lagerten uns in Decken gehüllt neben dem Kartoffelacker. Nichts tat sich, die Nacht war schön und ruhig, und wir schliefen langsam ein. Bis aufs Mark erschrocken fuhren wir auf, als wir plötzlich neben uns das Gegrunze einer ganzen Rotte vernahmen. Wir lärmten los, was das Zeug herhielt, sodass man uns sogar unten im Städtchen hören konnte. Die Sauen stürmten davon, und wir waren am nächsten Tag die kleinen Helden.

Was die Stolberger Bevölkerung aber doch recht verunsicherte, war die Tatsache, dass die bisher auf dem Schloss lebende Familie des Fürsten zu Stolberg-Stolberg mit den Amerikanern weggegangen war. Bestimmte traditionelle Bezüge und Werte waren damit schlagartig verschwunden. Man glaubte allerdings, dass es sich hier doch nur um einen bald vorübergehenden Zustand handeln dürfte. Mein Vater war in diesem Punkte ganz anderer Ansicht. Er war sich sicher, dass die Teilung Deutschlands ganze „50 Jahre“ dauern würde, womit er ja tatsächlich ziemlich recht gehabt hat. Leider hat er die Wiedervereinigung unseres Landes nicht mehr erleben können.

Nach den Sommerferien begann auch wieder der Unterricht in der Giebichensteinschule. Der Appell an jedem Montagmorgen auf dem Schulhof blieb uns erhalten. Alle Schüler standen wie früher in einem großen Geviert um den Hof, wo dann am Mast die Fahne aufgezogen wurde. Jetzt war sie nicht mehr rot und mit dem schwarzen Hakenkreuz im weißen Feld, sondern in den Farben

Schwarz-Rot-Gold, und wir sangen nicht mehr „Die Fahne hoch, die Reihen dicht geschlossen“ oder „Vorwärts, vorwärts schmettern die hellen Fanfaren“, sondern „Brüder, zur Sonne, zur Freiheit“ und „Wann wir schreiten Seit' an Seit'…“ Alle Melodien empfand ich als eingängig und schön. Manche Mädchen trugen neue Röcke, deren roter Stoff auffällig an die inzwischen verbotene frühere Staatsflagge erinnerte.

Ein wichtiges Ereignis ganz persönlicher Art aber gab es noch. Thilo und ich hatten für uns das Stadtbad entdeckt, ein unzerstörtes Jugendstil-Hallenbad mit 25-Meter-Becken. Schwimmen konnten wir beide noch nicht. Aber wir tobten herum und getrauten uns sogar neben der Leiter ins Tiefe zu springen, um uns dann schnell an der Leiter festzuhalten. Nebenbei absolvierten wir dann auch noch mit Erfolg unseren Freischwimmerunterricht. Aber einmal tobten wir so herum, dass ich auf Thilo landete und an seinem harten Schädel einen Schneidezahn mitsamt der Wurzel ausschlug. „Wo ist mein Pfahn? Wir müssen meinen Pfahn finden!“ Der Zahn war weg, er steckte weder in Thilos Kopf, noch fanden wir ihn am Beckenboden. Der umgehende Besuch in der Uni-Zahnklinik brachte leider auch nicht die erhoffte kosmetische Lösung. Implantationen gab es damals noch nicht. Und so wurde die nur sehr langsam enger wachsende Zahnlücke für die nächsten Jahrzehnte ein Charakteristikum meines Aussehens.

Das Ende des Jahres 1945 sehe ich auch als das Ende meiner Kindheit an. Es folgte die Nachkriegszeit mit ihren mein ganzes späteres Leben bestimmenden Turbulenzen. Die Aufteilung Deutschlands in vier Besatzungszonen war nun Realität. Weitergehende Gedanken konnten wir Kinder uns zu dieser Tatsache nicht machen.

Abb. 6: Stolberg. Von hier kamen die Sowjets, Aquarell von Herbert Jacob

Unser Leben in Russland

Die Erde bebt noch von den Stiefeltritten.
Die Wiesen grünen wieder Jahr für Jahr.
Die Qualen bleiben, die wir einst erlitten,
Ins Antlitz, in das Wesen eingeschnitten.
In unsren Träumen lebt noch oft, was war.

Das Blut versickerte, das wir vergossen.
Die Narben brennen noch und sind noch rot.
Die Tränen trockneten, die um uns flossen.
In Lust und Fluch und Lächeln eingeschlossen
Begleitet uns, vertraut für immer, nun der Tod.

Die Städte bröckeln noch in grauen Nächten.
Der Wind weht Asche in den Blütenstaub
Und das Geröchel der Erstickten aus den Schächten.
Doch auf den Märkten stehn die Selbstgerechten
Und schreien, schreien ihre Ohren taub.

Die Sonne leuchtet wieder wie in Kindertagen.
Die Schatten fallen tief in uns hinein.
Sie überdunkeln unser helles Fragen.
Und auf den Hügeln, wo die Kreuze ragen,
Wächst säfteschwer und herb der neue Wein.

Wolfgang Bächler

An die erste Hälfte des Jahres 1946 erinnere ich mich kaum. Es war aber die Nachkriegszeit eine allgemeine Umbruchszeit. Nach wie vor gab es Lebensmittelkarten wie schon in den letzten Kriegsjahren. Die Versorgungslage war für die Bevölkerung also durchaus problematisch. Auf meinem Schulweg durch

Reichardts Garten lauerte mir einmal eine Horde Jungs auf, die es auf mein Frühstücksbrot im Schulranzen abgesehen hatten. Schulspeisung gab es aber auch, und so baumelte an fast jedem Schulranzen noch eine große Henkeltasse aus emailliertem Eisenblech.

An die sowjetische Besatzung hatte man sich allmählich gewöhnt. Auch an deren mit Sowjetsymbolen ausgestattete Kommandantur- und Kaserneneingänge. Fahrräder und Armbanduhren zeigte man den Rotarmisten besser nicht, denn dann konnte man sie schnell und ersatzlos abgenommen bekommen.

Typisch für die Situation damals war der Witz:

Frage: „Wo ist Osten?"

Antwort: „Da, wo wenn du deinen Arm hinhältst, die Armbanduhr verschwindet."

Gegen Übergriffe dieser Art gingen die sowjetischen Kommandanten aber rigoros vor. Was sich sonst alles an Verhaftungen und Deportierungen von deutschen Bürgern ereignete, erfuhren wir erst Jahre später. Die Kriegsreparationen an die Siegermächte wirkten sich auf den Alltag der Bevölkerung aus. Ganze Fabriken wurden abmontiert und in die Sowjetunion verbracht. Zweigleisige Bahnstrecken wurden in eingleisige umgewandelt.

Die Russen waren sich der breiten Ablehnung durch die Bevölkerung bewusst. Das entstand durch die schrecklichen Vorkommnisse während des Krieges und unmittelbar danach. Die Sowjets starteten deshalb eine Offensive des Lächelns in ihrer Besatzungszone. Chöre der Roten Armee sangen deutsche Volkslieder mit Schmelz, wie „Grjuß dikh tausendmal, du main schänes Tal …" Und sie erreichten damit wirklich die Herzen vieler von ihnen nicht vorher traumatisierten Menschen. Typisch in diese Offensive hinein passte auch das bekannte Denkmal in Berlin-Treptow. Ein auf einem glockenähnlichem Gebilde –ausgerechnet! – stehender, heldenhaft aussehender Sowjetsoldat trägt auf dem linken Arm ein vielleicht gerettetes deutsches Kind, oder allegorisch den Neuanfang Deutschlands, und zerschmettert gleichzeitig rechts mit seinem Schwert ein Hakenkreuz am Boden. Flaggen aus rotem Granit verneigen sich rechts und links von ihm. Durch diesen Kitsch entstand ein pseudoreligiöses Gefühl.

Dementgegen gab es vorher allerdings eine hoch offizielle, wüste Hetze gegen die deutsche Bevölkerung. Dafür besonders berüchtigt war der sowjetische Schriftsteller Ilja Ehrenburg.

Die Welt ordnete sich neu. In Deutschland gab es neue Briefmarken und Alliiertengeld. Der Sommer in Halle war damals so warm, dass wir barfüßigen Kinder uns auf den Plastersteinen fast die Füße verbrannten.

Nach wie vor war der benachbarte Zoo unser favorisiertes Spielgebiet. Einmal, das ist mir unvergessen, hatte sich ein Kragenbär in die Hand eines kleinen Jungen verbissen, der dem Bär über die Absperrung hinaus Futter geben wollte. Der Vater versuchte verzweifelt das Kind zurückzuziehen, was aber nicht gelang. Ein sowjetischer Offizier kam dazu und versuchte durch einen Pistolenschuss in die Luft den Bären abzulenken. Der hungrige Bär reagierte nicht. Erst ein Schuss, der dem Bären ein Stück Ohr kostete, lenkte ihn von dem Kind ab. Wir alle hatten starr vor Schreck danebengestanden.

Ein anderer sehr beliebter Spielplatz war der Eingangsbereich unseres ehemaligen Felsenbunkers unter den Klausbergen. Dort lag allerhand interessantes Gerümpel herum. Vor dem tiefer gelegenen Südeingang stapelten sich alte Straßenbahnwagen. Als wir selbst noch gegen Ende des Krieges im Felsenbunker lebten, hatten einige unverbesserliche „Volksgenossen“ eine sogenannte Panzersperre gegen die Amerikaner errichtet, indem sie das Straßenpflaster aufrissen und einige Straßenbahnwagen quer stellten. Ich stelle mir noch heute vor, dass die Amerikaner wahrscheinlich schallend lachten, als sie dieses Hindernisses ansichtig wurden. Sie besaßen schon damals großes Räumgerät, mit dem sie solche Dinge einfach beiseiteschieben konnten. Außerdem kamen die Panzerspitzen durch die Trothaer Straße erst, nachdem die Infanterie zu Fuß beide Straßenseiten gesichert hatte, um den Vormarsch vor deutschen Panzerfäusten zu schützen. Noch in den letzten Kriegstagen wurden ja alle männlichen Deutschen „zwischen 16 und 60 zum Volkssturm“ und damit zur Ausbildung an der Panzerfaust verpflichtet. Die meisten verstanden es aber, sich noch rechtzeitig vor dem amerikanischen Einmarsch zu verdrücken, so Gott sei Dank auch mein Vater.

Im Jahre 1946 wurden die Urteile gegen die Kriegsverbrecher in Nürnberg verkündet. Wir hörten, dass es sich in den meisten Fällen um Todesurteile handelte und hielten diese für angemessen angesichts der ungeheuren Katastrophe, die diese Clique über die Menschheit gebracht hatte. Ich weiß noch, wie sich meine Schwester darüber empörte, dass es Hermann Göring geschafft hatte, Selbstmord mit Hilfe einer Giftkapsel vor der Hinrichtung zu begehen. Sie hatte mit ihren 16 Jahren dazu schon eine ausgeprägte Meinung.

Gerade mal zehn Jahre war ich alt, als ich zum ersten Mal realisierte, dass Mädchen durchaus ein mich völlig verwirrendes Äußeres haben können. Hannelore D. war solch ein hübsches Geschöpf mit strohblonden glatten Haaren, die keck unter ihrer schwarzen Hitlerjugendmütze hervorschauten. Na ja, was heißt schon verliebt in dem Alter! Wir strahlten uns an, bekamen beide einen roten Kopf, einen schnellen Puls und kicherten etwas verlegen. Allein die Erinnerung daran ist doch so süß! Als ich sie etliche Jahre später wiedersah, war sie leider nicht mehr das, wovon ich einst geträumt hatte.

Das Siebel-Flugzeugwerk wurde von den Sowjets wieder in Betrieb gesetzt. Unsere Familie hatte damit wieder ein gesichertes Lohneinkommen, was unter den damaligen allgemeinen Lebensumständen nicht hoch genug eingeschätzt werden konnte. Aber irgendetwas lag in der Luft. Für Vati lag ein Fluchtköfferchen mit den allernötigsten Utensilien und Papieren bereit. Ahnte er etwas? Gab es doch irgendwelche Gerüchte?

Am 21. Oktober 1946, morgens fünf Uhr, bestätigte es sich. Vor unserem Haus hielten zwei russische Lkws, und ein Offizier mit bewaffneten Soldaten begehrte Einlass. Der Offizier machte meinem Vater klar, dass er als Spezialist ab jetzt in der Sowjetunion zu arbeiten habe und dass die ganze Familie mitkommen müsse, samt Hausrat. Der Vater aber blieb hinsichtlich unserer Familie standhaft und wollte das ungewisse Schicksal alleine antreten. Es kam zum großen Abschied, vielleicht auf Nimmerwiedersehen, und unsere Familie bestand plötzlich nur noch aus unserer Mutter und uns beiden Kindern.

In der gesamten sowjetischen Besatzungszone, dem Gebiet der späteren DDR, war zur gleichen Stunde die Zwangsdeportation deutscher Spezialisten und Wissenschaftler angelaufen. Mit dem Angebot eines Arbeitsvertrages und unter gleichzeitigem Zwang wurden diese Personen mit ihren Familien in die

UdSSR zur Arbeit verpflichtet. Von besonderem Interesse für die Russen war die Raketen- und Flugzeugindustrie, also auch das Siebelwerk in Halle.

Die Sammelstelle für den Raum Halle und Dessau befand sich auf dem Bahnhof Brehna. Mein Vater sah dort, dass viele Kollegen mit ihren Familien gekommen waren. Sowohl diese Familien als auch die Offiziere überzeugten ihn allmählich, dass es doch besser sein könnte, unter den schlechten Lebensbedingungen im Nachkriegsdeutschland mit der gesamten Familie nach Russland zu gehen. Mit Vaters Unterschrift kamen die Sowjets daraufhin wieder mit ihren Lkws nach Halle angebraust, und das wieder mitten in der Nacht.

Stunden später kamen also auch wir mit dem meisten Mobiliar in Brehna an. Die Stimmung war so schlecht eigentlich nicht, denn wir Jacobs erhielten ein ganzes Zugabteil für uns allein, und im Küchenwaggon wurde ein köstlicher Eintopf mit großzügiger Fleischeinlage verteilt, dessen Duft uns Nachkriegsdeutschen fast die Sinne raubte. In unserem Abteil stapelten sich die Lebensmittelpakete mit längst vergessenen Konserven, Süßigkeiten und sonstigen essbaren Schätzen. Irgendwann setzte sich der Zug in Richtung Osten in Bewegung. Die Strecke ging über Frankfurt (Oder) nach Küstrin. Hinter der Oder waren die Bahnhofsschilder schon polonisiert, aber das Land selbst wirkte wie ausgestorben. Als der Zug langsam über eine behelfsmäßig reparierte Brücke über die Weichsel fuhr und polnische Männer mit ihren typischen viereckigen Schirmmützen außen auf die Trittbretter sprangen, wurde die sowjetische Begleitmannschaft ausgesprochen nervös, weil man Übergriffe befürchtete. Wachsoldat Andruscha, ein Asiate, kam gern zu uns ins Abteil, um etwas Deutsch zu lernen, andererseits auch um uns ein paar russische Vokabeln beizubringen. Er hatte wohl auch ein Auge auf meine 16-jährige Schwester geworfen und lächelte sie gern mit zwei vollen Reihen Stahlzähnen an. Als der Pole auf dem Trittbrett vor unserer Abteiltür stand und im Inneren den bewaffneten Andruscha erkannte, machte er sich glücklicherweise schnell davon.

Ich empfand diese Zugfahrt zusammen mit meiner Familie in das unbekannte Russland als ein großes Abenteuer. „Wie sieht es denn in Russland aus?“, fragte ich Vater. Er wusste es auch nicht, aber sagte, dass es dort seines Wissens sehr viele Birken geben würde. Immerhin hatte ich jetzt eine ungefähre Vorstellung.

Im ehemals ostpreußischen Insterburg, das jetzt den sowjetischen Namen Tschernjachowsk hat, begann die breitere russische Schienenspur, und wir bekamen mitsamt unseren Möbeln russische Waggons. Unsere Familie erhielt wieder ein ganzes und durchaus komfortabel wirkendes Schlafwagenabteil. Inzwischen waren wir ja schon etliche Tage unterwegs gewesen. Die Überraschung aber brachte die erste Nacht. Die Schlafwagen waren total verwanzt. Es begann damit ein Kampf gegen diese Plagegeister, den wir, später mit mehr Erfahrung, fast über die ganze Zeit des Russlandaufenthaltes führen sollten. Weiter ging die langsame Fahrt über Wilnius, Kaunas, Welikije Luki nach Moskau, wo unser Zug auf den Gleisen im Stadtteil Silberwald für längere Zeit stehen musste. Uns erstaunten die gewaltigen Wohnhäuser, in denen nachts jedes Fenster erleuchtet war. Vater äußerte völlig richtig, dass dort hinter jedem Fenster eine Familie wohnt.

Dort bemerkten wir auch eine Gruppe bewachter deutscher Kriegsgefangener, die an den Bahngleisen arbeiteten. Als wir denen ein paar Würste aus unserem Reiseproviant abgaben, starrten sie uns aus verhungerten Gesichtern ungläubig an. Einer der sie bewachenden Rotarmisten, der diese Hilfsaktion zu verhindern versuchte, wurde von uns Reisenden so sehr angebrüllt, dass er völlig verschüchtert aufgab.

Der Zug setzte sich bald wieder nach Norden in Bewegung und wir kamen über Beskutnikowo bis Dmitrow, nach einer gesamten Reisezeit von zwei Wochen. Aus Beskutnikowo, wo der Zug für ein paar Stunden Halt machte, ist mir noch eine nette Szene in Erinnerung geblieben. Wir konnten die reichlich mitgeführten Lebensmittel kaum aufessen. Der Ingenieur F. stellte sich mit einer vollen Schüssel Griesbrei neben den Zug und bot ihn den neugierig herangekommenen Russen an. Sie waren zu schüchtern und konnten an ein solches Geschenk kaum glauben. Es dauerte für mich als Zuschauer daher unglaublich lange, bis ein mutiger Russe seine Wattejacke auszog, sie auf der Erde ausbreitete und den Brei hineinschütten ließ. Dann verschwand er schnell mit der zusammengerollten Wattejacke im Arm und ihrem delikaten Inhalt.

In Dmitrow, ungefähr 85 Kilometer nördlich von Moskau, war zunächst Endstation. Alle Möbel wurden in offene amerikanische Lkws umgeladen, und wir selbst stiegen dazu. Ich hatte die Aufgabe, draußen und oben auf den Möbeln zu sitzen und aufzupassen, dass nichts herunterfiel oder gestohlen wurde. Das stellte sich als ziemlich frische Angelegenheit heraus, denn immerhin hatten wir schon November und das in Russland! Vater drückte mir eine hölzerne Gardinenblende in die Hand, damit ich notfalls von ganz oben Klopfzeichen zum Führerhaus geben konnte. Angelassen wurden diese Lkws damals noch von außen mit einer Kurbel. Die lange Lkw-Kolonne fuhr weiter nach Norden. Dünne Schneeflocken wehten mir da oben in meinem viel zu dünnen Lodenmantel ins Gesicht. Wir fuhren nach einiger Zeit durch einen scharf bewachten Straßentunnel, der unter der Wolga durchführte. Dahinter lag Podberesje, Kreis Kimry, Bezirk Kalinin. Hier befand sich das „Werk Nr. 1". Wir waren endlich an der künftigen Arbeitsstätte und dem Wohnort der Deutschen angekommen. Kein Mensch wusste, wie lange wir hier zu leben hatten oder ob wir je wieder nach Deutschland zurückkommen würden.

Unsere Familie bekam im Gebäude der späteren „deutschen Schule" zwei Zimmer zugewiesen. Unser hoch bepackter Lkw fuhr also mit uns bis zum Gebäudeeingang. Wenige Meter davor lief eine Bodenwelle über den Weg, den der Fahrer mit völlig unangepasstem Tempo nahm. Die hinten stehende Kiste mit unserem Geschirr machte einen selbstmörderischen Satz, und unsere Teller und Tassen gaben nach einer Reise von 2.000 Kilometern wenige Meter vor dem Ziel größtenteils ihren Geist auf.

Die Wohnungen waren nur durch Sperrholzwände voneinander getrennt. Dass ich dadurch aus der Nachbarwohnung durch das ewige „Wenn bei Capri die rote Sonne im Meer versinkt" auswendig lernte, war noch das Harmloseste.

Podberesje, heute heißt es Dubna – linkes Ufer, liegt auf einer Halbinsel zwischen der Wolga und dem sogenannten „Moskauer Meer", das aus der aufgestauten Wolga gespeist ist, genau gegenüber dem nördlichen Ende des fast 130 Kilometer langen Moskwa-Wolga-Kanals. Der Kanal geht über acht Schleusen bis nach Moskau. Er war in den Jahren 1932 bis 1937 von Sträflingen des „Roten Terrors" unter erheblichen Menschenopfern erbaut worden. Der offizielle Name des Moskauer Meeres ist „Iwankowoer Stausee (Wolga)".

Den nördlichen Kanaleingang zierten damals gigantische Skulpturen von Lenin und Stalin, die auch nachts angestrahlt waren und die wir später von unserem Holzhaus aus gut sehen konnten. Die einzige Straße, die aus unserem Ort weiterführte, war stromabwärts diejenige zur Kreisstadt Kimry. Denn ohne „Propusk“ (Passierschein) war die andere Straße durch den Wolgatunnel nicht benutzbar.

Schwierig zu erreichen war dagegen die Bezirkshauptstadt Kalinin, die heute wieder ihren früheren Namen Twer hat. Die berühmteste Moskauer Straße, die „Twerskaja“, ist die Ausfallstraße dorthin. Podberesje bedeutet „Unter der Birke“. Heinrich Sparrer, der ein Freund unserer Familie war, charakterisierte unseren neuen Lebensraum poetisch:

Hohe Birken, schlanke Kiefern,
Wälder, die uns Brennholz liefern,
See und Strom und Sand und Sumpf,
Winterstürme, Sonnenhitze –
Friere heute, morgen schwitze!
Gegensätze sind hier Trumpf!

Klub, Hotel und Steingebäude,
Finnenhäuser (Augenweide!),
Häuser auch im Blockhausstil,
Asphaltstraße, sand'ge Wege,
Träge Bäche ohne Stege –
Das ist alles, 's ist nicht viel!

Fröhlich zwar die Kinder spielen,
Doch zu stets den gleichen Zielen
Setzt man täglich sich in Marsch.
Manchem mag es eine Lust sein,
Doch hat man oft das Bewusstsein:
Hier ist aller Welten Rand!

Anfangs wurden wir alle registriert, angeblich um einen Pass zu bekommen – den aber keiner von uns je gesehen hat. Frau von Schlippe, eine Spezialisten-Ehefrau, die aus dem Baltikum stammte, half als Dolmetscherin. Unsere Namen wurden in russische Namensschreibweise übernommen, also auch unter Hinzufügung des in Russland üblichen Vaternamens. So wurde aus den Eltern „Gerbert Berngardowitsch Jakob“, „Elli Karlowna Jakobna“, aus meiner Schwester Irene „Irina Gerbertowna Jakobna“ und aus mir „Kljaus Gerbertowitsch Jakob“. Das deutsche „H“ wurde im Russischen üblicherweise in „G“ übertragen, so wie zum Beispiel auch „Hitler“ zu „Gitler“ wurde. Ein „H“ gibt es weder in der russischen Sprache, noch existiert es im kyrillischen Alphabet. Wie in fast allen slawischen Sprachen erhielten die Frauen ein „a“ an den Namen angehängt.

Unsere aus Deutschland mitgebrachte Winterbekleidung war völlig ungeeignet, und das merkten wir schon im November sehr schnell. Die arbeitenden Väter tauschten als Erste ihre Hüte und Ohrenschützer gegen Pelzmützen um. Allmählich bekam unsere ganze Familie dem Klima angepasste Kleidung mit Mützen, wattierten Mänteln und den berühmten Filzstiefeln, genannt Walenki. In diesen „Elbkähnen“ hatte man immer warme Füße, wenn man mit dicken Socken oder mit Fußlappen drinsteckte. Neben diesen gab es noch die etwas edleren Burki aus weißem Filz mit einem schwarzen Lederstreifen. Im Tauwetter trug man über diesen großen Stiefeln schwarze, wie Lackschuhe glänzende Gummigaloschen. Meine Mutter bekam einen schönen schwarzen Pelzmantel. Ich erhielt später sogar einen maßgeschneiderten Wintermantel mit einem Innenfutter aus ganzen Fuchsfellen. Mein neuer weißer Pullover mit dem blauen Norwegermuster auf der Brust war leider nicht farbecht und färbte den ganzen Pullover nach dem ersten Waschen scheckig. Also musste er leider dunkelblau gefärbt werden.

Die Russen beneideten die zugereisten Deutschen immer wieder offen um ihre zahlreichen Möbel. Sie versuchten diese zu kaufen, wo sich nur eine Gelegenheit ergab. Nett war daher auch die Episode, die mein Vater erlebte, als er im Werk auf den möglichen Verkauf eines „Krowatj“ angesprochen wurde. Er hatte nichts dagegen und nahm deshalb am nächsten Tag eine seiner Krawatten mit. Gelächter der Russen, denn „Krowatj“ heißt Bett. Aber unsere Betten waren unverkäuflich.

Durch die ganzen Wirren der Verschleppung war für uns Kinder ein Schulunterricht völlig entfallen, was ich selbst als keinerlei Minderung der Lebensqualität empfand. Im Dezember fing mein Vater aber unerbittlich damit an, mir

Hausunterricht zu erteilen. Der bestand aus Rechnen, Aufsatzschreiben und Abschreiben und Auswendiglernen deutscher Gedichte aus dem „Echtermeyer/von Wiese". Für meine Gedichte bekam ich ein Schulheft, das ich noch heute besitze. Das Erste, was ich dort einzutragen hatte, war das Deutschlandlied „Einigkeit und Recht und Freiheit für das deutsche Vaterland …"

Den ersten russischen Frühling, der sich nach dem kalten Winter wie eine Eruption einstellte, erlebte ich, als wir immer noch in der Schule wohnten. Einige kleine Tümpel befanden sich dort in unmittelbarer Nähe. Das reichhaltige Leben in ihnen überraschte und interessierte mich sehr. Da waren Massen von Fröschen und Kaulquappen, hastig auf und ab schwimmende Gelbrandkäfer und ihre räuberischen Larven, die sich an den fetten Kaulquappen labten. Ganz zu schweigen von Wasserflöhen, üppigen Wasserpflanzen und so weiter. Wegen des noch nicht bestehenden regulären Schulunterrichts bemühten sich einige Erwachsene um eine Organisierung der deutschen Kinder und Jugendlichen. Georg von Schlippe rief eine Gruppe zusammen, die im russischen Klubhaus eine Scharade aufführte. Ich machte mit, weil das Klubhaus neben unserer Schulwohnung lag.

Die etwas dralle Frau B. rief die Jugend im Frühjahr 1947 zum Freiluftsport auf der Wiese vor der Apotheke auf. Wir Jungs turnten da in der traditionellen deutschen Turnkleidung, also in schwarzer kurzer Turnhose mit weißem Unterhemd.

Hier in Russland war die allgemeine Ernährungslage nicht gut, obwohl es Nahrungsmittel zu kaufen gab, die wir in Deutschland seit langer Zeit nicht mehr kannten. Besonders die Russen mussten wegen sehr unregelmäßiger Lieferungen in ihre Kaufläden, die sogenannten Magazine, gelegentlich hungern. Es gab aber ein Magazin für die Deutschen. Wo die Russen einkauften und dort viel in Schlangen anstehen mussten, war der Fußboden immer voller „Semetschki", Sonnenblumenkerne, die sie kauten und dabei geschickt im Mund von den Schalen befreiten, die dann ausgespuckt den Boden bedeckten. Brot wurde in einem speziellen Magazin verkauft. Auch hier bildeten sich oft Warteschlangen. Das Brot, ein Kastenbrot, war oft nicht so ganz durchgebacken, sondern hatte unten einen Wasserstreifen. Wir nannten das klitschig. Es enthielt viel Korn mit Spelzen. Eigentlich war das ja richtig gesund. Heute redet man ja viel über die Wichtigkeit der Ballaststoffe. Ich selbst hatte als heranwachsender

Jugendlicher damals erhöhten Energiebedarf. Süßigkeiten naschte ich fast suchtartig und fand auch alles dieser Art, was die Eltern vor mir versteckt hatten. Das Glas Honig, das im Kleiderschrank versteckt war, löffelte ich gierig völlig aus. Bestraft wurde ich dafür nicht. Dafür musste die ganze Familie in der nächsten Zeit mangels Honig fein geraspelte rosa Fondantpralinen auf getoasteten Spelzenbrotscheiben essen.

Mit Gelegenheitskäufen wurde der Speisezettel verbessert. So hing eine Zeit lang eine geräucherte Rentierlende an der Wohnungstür und krachte jedes Mal beim Auf- und Zumachen laut gegen die Tür.

Als Kühlschrank dienten unsere Doppelfenster. Das aber war in Russland sehr naiv gedacht, denn wir wohnten im Parterre. Eines Tages gab es ein Klirren, und die im Fenster gelagerte und gerupfte Gans war weg. Ähnlich war's mit dem Nudelteig, den meine Mutter ausgewalzt zum Trocknen vor dem Fenster auf einem Brett in die Mittagssonne gelegt hatte. Ich verfolgte den Nudelteigräuber noch ein Stück, hatte aber keine Chance. Aber neuartige Speisen lernten wir durchaus zu schätzen. Da gab es gelegentlich sibirische „Pelmeni", eine Art kleiner Maultaschen, hervorragendes Sauerkraut, Gewürzgurken oder in Fässern gesalzene und auch anders gewürzte kleine Fische. Die Russen sind Weltmeister im Pilze- und Beerensammeln. Sauer eingelegte Pilze konnte man durchaus schon zu den Delikatessen rechnen. Honig oder Eier wurden an der Tür gekauft.

Anfangs besaßen wir weder unser Petroleumöfchen noch den selbst gebauten Elektrokocher. Als wir heißes Wasser brauchten, suchten wir einfach das nächstgelegene russische Holzhaus auf. Vorher hatten wir uns den russischen Begriff für heißes Wasser „Kipjatok" eingepaukt. So lernten wir die Familie Pawlow kennen. Die waren sehr lieb und hilfsbereit. Unser Wasser durften wir jederzeit auf ihrem großen Küchenherd heiß machen. Besonders mit Tochter Walja, einem drallen und fröhlichen Mädchen, entstand eine Freundschaft zu unserer Familie. Später bekamen wir von ihr auch unsere liebe und intelligente Katze Musch Pawlowna geschenkt. Der alte Pawlow war auch im Flugzeugwerk beschäftigt. Er war Parteimitglied und hatte daher offensichtlich einige Vergünstigungen, die das Leben seiner Familie erleichterten. Wir amüsierten uns, wenn er uns Deutschen immer gern bedeutete: „Gitler kaputt, Stalin wwo!" Bei dem „wwo!" streckte er den Daumen der rechten Hand stolz in die Luft. Das

Ganze hieß: „Hitler ist kaputt, Stalin ist ein Pfundskerl!“ Im Winter öffneten die Russen ihre Fenster nie, sondern verklebten die Rahmen mit Zeitungspapier. Deshalb roch es im Winter in diesen Häusern auch immer recht streng nach Feuer, Kapusta, also Kohl, Menschen, Katzen und was sonst noch immer.

Als ich 1999 wieder in dem Ort war und mich nach dem Verbleib der Pawlows erkundigte, konnte mir keiner mehr weiterhelfen. Das ist kein Wunder nach fast 50 Jahren!

Es war damals auch für uns ein Wunderland. Männer und Frauen waren offensichtlich gleichberechtigt. Das äußerte sich für uns befremdlich daran, dass auch Frauen neben Männern schwerste körperliche Arbeiten zu verrichten hatten, wie beispielsweise beim Straßenbau. Es gab aber auch die sogenannten „Flintenweiber“. Die bewachten mit einem umgehängten Gewehr andere Arbeitsgruppen.

Phänomenal fand mein Zigaretten rauchender Vater die Papirossy. Es waren Zigaretten mit einem überlangen Pappmundstück hinter einer kleineren, mit Machorka-Tabak gefüllten Spitze. Das Mundstück wurde zweimal geknickt, damit sich der Rauch abkühlte. Der große Vorteil aber war, dass man diese Dinger deshalb auch mit einem dicken Handschuh rauchen konnte. Kasbek und Belomorkanal hießen die bekanntesten Marken.

Außer einzelnen Kontakten bedeuteten wir Deutsche für die Russen eher eine Parallelgesellschaft. Auch zwischen deutschen und russischen Kindern gab es so gut wie keine Kontakte. Obwohl die russische Schule im deutschen Viertel lag und umgekehrt die deutsche Schule im russischen Wohngebiet, bemerkten wir uns gegenseitig kaum auf den Schulwegen. Lediglich ein aufgehetzter russischer Junge, den wir wegen seines lumpigen grünen Wattemantels als den „Grünspecht“ bezeichneten, liebte es, dummfrech seinen Hass zu zeigen, indem er mit einer Eisenstange brüllend auf uns losging. Wir wichen ihm dann geschickt aus, und die brenzlige Situation beruhigte sich schnell. Für die Russen waren wir die „Fritzy“. Interesse am Leben der anderen gab es aber durchaus. Am Feiertag des 1. Mai war immer schönes Wetter. Die Russen begingen diesen Tag recht ausgelassen. Wir Jugendlichen sahen zu und applaudierten mit, wenn Tänzer mit Akkordeon, Ringelhemden, schief aufgesetzter Schirmmütze, unter der ein Büschel künstlicher Locken keck hervorquoll, eine Zigarette lässig im

Mundwinkel, gewaltig Stimmung machten und die einheimischen Zuschauer spontan zum Mittanzen anregten.

Im Sommer 1947 konnten wir endlich unser Holzhäuschen unweit der Apotheke beziehen. Es war ein Doppelhaus, dessen andere Hälfte die Familie Grießhaber bezog. Diese Häuser waren für uns in aller Eile von deutschen und ungarischen Kriegsgefangenen aufgebaut worden.

Das sogenannte Finnenhaus, genannt „Finskyj Dom", eine Reparationsleistung Finnlands, hatte eine Küche, einen winkelförmigen Wohn- und Schlafraum, WC und einen Flur als Windfang. Das schräge Dach war mit grauem Asbest gedeckt. Dadurch besaßen wir auch einen kleinen nicht isolierten Dachboden, der im Winter sibirisch kalt und im Sommer kochend heiß wurde. Geheizt wurde mit reichlich Birkenholz in einem großen russischen Lehmofen in der Mitte des Hauses. Auf dem hätte man sogar schlafen können, was in den Blockhäusern der Russen gang und gäbe war. Um Holz für den Ofen mussten wir uns nicht besonders bemühen. Es wurde am Haus angeboten. Immer wieder klopften Russen an der Tür, die gegen Rubel ihren Dienst zum „Golz gacken" anboten. An der sogenannten Stolowaja vor dem Werkseingang gab es einen taubstummen, kräftigen Kerl, der es schaffte, mit einem einzigen Axtschlag meterlange Holzscheite durchzuspalten. Außerdem konnte er herrliche Grimassen schneiden. Auch im neuen Haus tauchte das Wanzenproblem sofort wieder auf. Durch zeitlich abgestimmte gemeinsame Vernichtungsaktionen mit den Nachbarn von beiden Haushälften aus und mit Hilfe von viel Petroleum und DDT konnten wir diese Belästigung fast völlig beseitigen. Einen kleinen kühlen Kellerraum, in dem man sogar aufrecht stehen konnte, schachteten wir selbst im lockeren Sandboden unter dem Hause aus.

Um unser Häuschen herum gab es genügend Platz für einen Garten, in dem auch so schnell wie möglich Bohnen, Gurken, Kürbisse und anderes Gemüse gezogen wurde. Zur Straße hin lag der Blumengarten. Seitdem erinnern mich die Blüten der Cosmea und auch der Kapuzinerkresse immer wieder an unseren dankbaren Garten in Russland.

Der sehr magere Sandboden des Gartens verlangte nach Unmengen von Dünger. Pferdeäpfel und Kuhmist wurden bei jeder sich bietenden Gelegenheit untergegraben. Mit dem Kuhmist war es eine ganz besondere Sache. Die Kühe der Russen waren schon im Morgengrauen unterwegs. Und so flitzten der Nachbarsjunge Jürgen und ich frühmorgens noch völlig ungewaschen mit je einem nahezu wasserdichten Handkarren um die Wette den Kühen hinterher. Nach einer guten halben Stunde hatte jeder seinen Wagen gestrichen voll mit noch recht flüssigem Kuhmist. Das roch eigentlich gar nicht mal so sehr schlecht, fanden wir.

Unsere intelligente Katze Musch Pawlowna liebte es besonders, wenn sie es sich nachts auf der Bettdecke über meinen Füßen bequem machen konnte und dabei dann auch noch durch ihr genüssliches Schnurren meine Ruhe störte. Am Tage stellte sie gern den zahlreichen Eidechsen nach, von denen sie hin und wieder eine lobheischend auf der Treppe niederlegte. Um ihren natürlichen Jagdtrieb nicht zu zerstören, fanden wir das, sie streichelnd, ganz allerliebst.

Keine zwei Jahre nach Kriegsende begegnete man häufig überflüssig gewordenem Kriegsgerät. In unserer Straße stand eine verrostete Panzer-Abwehrkanone, deren Lauf mit dem Sand der Straße vollgefüllt war, auf ihre Weise ein schönes Friedenssymbol. Auf dem Deich am Stausee sahen wir zusammengelegte Eisennetze aus tellergroßen Ringen. Die Bedeutung mussten wir uns erst erklären lassen. Sie sollten vor den Deich gespannt eine eventuelle Bootslandung der deutschen Wehrmacht verhindern. Immerhin waren die Deutschen im Winter 1941 so weit vorgedrungen, nämlich bis zum gut 40 Kilometer entfernten Ort Klin, dass man in Podberesje angeblich den Geschützdonner hören konnte.

Am 1. September 1947 begann für rund 350 Kinder der Unterricht in der deutschen Schule. Diese war im ersten Stock des Gebäudes untergebracht, in dem wir anfangs gewohnt hatten. Im Erdgeschoss befand sich eine russische Grundschule. Kontakte zwischen den beiden Schulen gab es nicht. Die waren von den Sowjets auch nicht gewollt. Einen Schulhof, auf dem wir uns hätten begegnen können, gab's auch nicht. Also mussten wir in den Pausen immer zu zweit und in einer Schlange auf dem oberen Schulflur im Kreise herumgehen. Frischluft bekamen wir nur durch die geöffneten Fenster.

Ich kam in die vierte Klasse. Sowohl der Direktor als auch der Unterrichtsleiter waren Russen. Die Naturwissenschaften wurden von deutschen Spezialisten unterrichtet, die für diese Aufgabe vom Werk teilzeitig freigestellt waren. Auch das Fach Deutsch hatten deutsche Lehrer inne, die meisten waren Ehefrauen der Spezialisten. Russisch, russische und sowjetische Literatur, Verfassung der UdSSR wie auch Geschichte hatten, wie zu erwarten, russische Lehrer besetzt, die sich zum Teil aber auch in Deutsch ausdrücken konnten. Es war aber für uns Deutsche durchaus ein Gewinn, die russische Literatur kennen zu lernen. Im sogenannten Dritten Reich war sie uns unbekannt geblieben. Puschkin, Lermontow, Tolstoj, Majakowski, Gogol und andere kannten wir nicht. Kurios war es, dass wir dort auch erst den Deutschen Heinrich Heine kennen und schätzen lernen sollten. Alle diese Namen existierten unter den Nazis nicht. Niemand kannte die berühmtesten Wissenschaftler, zum Teil Nobelpreisträger, wie Pawlow, Mendelejew, Moshaiski, Metschnikov. Tschaikowski durfte bei uns zwischen 1933 und 1945 nie gespielt werden.

Der Lehrer Viktor Iwanowitsch Pastuchow unterrichtete uns ständig in einer Uniformjacke. Eine andere besaß er wohl nicht. Bei ihm hatte ich offenbar einen „Stein im Brett" und durfte mir allerhand kleine Frechheiten erlauben. Einmal verglich er mich wegen meines Aussehens mit Tschapajew, einem sogenannten Helden des Bürgerkrieges. Ich saß in dieser Stunde mit stolzgeschwellter Brust auf meinen Stuhl und pflegte meine Eitelkeit.

In späteren Schuljahren wurden die Fächer Mathematik und technisches Zeichnen von Russen gegeben.

Ein Lehrplan für deutsche Schüler in der UdSSR existierte anfangs nicht. So war es dem Pflichtgefühl und der Phantasie der deutschen Lehrer überlassen, uns die Unterrichtsfächer nahezubringen. Dabei muss man bedenken, dass seit dem Kriegsende gerade erst zwei Jahre vergangen waren. Wir wurden also im Fach Deutsch noch sehr nach völkisch-romantischer Literaturauswahl unterrichtet. Die Russen mischten sich nicht ein.

So lernten wir zum Beispiel den Anfang des Hildebrandtliedes auf Althochdeutsch „Ik gihorta dat seggen ..." und fast alle klassischen Gedichte, die auch unsere Eltern schon gelernt hatten. Wir sangen Lieder wie „Wer will mit uns nach Island ziehen", „Ännchen von Tharau" oder „Die Glocken stürmten vom Bernwardsturm" und führten Goethes „Zauberlehrling" mit verteilten Rollen und in Kostümen auf. Im Russischunterricht lernten wir dafür die sowjetische Nationalhymne und hatten dabei mitnichten Bauchschmerzen. Für das Fach „Geschichte der UdSSR" bekamen wir ein Lehrbuch in deutscher Sprache. Darin wurde der Einfall des Deutschen Ritterordens 1242 nach Russland beschrieben. Es ereignete sich der entscheidende Sieg des Alexander Newski auf dem Eis des Peipussees. Diese Schlacht wurde als Sieg über die deutschen „Hunderitter“ beschrieben. Wir Kinder protestierten mit Erfolg gegen diese desavouierende Bezeichnung. Die Russen waren einsichtig, und wir brauchten diesen Ausdruck nicht zu benutzen, durften sogar diese Stelle im Buch schwärzen. Dieser Sieg war unser!

Unter unseren deutschen Lehrern waren Herr Raff mit seinem Geometrieunterricht und Herr Dr. Dunken für das Fach Chemie die beliebtesten. Durch ihre Persönlichkeiten wurde das Interesse für diese Fächer sehr stark geweckt. Besonders Herrn Raffs Vermittlung der Geometriegrundregeln, stets in „Voraussetzung, Behauptung, Beweis“ gegliedert, prägten sich für immer ein.

Der strohblonde Russischlehrer Bogomasow vermochte es nicht, die Klasse diszipliniert zu halten. Wenn ihm dann irgendwann der Kragen platzte, beschimpfte er uns als „Gitlerrjuggend“. Das wurde von uns mit Gelächter quittiert. Die knackige Lebedjewskaja dagegen war sehr lieb, beflügelte aber mit ihrem kurzen Rock, ihren kräftigen, in schwarzen Schaftstiefeln steckenden Beinen und in ihrem engen Pullover um mehr Platz zu kämpfen scheinendem Busen die Phantasie der pubertierenden Jungs aufs Heftigste. Wie oft doch suchten wir scheinheilig etwas auf dem Fußboden, um ihr möglichst weit unter den Rock schauen zu können.

Reni arbeitete anfangs als Bürogehilfin mit im Werk, kam aber ein Jahr später auch in die Schule, um diese nach der zehnten Klasse mit der Hochschulreife abzuschließen. Sie wurde sogar für eine Goldmedaille vorgeschlagen – das hieß aber, dass sie nur eine entsprechende Bescheinigung bekam.

Mit unserem Wohnhäuschen waren wir sehr einig, und wir wähnten uns darin auch völlig sicher. Dem war aber leider nicht so. Nach einer herbstlichen Sturmnacht wunderten wir uns morgens über die aufgezogenen Schubladen der Kommode und die allgemeine Unordnung. Ziemlich schnell wurde klar, dass wir einen Einbruch hinter uns hatten. Die Diebe waren völlig geräuschlos durch ein aufgebrochenes Fenster eingestiegen und hatten offenbar ebenso geräuschlos neben den Köpfen der schlafenden Eltern etliches ausgeräumt und mitgehen lassen. Neben dem Haus fanden wir noch Vaters Hosenträger.

Danach wurde unser Haus durch dicke Metallstäbe an den Fenstern und durch zusätzliche Riegel an der Haustür regelrecht befestigt. Die russische Miliz wurde der Diebe kurz danach habhaft. Die Überraschung aber war, dass einer der beiden Einbrecher der Bruder meiner russischen Lehrerin Frau Nikiforowa war, einer zierlichen, hübschen und von uns Schülern geschätzten Person. Sie schämte sich für ihren Bruder sehr. Wir Familienmitglieder und unsere Freunde vereinbarten nach dem Einbruch auch ein bestimmtes Klopfzeichen, wenn wir Einlass begehrten. Kam das nicht, wurde erst durch die Tür gefragt: „Kto tam?" („Wer ist da?") So war der Wilde Osten!

Himmlisch lang waren unsere Sommerferien von fast drei Monaten. In der Zeit hatten wir ein freies Leben, das fast dem „Tom Sawyers" glich. Wir stromerten durch die Natur oder badeten den ganzen lieben langen Tag an der Sandmole im Moskauer Meer. Ich steckte mir morgens ein dickes Stück trockenes Kastenbrot in den Bademantel und kam oft erst vor Sonnenuntergang mit einem Bärenhunger wieder nach Hause.

Die Eltern meinten, dass mir inzwischen Kiemen gewachsen wären. Die russischen Sommer mit ihrem Kontinentalklima waren trocken und heiß. Am blauen Himmel meckerten die Bekassinen. Über die ganze Ferienzeit sahen unsere Füße keine Schuhe. Es bildete sich eine so dicke Hornsohle, dass wir über fast jeden Untergrund gehen konnten, ohne einen Schmerz zu fühlen.

Auf dem Deich wanderten wir manchmal nach Norden, dann durch den Sumpf mit seinen großen Rohrkolben und über einen Knüppeldamm in das einsam gelegene Dorf Omudnja. Hier sah man das wahre alte Russland mit seinen anheimelnden Blockhäusern der Fischer und Bauern. Im Winter konnte man per „Luftlinie" übers meterdicke Eis hierher wandern.

Spannend war auch das Steilufer der Wolga, unmittelbar neben dem Staudamm. Dort im lehmigen Boden fanden wir jede Menge Donnerkeile und Ammoniten. Direkt oberhalb des Steilufers blühte ein großer duftender Jasminbusch.

Meine Schwester schrieb im Mai 1949 an Wilhelm Schlüter in Hamburg, ihren späteren Ehemann:

„Am Sonnabend war ich mit Klaus weit im Wald, wir haben Blumen gesammelt. Die Flora ist hier so vielfältig, es ist einfach wunderbar! In diesem Jahr wird es viele

Schlangen geben. Sehr viele schwarze Sumpfvipern gibt es hier, die ja auch giftig sind. Die Kinder machen sich einen Spaß daraus, sie lebend zu fangen; den Müttern steht dann immer das Herz still! Klaus brachte auch schon eine mit nach Hause …"

Auf einer großen, flachen Wiese am Ufer der Wolga lag der Sportflugplatz. Hier spielte sich das Freizeitleben unserer Segelflieger ab. Zwei Segelflugzeuge standen den Deutschen zur Verfügung, das einsitzige „Baby" und der zweisitzige „Kranich". Sie wurden mit einem Doppeldecker hochgeschleppt, bevor sie sich dann beim Erreichen guter Thermik ausklinkten und selbständig weiter in den Himmel hochschraubten. Einer der Doppeldeckerpiloten war der Kunstflieger Herr Treuter, ein Typ wie der Filmschauspieler Jack Nickolson. Auch Treuter zählte zu den Freunden unserer Familie. Wir Jungs drückten uns, so oft es ging, dort auf dem kleinen Flugplatz mit herum, und waren stolz, wenn wir uns durch kleine Dienste nützlich machen konnten. Schließlich wollten wir ja damals allesamt Piloten werden.

Eines Tages lud mich Herr Treuter überraschend zum Mitfliegen in dem offenen Doppeldecker „U2" ein. Ich konnte es vor Freude nicht fassen. Es sollte der erste Flug meines Lebens werden – und was für einer! Ich wurde angeschnallt, über den eventuellen Gebrauch des Fallschirms instruiert, und los ging's. Ich jauchzte vor Glück. Erst schleppten wir ein Segelflugzeug mit hoch. Als das ausgeklinkt hatte, wurde im Tiefflug über dem Flugplatz das Schleppseil abgeworfen und die Maschine stieg danach immer höher, so hoch, dass ich meinte, den ganzen Stausee übersehen zu können mit seinen vielen bewaldeten Inseln und Halbinseln. Plötzlich ging der Motor aus, und die Maschine begann zu trudeln, bis sie sich weit unten fing und mit wieder laufendem Motor erneut nach oben stieg. Erst jetzt verstand ich: Der Kunstflieger Treuter absolvierte nun mit mir ein ganzes Kunstflugprogramm mit Trudeln, Turn, Looping, Rolle und so weiter. Bei einigen Flugfiguren war die Beschleunigung so stark, dass ich nicht nur tief in den Sitz hineingepresst wurde, sondern dass mir das Gesicht nach unten bis auf die Brust herab zu hängen schien . Trotzdem sang ich laut vor Freude, weil es mir nicht toll genug gehen konnte. Der Himmel war manchmal rechts, manchmal links oder auch unten. Ein Wunder, dass sich der Pilot überhaupt noch zurecht fand. Schade, dass meine Eltern davon keine Ahnung hatten und uns nicht sahen! Es war einer meiner schönsten Tage in Russland, und ich glaube mich noch an jede Minute dieses Fluges zu erinnern.

Der Wermutstropfen aber kam danach von meinem Vater, weil ich einen Aufsatz über das Erlebnis zu schreiben hatte. Leider existiert dieser Aufsatz nicht mehr.

Unvergessen ist auch das Völkerballspiel, das wir in unserer ungepflasterten Straße fast täglich und endlos spielten. Besonders die Mädchen waren hier die Aktiven, wir Jungs dabei nur wohlgelitten. Beim Völkerball kommt es darauf an, aus zwei getrennten Feldern heraus die Spieler im gegnerischen Feld mit dem Ball zu treffen und dadurch auszuschalten. Fängt aber der Angeschossene den Ball, dann geht es umgekehrt weiter.

Schon in Halle besaß ich Turnringe, die in einem Türsturz angebracht waren, und an denen ich gern turnte. Mein Vater spornte mich dazu an. Im überdachten Vorbau unseres Häuschens wurden sie nun endlich wieder angebracht, und ich machte mit den Übungen weiter Fortschritte. Der größte Vorteil aber war, dass mich die Nachbarsmädchen dabei bewundern konnten. Es gab da noch das etwas jüngere Nachbarsmädchen D., ein hübsches blondes, blauäugiges Wesen. Wir verkrümelten uns manchmal in den nahe gelegenen Wald zum Anatomiestudium.

Es plätschern die Wogen am Strande,
weit dehnt sich das Moskauer Meer,
die Jugend baut Burgen im Sande,
man badet ganz familiär.
Und über die Wellen, die hellen,
da huscht's wie ein Pfeil so geschwind,
da fliegen die flinken Libellen,
und spielen in Sonne und Wind.
Ein Bild aus pastellfarbnen Tönen
liegt unter dem Himmel, dem blau'n,
um teil auch zu haben am Schönen
färbt Rücken und Bauch sich tiefbraun.

Schon quaken die Frösche und Unken,
fern kurst noch ein segelndes Boot.
Die Sonne ist nordwärts versunken
im Abend- und Morgenrot.

Sparrer

„Im Abend- und im Morgenrot“, das bezog sich auf die sehr langen Tage im Mitsommer, wenn die Sonne weit im Norden fast nicht mehr unterging, denn geografisch lagen wir etwa auf der Breite von Riga. Im Winter sah man Nordlichter.

Und noch einen wirklich guten Freund der Familie gab es, der auch regelmäßig an unserem Mittagstisch teilnahm. Es war Hans Pohle, den es als Strohwitwer nach Russland verschlagen hatte. Er war ein Jugendfreund aus der Nachbarschaft unseres Vaters in Leipzig. Die beiden hatten sich völlig aus den Augen verloren und dann in Podberesje wieder getroffen. Hans Pohle war Flugzeugingenieur bei Junkers in Dessau. Er hielt auch nach der Russlandzeit eine lebenslange Freundschaft zu unserer Familie. Nach der Rückkehr wohnte Pohle wegen des Flugzeugwerkes in Dresden, wo ich ihn auch in meinem letzten DDR-Sommer 1958 besuchte. Ich sah ihn dann erst während der deutschen „Wende“ in seinem Haus im sächsischen Werdau wieder. Von uns leider unbemerkt starb er dort 1991.

Insgesamt lebten in unserem Dorf etwas über 1.600 Deutsche. Die Spezialisten, rund 550 Personen, kamen aus den Flugzeugwerken Junkers in Dessau, Siebel in Halle und Heinkel in Rostock. Auch hier, im sogenannten Sawod Nr. 1, arbeiteten die ehemaligen Werke in getrennten Konstruktionsteams.

Etliche deutsche Spezialisten waren Junggesellen oder ohne ihre Familien gekommen. Die Sowjets haben das schon früh als ein menschliches Problem erkannt. So tauchten schon Ende 1946 einige hübsch anzusehende, perfekt deutsch parlierende Damen aus Moskau bei uns in der Schule auf. Sie bezeichneten sich als Germanistikstudentinnen, und es gab lustige Gespräche in großer Runde. Eine von denen schenkte mir ihr Russisch-Deutsches Wörterbuch. Sie hieß Soja Boressowa.

Vom Berufsalltag der Väter erfuhren ihre Familien so gut wie nichts. Erst Jahrzehnte später wusste ich Genaueres darüber, hatte mich allerdings auch erst dann dafür interessiert. Die Konstruktionsziele waren Bomber mit modernem Antrieb. Wenn die Modelle im Windkanal getestet wurden, hörten wir den lauten und anhaltenden Donner in der ganzen deutschen Siedlung.

Der Unfall des deutschen Testpiloten Ziege beim Überschallflug wurde schnell bekannt. Der aber war bis auf ein paar Schnittverletzungen im Gesicht noch glimpflich davongekommen.

Rein zufälligerweise sah ich den nach hinten gepfeilten Bomber „EF 140" in seiner hellblauen Farbe einmal tief und langsam über unseren Häusern kreisen. Er sollte wohl bewundert werden. Nach vorn oder hinten gepfeilte Flügel ermöglichten einen besseren Auftrieb und schnelleres Fliegen. International haben sich aber nach vorn gepfeilte Tragflächen durchgesetzt.

Auch das Aufgabengebiet meines Vaters bekam für mich erst Jahrzehnte später genauere Umrisse. Als Ingenieur war er Gruppenleiter in der Abteilung Gasdynamik und Aerodynamik. Heute kann ich mir vorstellen, dass es ein hoch interessantes technisches Gebiet war. Sein Monatsgehalt betrug damals 2.500 Rubel, was dem Monatseinkommen eines sowjetischen Majors entsprach.

Das Leben dieser Schicksalsgemeinschaft organisierte sich bald. Es wurde der „Deutsche Schachklub" gegründet, dessen Chronik unser Heinrich Sparrer schrieb. Diese befindet sich in unserem Familienarchiv. Sie ist eine wichtige Quelle auch für diesen Text. Unglaublich, was es alles gab: Chor, Schach, Orchester, Schauspiel, Flugmodellbau, Skat, Bridge, Fußball und vieles mehr. Beim späteren Lesen Erhardt Kästners „Das Zeltbuch von Tumilad" musste ich oft über die erstaunlichen Parallelen lächeln, die fast immer dann entstehen, wenn sich größere deutsche Gruppen in Gefangenschaft befinden.

Ich selbst stieß später zur Jugend-Schachmannschaft, konnte hier aber keine Lorbeeren ernten. Kulturelle Veranstaltungen gab es sehr viele, wie auch aus Sparrers Chronik zu erfahren ist. Man konnte gar nicht alles mitbekommen. Höhepunkte in meiner Erinnerung aber war die gekonnte Aufführung der Operette „Die Fledermaus" von Johann Strauss und die Komödie „Kater Lampe" von E. Rosenow.

Reni sang mit im Chor. Hans Pohle spielte im Orchester die Bassgeige.

Auch die Bühnenaufführung des Märchens „Das Rumpelstilzchen“ für uns Kinder und Jugendliche werde ich nie vergessen. Schauspieler, Sänger und Bühnenbildner waren Talente, die nur geweckt werden mussten.

Unser Familienleben war in diesen Jahren ausgesprochen eng. Alles, was sich ereignete, war gemeinsames Erleben. Regelmäßig wurde aus geliehenen Büchern vorgelesen, waren es nun spannende Romane oder hoch interessante Sachbücher von Autoren wie Max Eydt, Bengt Berg oder Sven Hedin. Sparrers hatten ihre sämtlichen Bücher aus Deutschland mitgenommen. Ich erinnere mich noch an die Lesung des Buches „Atom“, in dem die Geschichte der Nutzung der Atomenergie enthusiastisch geschildert wurde. An deren Problematik dachte man damals noch nicht. Spannend war auch „Anilin“, in dem die Entwicklung komplizierter chemischer Stoffe erzählt wurde. Hans Dominiks Zukunftsromane standen hoch im Kurs. Uns Kinder packte die Lesewut. Bücher von Karl May waren der ganz große Lesehit. Ich schaffte es, fast alle Bände auszuleihen und zu verschlingen! Es gab in den langen Wintermonaten kaum eine andere Abwechslung, außer mal einen Kinobesuch. Die Russen boten meist Filme mit unerträglicher Propaganda an. Ganz selten gelangte aber auch schon mal ein deutscher Spielfilm in unser Kino, so erinnere ich mich an einen über Robert Schumann. Die sowjetischen Filme hatten Titel wie „Der dritte Schlag“, natürlich gegen die deutsche Invasionswehrmacht, oder „Das Lied von Sibirien“, ein Propaganda-Farbfilm über einen sibirischen Soldaten und dessen Kriegserlebnisse bis zur Eroberung Berlins.

Am 29. September 1947 wurde meine Mutter 40 Jahre alt, mein Vater am 17. Februar 1948. An irgendwelche Feierlichkeiten kann ich mich in diesem Zusammenhang überhaupt nicht erinnern. Aber Freund Sparrer hatte für uns wieder gedichtet:

Jahre um Jahre eilen von dannen
Wie Blumen verblühen in Sonne und Wind.
Könnte die eilende Zeit man doch bannen,
Wär man noch glücklich: ein spielendes Kind.
Längst sind der Jugend schillernde Träume
Der Sorge gewichen ums leibliche Wohl:

Spaten und Rechen und Säge und Bäume
Geben uns Arbeit, sind uns Symbol.
Dass die Gedanken am heutigen Tage,
Da Du vollendest Dein viertes Jahrzehnt,
Stärker als sonst Dich zur Heimat hintragen,
Zur Heimat, nach welcher so mancher sich sehnt,
Wissen wir alle, die Dir gratulieren
Und die so wie Du aus der Heimat verbannt.
Einmal im Jahr sollst Du es verspüren:
Du bist nicht alleine im fremden Land!

Aus einer beim Umzug ramponierten Tischstehlampe wurde eine „Heimatlampe" gebastelt, auf deren Schirm die farbigen Wappen von Halle, Leipzig und Stolberg prangten. Nach einiger Zeit bekamen wir aus Moskau ein Radio der Marke „Rekord". Nun endlich erfuhren wir wieder mehr aus der Welt, und besonders BBC London in Deutsch hatte uns wieder auf Kurzwelle. Durch Reflexion der Funkwellen in der Ionosphäre kam der Sender sehr klar an, und wir kannten uns im Programm schon sehr bald gut aus. Da wurde der Kommentator Lindlay Frazer gern gehört oder die Sprecherin Barbara MacFadian. Samstags abends gab es die „Viertelstunde des Grauens". Eines Tages berichtete ein Musikwissenschaftler über altägyptische Instrumente. Es war Mutters Großcousin Prof. Dr. Hans Hickmann, der vor den Nazis nach Kairo emigriert war. Er hatte natürlich in London keinerlei Ahnung, dass er von seinen Verwandten im fernen Russland gerade gehört wurde. Als wir ihm das zehn Jahre später in Hamburg erzählten, konnte er es kaum glauben und war darüber sehr glücklich.

Die Versorgungslage verbesserte sich in Podberesje, während im Nachkriegsdeutschland noch viel gehungert werden musste. Wir aber waren bald in der Lage, unseren Großmüttern unterstützende Pakete mit Weizenmehl, Schokolade, Bohnenkaffee und Zigaretten zu schicken. Die Zigaretten waren als inoffizielles Zahlungsmittel in Deutschland sehr willkommen. Pampelmusen und Melonen lernte ich erstmalig in Russland kennen. Hochwertiger Kaviar war nicht teuer. Frische Pilze und Beeren aller Art, Eier und Fische aus der Wolga wurden viel direkt an den Häusern angeboten. In unserer Familie wurde gern die Aalraupe aus der Wolga gegessen, weil diese Dorschart fast keine Gräten hat.

Gelegentlich fuhren wir auch in die Kreisstadt Kimry, 20 Kilometer stromabwärts, um Einkäufe zu machen. Dorthin fuhr ein Lkw mit einem eckigen und hohen, geschlossenen Aufsatz aus Blech, der von den Deutschen „Hutschachtel" getauft wurde. Die damals in Kimry gekauften handgedrechselten Schachfiguren benutze ich noch heute. Anfangs verkauften wir aber auch selbst eigene Dinge dort auf dem Markt. So hatten wir ein paar Dutzend Messer aus der ehemaligen Werkskantine in Halle mitgebracht. Weil diese Messer aber noch im Griff mit dem Hoheitsabzeichen des Dritten Reiches geschmückt waren, mussten wir erst einmal alles herausfeilen. So aber bekamen wir sie reißend abgekauft. Die russischen Marktfrauen dort nannten mich etwas ironisch „Molodoy Barin" – junger Gutsherr. Ihnen steckte wohl noch die Zarenzeit in der Seele. Kimry war die traditionelle Stadt der Lederstiefel, die als Langschäfter viel getragen wurden. Auch der Zarenhof soll seine Stiefel aus Kimry bezogen haben.

Mit unseren Verkäufen ließ sich das Familieneinkommen noch weiter verbessern. Dazu zählte auch anderes. Vater malte Aquarelle mit Motiven aus unserem Dorf, oder er zeichnete sehr geschickt mit der Feder. Das Interesse der deutschen Familien an diesen Bildern war so groß, dass er zu einer bescheidenen Bilderproduktion ermuntert wurde.

Reni verkaufte Blumensträuße aus dem eigenen Garten und unsere Mutter kümmerte sich um die Wäsche einiger Junggesellen. Im Juli 1949 schrieb meine Schwester an Wilhelm Schlüter in Wedel (Holstein):

> *„Wilhelm, weißt Du, was mir in letzter Zeit große Freude bereitet? – Meine Blumen! Rings um unser Häuschen wogt ein Blumenmeer, es geht einem das Herz über, wenn man solche Pracht sieht! Und ich bin die Blumenkönigin, denn ich habe sie gepflanzt und gepflegt. … Am Hause blühen Kapuzinerkresse und Sonnenblumen wie Flammen, ebenso Stangenbohnen und roter Mohn wie eine leise verhaltene Glut, das Grün der Blätter, die vielen Blumen auf den Beeten und das Dunkle der Föhren, deren Zweige über dem Dache zusammenschlagen – das macht mich froh!"*

Das alles machte auch unser alltägliches Leben dann doch recht frei von materiellen Sorgen, obwohl das Monatsgehalt des Vaters verhältnismäßig ausreichend dotiert war.

Eines Tages wanderte unsere Schulklasse entlang der Wolga nach Kimry, und wir besuchten auf dem Wege im Dorfe Krewa auch eine Kolchose, in der gerade mit Holzknüppeln Flachs gedroschen wurde. Den Rückweg nach Podberesje durften wir zu unserer großen Erleichterung per Dampfer machen.

Podberesje liegt, wie ich schon erwähnte, auf etwa der gleichen nördlichen Breite wie das lettische Riga. Was man in dieser geografischen Lage kaum vermutet, ist die Tatsache, dass unsere Gegend auch Malariagebiet war. Die Landschaft war sehr sumpfig und im Sommer recht heiß. Deswegen wurden unsere Häuser auch hin und wieder von der Gesundheitsbehörde mit dem heute berüchtigten DDT behandelt. Ein Flugzeug setzte außerdem im Tiefflug gewaltige Giftmengen in die Sumpfgebiete ab. Da ging man total aufs Ganze. Wir selbst mussten prophylaktisch gelbe Chinintabletten schlucken. Über irgendwelche ökologischen und gesundheitlichen Schäden machten sich weder die Behörden noch wir selbst Gedanken.

Sparrers Gedicht zum Thema Mückenplage:

Die Sonne steht so hoch am Himmel,
und auch die Erbsen stehen gut.
Siehst du des Mückenschwarms Gewimmel,
dann packt dich Wut!
Wenn abends sie ihr Tanzspiel treiben,
dann sei besonders auf der Hut,
vor allem an den Fensterscheiben
schlag tot die Brut!
Wie harmlos ist doch eine Wanze,
die nachts bei dir im Bette ruht,
verglichen mit 'ner Mückenlanze
in deinem Blut.
Jedoch: welch Glück, nicht jede Mücke

bringt dir des Fiebers heiße Glut.
Nicht jede Mücke ist voll Tücke.
Behalt den Mut!
Schluck täglich eine gelbe Pille,
das ist das Beste, was man tut.
Ansonsten denk: 's ist Gottes Wille.
Er schuf Chinin und diese Fülle
von Tierchen, diese Mückenflut.

Auch die kalten Winter mit voller Schneegarantie waren für uns Heranwachsende eine wunderbare Zeit und eine sportliche Herausforderung. Wir hatten unsere Holzskier mit Lederbindung aus Deutschland mitgebracht. An den steilen Abhängen der Wolgahügel vollführten wir mit unseren Schussabfahrten regelrechte Mutproben. Dabei waren die wichtigen Kanten der Bretter längst abgeschliffen, nicht mehr vorhanden. Manche Abfahrt wurde zur reinen Lotterie. Meine Skischuhe wurden mir allmählich zu eng, und so kam es, dass ich mir auch noch Zehen anfror. Als für uns Eishockey zur Mode wurde, bekam ich Hockey-Schlittschuhe geschenkt. Die Schläger waren gebogene Aluminiumrohre aus dem Flugzeugwerk.

Auf den Wolgahügeln standen damals einige, zum Teil windschiefe alte Holzhäuser. In einem Haus arbeitete ein Töpfer, bei dem wir auch Tongefäße kauften, vor allem zum Frischhalten der Milch. Diese Gefäße erinnerten mich an Abbildungen aus alten Schulbüchern. Dort waren es germanische Gefäße. Diese hier hatten immer noch dieselbe Urform. Der untere Teil war porös und nur der obere Hals glasiert. Wenn man das Gefäß noch leer wässerte, kühlte es sich durch die Verdunstungskälte ab, und der Inhalt hielt sich länger frisch. Eine einfache archaische Erkenntnis.

Die kältesten Wintertage mit Temperaturen unter –30° C waren die schönsten. Dann strahlte die Sonne von einem klaren Himmel, der Schnee knirschte unter den Schritten und Schlittenkufen. In der regungslosen Luft, in der kleine Eiskristalle glitzerten, stieg der Rauch aus unseren Häuschen senkrecht hoch.

Die Russenkinder benutzten ein geschickt gebogenes Rohr als Schlitten. Sie rannten ein Stück und sprangen dann auf den zu Kufen gebogenen Teil. Wir deutschen Kinder besaßen nur die mitgebrachten klassischen Holzschlitten mit Eisenkufen. Wunderbar anzusehen waren auch die großen Pferdeschlitten, mit denen die Bauern zum Markt kamen oder ihre Produkte an unseren Häusern direkt anboten. Die Pferde liefen unter dem in Russland traditionellen gebogenen und malerischen Holzjoch. Einmal musste wohl der Bauer meinen Traum erraten haben, und er ließ mich den Pferdeschlitten über etliche Kilometer von unserem Haus bis zum Basar allein fahren. Ich kam mir vor wie der Zar persönlich, war überglücklich, feuerte laut das Pferd an, schnalzte mit der Zunge wie ein russischer Bauer, dachte aber: „Wahrscheinlich guckt wieder kein Schwein."

Im Winter war der Wolga-Stausee meterdick zugefroren, sodass auch Lkws darüberfuhren. Dann konnte man auch mit dem Schlitten übers Eis in die nächsten Dörfer gehen, wie beispielsweise nach Omudnja und bei den Fischern und Bauern gesalzenen Fisch oder sauer eingelegte Pilze, eine russische Delikatesse, einkaufen. Mit seinen Schuhsohlen aus Igelitkunststoff hatte unser Vater auf dem Eis aber allergrößte Probleme, weil er alle paar Minuten auf dem verlängerten Rücken landete – aber das hielt ihn gelenkig. Was kaufte man so alles auf dem Markt unseres Dorfes sein? Im Sommer Himbeeren, Heidelbeeren, Moosbeeren und frische Pilze, aber auch frisches Gemüse aus den ergiebigen Gärten der Russen, saure und süße Sahne, genannt Smetana und Sliwki, Butter, Zucker, Süßstoff und Honig. Eigentlich gab es alles, was man so für ein bescheidenes Leben braucht. Zum Teil brachten die Händler Artikel aus Moskau mit, um sie hier mit Gewinn wieder zu verkaufen. Sie wurden Spekulanten genannt. Aber das war auch wieder typisch kommunistisch. Eigeninitiative wurde immer verächtlich gemacht, weil sie nicht in den gleichmacherischen Trott passte.

Des Hobbys Briefmarkensammeln scheinen sich die Deutschen im Ausland überall zu bemächtigen. Auch hier wurde es zur Allgemeinsucht, und so habe ich noch heute eine ganz ordentliche Kollektion aus jenen Jahren. Denselben Fehler machte ich viel später in Äthiopien auch wieder. Man sollte es besser sein lassen, denn der Wert solcher Sammlungen ist letztendlich sehr ernüchternd.

Unser Auslandsleben wollten wir fotografisch festhalten, auch um Fotos nach Deutschland senden zu können, damit sich die Angst der Verwandtschaft etwas beruhigen konnte. Dafür nutzten wir unseren alten Kleinbild-Balgenapparat „Balda Jubilette". Zum Geburtstag bekam ich aber selbst einen eigenen Apparat „Komsomolez", den Billignachbau der Rollei 6x6. Mit großem Enthusiasmus ging ich ans Fotografieren. Wir hatten auch alles zum Selbstentwickeln und Vergrößern der Fotos aus Halle mitgebracht oder in Kimry dazugekauft und konnten in der Küche dafür alles aufbauen.

Im Dorf und unweit unserer Schule existierte ein Kriegsgefangenenlager, besetzt mit deutschen und ungarischen Soldaten. Sie waren diejenigen, die unsere Holzhäuschen gebaut hatten. Ihnen ging es viel schlechter als uns, und so halfen deutsche Familien unterstützend, so gut es ging. Der deutsche Lagerkommandant Wagner hatte als Offizier volle Bewegungsfreiheit außerhalb des Lagers. In seiner deutschen Wehrmachtsuniform hielt er sich auch häufig in unserem Wohnbezirk auf, um etwas für seine Schicksalsgenossen zu unternehmen, wohl aber auch, um wieder einmal an eine Frau heranzukommen. Auch zu den Ungarn gab es guten Kontakt. Als sich auch im Kriegsgefangenenlager das Leben besserte, vermutlich bedingt durch die Präsenz der deutschen Spezialisten, kamen sogar öffentliche Fußballspiele zwischen den ungarischen und deutschen Gefangenen zustande. Die Ungarn hatten dabei offensichtlich mehr sportliches Glück. Die Anfeuerungsrufe ihrer Kameraden: „Tempo Magyarok!", habe ich noch heute im Ohr. Der Fußballplatz lag vor dem Werkseingang. Auch zwischen den Kriegsgefangenen und den deutschen Spezialisten gab es Fußballspiele. Deutsche, ungarische und russische Zuschauer besuchten diese Spiele immer gern.

Im Lager wohnten die Soldaten hinter einem bewachten Stacheldrahtzaun in weiß getünchten Baracken. Natürlich durften wir nicht in das Lager kommen, aber durch den Zaun konnte man vor den Baracken typisch Deutsches sehen: Kleine Windmühlen, die sich drehten oder aus bunten Steinen zusammengesetzte Mosaiken mit Heimweh-Parolen. Durch beachtliche kunstgewerbliche Fähigkeiten konnten einige der Kriegsgefangenen ihr bescheidenes Leben verbessern. Aus Aluminium wurden verschiedene Gebrauchsgegenstände gefertigt und an die deutschen Spezialisten verkauft, zum Beispiel Kämme oder schöne Zigarettendosen. Eine solche Dose, die mein Vater nutzte, habe ich noch heute. Es waren alles Unikate.

Die Entfernung nach Moskau betrug rund 130 Kilometer. Man durfte dorthin fahren, aber nur in Begleitung eines sowjetischen Führers, des sogenannten

„Spezkommandanten". Für interessierte Spezialisten wurden auch Gruppenfahrten arrangiert. Moskau war auch damals eine sehenswerte Weltmetropole. Mein Vater reiste mit einer Kollegengruppe in die Stadt, sah den Roten Platz, das Kaufhaus GUM und besuchte die Tretjakowgalerie. Seine Schilderung der Gemäldesammlung war so begeistert, dass ich das nie vergessen konnte. Im Jahre 1999 habe ich meinen lang ersehnten Wunsch wahr gemacht, die Gemäldesammlung selbst zu sehen, und kann nur bestätigen, dass er keineswegs übertrieben hatte.

Unerlaubte Einkaufsfahrten nach Moskau waren auch üblich. Einige Familien hatten schnell herausgefunden, dass sich durch Einkäufe dort ein kleiner Privathandel in Podberesje aufziehen ließ. Weil wir eine Nähmaschine brauchten, wagten auch Mutter und Reni eine unkontrollierte Fahrt. Um den bewachten Wolgatunnel zu umgehen, ließen sie sich von einem Fischer auf die andere Seite der Wolga rudern und kamen dann per Anhalter und Eisenbahn auch tatsächlich bis in die Stadt, wo sie alles Gewünschte einkauften. Erst in der Dunkelheit, so gegen 22 Uhr, erreichten sie mit dem Boot wieder das diesseitige Wolgaufer, wo der Vater und ich sie schon mit Ungeduld erwarteten. Es war ein Abenteuer! Aber die Tischnähmaschine mit Elektromotor tat ihre Dienste so zuverlässig, dass wir sie sogar später nach Deutschland mitnahmen. Solche inoffiziellen Fahrten in die Hauptstadt unternahm meine Mutter mehrmals. Für mich war das Positive daran, dass ich mir an solchen Tagen mein Lieblingsfertiggericht „Bobyj" im Glas anrichten durfte, das waren schlicht und einfach weiße Bohnen in gewürzter Tomatensoße. Ein Elektrobaukasten für Jugendliche, den sie mir aus Moskau mitbrachte, fesselte mein ganzes Interesse. Damit konnte ich unter anderem einen richtigen kleinen Elektromotor bauen. Das Verständnis dieser Zusammenhänge erleichterte mir den Physikunterricht in der Schule so sehr, dass dieses Fach zu einem meiner liebsten wurde.

Wenn die Wintertage zum Stubenhocken anregten, beschäftigte ich mich auch viel mit meinem Knetekasten, aus dem sich ganz einfach schöne Figuren bilden ließen. Meist waren es Pferde. Strichmännchenschlachten zeichnete ich in einer Art Proto-Comic-Darstellung. Fast immer kämpften dort die berittenen „Langnasen" mit Pfeil und Bogen gegen ebenfalls berittene „Kurznasen", die ihre Speere schleuderten. Es musste immer alles Blatt für Blatt schnell gezeichnet werden, damit die Schlacht voranging.

Im Frühjahr 1950 kam auch endlich für mich die Gelegenheit, Moskau kennen zu lernen. Zusammen mit einem Spezkommandanten fuhren wir, meine Mutter und ich, frühmorgens los. Ja, das war schon was anderes als das sehr dörfliche Podberesje! Diese unendlich breite Gorkistraße, die heute wieder ihren alten und berühmten Namen „Twerskaja" erhalten hat! Diese Menge Autos in sechs Spuren! Der Rote Platz und das staatliche Kaufhaus GUM – die Eindrücke prasselten auf mich ein. Die größte Attraktion aber war die Metro. Jeder unterirdische Bahnhof war ein kleiner Palast. Beim Bau wurden die edelsten Materialen wie Marmor und Blattgold verwendet. Mit 14 Jahren stand ich dort zum ersten Mal auf einer Rolltreppe und genoss das Hinauf und Herunter wie ein schönes Spiel. Heute muss ich schmunzeln, wenn ich an diesen Prunk in der Metro denke. Er sollte den Reichtum und die Überlegenheit des Bolschewismus über den Kapitalismus demonstrieren.

Es war im Spätsommer 1950, als das Gerücht aufkam, ein Teil der Deutschen könne in die inzwischen gegründete DDR zurückkehren. Jeder hoffte dabei sein zu dürfen. Ob ein politischer Zusammenhang mit dem im Juni 1950 ausgebrochenen Koreakrieg bestand, ist nicht gesichert. An einem Augusttag kam der Vater abends vergnügt nach Hause mit der Sensation: „Wir sind auf der Liste!" Ja, nun war aber die Aufregung wirklich groß. Den ganzen Hausrat durften wir wieder mitnehmen. Für unser durchgesessenes Sofa interessierte sich schon lange Konygin, der Schuldirektor, dem wir es jetzt verkauften. Unsere liebe Katzenmutter Musch Pawlowna mussten wir an Walja zurückgeben.

Diesmal wurden die Züge schon direkt auf dem anderen Wolgaufer, in Bolschaja Wolga, eingeräumt und bezogen. Alle Rückreisenden waren freudig erregt und konnten die Abfahrt kaum erwarten. Wenig später notierte ich über unsere Abreise:

„Bolschaja Wolga. Ein buntes Treiben. Lkws, Posten, arbeitende Leute etc. Außer uns aus Podberesje sind noch etliche aus Chimkij bei Moskau angekommen. Sie sind über 100 Kilometer auf einem offenen Lkw, nachts und bei regnerischem Wetter, mit ihren Möbeln gefahren. Frau Z. setzte es bei General Lukin, der uns zu betreuen hatte, durch, dass sie in Podberesje bleiben könne. Sie hatte dort einen Geliebten. Bei den Chimkijern war eine Frau

dabei, deren Mann sich acht Tage vorher das Leben genommen hatte. Seine Urne wurde mit nach Deutschland geführt. Wir schliefen eine Nacht im Güterwagen, um unsere Habseligkeiten nicht unbewacht zu lassen.“

Denn Stehlen war, bedingt durch schwierige Lebensumstände und Mentalität, eine Art Volkspassion und wurde mit dem geflügelten Begriff „Zapzerap“ bezeichnet, vielleicht abgeleitet vom russischen Verb „zapatj“ – schnappen.

Eine Gruppe mitausreisender Exilspanier steckte uns mit ihrem Temperament an.

Die Rückreise selbst ging nun deutlich zügiger und direkter vonstatten als damals die Hinfahrt. Über Borodino, wir dachten hier an Tolstois „Krieg und Frieden“, Smolensk, Minsk bis zum Grenzort Brest-Litowsk. Hier wurde alles auf die schmalere westeuropäische Schienenspur umgeladen, und der sowjetische Zoll kontrollierte jedes noch so kleine Schächtelchen. Schließlich und endlich rollten wir durch Polen und bald auch über die Oderbrücke nach Frankfurt, wo der Bahnsteig schon voller Schaulustiger war, dazu FDJ-Gruppen mit Fahnen und so weiter. Offenbar hatte es eine Medienkampagne gegeben. Nach einer mehrstündigen Pause rollten wir aber alle in unserem Zug weiter bis nach Wolfen bei Bitterfeld, wo die DDR ein Auffanglager errichtet hatte und wo man uns wieder mit „großem Bahnhof“ und Musikkapelle der Volkspolizei begrüßte.

Die leichten Aluminiummünzen des DDR-Geldes empfanden wir als Witz. Russische Kopeken hatten dagegen ein angenehmes seriöses Gewicht in der Hand.

Die Aufnahmeformalitäten dauerten nur etwa zwei Tage, danach wurden wir Entwurzelten erst einmal in Halle im „Gästehaus der Landesregierung Sachsen-Anhalt“ am Mühlweg untergebracht und mit ungewohntem Luxus bedient. Wir waren also wieder in unserem guten alten Halle!

Während ich das alles viele Jahrzehnte später niederschreibe, wird mir sehr bewusst, wie fern von mir das jetzt alles liegt, wie historisch das für mich alles nur noch ist.

Aber beim Hören russischer Musik kommen wieder alte Bilder auf. Vor ein paar Tagen ging es mir wieder so mit Rachmaninows zweitem Klavierkonzert im Radio. Da sah ich mich als Junge über den Deich am Stausee wandern, bis dorthin, wo links ein Teich mit großen Rohrkolben war. Hier ging ein Knüppeldamm in den sumpfigen Wald hinein bis zum Fischerdorf Omudnja. Das Rauschen im Walde, die Vögel, die Beeren und Birken und der Himmel hoch mit ein paar Wölkchen, das war das Schöne an Russland!

Die Verschleppung nach Russland war für alle Spezialisten mit ihren Familien und für deren in Deutschland gebliebene Verwandte ein Schicksalsschlag. Für mich selbst aber hatte sie auch unbedingt positive Seiten, bedeutete sie doch eine wichtige Weichenstellung für mein späteres gesellschaftliches Bewusstsein und Leben.

Unser Vater hielt schon seinerzeit in Halle durch seine Arbeit als Versuchsingenieur und Flugbeobachter freundschaftlich kollegialen Kontakt zu anderen Ingenieuren und Testpiloten. Die Fähigkeit zu einer Hochschulausbildung hätte mein Vater bestens gehabt. Der Besuch hinführender Schulen wurde ihm aber vom Elternhaus her verwehrt, weil das zu große finanzielle Opfer in schlechten Zeiten nach dem Ersten Weltkrieg verlangt hätte.

In Podberesje lebte eine technische Elite, und ich befand mich hier in einer Schülergruppe, deren durchschnittliches Bildungsniveau sich von dem, was ich bisher aus der Grundschule in Deutschland kannte, deutlich abhob. Wenn ich heute zurückblicke, kann ich wirklich nur sagen, alles in allem war dieser Auslandsaufenthalt ein Gewinn für mich. *„Fremdes Land vermehrt den Verstand"* sagt ein russisches Sprichwort.

Abb. 7: Sommer 1947 mit Mutter am Moskauer Meer

Abb. 8: Die russische Winterkleidung ist fast vollständig.

Abb. 9: Meine Schulklasse 1948 mit deutschen Lehrerinnen

Abb. 10: Eine der deutschen Entwicklungen in der Sowjetunion

Abb. 11: Wegen deren Unkenntnis der kyrillischen Schrift schickten wir von uns vorgeschriebene Briefumschläge für die Rückantwort an unsere Freunde.

Abb. 12: Wir vier im Sommer 1949

Abb. 13: Dorfstraße in Podberesje. Aquarell von Herbert Jacob

Oberschule und Studium in Halle

Die Eltern sahen sich in Ruhe nach einer neuen Wohnung um. Inzwischen war es Anfang September geworden. Reni entschloss sich zu einem Slawistikstudium an der Universität. Die Nachricht von unserer Rückkehr, an die in Halle kaum noch jemand geglaubt hatte, sprach sich sehr schnell herum. Bald hatten wir die Wohnung in der Hegelstraße 13 bezogen, die recht angenehm war, aber einen Schönheitsfehler hatte, denn sie hatte kein Bad. So etwas gab es damals noch. Aber trotzdem habe ich nie verstehen können, wieso meine Eltern eine Wohnung ohne richtiges Bad genommen haben, obwohl wir uns doch Besseres hätten leisten können. Zur Grundreinigung gingen wir dann regelmäßig ins öffentliche Wittekindbad an der Kurallee. Mein alter Freund Thilo kreuzte bald auf. Er besuchte die Thomas-Müntzer-Oberschule am Steintor, und so landete auch ich mit fast dreiwöchiger Verspätung in seiner Klasse. Es war das neunte Schuljahr des naturwissenschaftlichen Zweiges. In der UdSSR hatte ich mit dem siebenten Schuljahr abgeschlossen, konnte jetzt also die achte Klasse überspringen und damit meine einst verspätete Einschulung wieder wettmachen.

Besonders glücklich waren unsere Großmütter in Leipzig und Stolberg. Oma Leipzig und Großtante Emma Sasse waren schon sehr bald auf dem Hauptbahnhof in Halle von uns in Empfang zu nehmen. Möglichst schnell aber wollten wir auch zur Stolberger Oma reisen, die ihr Glück über unsere wohlbehaltene Rückkehr noch kaum fassen konnte. Erst aber konnten wir uns in Halle nicht freimachen. Zu vieles war noch zu arrangieren. Reni konnte nicht sofort aus dem Semester beurlaubt werden, und ich hatte anfangs meine Mühe im neuen Schuljahr. Im November dann endlich, es wurde schon deutlich kalt, bestiegen wir den Zug nach Stolberg. Wir hatten wieder unsere russischen Wintersachen angezogen.

Als wir auf dem Bahnhof in Stolberg ankamen und durch die draußen Wartenden gingen, hörten wir die Leute auf Stolbergisch sagen: „Russen sinn a do.“ (Russen sind auch angekommen.) Wir grinsten in uns hinein. Diese Bemerkung wurde zum geflügelten Satz in unserer Familie. Für Oma war unsere Ankunft einer der glücklichsten Momente ihres Lebens, und auch wir waren sehr glücklich, sie wiederzuhaben.

In Halle hatte einer meiner ersten Besuche im Zoo dem Elefanten Rani gegolten. Zu meiner großen Trauer aber erfuhr ich, dass er nicht mehr am Leben war.

Es wirkt auch heute befremdend, wenn russlanddeutsche Aussiedler hierzulande noch nach Jahren den Ausdruck „Bei uns“ verwenden, und damit ihre frühere Heimat meinen, obwohl sie keineswegs die Absicht haben, je wieder dorthin zurückzukehren. Es ist aber ein eigenartiges Phänomen um dieses „Bei uns“. Auch ich redete so noch lange nach unserer Rückkehr, wenn ich irgendetwas über unser Leben in Russland erzählte. Erst meine Lehrerin, Frau Dr. Strauß, stellte mich deshalb eines Tages zur Rede, und erst ab dann wurde mir die Unsinnigkeit dieser Formulierung bewusst. Wie aber kommt es dazu? Ist es die russische Mutter Erde, die den dort Lebenden so allmählich durch die Fußsohlen den Körper durchdringt? Ist es etwa die russische Musik, sind es die großartigen russischen Chöre, die manchmal wie Sehnsucht nach weiter Steppe klingen? Russland hat uns zweifellos geprägt. Das wird mir noch heute von damaligen Spiel- und Klassenfreunden bestätigt.

Ich wurde 15 Jahre alt, und die Konfirmation stand 1951 an. Recht guten Konfirmandenunterricht hatte ich schon in Podberesje bekommen. Einer der Spezialisten hatte diesen Unterricht in einer Privatwohnung gegeben. Der alte Pfarrer Dombrowski an der Pauluskirche in Halle staunte daher nicht schlecht, als ich dort mit besten Kenntnissen des lutherischen Katechismus auftauchte, wo ich doch „ausgerechnet aus dem atheistischen Sowjetrussland“ kam.

Konfirmation war damals ein beachtliches Familienfest, zu dem die Verwandtschaft anreiste. Auch meine Patentante Ursel B. aus Berlin war da. Ihr Geschenk, vier Bände Conrad Ferdinand Meyer, halte ich noch heute in Ehren. Damals war es üblich, dass für die Konfirmanden vor der Haustür einige Meter weißer Sand gestreut wurde. Darauf lagen kleine Tannenzweige. Es war erhebend, darüber schreiten zu dürfen.

Das erste Schuljahr an der Thomas-Müntzer-Oberschule fiel mir alles andere als leicht. Naturwissenschaftlich gab es keine Probleme. Mathematik allerdings lag mir, im Gegensatz zu Physik, nicht besonders, obwohl ich den Umgang mit Logarithmen, Sinus und Cosinus schnell begriff. Aber meine gleichaltrigen

Schulkameraden hatten auch völlig andere Lebenserfahrungen und Interessen als ich, und das war es, was mir etwas zu schaffen machte. Meine Leistungen fielen ab. In der Klasse war ich der Exot, der immer wieder aufgefordert wurde, über Russland zu erzählen. Das wollten vor allem die wenigen Mädchen dieser Klasse, die mir nach Meinung einiger eifersüchtiger Jungs zu viel Aufmerksamkeit widmeten. So kam es zu Zusammenstößen. „Schlocki" verpasste mir auch sofort den Spitznamen „Iwan". Wir beide aber wurden gute Freunde und saßen auf einer Schulbank. In seinem Buch „Halle hin und zurück" hat er sich sehr freundlich an mich erinnert. Am Nachmittag nach der Schule traf sich meine Klasse oft an der Kröllwitzer Kiesgrube, später am Graebsee zum Lernen, Baden und Flirten. Im Winter war die zugefrorene Ziegelwiese ein sehr beliebter Treffpunkt auf Schlittschuhen. Zu dem Zwecke wurde diese Wiese vor dem ersten Frost unter Wasser gesetzt.

In Erinnerung habe ich noch ein Klassenpicknick oberhalb Freyburg an der Unstrut. Dorthin radelten wir. Bis Mücheln konnten wir aber die Räder in der Straßenbahn mitführen. Ein Schulwandertag führte uns in die Dübener Heide.

Unsere Klassenlehrerin war Frau Dr. Ilse Strauß, genannt „Sträußchen". Sie war eine ältere Dame von höchstens 1,60 Meter Körpergröße, streng, hatte unangetastete Autorität und kümmerte sich sehr um die persönlichen Probleme jedes einzelnen Schülers und jeder Schülerin. Sie war es, die meinen erschwerten Einstieg in diese Klasse mit Sorge begleitete und leider auch mehrere Blaue Briefe an die Eltern zu schicken hatte. Bei ihr hatten wir die Fächer Zoologie und Botanik. Möglicherweise um mein damals angeknackstes Selbstbewusstsein zu festigen, ernannte sie mich zu ihrem Verbindungsmann im Schulgarten. Durch ihre Aufträge, ganz bestimmte Pflanzen von dort zum Unterricht mitzubringen, wusste ich immer als Erster, was in Botanik behandelt werden sollte, und konnte mich entsprechend vorbereiten. Das gab Pluspunkte!

Fast kurios war die Tatsache, dass ich als ein aus der „sozialistischen" Sowjetunion zugereister Schüler keinerlei politische Ambitionen erkennen ließ, waren wir doch in Podberesje mit diesen Dingen nie belästigt worden. Unser Schuldirektor, natürlich ein SED-Parteimitglied, hatte wohl erwartet, dass so einer wie ich nun politisch besonders aktiv auf die Pauke hauen würde.

Eines Tages gab es zwischen Sträußchen und mir deshalb vor der ganzen Klasse folgenden Dialog, der sicher überhaupt nicht ihrer inneren Überzeugung entsprach: *„Sag mal, Klaus Jacob, bist du eigentlich in der FDJ?"* – *„Nö."* (Applaus der Klasse.) – *„Und auch nicht in der Gesellschaft für Deutsch-Sowjetische Freundschaft?"* – *„Bin ich auch nicht."* (Gelächter und Applaus in der Klasse.) – *„Dann würde ich dir aber sehr dazu raten, einzutreten."* Was ich dann in Anbetracht meiner nicht gerade glanzvollen Leistungen auch befolgte, denn Sträußchen meinte es nur gut mit mir. Mein Vater hatte mir ja auch schon angedroht, mich beim nächsten Blauen Brief von der Schule zu nehmen und in einem Betrieb arbeiten zu lassen. Dieser Gedanke war mir aber so schrecklich, dass ich alles Erdenkliche unternahm, um auf der Schule bleiben zu können. Aber einen Pluspunkt hatte ich. Und das war meine sichere Eins im Fach Russisch. Schließlich und endlich kam ich aus diesem kritischen neunten Schuljahr doch noch mit dem Vermerk „Versetzt" heraus. Ab der zehnten Klasse ging es dann mit den Leistungen langsam und stetig aufwärts. Die Fächer wurden interessanter, und ich begann zu begreifen, dass es angenehm sein kann, mehr zu wissen. An den Beurteilungen in den Zeugnissen der Oberschule lassen sich meine Anfangsschwierigkeiten und die allmähliche disziplinarische Verbesserung noch gut ablesen.

Schuljahr 50/51: *Klaus müsste sich auf den Gebieten, die ihm nicht so leichtfallen, mit größerer Sammlung und Stetigkeit einsetzen. Klaus neigt zu Störung des Unterrichts.*

Schuljahr 51/52: *Klaus neigt noch sehr zu Störungen und muss in seiner Haltung ernster und zielstrebiger werden.*

Schuljahr 52/53: *Klaus Jacobs Haltung ist einwandfrei; er ist auch zielstrebiger in seiner Arbeit geworden.*

Schuljahr 53/54: *Haltung sehr gut, vielseitige Interessen, Arbeit selbständig und gründlich, zeichnerisch begabt.*

Unsere Lehrerinnen und Lehrer waren überwiegend respektable und von uns hochgeschätzte Persönlichkeiten, auch wenn sie zum Teil Eigenschaften hatten, über die wir viel zu witzeln hatten. Einige der Pädagogen muss ich besonders hervorheben. Da war der Deutschlehrer Herr Dr. Stehr mit seinem militärisch kurzgeschnittenen Haar und mit seinem von Schmissen durchfurchten Gesicht. Er sah aus wie eine Figur in den Bildern des George Grosz, war aber ein sehr gescheiter Mann, der auf geschickte Weise versuchte, uns vor dem kommunistischen Importgeist zu behüten. Was auch andere Lehrer taten, indem sie uns humanistische Werte vermittelten. Ich selbst kam bei Dr. Stehr allerdings nie über eine Drei hinaus.

Der Russischlehrer Klink war ein unberechenbares Original. Sein Äußeres erinnerte an den Filmschauspieler Gustav Knuth. Bei ihm hatte ich natürlich alle nur möglichen Pluspunkte. *„Därr Jakkob, därr is mein Freind! Därr kann Russisch sprechen. Awwer Ihr alle wollt keen Russisch lärrnen. Een Finfer wärd Ihr alle kriejen!“*, so klang seine Drohung gegen den Russisch-Defätismus meiner Schulklasse.

Der größte Charismatiker aber war unser Musiklehrer, Herr Prof. Rebling, der auch an der Hochschule für Kirchenmusik Orgelunterricht gab. Seine Ratschläge fürs Leben werden noch heute unter uns ehemaligen Zöglingen gern zitiert. Im Musikunterricht war es Pflicht, dass wir ein paar FDJ- oder Arbeiterkampflieder zu singen hatten. Das absolvierte er mit uns sehr zügig, und dann aber ging's los mit den Chorübungen für den „Messias“ oder für das „Weihnachtsoratorium“. Unser großer Schulchor war einer der besten Chöre in Halle und konnte damals den bekannteren Stadtsingechor durchaus auf den zweiten Platz verweisen. Die Tenöre aus unseren jüngsten Jahrgängen wurden stets am höchsten gehandelt. Eine mittlere Katastrophe war es, wenn die in den Stimmbruch kamen. Beim Proben wurde aber auch gern gejuxt. So sangen wir beim großen „Hallelujah“ von Händel hin und wieder frech *„Halle -Trotha!“* Er schien es zu überhören. Mit seiner weißen Musikermähne wirkte unser „Rebs“ kunstgenial. Als wir mit ihm einmal in der Marktkirche die Wendeltreppe zur Orgel hochstiegen, hielt er auf halbem Wege inne und sagte bedeutungsvoll: *„Jungens, auf dieser Treppe ist schon Friedemann Bach hochgestiegen, auf dieser Treppe sind schon Händel und Samuel Scheidt hochgestiegen – und jetzt steige ich hier hoch.“* Verstecktes Gegrinse unter uns. In der Marktkirche hielt er regelmäßig sogenannte Orgelfeierstunden ab. Ich erinnere mich noch gut an seine hundertste. Mit den Musikzensuren machte er es sich ganz einfach. Instrumentenspieler bekamen eine Eins, Chormitglieder eine Zwei und alle anderen eine Drei. Aber er verstand es, fast jeden seiner Schüler für die Barockmusik zu begeistern oder doch zumindest etwas darüber zu wissen. Wenn ich auf heutigen Aufführungen die Begeisterung in den Gesichtern der Chorsängerinnen und Chorsänger beim „So jauchzet, frohlocket! Auf, preiset die Tage …“ in Bachs „Weihnachtsoratorium“ bemerke, so erinnere ich mich sehr und bewegt an unseren eigenen inneren Schwung, wenn wir das unter seiner Leitung singen durften.

Das Interesse fürs Fach hängt viel vom Lehrer ab. Das traf in meinem Falle für das Fach Physik bei Herrn Biltz zu. Er war ein ganz Lieber, der niemals schimpfte. Bei ihm waren wir immer mucksmäuschenstill. So kann man eben auch unterrichten.

Der arme Mathelehrer L'Hermet! Hauptsächlich er war das Ziel unserer Streiche. Entweder stieß er gegen den Kartenständer, auf dem ein Blechnapf voll Wasser stand, oder Karikaturen über ihn kreisten im Unterricht durch die Klasse. Besonders unser Pastorensohn.“ hatte es auf den bekennenden „Freidenker“ L'Hermet gern abgesehen. Als wir endlich den Deutschlehrer Herrn Pannier erhielten, stieg in diesem Fache endlich auch meine Akzeptanz. Er hatte erfahren, dass wir in kleinem Kreise privat Goethes „Faust I“ mit verteilten Rollen gelesen und besprochen hatten. Nach einem Referat, das ich über das Thema „Die Rolle des Adels in Fontanes Effi Briest“ gehalten hatte, fragte er die Klasse: „Wie fandet ihr Klaus' Referat?“ Es gab durchaus und vereinzelt offene Zustimmung. Ich war im Referat aber von der vorgesehenen klassenkämpferischen Linie deutlich abgewichen und hatte auch das kultur- und bildungsstiftende Engagement des Adels betont. Ich sah, dass ihm diese Sätze gefielen. Dann sagte er: *„Das war das beste Referat, das je in dieser Klasse gehalten wurde. Und das ist umso erstaunlicher, wenn man weiß, dass bei Klaus Jacob ja alles noch in Gärung begriffen ist. Glatte Eins.“* Er hatte wirklich „Gärung“ gesagt! Solche Highlights vergisst man sein ganzes Leben lang nicht. Erinnern kann ich mich noch an zwei andere Referate, die ich vor meiner Schulklasse zu halten hatte. Bei einem war es das Thema „Amphibien“, was mich selbst sehr interessierte, weil ich zeitweise Teichmolche im Aquarium hielt. Das andere Referat hatte das Thema „Entwicklung des Menschen“. Ich berichtete über den Pithecanthropus, Australopithecus, Cro-Magnon-Menschen und so weiter. Damals hatte man die spektakulären Funde in Kenia und in der äthiopischen Afarsenke mit der berühmten „Lucy“ noch nicht gemacht. In Mathematik schwächelte ich immer etwas herum. Aber selbst da erinnere ich mich gern an einen für mich erbaulichen Moment. Die Mathelehrerin, ihren Namen habe ich leider vergessen, fragte in die Klasse: *„Wer kennt das archimedische Prinzip?"* Keine Hand ging in die Höhe, die immerhin naturwissenschaftlicher Zweig war. Nur eine, nämlich meine – dank des guten Physikunterrichtes in Russland. Ich wusste es und erklärte die Sache. Die Lehrerin höre ich noch heute sagen: *„Wieso weiß das von euch keiner, nur ausgerechnet Klaus Jacob."* Der moralische Kinnhaken des Wortes *„ausgerechnet"* war halt typisch für den Eindruck, den ich auf meine Mathematiklehrerin machte.

Latein hatte ich abgewählt, weil mir damals noch nicht klar war, dass ich Mediziner werden wollte, und ich hatte als zweite Fremdsprache dafür Englisch gewählt. Als Englischlehrerin bekam ich das ältere Fräulein Kühne, die „Krähe" genannt, die sich noch an ihre fleißige Schülerin Irene Jacob erinnerte und daher in mich größere Erwartungen setzte. Oje! Vor jeder Englischstunde brach mir deshalb der Angstschweiß aus. Aber es wurde gar nicht so schlimm. Die Sprache lag mir, und Kühnes deutliche Sympathie für mich erhielt keinen Rückschlag. Aber ihr mehrmals mahnendes *„Jacob, behave yourself!"* habe ich noch im Ohr.

Meiner letzten Klassenlehrerin, Frau Dr. Propp, möchte ich ein kleines Denkmal setzen, weil ich vermute, dass ihre Fürsprache meinen nahtlosen Zugang zum Universitätsstudium mit erleichtert hat. Sie förderte mich unauffällig, aber für mich durchaus spürbar. Auch hatte sie so viel Vertrauen zu mir, dass sie mir gegenüber ihre Abneigung gegen das DDR-Regime durchblicken ließ. An dieser Stelle soll auch die schon erwähnte Frau Dr. Ilse Strauß unbedingt noch einmal gewürdigt werden.

In den Sommerferien 1951 traf ich bei der Oma in Stolberg auf meine Cousine höheren Grades Gisela aus Berlin, die mit ihrer kleinen Schwester Sigrid dort auch gerade Ferien machte. Die gegenseitige Zuneigung zwischen der ein Jahr jüngeren Gisela und mir war sofort offenkundig, bestand in diesem Alter aber überwiegend aus Albernheit und Verlegenheit, Kichern und Necken. Sigrid störte dabei etwas! Wir unternahmen in dieser Zeit viel gemeinsam und steckten alle drei fast jeden Tag auch im öffentlichen Waldbad. Einmal machten Gisela und ich eine Tageswanderung von Berga-Kelbra hinauf zum Kyffhäuserdenkmal und wieder zurück. Abends konnten wir kaum noch die Töpfergasse hochkrauchen. Um der kleinen Sigrid das Schwimmen beizubringen, schubsten wir sie im Waldbad einfach von der Beckenkante ins tiefe Wasser und warteten erst einmal ab, was jetzt passiert würde – natürlich selbst sprungbereit. Aber Sigrid war sportlich und paddelte an eine Leiter heran.

Als ich wieder einmal zum Aufbruch ins Waldbad rief, betonte Gisela etwas stockend, dass sie heute nicht mitkommen kann. Ich war völlig perplex und bat um eine Erklärung. Gisela sagte dann, dass sie ihre „Regel" habe. Daraufhin ich: *„Was ist das denn?"* Immerhin war ich schon 15! Oma bog sich vor Lachen. Nach einiger Erklärung wusste ich es. Aber von diesen Dingen hatte der spätere Medizinstudent damals noch nicht die geringste Ahnung.

Schon im August desselben Sommers sollten wir uns in Berlin-Wilhelmsruh wiedersehen. Meine Schule organisierte eine Fahrt zu den kommunistischen Weltjugend-Festspielen. Wegen Gisela und wegen der Neugier auf die Westsektoren in Berlin war ich sehr gern bereit mitzufahren. Unsere Reisegruppe wurde in Berlin-Lichtenberg auf einem Dachboden und auf Stroh untergebracht. Ich war das erste Mal in meinem Leben in dieser Stadt. Noch heute klingt mir das sehr eingängige Lied dieses Festivals in den Ohren:

Lasst heiße Tage im Sommer sein!
Im August, im August blühn die Rosen.
Die Jugend der Welt kehrt zu Gast bei uns ein,
und der Frieden wird gut und uns näher sein.
Im August, im August blühn die Rosen.

Klatscht beim Spaniertanz
Kim aus Korea,
grüßt die Kitty aus Mexiko ihn.
Reicht die Hände hin,
Jimmy und Thea,
im August, im August in Berliiiiin!.

Überhaupt, diese FDJ-Lieder! Diktaturen haben ja die Gabe, zündende Lieder zu machen. Schon das Dritte Reich beherrschte dieses Metier perfekt. In der Sowjetunion hatten wir russische Propagandalieder singen müssen, die als Ohrwürmer kaum noch vergessen werden konnten. In der frühen DDR war es ganz genauso. „Weil wir jung sind, ist die Welt so schön ..." oder „Blaue Fahnen nach Berlin", selbst die DDR-Nationalhymne ging gleich ins Blut. Da konnte man sich verstandesmäßig dagegen sperren, wie man wollte. Überraschend und amüsant ist für mich, dass ausgerechnet Georg Reissmüller, ehemaliger Herausgeber der seriösen und konservativen „Frankfurter Allgemeinen Zeitung", die CD „Uns gefällt diese Welt" herausgebracht hat, auf der er selbst mit Klavierbegleitung, mit schon fast zitteriger Altmännerstimme und nicht ohne erkennbare innere Beteiligung, alte FDJ-Lieder singt.

Viele dieser Lieder bekommt man lebenslang nicht mehr ganz aus dem Kopf. Ich ertappe mich manchmal dabei, dass ich gerade die Melodie „Heute gehört uns Deutschland und morgen die ganze Welt ..." oder „Wenn wir fahren, wenn wir fahren, wenn wir fahren gegen Engeland, Engeland ..." völlig gedankenlos vor mich hin summe.

Der Kalte Krieg war voll im Gange, und der Stalinismus hatte den gesamten Ostblock fest im Griff. Durch den Viermächtestatus ganz Berlins war aber der Besuch der Westsektoren noch nicht behindert. Ich hatte also während der Festspiele nichts Eiligeres zu tun, als mir den Nimbus Kurfürstendamm im Westsektor anzusehen. Während der S-Bahnfahrt zum Bahnhof Zoo konnte ich mein Herzklopfen kaum unterdrücken, galt diese Fahrt doch aus östlicher Sicht schon als schwere Sünde. An diesem Tage betrat ich zum ersten Mal in meinem Leben demokratisches Gebiet. Geboren unter den Nazis, später unter den Kommunisten gelebt, hatte ich bisher noch keinen einzigen Tag in einer Demokratie verbracht. Aber immerhin, für mich bedeutete dieser Besuch in Westberlin mit der Erkenntnis, dass es noch eine schönere Welt gibt, auch den zarten Anfang eines Entschlusses: Let's go west!

Gisela besuchte ich dann noch öfter in Berlin. Auch trafen wir uns einmal auf einem FDJ-Treffen in Leipzig. Zwischen uns lief ein reger Briefwechsel, der erst während des Ungarn-Aufstandes 1956 abrupt unterbrochen werden sollte, weil unsere politischen Ansichten sich immer konträr gegenüberstanden. Als wir 1953 im Deutschen Theater in Ostberlin gemeinsam das politisch kritische Theaterstück „Shakespeare dringend gesucht" von Heiner Kipphardt besuchten, applaudierten wir nie gemeinsam, sondern jeder nur an der ihm politisch zusagenden Stelle. Es war kurios.

Die Jungs meiner Schulklasse gingen Ende 1951 geschlossen in die Tanzschule Moran-Haedicke in der Großen Ulrichstraße. Unsere Tanzmädchen waren ein Jahr jünger als wir selbst. Am Abschlussball nahmen dann auch alle Eltern teil. Der Besuch einer Tanzschule gehörte damals noch zu den gesellschaftlichen Selbstverständlichkeiten.

Freund Thilo war noch nie aus Halle herausgekommen. Deshalb nahm ich ihn im Sommer 1952 mit nach Stolberg. Um Nerven und Budget der Oma nicht groß zu belasten, blieben wir aber nur ganz kurz dort und packten unsere Rucksäcke für eine Wanderung durch den Harz. Beide waren wir noch nie auf dem hohen Brocken gewesen, und den wollten wir nun unbedingt kennen lernen. Also zogen wir zu Fuß los, immer der Straße nach, über Breitenstein und Hasselfelde. Wenn wir die Möglichkeit hatten, auf einen Langholztransport zu klettern, nahmen wir das dankend an. Spätabends durften wir für die Nacht auf einem Heuboden unterkommen. Der Wanderweg zwischen den Orten Sorge und Elend führte nahe an der Zonengrenze entlang. Wenige Wochen vorher hatte die DDR die Grenzbefestigung mit Sperrstreifen beschlossen. Selbstschussanlagen gab es noch nicht. Am frühen Morgen kurz nach Sonnenaufgang marschierten wir dort entlang. In regelmäßigen Abständen kam linker Hand ein Schild „Achtung Grenze“. Weit und breit war kein Mensch zu sehen. Versteckte sich vielleicht irgendwo ein Rotarmist? Ein wenig mulmig war uns deshalb aber doch, und so sangen wir beide deshalb lauthals:

„Wir sind auf der Walz, vom Rhein bis zur Pfalz und suchen nach freundlichen Gaben“ aus der Operette „Schwarzwaldmädel“. Das hatte mit dieser Gegend zwar nun überhaupt nichts zu tun, aber wir schallerten, was die Kehle hergab, damit wir auch von den östlichen Grenzwächtern rechtzeitig wahrgenommen und als harmlos erkannt werden konnten. Am folgenden Tag dann brachte uns die Brockenbahn auf den baumlosen Gipfel, von dem aus man weit in die westdeutsche Bundesrepublik hineinsehen konnte. Direkt gegenüber lag Braunlage mit der beeindruckenden Ski-Sprungschanze. Die nächste Nacht schliefen wir auf einem Heuboden in Elend, brachen aber sehr früh auf und liefen den

ganzen Tag über volle 50 Kilometer wieder zurück bis nach Stolberg, wo wir bei Sonnenuntergang und mit heißen Socken wieder eintrafen.

Der Anfang der 50er Jahre war gekennzeichnet durch zunehmende Hinwendung der Jugend zur Kirche. Die oppositionelle Haltung gegenüber dem DDR-Regime war häufig der Grund dafür. Ich ging in die Junge Gemeinde und blies Posaune im Bläserchor der Pauluskirche. Thilo sah das kritisch und tippte sich deshalb oft bedeutungsvoll an die Stirn. Auch Reni hatte als Studentin ziemliche Probleme damit. Meine Eltern verhielten sich indifferent. Die Kirchen aber waren damals voll von jungen Menschen. Meine Schulfreunde Peter Bohley, Hans-Christian Schlockwerder und Hinner Kiehne standen der Kirche nahe und waren auch aktive Gemeindemitglieder. Das blieb natürlich alles in meinem formativen Lebensalter nicht ohne prägenden Einfluss auf mich. Am Petersberg bei Halle gab es Evangelisationstage unter freiem Himmel, und man konnte dort, wenn ich mich richtig erinnere, unter anderen den berühmten Widerständler gegen die Nazis, Probst Grüber, predigen hören. Als Martin Niemöller in Halle predigte, erlebte ich die vollste Kirche meines Lebens. Damals war es auch Tradition, dass jeden Abend um 19 Uhr ein Choral von den Türmen der Marienkirche am Markt geblasen wurde. Ein oder zwei Mal war ich dabei, als auch unser Paulus-Posaunenchor dort oben stehen und die Leute auf dem Markt zum Innehalten und Lauschen verführen konnte. Seit jener Zeit ist Kirche für meine Identität von Bedeutung, auch wenn ich ihr oft mehr fern- als nahestand. Wir waren damals aber auch sehr theater- und opernbegeistert und besuchten im Schülerabonnement regelmäßig die wirklich guten Aufführungen des Landestheaters in Halle. Die alljährlichen Festspiele zu Ehren des in Halle geborenen Georg Friedrich Händel trugen ein Übriges zur Begeisterung bei. Der Besuch seiner Opern gehörte schon fast zur Pflicht eines jeden einigermaßen kulturinteressierten Hallensers. Oder, um das Taschengeld aufzufrischen, verdingten wir uns als Statisten im „Theater der jungen Garde", wo ich mal als Herold, mit künstlichen Locken, als Räuber im Stück „Die Schneekönigin" oder auch als Junger Pionier im Propagandastück „Timur und sein Trupp" mitspielte. Im letztgenannten Stück war ich sowjetischer Jungpionier mit weißem Hemd und rotem Halstuch. Als die Guten mussten wir nicht angepasste jugendliche Negativgestalten auf den „rechten Weg" bringen. Der Inhalt des Stückes entsprach dem damals propagandistisch hochgejubelten Buch „Der Weg ins Leben“ von Makarenko. Damit traten wir auch im Leipziger Spiegelpalast am Zoo auf.

Erst mit 16 Jahren habe ich auf Thilos Drängen mein erstes helles Bier getrunken, und ich fand den Geschmack alles andere als gut. Vorher trank ich nur alkoholarmes Malzbier, das mein Vater als Fliegerbier bezeichnete. Bei dem wäre ich am liebsten geblieben.

Thilo und ich hatten, wie ich schon erwähnte, immer irgendwelche Reisepläne, die meist meiner Phantasie entsprungen waren. Da war unter anderem die geplante Fahrradtour zu den ostfriesischen Inseln, aus der aber nichts geworden ist. Ich erwähne das an dieser Stelle, weil das Fahrrad für mich damals Freiheit des Reisens bedeutete. Vor dem Abitur war ich noch mit einigen Klassenfreunden in einer Blitztour zum Schloss und Park Mosigkau geradelt. Dann kam später die Fahrrad- und Zelttour mit Peter Radler nach Berlin und Umgebung. Eines Tages radelte ich mit meinem schweren gusseisernen Drahtesel und ohne Gangschaltung die knapp 40 Kilometer über die kopfsteingepflasterte Chaussee von Halle nach Leipzig-Wahren, wo die Oma mit ihrer Schwester, meiner Großtante Emma, wohnte. Darüber, dass ich mich nicht angemeldet hatte und dass ich eventuell ungelegen auftauchen könnte, hatte ich überhaupt nicht nachgedacht. Auch hatten weder wir noch die beiden Alten ein Telefon. Die Freude über die Überraschung war aber sehr groß und ehrlich. Zur Stärkung für die Rücktour gab es warme Biersuppe.

Im Sommer 1953 nahm ich noch einmal mit einer Schülergruppe an einer Harzwanderung teil, die von Herrn Bininda, einem sympathischen Russischlehrer, geleitet wurde. Sie war besser organisiert, und so hatten wir jede Nacht Unterkunft in einer Jugendherberge. Wir wanderten im Verlauf einer Woche von Stolberg in nördlicher Richtung über Alexisbad, über die Rosstrappe bis Thale und fuhren von dort dann mit dem Zug wieder nach Halle. Ausgerechnet ich war es, der dem Lehrer wieder disziplinarische Sorgen bereitete. Der Grund war ein hübsches Mädchen, dem ich unweit der Herberge am Auerberg auf der Wiese am Frankenteich begegnete. Dort war gerade frisches Heu gemacht worden, und das lag da in einem großen, flachen Haufen. Es klingt wie ein Märchen. Denn in dem Haufen saß ein hübsches Mädchen in einem Sommerkleid und strahlte mich an. Sie war vielleicht 13 Jahre alt. Wir tobten im Heu herum und fingen bald an, miteinander zu schmusen. Darüber vergaß ich völlig den „Zapfenstreich". Wir ließen erst voneinander ab, als Herr Bininda auftauchte, der mich gesucht hatte und mir androhte, mich nach Halle zurückzuschicken, wenn ich nicht „sofort in die Herberge" zurückkäme. Immerhin hatte ich in der Situation noch so viel Verstand, dass ich mich fügte. Aber die Kleine fasste mich an die Hand und kam erst mal mit bis zur Jugendherberge. Ich war völlig verwirrt und selig.

In meiner Straße wohnte auch der Klassenkamerad Adolf, genannt Äddy, späterer Tierarzt bei Rostock, der mich für die Tierwelt im Wasser begeisterte. Zusammen gingen wir oft „tümpeln". Teichmolche, Kammmolche, Wasserflöhe und Cyclops konnten wir damals noch mit der Hand oder mit dem Köcher fangen. Es war die Zeit, in der wir Aquarien besaßen und dieses Thema Vorrang hatte.

Thilo fing an, seine maskulinen Fähigkeiten an vielen Freundinnen zu messen. Er schwänzte häufig die Schule und rauchte wie ein Schlot. Gewaltig kam er einmal ins Schwitzen, als ihm eine seiner Liebschaften Monate später als Schwangere begegnete. Aber er war's nicht! Ich dagegen stand noch nicht unter einem derartigen Hormondruck. Immer wieder steckte ich Thilo mit meinen versponnenen Träumereien an. Irgendwann fing ich an, von dem fernöstlichen Gebirge Sichote-Alin zu schwärmen. Dort gab es, wie ich in einem Buch gelesen hatte, den seltenen Ussuri-Tiger, den wir unbedingt sehen müssten. Diese Tour hätte ich mit ihm wohl später auch noch gemacht. Aber nun ist es leider zu spät dafür, denn Thilo lebt nicht mehr.

Der Aufstand in der DDR kam am **17. Juni 1953**. Er war die Folge der politischen Unterdrückung und der Mangelwirtschaft. Als Schüler der elften Klasse war ich an dem Tage dabei, mich für eine schriftliche Prüfungsarbeit im Fach Geschichte vorzubereiten. Nebenbei hörte ich immer wieder die Nachrichten des Westberliner Kultsenders RIAS und des NWDR. Diese Nachrichten waren an dem Tage so aufregend, dass mir ein sinnvolles Arbeiten für die Schule kaum noch möglich war.

Zunächst begann der Volksaufstand in Ostberlin und griff dann schnell auf die gesamte DDR über. Wir Jugendlichen nahmen das Signal in Halle nur allzu gern auf und demonstrierten mit. Die Betriebe streikten. Studenten riefen über Lautsprecher zur Kundgebung auf.

Diese Kundgebung fand am Abend auf dem von sowjetischen Panzern umstellten Hallmarkt statt. Trotz des Versammlungsverbotes erschienen aber rund 60.000 Menschen. Die Redner des Streikkomitees verlangten die Senkung der zu hohen Arbeitsnormen und freie demokratische Wahlen. Nach einiger Zeit aber rollten die Panzer langsam in die Menschenmenge hinein und blieben dann mitten auf dem Platz stehen. Unter dieser Drohung löste sich die Kundgebung auf. Danach marschierten wir aber in breiten Reihen durch die Innenstadt zum Thälmann-Platz, der heute wieder seinen alten Namen Riebeck-Platz hat. Und weiter zogen wir an den Universitätskliniken vorbei bis zum Reileck. Laut und ständig riefen wir dabei im Chor „Freie Wahlen!!" oder „Spitzbart, Bauch und Brille sind nicht des Volkes Wille!!". Gemeint waren Ulbricht, Pieck und Grotewohl, also die DDR-Staatsspitze. Und wir sangen das in der DDR verbotene Deutschlandlied in allen drei Strophen. Die größtmögliche Unbotmäßigkeit gegenüber der Ostberliner Regierung sollte dadurch von uns ausgedrückt werden. An den Fenstern und auf den Balkonen standen die Menschen, applaudierten im Takt und sangen mit.

Die ganze Stimmung war ausgesprochen fröhlich und optimistisch. Fast alle Menschen hatten die Hoffnung, dass sich nun endlich alles wieder zum Besseren wenden würde.

An anderen Stellen unserer Stadt verlief dieser Tag leider keineswegs so positiv, sondern kostete sogar einige Menschenleben. Es fielen Schüsse, als eine Gruppe der Aufständischen die politischen Gefangenen aus dem „Roter Ochse" genannten Zuchthaus befreien wollte.

Für mich stand am nächsten Tag eine schriftliche Versetzungsarbeit im Fach Geschichte an. Aber wir Klassenfreunde waren uns alle darin einig, dass diese Arbeit ausfallen würde, weil ja nun doch der gesamte Geschichtsunterricht umgeschrieben werden musste. Stalin und Marx waren endlich nicht mehr die geistigen Väter allen historischen Denkens. Aber Pustekuchen! Wir mussten die Prüfungsarbeit trotzdem schreiben, und der ganze von uns begeistert mitgestaltete Aufstand war durch die sowjetischen Panzer leider viel zu schnell verweht.

Geblieben aber waren der weiter gewachsene innere Widerstand gegen das DDR-Regime und bis heute die Erinnerung an unseren Aufstand in der Jugendzeit.

Das elfte Schuljahr war nun vorüber. Wir schwärmten für Caterina Valente und Gérard Philippe, hörten im RIAS „Die Insulaner" oder im NWDR den Internationalen Frühschoppen mit Werner Höfer und Hörspiele von Günter Eich. Auch die Musik im amerikanischen AFN.

Meine Kleidung für bessere Anlässe wurde maßgeschneidert. Ich trug damals gern einen Anzug mit Knickerbockerhosen und taillierter Jacke im Landhausstil.

Damals war es auch Mode, am Gürtel einen sogenannten Ullr zu tragen. Auf meinem markstückgroßen Ullr war St. Christophorus abgebildet.

Mit Beginn der Sommerferien unmittelbar nach dem Aufstand startete ich mit meinem Klassenfreund Peter Radler zu einer Radtour mit Zelt in Richtung Berlin. Fahrradwege neben den Straßen gab es nicht, und die Straßen selbst waren nicht etwa asphaltiert, sondern man rollte die 160 Kilometer von Halle bis Berlin nur über Kopfsteinpflaster. Vorteilhaft war immerhin, dass es noch wenig Autoverkehr gab und die Gegend überwiegend aus Flachland besteht. Die Hügel des Flämings hinter Wittenberg waren aber nicht ohne Verschnaufpausen zu überwinden. Man bekam kräftige Beinmuskeln. Wittenberg hatte ich vorher nicht gesehen und war über die Menge von Hinweisen über den Aufenthalt berühmter Personen beeindruckt. Diese Stadt hatte während und nach der Reformation ihre großartige Zeit. Wegen der vorübergehenden Sperre Westberlins infolge des Aufstandes vom 17. Juni schlugen wir unser Zelt in Bönischs Garten in Berlin-Wilhelmsruh auf. Später stand unser mückenumschwirrtes Zelt am Templiner See, unweit der Schorfheide und am Wandlitzsee, dort, wo sich später die DDR-Politprominenz einigelte. Zwischendurch hatte mich Giselas Vater zu einer Faltboottour auf der Havel eingeladen. Mit ihm, Gisela und ihrem Bruder Detlev paddelten wir ab Lehnitz auf der Havel südwärts und machten auch eine Zeltübernachtung am Flussufer. Vor dem Einschlafen wurde dann über Gott und die Welt diskutiert. Giselas Vater, ein marxistischer und atheistischer Akademiker und SED-Genosse, hatte aber auch immer Argumente, gegen die ich als Jugendlicher schwer ankam. Und Gisela himmelte ihren Vater an – damals!

Als Westberlin bald wieder offen war, radelte ich mit Peter nach Kladow. Dort gab es ein katholisches Zeltlager. Peter war sehr katholisch, und er ist es immer geblieben. Das ganze Drum und Dran dieses Zeltlagers war für mich ein absolutes Novum, blieb aber nicht ohne Eindruck. Peter fühlte sich nach ein paar Tagen wieder glaubensmäßig gedopt.

Peter war musikalisch. In unserem Schulorchester spielte er Querflöte. Mit ihm besuchte ich oft Konzerte unter Leitung des Generalmusikdirektors Gößling. Dann hatte Peter üblicherweise einen Klavierauszug auf den Knien und lehrte mich diesen zu lesen. Ich hatte wirklich das Glück, Freunde zu haben, die mich bildungsmäßig weiter voranbrachten.

Da war vor allem auch Hidda Sch. aus Kröllwitz zu nennen, die Tochter eines Malers und Grafikers, selbst literarisch stark interessiert und eine permanente Aufsatz-Einsen-Schreiberin. Dass wir bei ihr zu Hause Goethes „Faust I" mit verteilten Rollen lasen, hatte ich schon erwähnt. Dietrich P., ein Schauspielertalent, las den Mephistopheles und war der Deuter und Erklärer des Werkes. Ich las den Faust, Hidda das Gretchen und ihr Freund Hans-Christian war dazu verdammt, den Part der Marthe zu übernehmen. Das war damals eine schöne und für mich sehr wichtige Zeit, als wir so in Schleichers Garten um den Tisch herum saßen, laut lasen, diskutierten und meinten, wir hätten die Weltformel gefunden!

So wie mir Peter Radler die klassische Musik nahebrachte, hatte mich Andreas Brandt mit der modernen Kunst vertraut gemacht. Wir lernten uns auf der Oberschule Ende 1950 kennen. Ich war noch unter dem Einfluss meines Vaters stark von der realistischen Malerei vor allem des 19. Jahrhunderts geprägt. Mit Andreas, der selbst malte, kam ich auf dem Schulweg in eine Kunstdiskussion, hatte aber keine Ahnung davon, was sich in Deutschland vor und nach den Nazis auf diesem Gebiete alles so getan hatte. Andreas' Eltern sammelten selbst moderne Kunst.

Die private Kunstgalerie Henning in der Lafontainestraße zeigte Bilder der Moderne, was von den politischen Machthabern mit großem Misstrauen beäugt wurde. In deren Augen galt die nichtsozialistische, moderne Kunst als westlich dekadent. Mit Andreas ging ich oft dorthin und verstand mehr und mehr den Reiz dieser Kunst.

Mit ihm, der jetzt in Niebüll wohnt, bin ich noch heute befreundet. Er ist inzwischen ein bekannter Maler der Gruppe der „Konkreten" geworden. Von ihm habe ich einige Bilder und Originalsiebdrucke gekauft. Durch Ratenzahlung machte er mir die Käufe leichter.

Es kam das Jahr 1954. Ich stand vor dem Abitur. Im März besuchte uns Oma aus Stolberg. Ich weiß noch, wie sie sich freute, als sie die Reise zu uns hinter sich gebracht hatte, und wie sie auch von uns allen freudig begrüßt wurde. Vielleicht aber war diese ganze Wiedersehensfreude für sie auch zu viel gewesen, denn nach einigen Tagen bekam sie einen schweren Schlaganfall, an dessen Folgen sie dann auch bei uns gestorben ist. Sie wurde 73 Jahre alt, und ihr Leben war von Entsagungen und schweren Schicksalsschlägen gezeichnet. Trotzdem war sie immer ein Schalk geblieben. Wir dankten ihr ihre Fröhlichkeit mit unserer Liebe.

Die Abiturprüfungen kamen nun unwiderruflich auf uns zu. Die mündlichen und schriftlichen Prüfungen liefen aber schön glatt, und am Ende hatte ich das Zeugnis mit einem „gut" in der Hand. In der mündlichen Chemieprüfung hatte ich ausführlich über den Hochofen zu erzählen. Mein Thema der schriftlichen Prüfung im Fach Deutsch hieß „Die Kunst als Waffe". Es war klar, was die kommunistische Lesart zu sein hatte, und ich schmierte denen diesen Brei voll hin. Schließlich wollte ich eine gute Abiturnote haben und dann zur Universität. Die zensierende Frau Dr. Propp hatte mich durchschaut. Deshalb konnte sie es sich nicht verkneifen, an einigen Randstellen ein kleines Fragezeichen zu setzen.

Ein Lebensabschnitt war damit wieder zu Ende gegangen. Jeder folgte nun froh seinen eigenen beruflichen Interessen. Ich hatte noch wenige Monate vor dem Abi keine Ahnung, was ich studieren sollte, weil mir alles ziemlich gleich interessant vorkam. Aber einen Studienweg des allen gibt es ja nicht. Kunstgeschichte sollte es dann werden. Meine Eltern trauten ihren Ohren nicht. Das bedeutete für sie einen Hungerberuf auszuüben. Etliche Schulfreunde hatten sich für das Medizinstudium entschieden und versuchten auch mich dafür zu erwärmen. Mein Vater entschied dann aber selbst, dass ich zunächst Medizin zu studieren hatte und erst danach, als fertiger Arzt, noch ein Kunstgeschichtsstudium anschließen könne, falls ich das dann noch wolle. Der schlaue Fuchs wusste genau, wie so etwas läuft. Kurz und gut, für Medizin sprach auch einiges. Die Naturwissenschaften hatten schon immer mein Interesse gefunden. Der Umgang mit Menschen lag mir. Noch etwas anderes kam hinzu. Es herrschte Kalter Krieg, der jederzeit in einen echten Krieg zwischen Ost und West umschlagen konnte. Als Arzt hatte man dann in der sogenannten Etappe bessere Chancen zu überleben. Die Frage war aber immer noch, ob ich von der Uni überhaupt angenommen würde. Schließlich war meine Schwester erst vor einem Jahr als Studentin in den Westen geflohen, das war ein Minuspunkt, trotz der guten Beurteilung in meinem Zeugnis. Mein Vater besaß aber einen sogenannten Einzelvertrag, nach dem seinen Kindern das Recht zum Studium garantiert war, was allerdings keine wirkliche Garantie war, wenn die alles beherrschende SED-Partei nicht wollte.

In den Sommerferien hieß es also erst einmal abwarten. Ich besuchte Schwester und Schwager in Hamburg. Das war mein erster Besuch in der Bundesrepublik Deutschland. Reni und Wilhelm wohnten damals noch in der Kielortallee. Wilhelm ging seinem Beruf bei der Cunard-Schiffslinie nach. Aber mein liebes Schwesterchen wies mich erst einmal in die Hamburger Etikette ein. Ich bekam eine neue Krawatte, *„weil man in Hamburg nicht ohne Krawatte geht. Weil es öfter regnet, geht man auch nicht ohne schwarzen Schirm."* Also den bekam ich auch noch als obligates Utensil für die Stadtgänge. Aber meinem Wunsch nach modischen bunten Ringelsocken wurde auch stattgegeben. Dazu bekam ich einen Zuschuss für gelbe lederne Halbschuhe mit dicker, profilierter Kreppsohle, die auch nach Jahren nicht einen Millimeter Abrieb erkennen ließ. Ich brauchte das alles, um in Halle damit angeben zu können.

Nach einigen Tagen lieh ich mir meines Schwagers Fahrrad aus und machte mich auf die Fahrt rund um Schleswig-Holstein. Als „Ostzonen-Besucher" bekam ich einen kostenlosen Jugendherbergsausweis mit vergünstigten Übernachtungen und vielen Gutscheinen. So fuhr ich los, erst bis zur Ostsee bei Travemünde. Hier sah ich zum ersten Mal die offene See. Auf dem Priwall genoss ich den Spaziergang direkt an der Zonengrenze, also mit sozusagen umgekehrter Blickrichtung, und steckte den verborgenen Grenzposten drüben die Zunge raus. Hier in Travemünde lag das Segelschiff „Passat". Im Hamburger Hafen sah ich schon ihr Schwesterschiff „Pamir" auf Reede. Dieses berühmte Segelschiff hatte schon seit langer Zeit mein Interesse gefunden, weil mir mein Vater zum zehnten Geburtstag Heinrich Hausers „Die letzten Segelschiffe" geschenkt hatte, eine Reisebeschreibung mit der „Pamir" von 1930. Als das Schiff dann im September 1957 im Atlantik sank und von den 86 Besatzungsmitgliedern nur sechs gerettet wurden, war meine Trauer groß.

Weiter ging's am nächsten Morgen per Drahtesel über Lübeck, Eutin, Plön, Preetz auf der Landstraße nach Norden. Im strömenden Regen kam ich bis Laboe, wo ich abends in der Jugendherberge Unterschlupf fand.

Keine Pause! Am nächsten Tag, es war Sonntag, der 1. August, besichtigte ich erst das Marineehrenmal, ein Architekturwunder, und radelte weiter im Regen über den Dänischen Wohld und vorbei an Eckernförde bis zur nächsten Jugendherberge in Borgwedel. Dort fand gerade ein bunter Abend statt. Am nächsten frühen Morgen und immer noch im Regen radelte ich weiter nach Norden. Den alten Wikingerhafen Haithabu ließ ich mir nicht entgehen. Radelnd machte man sich auf der Landstraße auch miteinander bekannt und fragte: *„Woher und wohin des Wegs?"* So lernte ich Wayne Jensen aus Kopenhagen kennen, der mal vor mir, mal hinter mir in die Pedale trat. Er konnte nur Dänisch und kaum mehr als je drei Worte Deutsch oder Englisch. Trotzdem konnten wir uns verstehen. Ich ahnte nicht, dass wir uns schon ein Jahr später in Kopenhagen wiedersehen würden. Schon am Nachmittag erreichte ich Flensburg und hatte genug Zeit, mir diese Grenzstadt anzusehen. Meine ursprüngliche Absicht, weiter nach Dänemark zu radeln, musste ich fallen lassen, weil Dänemark damals für DDR-Besucher ohne westdeutschen Reisepass noch völlig verschlossen war. Aber hier hatte ich noch ein unerwartetes Erlebnis. Am nächsten Tag stand morgens sechs Uhr plötzlich die Polizei an meinem Bett in der Jugendherberge und forderte mich auf mitzukommen. Erst auf der Polizeiwache erfuhr ich, was los war. Aus dem Schlafzimmer in der letzten Jugendherberge war eine Armbanduhr verschwunden, und ich war als Dieb verdächtigt worden, weil ich so früh aufgebrochen war. Das Ganze war natürlich sehr ärgerlich, ich wurde durch und durch gefilzt, und die Polizei in Hamburg musste sogar bei meiner Schwester Auskünfte über mich einholen. Das war dazu auch noch höchst peinlich! Als sich meine Unschuld herausstellte, wurden die Polizisten sehr freundlich und hilfsbereit. Mir aber reichte es, und ich machte mich von dort auf den Weg nach

Sylt. In Klanxbüll stieg ich mit dem Fahrrad in den Zug nach Westerland und fuhr weiter mit der Inselbahn, die es heute nicht mehr gibt, nach List, wo ich in der überfüllten Jugendherberge Am Mövenort für zwei Nächte unterkam. Zum erstenmal badete ich in der Nordsee. Dass ich später ein halber Sylter werden würde, konnte ich noch nicht ahnen.

Nach zwei Tagen war ich wieder an der Nordseeküste südwärts unterwegs über Husum, dort Theodor Storms Grab besuchend, bis Büsum. Am nächsten Tag gleich weiter bis Brunsbüttelkoog, wo ich nach Cuxhaven übersetzte und nach einer Nacht in der Jugendherberge Wingst über das Alte Land, dann Blankenese und die Elbchaussee wieder in Hamburg wohlbehalten, schlank, gebräunt und mit trainierten Beinmuskeln nach einer Woche ankam.

Dort erreichte mich das erlösende Telegramm meiner Eltern: *„Zum Studium angenommen.“* Andernfalls wäre ich aber auch nicht nach Halle zurückgekehrt.

Bald saß ich wieder im Interzonenzug nach Halle. Die Immatrikulation erfolgte eine Woche später. Bis zum tatsächlichen Anfang des Medizinstudiums hatte ich noch Zeit für einen kurzen Urlaub bei der Großtante Ida in Hackpfüffel.

Der Beruf des Arztes war mir nicht in die Wiege gelegt. Einen Mediziner hatte es in unserer ganzen Familiengeschichte noch nie gegeben. Die medizinische Fakultät der Martin-Luther-Universität Halle-Wittenberg lag fast neben meiner bisherigen Oberschule. Für den täglichen Weg änderte sich also gar nichts. Die Freundesgruppe aus unserer Schule fand sich hier wieder zusammen: Peter Bohley, Dietrich Cobet, Dietrich Pusch, Wolfgang Ulrich und ich, dazu auch noch Irmgard Barnikol und Gudrun Cramer. Wichtig zwischen uns war auch das politische Vertrauen in der gemeinsamen Antihaltung gegen die SED-Politik. Wir trafen uns oft bei Bohleys, um im Radio NWDR die Lesung des indizierten Buches „Doktor Shiwago“ oder die Reden im Bundestag zu hören. Das Rededuell zwischen dem rhetorisch überlegenen Franz Josef Strauß und dem ideologiebefangenen Oppositionsführer Ollenhauer mit seinem SED-ähnlichen Satzbau war für uns köstlicher Hörgenuss.

Die ersten vier vorklinischen Semester waren ausgesprochene Pauksemester, obwohl wir, die wir vom naturwissenschaftlichen Zweig der Oberschule kamen, manches leichter angehen konnten. Ich hatte dummerweise kein Latinum gemacht und musste das jetzt auf der Uni zusätzlich nachholen. Ohne Latein wurde man nicht zum wichtigen Physikum, der ärztlichen Vorprüfung, zugelassen. Heutzutage ist das anders. Ärzte müssen angeblich kein Latein mehr können.

Als wir jungen Studenten zum ersten Mal den Präpariersaal des anatomischen Instituts betraten, mussten wir aber doch das schwankende Vegetativum in uns niederkämpfen. Da lagen vor uns zehn formalingetränkte Leichen auf den steinernen Präpariertischen und warteten auf uns. Wir wurden zu acht Studenten pro Leiche eingeteilt, vier rechts und vier links. Ich hatte etwas Pech, denn mein Gebiet war der Hals mit dem Platysma-Muskel. Dieser mimische Muskel verläuft mit vielen Fasern innerhalb der Haut, und er hat keine Skelettverbindung. Das Präparieren dieser Fasern erfordert ganz besondere Sorgfalt. Ansonsten bietet der Hals keine so großen präparatorischen Schwierigkeiten. Ja, der sogenannte Musculus sternocleidomastoideus ist ein geradezu schönes Gebilde, das selbstbewusst wie eine Schärpe verläuft. Er heißt auch großer Kopfwender. Die Anatomietestat-Zensuren wurden in griechischen Buchstaben gegeben. Wenn ich mich recht erinnere, war die beste Zensur ein Gamma. Vor den Prüfungen setzten wir Freunde uns zum Lernen zusammen, um Unverstandenes oder zu Kompliziertes gemeinsam zu klären. Durch die meist strengen Prüfungen kamen wir somit alle ganz ordentlich durch. Das war auch aus politischen Gründen wichtig, denn die Genossen unter unseren Kommilitonen hatten ja schon längst erkannt, wes Geistes Kind wir waren. Wären wir fachlich schwach und dazu auch noch politisch „unzuverlässig" gewesen, hätte es uns schlecht ergehen können.

Neben der Martin-Luther-Universität existierten in Halle noch zwei weitere Hochschulen, einmal die für Kirchenmusik und zum anderen, in Deutschland einmalig, die für Kunsthandwerk auf der Burg Giebichenstein.

Berühmt und berüchtigt waren auf der Burg Giebichenstein die alljährlichen Kostümfeste zur Faschingszeit, zu denen wir immer versuchten an Eintrittskarten zu kommen, was aber fast nur über Beziehungen möglich war. Wie gut, dass es dafür Hiddas Künstlervater gab!

Oh Boys, was haben wir da gefeiert! Allein die Dekoration war schon gewaltig. Die gesamte Burgruine war unglaublich geschmückt. Ich erinnere mich noch an riesige, beleuchtete Fabelwesen, die an den nächtlichen Felsenwänden heraufkletterten.

Das Motto meines ersten Burgfestes war „Frische Fische", was bedeutete, dass man sich nicht mit allzu vielen Textilien sehen lassen sollte …! Das war 1955. Aus dieser dubiosen Erfahrung heraus hieß das Fest im Jahr danach „Erst mumm, dann kumm". An dieses Fest habe ich lebhafte amouröse Erinnerungen. Wir waren alle so schön jung!

Neben dem eigentlichen Studium gab es obligatorische Arbeitseinsätze, oft zu Erntearbeiten, was uns durchaus Spaß machte. Aber das Beladen von Loren im Kaliwerk bei Teutschenthal war wegen der gewaltigen Knochenarbeit weit unbeliebter. Mein sechswöchiges Pflichtpraktikum als Krankenpfleger leistete ich im Krankenhaus Köthen ab.

Im Juli 1955 war ich schon wieder gen Westen unterwegs. Ich fuhr mit dem Interzonen-Nachtzug bis Köln, wo ich ganz früh morgens erstmalig den Dom und den Rhein bestaunen konnte. Mein Ziel war die Familie Pabst in Bonn, die ich noch aus den Kriegstagen in Halle kannte. Sie nahmen mich sehr nett auf und zeigten mir die Stadt Bonn. Dann traten die Geschwister Horst und Inge eine Zugreise nach Dänemark an.

Ich hatte inzwischen zwar einen westdeutschen Reisepass, aber kein Geld für die Eisenbahn. Also fuhr ich den beiden nach Dänemark per Anhalter nach, und so trafen wir uns schon am dritten Tag wieder in der Jugendherberge von Kopenhagen-Bellahøj. Die aber war völlig überfüllt. Man war aber sehr hilfsbereit und vermittelte mich in eine Familie der Konservativen Volkspartei im Stadtteil Lyngby. Weiter reisten wir gemeinsam nach Helsingør mit Schloss Kronborg und wieder weiter nach Helsingborg auf der schwedischen Seite. Für mich als Bewohner der DDR waren das alles strafwürdige Reisen, weil sie illegal stattfanden.

Die Geschwister Pabst fuhren mit dem Zug wieder zurück nach Bonn, aber ich trampte flott nach Süden, nahm wieder die Fähre Gedser–Großenbrode, und weiter ging's über Hannover, Göttingen, Marburg nach Biedenkopf zur Witwe meines Patenonkels Albrecht Wachsmuth. Dort blieb ich ein paar Tage, ging mit der Tochter Ursel abends tanzen, wurde an der geplanten Weiterreise nach Frankfurt durch deren hübsche Freundin Margot zunächst gehindert, löste mich dann aber doch. Nach Süden kam ich noch bis Heidelberg. Dann zurück, wohlgemerkt alles per Anhalter, am Rhein entlang, mit Abstecher nach Maria Laach, wieder bis zu Pabsts in Bonn. Dort konnte ich zwei Nächte bleiben.

Der Interzonenzug fuhr über Kassel–Bebra nach Eisenach, wo ich mir noch einen Zusatztag für die Wartburg gönnte, bis ich endlich wieder in Halle zurück war, voll mit Reiseeindrücken, über die ich außer mit den Eltern mit niemandem reden durfte.

Freund Andreas ging an die Hochschule für bildende Künste nach Westberlin, und ich schmiedete eigene Fluchtpläne, die von den Eltern aber verhindert wurden.

Im anatomischen Institut wurde ich zum „Vorpräparant“ ernannt, musste also den erschreckten Neulingen zeigen, wie man sich an den formalinriechenden Damen und Herren Toten mit dem Präparierskalpell anzustellen hat.

Im Mai 1955 war ich in die Ernst-Barlach-Gesellschaft eingetreten, die neben der Goethegesellschaft noch die einzige gesamtdeutsche war. Ernst Barlachs Werk hatte mich schon länger interessiert. Auch besaß die Moritzburg in Halle einige wichtige Skulpturen von ihm. Neben dem straffen Medizinstudium habe ich auch noch versucht, über den fachlichen Tellerrand zu schauen, als ich hin und wieder die Vorlesung über die niederländische Barockmalerei besuchte oder den berühmten Victor Klemperer im Fach Romanistik hörte.

Im Dezember durfte ich noch einmal für ein paar Tage nach Hamburg reisen, um an der Jahrestagung der Ernst-Barlach-Gesellschaft teilzunehmen. Unser Dekan, Herr Prof. Hanson, unterstützte diese Reise und beurlaubte mich dafür offiziell. Die Tagung fand im Funkhaus NWDR in der Rothenbaumchaussee statt. Allerhand Prominenz lernte ich dort kennen: Reemtsma, Hauswedell, Piper, Axel Eggebrecht, Grimme und die Schauspielerin Ehmi Bessel, die Mutter von Michael Hinz. Als teilnehmender DDR-Bürger wurde ich interessiert beäugt.

Im Jahre 1956 nahte unerbittlich das gefürchtete Physikum, die härteste Prüfung für Medizinstudenten. Jetzt hieß es: volle Konzentration! Vor manchen

Prüfungen lernte ich die ganze Nacht durch, um auf jede Frage des Prüfers die richtige Antwort geben zu können. Auch bin ich keiner, dem es der Herr im Schlafe gibt. Aber es klappte ganz gut und ohne Nachprüfung. Nur im Fach physiologische Chemie war es kritisch, weil ich die chemische Formel von α-Tocopherol nicht korrekt hinbekam. Zusätzlich wurden wir aber auch sportlich gefordert. Jeder Prüfling hatte das Sportabzeichen zu erwerben. Das fanden wir alle auch recht positiv, negativ dagegen die obligatorische Prüfung in Marxismus-Leninismus. Die Kommunisten versuchten zwar, mir in diesem Fach eine Nachprüfung anzuhängen, das aber gelang ihnen nicht. Mein Schul- und Studienfreund Peter Bohley schrieb später in seinem Buch „Sieben Brüder …“, dass ich das Physikum glänzend bestanden hätte. Als so sehr glänzend empfand ich es selbst aber nicht.

Im August trollte ich mich wieder nach Hamburg. Reni hatte mir noch nachträglich zum Abitur eine Parisfahrt geschenkt. Diese Asta-Busreise der Uni Hamburg kostete damals nur 50,– DM (!) für eine ganze Woche. Auch über diese wunderbare Fahrt durfte ich in Halle niemandem auch nur ein Sterbenswörtchen erzählen.

Und wie war's mit Mädchen? Da waren schon einige, aber erwähnen will ich hier nur drei, wie meine Kommilitonin Ilsemarie B., den Flirt an der Anatomieleiche. Auf der Bahnfahrt nach Hamburg lernte ich Christel T. kennen. Auf dem Burgfest war eine junge Dame besonders verliebt – aber verheiratet. Als ich sie kurze Zeit danach im Theater ein paar Reihen hinter mir entdeckte, schien sie mich nicht zu kennen. Na klar, sie saß dort neben ihrem Ehemann. Auch ich schaute diskret wieder weg. Aber immer war es in diesen Fällen sehr spannungsreich, knisternd und hätte schicksalsentscheidend werden können.

Der Ungarn-Aufstand 1956 brachte uns allen große Aufregung. Erstmalig berichteten westliche Radio- und Fotoreporter aktuell aus dem Geschehen. Wir waren über das von jahrelang aufgestautem Hass geleitete Vorgehen der Aufständischen gegen die Kommunisten überrascht und hofften, dass die Ungarn die Befreiung des ganzen Ostblocks einleiten würden. Aber der Aufstand war leider blutig von den Sowjets beendet worden.

Nach dem bestandenen Physikum begannen nun die interessanteren klinischen Semester, und wir durften uns als „cand. med." bezeichnen.

Ende Oktober 1956 begegnete ich der Studentin der Zahnmedizin, Johanna Politz, und das ziemlich fulminant. Die Zahn- und die Humanmediziner hatten teilweise nacheinander und miteinander Vorlesungen im Anatomie-Institut. Wenn die angehenden Zahnärzte aus dem Hörsaal kamen, warteten wir „Humaner" schon geduldig vor der Tür. Da sah ich sie, die kleine, sportliche Person mit dem kurzen Haarschnitt und dem schönen und aparten Antlitz. In einer der nächsten gemeinsamen Vorlesung schaffte ich es, neben ihr zu sitzen, und baggerte los, nach allen Regeln der Kunst. Ich erinnere mich noch sehr an ihr monalisahaftes Lächeln, als ich zum ersten Mal im Hörsaal neben ihr Platz nahm. Hatte sie doch schon etwas von mir wahrgenommen?

Die Weiterentwicklung will ich nicht im Detail preisgeben. Kurz und gut – wir wurden ein Paar. Bald danach besuchte ich sie auch in ihrer Heimatstadt Vetschau am Spreewald, wo die Eltern Zahnärzte waren.

Unsere studentische Freundesgruppe hatte alljährlich gemeinsame Skireisen unternommen. Mit Brotterode am Inselsberg in Thüringen fing das an. Im Jahr darauf verbrachten wir die Skiferien in Schierke am Brocken.

Im Winter Anfang 1957 aber wollten wir etwas ganz Besonderes erleben, nämlich richtige alpine Winterferien in Berchtesgaden, nach offizieller DDR-Definition „beim bayerischen Klassenfeind".

Besonders viel Geld benötigten wir für den Westurlaub nicht, weil wir als Besucher aus der „Zone" enorm viele Vergünstigungen erhielten, besonders für die Jugendherbergen, für den Skilift, Getränke und was nicht sonst noch alles. Die Gruppe war dieses Mal umfangreicher. Es hatten sich einige weitere Kommilitoninnen angeschlossen. Auch Hanna kam mit. Beim Arbeiten im Hygiene-Institut mit virulenten Staphylokokken hatten sich einige von uns zu allem Überdruss noch Furunkel eingehandelt. Meines lag ausgerechnet auf dem Allerwertesten, kam aber glücklicherweise noch unmittelbar vor der Abfahrt zur leidlichen Abheilung. Bepackt mit Skiern, Koffern und Rucksäcken fuhren wir nachts im Interzonenzug los und kamen am frühen Morgen in München an.

Die Zeit bis zum Öffnen der Büros nutzten wir zum staunenden Bummel durch die Innenstadt. Dann holten wir beim Jugendherbergswerk unsere Gutscheine ab und bestiegen den Zug nach Berchtesgaden. Die Alpen hatte ich noch nie gesehen. Der Watzmann, welch ein Berg! Wir wohnten alle im Ortsteil Strub in der Jugendherberge. Weil das Wetter anfangs neblig war, machten wir erst mal Besichtigungen, durchwanderten auf Schusters Rappen fast das ganze Berchtesgadener Land und sangen dazu lauthals „Wilde Gesellen, vom Sturmwind verweht …", welch letzteres völkisches Lied zu singen in der DDR als Hetze geahndet worden wäre. Zu den Ausflugszielen gehörten der Obersalzberg, der Königssee, die schöne Barockkirche in Maria Gern, das österreichische Salzburg und der Kehlstein.

Zu meinem Geburtstag erhielten wir Freikarten zur Jennerbahn geschenkt. Nach zehn Tagen mussten wir ins Seimlerheim umziehen, wo wir es sogar noch viel schöner fanden. Ansichtspostkarten wurden viel geschrieben. In dem Zusammenhang war Folgendes geradezu unglaublich. Um Geld zu sparen, steckten wir die Ansichtspostkarten in die DDR ohne Briefmarken in den Kasten und sagten uns, dass das Nachporto in Ostgeld immer noch billiger war als eine Briefmarke für Westgeld. Der Wechselkurs betrug eine Westmark zu vier Ostmark. In Halle aber kamen unsere Karten erstaunlicherweise korrekt frankiert an!

Nach ganzen drei schönen Wochen grüßte uns zum Abschied der Watzmann mit Alpenglühen. Um die Zeit im Westen so lange wie möglich ausnutzen zu können, machten Hanna und ich noch zwei Tage Urlaub in Augsburg, um auch diese Stadt zu sehen mit ihren herrlichen Bauten und mit der interessanten Fuggerei. Bei der Ausreisekontrolle im Interzonenzug staunten die bayerischen Beamten über uns Skifahrer aus der DDR und bemerkten: „Ja, seid's ihr Kommunisten?" Nein, das waren wir gewiss nicht! Ganz im Gegenteil.

Skepsis der SED-Parteigruppe an der Uni kam auf, als ich für unser Studienjahr einen Opernbesuch in Berlin organisierte. Die Partei hatte Angst, dass wir uns hauptsächlich in den Westsektoren aufhalten würden. Deswegen fuhr auch ein besonders linientreuer Kommilitone mit, von dem wir wussten, dass er sich nicht die Bohne für Theater oder Oper interessierte. Verbieten konnten sie solch eine Gruppenreise allerdings schlecht, obwohl sie es gern getan hätten.

So aber sahen wir im März 1957 in der Staatsoper Unter den Linden an einem Abend „Cavalleria rusticana“ und „Bajazzo“ mit Helge Rosvaenge, ein wirklich besonderes Opernerlebnis.

Im selben Frühjahr haben mein Studienfreund Wolfgang und ich auch noch die Führerscheinprüfung abgelegt. Gelernt hatten wir beide im IFA F9, einem DKW-Nachbau – Zweitakter mit Revolverschaltung. Ich bestand außerdem noch die Motorradprüfung, bin aber seitdem nie mehr Motorrad gefahren.

Für den Sommer 1957 war es mir gelungen, für Wolfgang und mich einen ganz besonders begehrten Famulaturplatz festmachen zu können. Das war im Krankenhaus Sassnitz auf Rügen. Wir famulierten für die Hauptfächer Chirurgie und Gynäkologie und verbrachten hier eine wunderbare Zeit unter der verständnisvollen und fachlich guten Leitung des Chefarztes Herrn Dr. Wünn. Er war zwar SED-Parteimitglied, fluchte aber ständig wie ein Berserker über das „unfähige“ Regime. Ohne die Parteimitgliedschaft hätte er den Chefarztposten wohl nicht bekommen können. Hier wurde auch erstmalig mein Heuschnupfen diagnostiziert und behandelt. Unter ihm hatte ich immer nur zu leiden, wenn Landwind war. Die Erleichterung kam mit dem Seewind.

Dieser schöne Aufenthalt auf Rügen dauerte von Mitte Mai bis Ende Juli und wurde nur für ein einziges Wochenende von einer Bahnfahrt zur Silberhochzeit der Eltern in Halle unterbrochen.

An diese Famulatur auf der Insel Rügen denken Wolfgang und ich noch heute mit etwas Wehmut zurück, und die Erinnerung wird wach, wenn im Radio uralte Ohrwürmer wie „He, he, hello, Mary Lou …“ oder „ Am Sonntag will mein Süßer mit mir segeln gehen …“ erklingen.

Per Fahrrad lernten wir große Teile der Insel kennen. Zum Baden fuhren wir nach Mukran, wo es damals nur einen einsamen Strand gab und noch keinen modernen Fährhafen. Operationsschwester Dorchens Vater war der Hafenkapitän von Sassnitz. Er lud uns ein, in seinem Seenotschiff „Arkona“ bis Stubbenkammer und zurück zu fahren. Und wir durften sogar das große Schiff steuern!

Wolfgang U. und ich sind zwar recht verschiedene Menschen. Wir sind aber immer sehr freundschaftlich verbunden geblieben. Er floh 1958 mit seinen Eltern nur wenige Wochen vor unserer Familie in den Westen. Als ich dann 1970 beruflich in Siegen landete, folgte er mir bald dorthin nach, um als niedergelassener Chirurg zu arbeiten. Später wohnten wir in der Landsberger Straße fast benachbart und spielten über Jahrzehnte regelmäßig Doppelkopf mit unseren beiden Frauen. Erst im Jahre 2006 ist er in das Ruhrgebiet umgezogen.

Auf der Rückreise nach der Famulatur besuchte ich noch Andreas in Westberlin und sah mit ihm die Architekturausstellung „Interbau" im Hansaviertel, auf der die berühmtesten Architekten der Welt Wohnhäuser gebaut hatten, wie Le Corbusier, Gropius, Eiermann, Aalto.

Unsere Familie war alarmiert, als meiner Mutter im September der Besuch bei ihrer Tochter in Schleswig-Holstein von der DDR zunächst verweigert wurde. Erst nachdem mein Vater bei der Volkspolizei Krach gemacht hatte, durfte sie reisen.

Im Oktober wurde von den Sowjets der erste künstliche Satellit „Sputnik" gestartet. Die Welt war überrascht, und man staunte über die Russen.

Wir Studenten in den klinischen Semestern verdienten uns jetzt auch schon etwas Geld durch viele Nachtwachen in den Universitätskliniken. Wenn man eine Freundin hatte, brauchte man eben auch mehr Geld.

Im Oktober hatte ich zum dritten Mal die Gelegenheit auf dem Brocken zu sein. Mit dem Hygieniker, Herrn Prof. Dr. Winkler, machte ein Teil unseres Studienjahres eine Harzfahrt, um dort Gesundheitsprojekte zu besichtigen.

Unsere enge studentische Freundesgruppe hatte in Halle auch ihr Stammlokal. Das war das Restaurant „Weltfrieden", das von uns aber immer noch mit seinem alten Namen „Egerer Hof" bezeichnet wurde. Dort saßen wir oft zusammen beim Radeberger Pilsner oder Pilsner Urquell und aßen Tatar mit Ei. Die alten Kellner schätzten unser Kommen, weil wir ihnen zu verstehen gaben, dass wir alles andere als politisch gefährlich waren.

Über diese Zeit hat auch mein Schul- und Studienfreund Peter Bohley in seinem Buch „Sieben Brüder auf einer fliegenden Schildkröte" eine schöne Skizze geschrieben, die ich im Anhang in etwas verkürzter Form zitiere. Es soll hier erwähnt werden, dass Peter, inzwischen emeritierter Professor in Tübingen, damals von den DDR-Behörden als Pazifist und Christ in unerträglicher Weise drangsaliert worden ist. Auch das schildert er in seinem Buch.

Für mich begann nun das sehr ereignisreiche und wegweisende Jahr 1958.

An Pflichtfamulaturen fehlte mir nur noch das Fach innere Medizin. Für dessen Ableistung hatte ich mich bei Herrn Prof. Dr. Brugsch im Krankenhaus Berlin-Friedrichshain angemeldet. Ich wohnte in einem Studentenheim in Pankow, denn bei meiner Patentante Ursel, in Berlin-Wendenschloss konnte ich für solch eine lange Zeit nicht unterkommen. Auch war es mir so lieber, hatte ich doch dann meine kleinen Freiheiten. Damit meinte ich besonders die Besuche in Westberlin, denn Onkel Rolf Bönisch war ein überzeugter SED-Genosse. Schon am nächsten Tag, es war noch das letzte freie Wochenende vor meinem Krankenhausdienst, war ich in Charlottenburg in Westberlin, traf aber Andreas nicht an. Ich entschloss mich, mit dem Zug zu Hanna in den Spreewald zu fahren, wo ich schon erwartet wurde. Auf dem zugefrorenen Schwielochsee fuhren wir mit einem Eissegler herum und kamen dabei auf rasante Geschwindigkeiten.

Am Montag begann ich meinen Dienst und musste im Labor erst einmal feste Urin kochen. Aber es wurde täglich interessanter mit der Inneren Medizin. Wir Famuli hörten Vorträge in der Pathologie des Krankenhauses und lernten viel dazu. An diesem Krankenhaus arbeiteten etwa ein Drittel der Ärztinnen und Ärzte, die in Westberlin wohnten. Sie bekamen ihr Gehalt zu einem großen Teil in Westgeld ausgezahlt. Unmittelbar nach dem Bau der Berliner Mauer 1961 dürfte die ärztliche Versorgung am Krankenhaus Friedrichshain deshalb ein ziemlich großes Problem gewesen sein.

Im Theater am Schiffbauerdamm sah ich eine der besten Inszenierungen meines Lebens: Bert Brechts und Paul Dessaus „Mutter Courage und ihre Kinder“ mit Helene Weigel in der Titelrolle und mit Ekkehard Schall. Helene Weigels Spiel und Verwandlungsfähigkeit waren unerreicht. Bert Brecht hatte das Stück noch selbst inszeniert.

Meinen 22. Geburtstag, ein freier Samstag, benutzte ich vormittags zum Besuch des Pergamonmuseums, und am Abend sah ich Walter Felsensteins Inszenierung des „Schlauen Füchsleins“ von Janacek in der Komischen Oper.

Andreas und ich machten abends öfter sehr „feuchte" Züge durch die Bars Westberlins, wo wir manchmal eine Freirunde ergattern konnten. Einmal ging es bis sechs Uhr morgens, und wir waren voll wie die Haubitzen. Ich musste bei Andreas auf der Luftmatratze schlafen und kam erst mittags um zwölf Uhr mit schlechtem Gewissen in das Krankenhaus. Als ich abends in die Staatsoper Unter den Linden zur „Elektra" ging, war ich immer noch nicht ganz nüchtern. Diesen Berlinaufenthalt kostete ich total aus. Am Tag nach der Oper war ich im Kabarett „Die Distel" und am weiteren Tag danach schon wieder im Berliner Ensemble zu Brechts „Der gute Mensch von Sezuan". Zwischendurch sah ich immer wieder Filme im Westen oder machte Besuche bei Andreas. In den Kammerspielen sah ich Ibsens „Nora" mit Gisela Uhlen in der Hauptrolle. Irgendwann musste ich mich ja auch wieder mal bei meiner Patentante sehen lassen. Mit ihr ging ich noch in die Komische Oper, wo wir Benjamin Brittens „Albert Hering" sahen. Nach fast vier Wochen war diese tolle Zeit leider vorbei, und es ging zurück nach Halle.

An der Universität war wieder viel zu tun. Besonders viele Kurse mussten absolviert werden, ich hatte dazu auch noch Kreißsaaldienst. Auch meine Freundin kam kaum noch aus der Zahnklinik heraus. Sinfoniekonzerte, Filme, Vorträge, Ausstellungen bei Hennings und Theateraufführungen wurden in Mengen konsumiert. Zwischendurch huschte man auch schon mal übers Wochenende nach Westberlin.

Nach jahrelangem Warten erhielten wir endlich im Juni unser Auto, einen beigefarbenen Zweitakter „P 70". Das einzige Familienmitglied mit Führerschein war zunächst ich. Also war ich automatisch der stolze Familienchauffeur. Die neue Mobilität reizte uns jetzt an jedem Wochenende zu Ausflügen in die Umgebung unserer Stadt.

Für mich standen nun die letzten fachlich nicht vorgeschriebenen Famulaturen an. Ich wählte dafür das Fach Pathologie im Institut unserer Universität unter Prof. Dr. Bruns, den wir alle sehr schätzten, weil er nicht nur fachlich sehr anerkannt war, sondern auch uns Studenten gegenüber nicht die Bodenhaftung verloren hatte. Einmal hatte er zwar in seiner Vorlesung meine Hanna ziemlich angemacht, aber ich verstand, dass er das nur humorvoll meinte. Als Hanna aber einmal in der Vorlesung fehlte, fragte er mich vor dem gesamten Auditorium, wo denn meine Schwester sei. Na toll!

Die Famulatur Sozialhygiene konnte ich im schönen Dresden machen. Unterkunft bekam ich dort im Studentenheim in der Blasewitzer Straße. Dieses Fach Sozialhygiene war nun etwas ganz Andersartiges. Von der Säuglingsfürsorge über Schlachthofkontrollen bis zu Friedhofsinspektionen war alles drin. Es war alles wirklich sehr interessant, obwohl es als Dauerberuf nichts für mich gewesen wäre. Was mich aber erschreckte, waren Ärzte, die die SED-Politik überzeugt verfochten. Unter Ärzten waren mir solche Parteigänger bisher noch nicht begegnet. Im Rahmen dieser Famulatur besuchte ich auch eine städtische Röntgenabteilung, in der gerade eine Lungenreihenuntersuchung stattfand. Als der ältere Kollege dort erfuhr, dass ich von einer Universität und nicht „nur" von einer medizinischen Akademie nach Dresden kam, ließ er gleich eine Philippika gegen das ganze DDR-System los, obwohl er mich doch persönlich gar nicht richtig kannte. Für ihn war einfach klar, dass wer von einer „richtigen Uni" kommt, gegen den Murks der DDR sein muss. Na gut, zufällig passte das ja. Der arme Kerl stand stundenlang, bleischürzenbewehrt vor dem Röntgenschirm im dunklen Raum und ließ die Lungen in vivo Revue passieren. Immer dasselbe! Was kann langweiliger sein! Und dabei diktierte er den Befund laut irgendwo in das Dunkel hinein. Fast nach jedem Patienten hörte ich das sächsische „Bleuritsche Adhäsjon'n ..." *(pleuritische Adhäsionen).* Es war ein warmes, angenehmes Sächsisch.

Dresden hatte ein reges Kulturleben. Etliche Konzerte fanden im Zwinger statt. Die Gemäldegalerie bot sehr Wertvolles, wie Raffaels „Sixdiensche Madonna" (sächsisch) oder Tizians „Zinsgroschen". Aber in Dresden lebte auch noch der liebe alte Hans Pohle aus Podberesje. Mit ihm fuhr ich zur Moritzburg und zu Karl Mays „Villa Bärenfett" in Radebeul. Besuch bekam ich sowohl von Hanna als auch von Thilo. Gern denke ich noch zurück an den Ausflug mit Hanna zum Schloss Pillnitz. Dresden wurde in diesem Sommer von einem starken Hochwasser heimgesucht, nach dessen Ablaufen die tiefer gelegenen Straßen mit einer dicken Schicht Elbschlamm bedeckt waren. Nach dieser meiner letzten Famulatur begannen die Sommerferien.

Mit dem Kommilitonen Franz K. und dessen Freundin Gitta hatten sich Hanna und ich zu einem gemeinsamen Zelturlaub bei Dranske auf Rügen verabredet.

Um an diese abgelegene Stelle zu gelangen, musste man von Stralsund aus mit dem Schiff fahren. Wir zelteten direkt am Steilufer. Von dort aus konnte man bei guter Sicht die Kreidefelsen der dänischen Insel Möen erkennen und Sehnsüchte kamen auf. Es war ein wirklich wunderbarer Sommer mit fast durchgehend schönem und heißem Wetter. Unsere Fahrräder hatten wir mit. So radelten wir oft durch die Gegend, nach Kap Arkona, ins verträumte Fischerdörfchen Wiek, suchten Bernstein am Strand, oder wir fuhren mit dem Schiff nach Hiddensee. Wenn es mal regnete, spielten wir im Zelt „Mau-Mau". Auch mit der alten Sassnitzer Krankenhausmannschaft gab's ein Wiedersehen. Nach vier Wochen war für uns einer der himmlischsten Urlaube vorbei, und es ging über Stralsund und Berlin mit dem Zug leider wieder heim. Uns allen hatten diese Zeltwochen am Meer sehr gutgetan, und man sah es uns an. Hanna war nach diesen Wochen braungebrannt und innerlich ausgeglichen. Ihre Mutter flüsterte mir bald danach ein leises „Danke" ins Ohr.

Das Studium ging wieder voll weiter. Ich hatte eine Reise nach Lübeck für die Jahrestagung der Ernst-Barlach-Gesellschaft beantragt und vom Prorektor der Universität auch die Genehmigung bekommen. Die Volkspolizei aber lehnte aus fadenscheinigen Gründen ab, also wurde nichts draus. Die Folge war, dass unsere Fluchtpläne jetzt konkreter wurden.

Am 10. November formulierte der sowjetische Regierungschef Nikita Chrustschow: „Westberlin ist eine selbständige politische Einheit", und Ulbricht hakte nach: „Und befindet sich auf dem Territorium der DDR." Die Sowjetunion kündigte das Potsdamer Abkommen. Das bedeutete Gefahr für Westberlin. Grotewohl hatte zwar den Abzug der Roten Armee angekündigt, was am selben Tage aber wieder dementiert wurde. Wir redeten in der Familie über die Möglichkeit der Flucht in den Westen. Ich selbst war fest dazu entschlossen, der Vater aber nicht. Die Mutter dagegen war bereit, auch notfalls allein mit mir zu gehen. Wir hatten in der Familie lange, zum Teil tränenreiche Diskussionen. Ein besonderes Problem war die Tatsache, dass die Oma aus Leipzig seit dem Tod ihrer Schwester mit in unserer Wohnung in Halle lebte. Auf die Flucht konnten wir sie nicht mitnehmen. Im Oktober war sie 86 Jahre alt geworden. Sie durfte aber auch von den Fluchtplänen vorläufig nichts erfahren, denn das hätte alles gefährden können. Wenn Westberlin geschlossen würde, hätten wir sicher für viele Jahre keine Chance mehr gehabt, meine Schwester zu sehen, die mit Wilhelm jetzt in Pinneberg in Holstein wohnte.

Die seelische Anspannung war sehr groß. Ende November waren wir aber innerlich doch so weit, das Unternehmen systematisch vorzubereiten. Unser P 70 leistete jetzt gute Dienste für die vorbereitenden Fahrten nach Berlin. Dort gaben wir im Westsektor Pakete mit unseren wichtigsten Dingen an Reni auf. Hanna konnte ich vertrauen. Sie war also in die Pläne eingeweiht.

Der **13. Dezember 1958** sollte einer der wichtigsten Tage meines Lebens werden. Er bedeutete den endgültigen Wechsel vom östlichen in das westliche Leben! Kurz vorher hatten wir die Oma informiert und ihr die Hilfe ihrer Stieftochter Martha und ihrer Schwiegertochter Hanni aus Leipzig zugesichert. Meinem Vater fiel das alles begreiflicherweise am schwersten. Er hat auch später darunter sehr gelitten, aber sich nur selten dazu geäußert. Wir verabschiedeten uns von seiner Mutter, die wir nie wiedersehen sollten. Am frühen Morgen holte ich das Auto in Trotha aus der Garage. Hinter einem Seitenarm der Saale lag der winterliche Forstwerder, eine Flussinsel, in deren hohen Pappeln Schwärme von Krähen saßen. Die Bäume am Fluss standen schwarz und ohne Bewegung, schienen blattlos auf mich herabzuschauen und um mein Fluchtgeheimnis zu wissen. Dieses letzte Bild meiner Heimat nahm ich bewusst in mich auf. Ich würde nie wieder zurückkommen. Gegen zehn Uhr fuhren wir mit unserem Wagen los. Als wir in die Straße Am Landrain einbogen, löste sich von einem Zaun eine Gestalt und kam auf uns zu. So war Hanna! Sie wollte sich noch einmal mit einer Umarmung verabschieden. Ahnte sie, dass unsere Beziehung bald zu Ende ging? Ich selbst war mir damals sicher, dass sie nach dem bestandenen Staatsexamen zu mir in den Westen nachkommen würde. Nach diesem kurzen Halt ging es weiter nach Potsdam-Babelsberg zum Parkplatz an der S-Bahn. Das neue Auto wurde abgeschlossen, noch einmal unauffällig gestreichelt, dann stiegen wir unter Herzklopfen in getrennte Wagen des Zugs durch Westberlin.

Abb. 14: Am Königssee bei Berchtesgaden, 1957

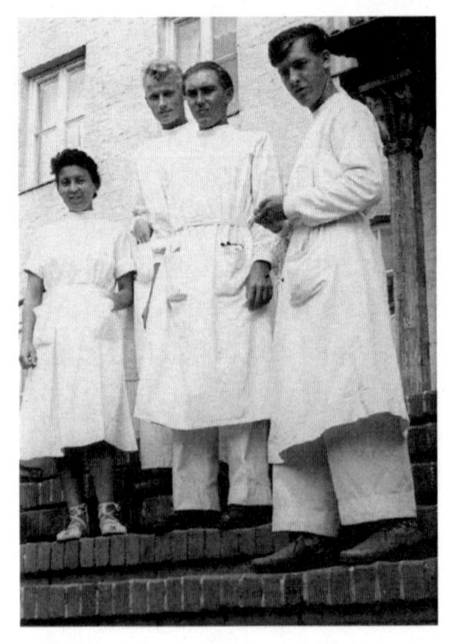

Abb. 15: Famulatur Krankenhaus Sassnitz im Sommer 1957 mit Wolfgang U.

Im Westen

Ich hatte mich zum Schein für diese Zeit noch einmal zu einer Famulatur im Ostberliner Krankenhaus Friedrichshain angemeldet und mir selbst mit gestibitztem Briefpapier der FDJ-Hochschulgruppe die Genehmigung zur Durchfahrt Westberlins bescheinigt.

Als die Bahn auf der ersten Westberliner Station „Wannsee" hielt, kam das große Aufatmen, und wir setzten uns beruhigt zusammen. Wir fuhren weiter nach Marienfelde in das Aufnahmelager. Nach etlichen Formalitäten und Verhören durch westliche Geheimdienste konnten wir am 19. Dezember nach Hannover ausfliegen. Ich hatte die Tage auch zum Besuch bei Andreas benutzt, der sich über unseren Entschluss sehr freute.

Es soll hier erwähnt werden, dass damals täglich mehrere tausend Menschen den Weg von Ost nach West gingen. Das war die „Abstimmung mit den Füßen", denn freie politische Wahlen hatte es in der DDR ja nie gegeben.

Im Auffanglager Uelzen waren dann noch weitere Formalitäten abzuleisten. Reni und Wilhelm besuchten uns. Vati bekam auch dort schon einen ersten aufmunternden Telefonanruf aus dem Hamburger Flugzeugwerk in Finkenwerder. Dort waren einige ehemalige Kollegen aus Podberesje schon länger tätig wie auch der inzwischen promovierte Mathematiker und Freund Sparrer. Am Tag vor Heiligabend konnte sich unsere Familie in Pinneberg glücklich in die Arme fallen.

Niemand konnte diese Familie mehr trennen! Unser Wechsel von der Schatten- auf die Sonnenseite des Eisernen Vorhangs war damit endgültig vollzogen. An der Universität Hamburg meldete ich mich zur Fortsetzung meines Studiums in den folgenden Tagen an. Das ging alles so schön glatt, wie ich es kaum erwartet hatte.

In Halle hatte ich viele Freunde zurückgelassen, besonders aber Hanna. Aber die Stadt selbst, die meine Heimat war, verließ ich damals fast ohne Trauer. Mein Blick war voller Spannung nach vorn gerichtet. Ein wenig Wehmut kam auf, wenn ich Eichendorffs Gedicht las:

Da steht eine Burg überm Tale, und schaut in den Strom hinein,
Das ist die fröhliche Saale, das ist der Giebichenstein.

Da hab ich so oft gestanden, es blühten Täler und Höhn,
Und seitdem in allen Landen sah ich nimmer die Welt so schön.

Aber in Hamburg hatte ich es jetzt eilig, mit dem Studium schnell weiterzukommen. Während der Semesterferien arbeitete ich schon ab Januar 1959 in der Universitätsfrauenklinik. Ich zog von Pinneberg um in meine Studentenbude in der Moorreye in Hamburg-Langenhorn. Herr Dr. Maass bot mir das Dissertationsthema „Die strahleninduzierte Glykolysehemmung beim Ehrlich-Aszites-Karzinom“ an, und ich begann schon bald mit den Versuchen im Strahlenbunker der Frauenklinik.

Der Briefverkehr mit Hanna und mit meinen Freunden in Halle blieb höchst intensiv. Täglich kam Post und ich schrieb nicht minder häufig nach Halle. Fax oder gar E-Mail gab es ja erst rund 35 Jahre später. Nebenbei fand ich auch noch etwas Zeit für die Vorlesung „Logik“ bei Prof. v. Weizsäcker. Das war mir aber doch etwas zu trocken. Später hörte ich Predigtreihen von Helmuth Thielicke oder von Bischof Dibelius in der St.-Michaelis-Kirche.

Am 15. Februar gebar meine Schwester in Pinneberg ihr erstes Kind, Wulf. Meine Tätigkeit in der Frauenklinik hieß deshalb, dass ich der Hebamme bei dieser Hausgeburt zu assistieren hatte. Für diese Hilfeleistung wurde ich dann auch gleich zu Wulfs Patenonkel auserkoren.

Im März flog ich nach Westberlin und traf mich endlich wieder mit Hanna. Weil wir aber eine längere Trennung nicht lange aushielten, kam Hanna nach einigen Wochen von Westberlin aus zu mir nach Hamburg geflogen. Sie ging über solche DDR-Verbote einfach hinweg.

In Hamburg liefen meine letzten Studiensemester. Es bildeten sich Lerngruppen. Ich hatte hier in Hamburg nun keine Chance mehr, in eine bestehende Clique hineinzukommen, und so bestand unsere Prüfungsgruppe aus vier sehr unterschiedlichen Personen, dem Iraner Amir T., einem intelligenten ungarischen Flüchtling, dessen Namen ich vergaß, aus Barbara H. und mir. Kommilitonin Barbara wollte wohl etwas mehr, als nur mit mir Stoff pauken, aber das konnte ich erfolgreich abwehren.

Im April 1959 wurde mir eine Praxisvertretung in Oederquart an der Niederelbe angetragen. Dort verdiente ich erstmalig richtig Geld, obwohl ich als Student eigentlich noch gar nicht vertreten durfte. Es klappte aber alles ganz gut. Für meine landärztlichen Hausbesuche stand mir ein VW-Käfer zur Verfügung. Diesen Landstrich hinterm Elbdeich zwischen Wischhafen, Freiburg und Balje lernte ich also bestens kennen. Hier wurde auch die Tochter des Hauses extra aus Kiel herangeordert, mit bestimmten Absichten. Ich hatte aber kein Interesse. Etwas anderes überraschte mich im Lande Kehdingen und ist mir bis heute unvergesslich. Es war die unglaubliche Armut der Landarbeiter, bei denen ich ja auch meine Arztbesuche zu machen hatte. Eine derart krasse Armut war mir doch tatsächlich in Deutschland bisher nie begegnet!

Vom Verdienst kaufte ich ein schönes Radio, einen Nordmende mit magischem Auge. Den Apparat besitzt Bernd jetzt. Und ich buchte eine große AStA-Studentenreise, denn der Drang, die Welt zu sehen, war sehr stark nach den vielen DDR-Jahren. Es war das gleiche Phänomen, das man nach der „Wende" 1989 bei den ehemaligen DDR-Bürgern wieder beobachten konnte.

Im September begann die Studentenreise in Bonn mit einem nagelneuen VW Bulli. Meist schliefen wir in Zweimannzelten. Über Paris, wo wir gerade den Staatsbesuch Eisenhowers bei de Gaulle erlebten, ging es weiter über Poitiers nach Biarritz. Hier sah ich zum ersten Mal den Atlantik. Weiter ins spanische Baskenland. Wir besuchten in dieser Gegend Santander, Bilbao und Ribadesella, wo uns ein Mädchen erwartete, das ich aus Hamburg kannte. Sie machte uns mit einigen falangistischen Spaniern bekannt. Ich hatte damals durchaus Sympathien für das noch herrschende Regime Francos. Er war Antikommunist, also ein Feind des Feindes. Hier aß ich zum ersten Mal in meinem Leben Oliven und fand die überhaupt nicht gut essbar. Wir waren beeindruckt von den prähistorischen Wandzeichnungen in der damals noch zugänglichen Höhle von Altamira, reisten anschließend weiter in das himmlische Santiago de Compostela und zelteten an der Ria von Vigo.

Südwärts ging es weiter nach Portugal. Über den Grenzfluss führte eine Stahlbrücke, erbaut von Eiffel. In diesem Fluss nahmen wir alle erst einmal ein erfrischendes Bad. Das war dringend nötig. In Portugal herrschte damals noch das ultrakonservative Regime von Salazar. Die alte Universitätsstadt Coimbra beeindruckte uns. In Porto wurden wir bei Sandeman mit allen Sorten Portwein vollgefüllt. Oviedo, Belem und Lissabon waren die nächsten Ziele. Die große Brücke über den Tejo gab es noch nicht. Wir setzten also mit der Autofähre in den südlichen und völlig anders gearteten Teil des Landes über. Weiter durchfuhren wir die karger werdende Landschaft Portugals über Beja nach Andalusien. Am Hochufer der Bucht von Algeciras zelteten wir wieder, fuhren ohne Genehmigung ganz oben auf dem Felsen von Gibraltar, wobei wir dem uns verfolgenden britischen Militär immer ein freches Stück voraus waren. Als uns die Militärpolizisten endlich stellten, taten wir so, als hätten wir keine Warnschilder gesehen, und die Sache verlief im Sande. Wir aber hatten von dort oben den herrlichsten Rundblick, auch bis nach Afrika. Dann kam die Überfahrt nach Tanger, der Stadt mit geheimnisvollem Nimbus. Die marrokanischen Stationen waren dann weiter Rabat mit dem Hassan-Turm und dem ersten Originalcouscous in einem hübschen Restaurant am Meer. Es folgten Casablanca und Marrakesch. Über den Pass von Tischka rollten wir hinab in das trockene und heiße Gebiet der Kasbahs. Wir meinten dort wirklich, dass wir die ersten Touristen wären. Schließlich hatten wir erst das Jahr 1959. In der Ferne leuchtete der schneebedeckte Kamm des Atlasgebirges, während wir unten kräftig schwitzten. Der Bulli war zwar so ziemlich das modernste Fahrzeug, aber an eine Klimaanlage dachte damals noch niemand. Fast immer rollten wir damit bis in die Dunkelheit und hofften letztendlich noch etwas zum Übernachten zu finden. Im kleinen Wüstendorf Ksar es Souk entdeckten wir nachts neben der Piste eine geeignete flache Stelle fürs Zelten. Die Zweimannzelte wurden inzwischen in routiniertem Tempo errichtet. Müdigkeit ging vor Hunger. Deshalb schliefen wir auch schnell ein und erwachten erst, als nach unangenehm kalter Nacht die helle Sonne die Zelte schon wieder heiß machte und wir rhythmisches Getrampel vernahmen. Zelt auf, und was sahen wir? Wir hatten mitten auf einem Kasernenhof der marokkanischen Armee gezeltet. Diese hatte also erstaunt um unser Lager herum zu exerzieren.

Das Wadi Oued Ziz, Meknes, Fes, das römische Volubilis waren weitere Ziele, die wir uns ganz in Ruhe ansehen konnten. Von der spanischen Exklave Melilla aus setzten wir nach Malaga über. Ich hatte dummerweise in Marokko aus einem Brunnen getrunken und bekam nun heftig „die Rache des Kalifen" zu spüren, ja fühlte mich geradezu dem Tode nahe. In Malaga nahmen wir in einem durchaus gehobenen Restaurant das Abendessen ein. Ich war mir sicher, dass das meine allerletzte Mahlzeit sei und – es ging mir von Stund' an besser.

Weiter führen wir die Strecke Ronda, Granada, Toledo nach Madrid. Uns deutschen Studenten wurde überall große Sympathie entgegengebracht. Überall wurden wir sehr bevorzugt behandelt, aber auch nur francistisch informiert: so zum Beispiel im wunderbaren Toledo mit der Geschichte des erfolgreichen Widerstandes einer kleinen Soldatengruppe im Alcazár gegen eine kommunistische Übermacht. Wenn ein verkehrsregelnder Polizist unseren Bulli mit dem Bonner Kennzeichen als deutsch erkannte, wurde für uns gleich auf Grün geschaltet. Die sehr interessierten Blicke der Señoritas erzeugten Glücksgefühle. Im Vergleich zu Deutschland oder auch Frankreich war Spanien allgemein zurückgeblieben. Das spürte man am Zustand der engen Straßen oder auch an den handbetriebenen Tankstellen, die auch das Benzin mit der für unseren Bulli erforderlichen Oktanzahl nicht liefern konnten. Manchmal klingelte unser Motor recht aufregend. An den Eingängen der Orte prangte das Zeichen der restaurativen Falange. An Gebäuden las man „Mejores no hay!“ oder „Arriba España!“

Nach dem Besuch Madrids mit Prado und El Escorial fuhren wir wieder in südöstlicher Richtung über Aranjuez nach Valencia am Mittelmeer, von dort über Peniscola und Tarragona bis Barcelona. Wir hatten nun fast sechs Reisewochen hinter uns und waren recht verwildert. Durch Frankreich ging es dann zügig nach Bonn. Es folgte bald darauf das übliche einmalige Nach-Reise-Treffen mit Diavorführung bei Bernings in Hamburg-Wellingsbüttel.

Im Oktober arbeitete ich als Famulus an der Universitätsaugenklinik. Ich wollte sicher sein, dass die Augenheilkunde wirklich etwas für mich ist. Ich entschied mich dann dafür und ließ mich vom Oberarzt Prof. Straub für die spätere Ausbildung schon vormerken. Daneben musste ich in der Frauenklinik weiter an der Dissertation arbeiten, aber auch noch Vorlesungen und Kurse besuchen. Die Universitätsfrauenklinik hatte auch Interesse an mir geäußert, aber das hakte ich nun entschieden ab. Es begann die aktive Lernphase für das Staatsexamen.

Ich war glücklich über mein Leben in Hamburg. Die Stadt nennt sich mit Recht nicht nur Hansestadt, sondern auch die freie.

Seit der Beendigung des Zweiten Weltkrieges hatte ich im fast ständigen Bewusstsein des Ost-West-Gegensatzes gelebt, im Wechsel zwischen zwei sich feindlich gegenüberstehenden Welten. Eine Tatsache, die mich wie viele meiner

Zeitgenossen prägen sollte. Wer ungeduldig war, wem alles zu träge und zu von oben herab bestimmt war, der konnte auf die Dauer im System der DDR nicht existieren. Der brauchte mehr Atemluft und mehr Freiheit, mehr Möglichkeiten der Selbstverwirklichung ohne politische Bevormundung. So lange der Wechsel von einem ins andere System möglich war, überwiegend von Ost nach West, war über das Ventil Westberlin die Möglichkeit vorhanden, die Seite zu wechseln. Einen gegenläufigen Wechsel von West nach Ost gab es zwar auch, der war aber mengenmäßig unbedeutend. Begegnete man in der DDR doch schon mal solch einem West-Ost-Überläufer, wurde man misstrauisch und vermutete nicht ganz ehrenhafte Gründe für diesen ungewöhnlichen Schritt. Während meiner Famulatur in Dresden traf ich einen jungen Zahnarzt aus Kiel, der jetzt in Dresden die Schulzahnpflege betrieb. Auf meine verdutzte Frage, wieso er in diese DDR gekommen war, antwortete er für mich etwas kryptisch, dass ihn die Kieler Gesundheitsministerin „verfolgt" habe. Eine ältere Kollegin begleitete ich im Dienst als Adlatus. Zufällig erfuhr ich, dass sie ursprünglich aus Hamburg stammte. Ihre Antwort auf meine Frage, wieso sie nicht lieber wieder in Hamburg arbeiten wolle, war für mich aber durchaus verständlich. Als junge Frau war sie nach Dresden gekommen, und das sei nun zu ihrer Heimat geworden, trotz aller Liebe zu Hamburg.

Für meine Freunde und mich war der freie Zugang nach Westberlin immer ein leuchtender Rettungsring, auf dessen Hilfe man im Ernstfalle bauen konnte.

Eine starke Erinnerung ist der prickelnde Reiz der S-Bahnfahrten zwischen Ost- und Westberlin. Die S-Bahnstrecke nach Oranienburg beispielsweise lief fast auf der Sektorengrenze entlang. Mal hielt man auf einem Bahnhof im Osten, plötzlich wieder mal im Westen, während Oranienburg selbst ja schon auf dem Gebiet der DDR lag, also außerhalb der geteilten Stadt.

Beim jeweils östlichen Lautsprecheraufruf „Letzter Bahnhof im demokratischen Sektor!" tippte man sich gedanklich an die Stirn. Andererseits war es die Ansage für die in den Westsektoren gelegenen Stationen „Bahnhof Gesundbrunnen!" oder „Bahnhof Zoo!", die uns elektrisierte.

Das habe ich auch in den Interzonenzügen beobachten können, wenn der Zug aus der DDR über die Zonengrenze in Richtung Westen rollte, wenn die westdeutschen Zollbeamten kamen und sofort mit erleichterten Gesichtern begrüßt wurden. Auf Westreisen war der Grenzübergang von Ost nach West oder auch in umgekehrter Richtung aber immer für einen schnellen Puls gut. Im Umgang mit Fremden und Behörden verhielt man sich in der DDR wie ein vorsichtiger und erfahrener Fuchs. Es gab dort ein unterschwelliges Gefühl der Rechtsunsicherheit und Willkür. Das war menschenunwürdig und auf die Dauer unerträglich. Das Obrigkeitsdenken wurde im Osten bewusst hochgehalten, während es im demokratischen Westen am Verschwinden war. In der DDR sah ich für mich keine Perspektiven ohne politische Korrumpierung.

Hier schließe ich diesen Teil meines Berichtes ab, und ich hoffe sehr, dass er dem interessierten Leser auch vermitteln kann, dass diese Kindheit und Jugend eine glückliche gewesen ist, obwohl sie weitgehend vom Weltkrieg und seinen Folgen geprägt war. Ich erinnere mich sehr gern an jene Zeit, aber ich möchte sie nicht noch einmal durchleben. Es ist vom Winde verweht ...

Unsere Flucht von Halle in den Westen am 13. Dezember 1958 war eine der wichtigsten Zäsuren in meinem Leben. Mit dem Einfahren des S-Bahn-Zuges in den Bahnhof Berlin-Wannsee im amerikanischen Sektor Westberlins zogen meine Eltern und ich den endgültigen Schlussstrich unter unser Leben in der DDR. Mein deutscher Staat war immer die westdeutsche, demokratische Bundesrepublik, nicht die sogenannte Deutsche Demokratische Republik (DDR). Wie wohl die meisten Deutschen glaubte ich damals nicht mehr an eine Wiedervereinigung Deutschlands. Wie wunderbar ist es, dass es über 30 Jahre nach unserer Flucht doch anders gekommen ist!

Wie war das Lebensgefühl für mich jungen Menschen damals die ersten Jahre, in denen ich im Westen lebte? Ich war froh und dankbar, dass ich hier leben konnte. Ich genoss im Rahmen der eigenen, sehr bescheidenen finanziellen Möglichkeiten die westliche Freiheit und den allgemeinen Wohlstand. Dazu kam, dass ich mich im norddeutschen, protestantischen Hamburg von Anfang an heimisch fühlte. Alle möglichen Vergünstigungen für Studenten mussten anfangs sehr bewusst genutzt werden. Besondere Wünsche waren fast unerfüllbarer Luxus. Ich war noch Student, als ich mir einen Plattenspieler von Dual als Koffergerät mit Lautsprecher im Deckel unbedingt anschaffen wollte. Sicherlich war er nicht teuer, aber alles auf einmal zu bezahlen war mir nicht möglich. Bei

Collien am Eppendorfer Baum kaufte ich ihn dann in monatlichen Ratenzahlungen zu je 10 DM. Das machte man damals in bar. Die jungen Verkäuferinnen schmunzelten schon mitleidig, wenn ich wieder mal meine kleine Rate an der Kasse ableistete. Jede Gelegenheit wurde dazu genutzt, einen schnellen Studentenjob zu bekommen. Ich schippte Schnee bei einer Nachrichtenagentur, packte nachts im Akkord Zeitungen bei Springer zum Versand zusammen, schichtete Kartons im Lager einer Marmeladenfirma, machte Verkehrszählung an den Elbbrücken oder chauffierte einen Bettler in seinem eigenen Auto (!) morgens nach Elmshorn und abends wieder zurück. Dass der sich solchen Service leisten konnte, machte mich nachdenklich. Als ich am Fließband Saftflaschen, ich glaube es war Mirinda, oder so etwas Ähnliches, im Akkord vom Fließband in Kartons setzen musste, passierte es. Ich zerschlug eine Flasche und schnitt mich dabei sehr tief in den rechten Zeigefinger. Notfallaufnahme im Krankenhaus St. Georg, wo die Schnittwunde sofort chirurgisch versorgt wurde. Als die junge Chirurgin erfuhr, dass ich als Student kurz vor dem medizinischen Staatsexamen stand, fing sie beim Nähen der Wunde gleich damit an, mich im Fach Chirurgie zu examinieren.

Zeittypisch war die Solidarität unter DDR-Flüchtlingen, wenn man sich am Akzent gegenseitig erkannte, sozusagen kameradschaftlich schulterklopfend nach dem Motto „Du hast's Gott sei Dank auch geschafft". Unvergessen ist mir der kleine, ältere Zeitungsverkäufer am Bahnhof Dammtor, der in seiner blauen Uniform mit Schirmmütze in unverwechselbarem Hallisch lauthals „Die WELD am Sonntaach mit dän neusten Schbortberichtn!!!" anbot. Was war es doch wunderbar, solch heimatliche Klänge zu hören! Völlig anders war es, wenn ich noch Jahre später zum Beispiel im Autoradio einen DDR-Sender erwischte. Diese amtliche und zugleich überhebliche Sprache mit gestelzten Texten ließ mich sofort den Sender wegdrehen. Ich konnte das einfach nicht mehr ertragen.

Ich arbeitete schon in der Uni-Augenklinik, als ein Schlagzeuger des bekannten Tanzorchesters von Kurt Henkels auf meiner Station lag. Kurt Henkels war für jeden DDR-Jugendlichen eine Lichtfigur! Er spielte amerikanischen Swing in dem streng antiwestlichen Staat und hatte daher immer mit großen Problemen gegenüber der Staatsmacht zu kämpfen. Wir jubelten ihm zu. Seine Schallplatten wurden hoch gehandelt, die gelegentlichen Übertragungen im Radio wurden per Tonband mitgeschnitten. Irgendwann aber musste Kurt Henkels aufgeben und ging mit einem Teil seines Orchesters in den Westen. In der Augenklinik rief er mich wegen seines Musikers mehrmals an, und ich war sehr stolz darauf. Er selbst freute sich aber auch, von mir zu hören, wie begeistert wir waren, wenn er uns zum Studentenball in der Mensa der Uni Halle aufspielte. So klönten wir gern ein paar Minuten am Telefon über die alten Zeiten.

Noch einmal gehe ich zurück in das Jahr 1959. Seit dem 1. Februar bewohnte ich meine Studentenbude in Hamburg-Langenhorn bei Frau Bühring unterm Dach. Die Monatsmiete betrug lediglich 40 DM. Dafür lag aber die Toilette zwei Stockwerke tiefer in der Wohnung der Vermieterin, einer alleinerziehenden Mutter. Oben in meinem Zimmer baute ich mir einen kleinen Verschlag für die Garderobe, in dem auch das Eimerchen fürs „kleine Geschäft" seinen Platz fand. Die Außenwelt kam nur durch eine kleine Dachluke zu mir. Neben dem für die heutige Zeit sensationell niedrigen Mietpreis, der doch lediglich 20 Euro entsprach, gab es Nebenkosten für Strom und eine Putzfrau, auf deren allwöchentlichem Wirken in meiner Bude Frau Bühring bestanden hatte.

Damals arbeitete ich viel an den Experimenten zu meiner Dissertation im Warburg-Labor der Uni-Frauenklinik. Erwähnt hatte ich schon, dass ich im April eine fast dreimonatige Vertretung in der Praxis des Landarztes Dr. Bolduan in Oederquart an der niedersächsischen Unterelbe begonnen hatte. Mit meinem von eigenem Geld gekauften Röhrenradio hörte ich an den freien Wochenenden in meinem Langenhorner Büdchen genüsslich bis zum Sendeschluss mit Deutschlandlied ein Uhr nachts die Sendungen des NDR, gelegentlich auch des britischen BFN. Der Flugplatz Fuhlsbüttel lag recht nahe, und so konnte ich das Starten und Landen der Maschinen gut hören. Eines Tages aber war es nicht mehr das gewohnte Propellergeräusch. Ich sprang auf und schaute aus meiner Dachluke, als gerade das erste Düsenflugzeug, eine „Caravelle", Hamburg anflog. Das sind Momente, die man nie vergisst.

Im Sommer war's unterm Dach so heiß, sodass ich mir einen Ventilator kaufte. Hanna besuchte mich im Juli. Im Dezember kam sie wieder, und sie blieb sogar noch eine Woche länger, obwohl ihr DDR-Reisepapier längst abgelaufen war. Da kannte sie nichts! Aber ich spürte sehr, dass sie gefühlsmäßig sehr angespannt war.

Danach hörte ich von Hanna länger nichts. Am 8. April kam Hannas Abschiedsbrief, verbunden mit der Nachricht, dass sie ein Kind von mir erwartet. Die unselige Ost-West-Trennung war halt stärker als unsere Liebe. Im Herbst erfuhr ich, dass Hanna am 4. September in Halle, also hinter dem „Eisernen Vorhang", einen Sohn, Hans-Christian, bekommen und kurz darauf geheiratet hatte. Ihr Ehemann hat ihn als sein eigenes Kind beurkundet. Erst 44 Jahre später lernte ich Hans-Christian in Hamburg endlich persönlich kennen. Er hatte erst wenige Wochen vorher durch meinen zunehmenden Druck auf seine Mutter, die jetzt im westfälischen Münster lebte, erfahren, wer sein biologischer Vater ist. Bis damals hatte er nicht einmal meinen Namen gehört. Meine Versuche, von Hanna über ihn informiert zu werden, stießen nur auf eine unerbittliche Mauer des Schweigens. Aber das ist ein anderes Thema. Meinen Eltern erzählte ich nichts von der Existenz dieses Sohnes, weil ich es einfach nicht über mich brachte. Ich dagegen überlegte, ob ich in die USA oder nach Brasilien auswandere. Hanna habe ich niemals wieder gesehen. Im September 2010 hat sie sich nach langen Depressionen das Leben genommen.

Das ärztliche Staatsexamen war das berufliche Großereignis des Jahres 1960. Dafür wurde ein schwarzer Anzug bei C&A gekauft. Bisher durfte ich zum Leben täglich nur 3 DM ausgeben, jetzt nach der Praxisvertretung durften es immerhin 3,50 DM sein!

Das Staatsexamen lief gut bis sehr gut. Alle Prüfungen wurden bestanden. Eine besonders nette und sehr erfolgreiche Prüfung war die im Fach Chirurgie bei Prof. Dr. Zukschwerdt. Ende August hatte ich das Examen mit „gut" bestanden. Ich zog wieder zu meinen Eltern nach Pinneberg und begann schon am 1. September in der Uni-Frauenklinik meine Medizinalassistentenzeit.

Nach der Arbeit in der Frauenklinik Ende 1960 musste ich mir erst mal einen Monat Urlaub bei den Eltern gestatten. Das Staatsexamen und die ständigen Nachteinsätze im Kreißsaal waren doch sehr anstrengend gewesen.

Mit meiner chirurgischen Medizinalassistentenzeit fing ich am 1. Februar 1961 im Kreiskrankenhaus Pinneberg an, noch nicht ahnend, dass ich dort meiner künftigen Ehefrau begegnen sollte. **Hildburg Waltsgott**, eine hübsche, schlanke junge Dame, arbeitete als medizinisch-technische Assistentin im Labor und im Röntgenraum. Ich entdeckte sie von meiner Station aus durch das Fenster des Labors. Dort saß sie am Mikroskop und zählte Blutkörperchen. Ich also hinein ins Labor, an der entrüsteten Chefin vorbei, stellte mich dem Fräulein Waltsgott vor, nicht zuerst der Chefin, und erntete dafür sehr gemischte Aufmerksamkeit der Laborbesatzung. Hildburg und ich hatten glücklicherweise auch einen gemeinsamen Weg durch einen Park zu unseren elterlichen Wohnungen im Ortsteil Quellental.

Sie ist eine Lehrertochter und die Jüngste von vier Geschwistern. Ihre verheiratete Schwester Irmtraud wohnte im Nachbarhaus meiner Eltern in der Saarlandstraße. Man konnte sich im Gegenüber in die Fenster sehen. Wenn „Hille" dort vorübergehend als Babysitter schlief, stellten wir beide abends eine brennende Kerze in das Fenster. So romantisch waren damals die gegenseitigen Liebesbezeugungen!

An einem Sonntag im Frühsommer fuhren wir zusammen ab Altona mit dem Tanzzug nach Westerland, hauten uns dort in die Sanddünen, holten uns einen kräftigen Sonnenbrand und reisten wieder, fast ständig tanzend, abends mit diesem Zug zurück. Weil wir uns so sehr mochten, konnten wir Ende August bei Hildburgs Eltern eine gemeinsame Studentenreise nach Vettica/Praiano am Golf von Salerno durchsetzen. Dort lebten wir hochanständig in getrennten Zimmern. Es war ein schöner, sonniger Urlaub im Anblick der Sirenen-Inseln. Wir kletterten auf den Vesuv, besuchten Pompeji, Neapel und Paestum, Capri und Amalfi.

Ich erinnere mich noch sehr daran, dass wir damals in der ganzen Studentengruppe ziemlich aufgeregt über den kurz vorher erfolgten Bau der Berliner Mauer diskutierten, auf den Stufen der dorischen Tempel von Paestum sitzend. Und ich erinnere mich auch noch sehr gut an mein Glücksgefühl darüber, dass ich der DDR vor diesem unmenschlichen Mauerbau entkommen war. In den fast 30 Jahren ihrer Existenz haben an ihr viele Menschen beim verzweifelten Fluchtversuch ihr Leben lassen müssen.

Hildburg und ich meinten uns nun doch so gut zu kennen und zu lieben, dass wir uns im Oktober verlobten. Liesel Hildburg Waltsgott, 1940 in der Niederlausitz geboren, wurde meine Braut.

Vom 1. Oktober 1961 bis Ende März 1962 absolvierte ich als Medizinalassistent das Fach innere Medizin am Krankenhaus Elmshorn und erlebte dort auch die große Sturmflut im Februar. Dementsprechend hoch waren auch die vielen neuen Einlieferungen durch Unterkühlung, ja sogar Herzinfarkte. Ein angenehmes Arbeitsklima herrschte in der inneren Abteilung dieses kleinen Krankenhauses unter Herrn Dr. Siems. Man lernte dort auch einige lokale „Größen" aus Elmshorn kennen. Da war der gewichtige Blumenhändler, der seine Frischblumen täglich mit eigens gechartertem Flugzeug aus San Remo einflog und der eine Liaison mit der Schauspielerin Christa Wehling vom Ohnsorg-Theater hatte, wie auch die alte Frau Kölln, von der Kölln-Flocken-Dynastie, die jede Woche zum Bridge ins Hotel Reichshof nach Hamburg fuhr. Der Leiter der gynäkologischen Abteilung war ein Dr. Lucassen. Ich ahnte nicht, dass der ein SS-Arzt gewesen ist und wenige Jahre später im großen Auschwitzprozess angeklagt wurde.

Im Juli wurde ich promoviert. Zu der Zeit arbeitete ich noch unter Herrn Prof. Harmsen im Hygiene-Institut der Universität, das sich damals am Glockengießer Wall befand. Meine Arbeit bestand vor allem aus Lesen. Ich hatte aus sozialmedizinischen, wirklich sehr interessanten Texten Zusammenfassungen zu schreiben, die dann in einem Büchlein veröffentlicht worden sind. Solch eine „ruhige Kugel" habe ich beruflich seitdem nie mehr schieben können. Harmsen kannte ich schon aus der Ernst-Barlach-Gesellschaft.

Ab August war ich meinem eigentlichen Ziele als Medizinalassistent in der Universitätsaugenklinik in Hamburg-Eppendorf unter Herrn Prof. Dr. Sautter schon deutlich näher gekommen. Ich hatte mich endgültig für dieses Fachgebiet entschieden.

Den standesamtlichen Hochzeitstermin hatten wir auf den 30. August festgesetzt. Trauzeugen waren unsere beiden Väter. Der festliche Teil mit kirchlicher Trauung war aber der 1. September. Nach der Trauungszeremonie in der Lutherkirche zu Pinneberg trafen sich alle Gäste im Restaurant „Zur Stumpfen Ecke", wo nun ordentlich und lustig gefeiert wurde. Außer der ganzen verfügbaren Verwandtschaft war auch meine Schulfreundin Hidda aus Frankfurt gekommen. Den Hochzeitsurlaub hatte ich meinem Chef Prof. Sautter nur mit Mühe abhandeln können. Aber nun hatten wir doch eine ganze Woche für uns. Unser Liebesnest befand sich in der Pension „Liesbeth" in Westerland unweit unserer späteren Ferienwohnung.

Die Gesundheitsbehörde Hamburg erteilte mir Ende Oktober die Bestallung als Arzt.

In der Eppendorfer Augenklinik setzte ich also meine Ausbildung zum Facharzt weiter fort, ab November als wissenschaftlicher und später zusätzlich als beamteter Assistenzarzt. Unter meiner Ernennungsurkunde zum Beamten prangt die Unterschrift des damaligen Hamburger Bürgermeisters Nevermann. Wir suchten dringend eine eigene Wohnung in Hamburg. Das war ungeheuer schwierig, weil es noch nicht genug Wohnungen gab. Hildburg wechselte ihre Tätigkeit vom Kreiskrankenhaus Pinneberg in das Labor der UKE-Herzchirurgie unter Herrn Prof. Dr. Rodewaldt.

In der Interimszeit bis zur Fertigstellung unserer kleinen Wohnung in Eimsbüttel wohnten wir bei einem älteren Ehepaar in Stellingen zur Untermiete.

Dort hielten wir es aber nicht so sehr lange aus, sondern flüchteten doch wieder in die bescheidene Wohnung der Schwiegereltern in Pinneberg.

Endlich aber, im Sommer 1963, war unsere kleine Wohnung am Pinneberger Weg in Hamburg-Eimsbüttel aufnahmebereit. Das wurde auch höchste Zeit, denn meine Frau war schwanger.

Während Hildburg nun schon im Mutterschaftsurlaub war und auch nicht die Absicht hatte, die berufliche Tätigkeit im Universitätskrankenhaus Eppendorf wieder aufzunehmen, wurde ich arbeitsmäßig sehr gefordert. Es war damals selbstverständlich, dass der Chef auch jeden Sonntag seine Visite in der Klinik machte und dass natürlich auch wir Assistenzärzte dann unsere Visiten durchzuführen hatten.

Am 18. September 1963 kam unser Sohn **Dirk** Stefan Bernhard Burkhart in der Universitätsfrauenklinik auf die Welt. Ich hatte gerade passend in der benachbarten Augenklinik Notdienst. Nachdem mich der Geburtshelfer Prof. Dr. Oberhäuser telefonisch mit der wunderbaren Nachricht erreicht hatte, fand ich dann aber doch kurz die Zeit für einen Besuch bei Mutter und Kind im Kreißsaal. Man kannte mich dort noch sehr gut aus meiner geburtshilflichen Zeit. Hille war von der Geburt recht erschöpft, der kleine Dirk hatte eine kleine Wölbung mit Schramme dort, wo eigentlich die Nase zu sein hatte.

Als sich unsere kleine Familie später zu Hause wieder zusammengefunden hatte, war alles für den kleinen Spross bestens vorbereitet. Die Schwiegermutter wurde zur Hilfe einquartiert. Weil es nun aber doch für alle zu eng wurde, erfüllte ich mir einen lange gehegten Wunsch, nahm eine Woche Urlaub und reiste mit der Bahn in die Niederlande, um dort alle berühmten Gemäldesammlungen zu besuchen. Hatte ich doch noch in Halle nebenbei Vorlesungen über niederländische Barockmalerei gehört. Aus diesem Urlaub schrieb ich jeden Tag einen Brief an meine junge Frau.

Dirk wurde im Dezember in der Pauluskirche zu Altona vom Probst getauft.

Damit wir nun auch bequemer und schneller mit unserem Kind mobil sein konnten, kauften wir uns einen gebrauchten viertürigen Fiat Neckar 1100. Das abnehmbare Oberteil des bundeswehrfarbenen Kinderwagens konnte auf den Rücksitz gestellt werden. Das Unterteil mit den Rädern wurde auf dem Dachträger montiert.

So weilte unsere kleine Familie häufig bei der Verwandtschaft in Pinneberg, oder wir fuhren zum Baden bis nach Büsum.

Im Frühjahr 1964 wurde es für Hille und mich endlich Zeit für einen kleinen gemeinsamen Urlaub. Dirk konnten wir vertrauensvoll bei ihren Eltern in Pinneberg abgeben. Wir reisten mit dem schon leicht angerosteten Fiat über Marburg nach Assmannshausen am Rhein. Dort fanden wir ein bescheidenes Quartier neben einer Straußwirtschaft. Von hier aus tourten wir entlang des Stromes vom Deutschen Eck in Koblenz bis zum Niederwalddenkmal bei Rüdesheim. Später bummelten wir über Mainz durchs Hunsrück nach Trier und dann an der Mosel zurück, wo wir durch unseren inzwischen abgerosteten Auspuff den Nachtschlaf der Bernkasteler leider empfindlich stören mussten. Die schönen Urlaubstage gingen schnell vorbei. Als wir unser Söhnchen in Pinneberg wieder in die Arme schlossen, wirkte er im ersten Moment etwas befremdet.

In der Augenklinik begann ich meinen Operationskatalog für die Facharztanerkennung zu absolvieren. Dabei hatte ich das besondere Glück, das ganze Spektrum von Schiel- über Star- bis zur Netzhautoperation alles operieren zu dürfen, was in diesem Ausmaß nicht allen meinen Mitassistenten gegönnt war. Die waren aber auch durchaus nicht alle darauf erpicht, eine gründliche chirurgische Ausbildung zu bekommen, weil ihr Berufsziel eher die konservative Augenarztpraxis war. Meine erste Operation gegen den grauen Star verlief allerdings nicht so glatt. Damals wurde die getrübte Augenlinse noch intracapsulär mit dem Phakoextraktor entfernt. Es kam Glaskörper, was überhaupt nicht erwünscht ist. Oberarzt Prof. Dr. Draeger assistierte und rettete die Sache. Aber die folgenden Operationen gelangen mir alle gut. Schon früh wurde mir klar, dass ich nicht den dornenhaften Weg einer Habilitation anstreben würde. Der direkte ärztliche Kontakt zu den Menschen war mir schon damals sehr viel wichtiger.

Die Ausbildung in der Augenklinik machte große Freude. Sie war hoch interessant, aber auch sehr anstrengend. Diese Klinik war eine Kaderschmiede, und dementsprechend wurden wir geschliffen. Auch das kollegiale Verhältnis unter uns Assistenzärzten war recht gut. In unserer knappen Freizeit nahmen wir mit unseren Frauen zusammen Tanzstunden, feierten Fasching und waren alljährlich auf dem Medizinerball im Hotel „Atlantic" an der Außenalster anzutreffen. Wenn wir danach noch nicht müde waren, zogen wir auch noch zusammen zur Reeperbahn und feierten dort weiter, bis der Morgen graute. Eine schöne Erinnerung ist auch das gelegentliche Segeln auf der Alster in der Mittagspause. Als „Eppendorfer" waren wir, mit unseren silberglänzenden Knöpfen am taillierten Arztkittel, recht dünkelhaft und hielten uns für den elitären Nabel der deutschen Augenheilkunde.

Mein Lehrer Prof. Dr. Hans Sautter war einer der bekanntesten Ordinarien nicht nur in Deutschland. Er hatte sich einen Namen mit seiner Monografie „Die Trübungsformen der menschlichen Linse" gemacht, war ehrgeizig und brach ein Tabu, als er die schöne Tochter seines Tübinger Chefs Prof. Dr. Stock heiratete. Das galt allseits als Karrierehochzeit. Er selbst war ein gut aussehender Schwabe, und er trug deshalb den Spitznamen „Jean le Beau". In Eppendorf dann galt sein wissenschaftliches Interesse der juvenilen und senilen Makuladegeneration. Man war drauf und dran dieser Erkrankung den Namen „Morbus Sautter" zu geben, was aber bekanntlich nichts wurde. Mit demografisch bedingter Zunahme der Erkrankung hat sich inzwischen die Bezeichnung „AMD", altersabhängige Makuladegeneration, durchgesetzt.

Interessanten Patienten begegnete man in dieser Klinik. Das bezieht sich nicht nur auf die außergewöhnlichen Diagnosen von anderen Augenärzten zugewiesener Patienten. Nein, auch die Patienten selbst waren oft Besonderheiten. Manche von ihnen sind bis heute unvergessen. Da war die Patientin Johannsen mit ihrem komplizierten grünen Star, die immer extra aus Funchal auf Madeira zur Behandlung kam und mir hübsch bestickte Taschentücher mitbrachte. Großes Gelächter erntete ich, als ich im nächtlichen Notdienst eine junge Frau aus St. Pauli mit einem riesenhaften Hordeolum, auch Gerstenkorn genannt, behandelte. Sie war in Begleitung von zwei athletischen jungen Männern. Ich fragte sie, was denn ihr Beruf sei. „Anschaffen", antwortete sie. Als ich naiv nachfragte, was das denn sei, war das allgemeine Gelächter recht peinlich.

Länger behandelte ich Willy Haas. Er war ein bekannter Literatur- und Theaterkritiker, Freund von Franz Werfel und Kafka. Als Jude emigrierte er in die USA und schrieb nach seiner Rückkehr unter dem Pseudonym „Caliban" in der „Welt" regelmäßige Kolumnen, Buch- und Theaterkritiken. Eitel war der kleine Mann durchaus. Er legte großen Wert darauf, immer eine Brillenfassung aus echtem Schildpatt zu tragen. Als ich ihm unsere übliche Nahlese-Testtafel nach Nieden vorhielt, erkannte er sofort, dass der Text „Ein Felsen ist der Mann, der nur erglüht, wenn trotzig er gen Himmel sich erhoben …" von Mörike sei. Das stand da nicht drunter, aber Willy Haas hatte man zu glauben. Es stimmte übrigens nicht!

Wir Augenärzte an der Klinik konnten diese Testsätze auswendig. Wenn sich Patienten beim Lesen mancher Worte aber verlasen, wie zum Beispiel: „Ein Fetzen ist der Mann …", war es nicht einfach, ernst zu bleiben.

Dem Tatort-Schauspieler Hartmut Reck hatte sein kleines Kind ins Auge gegriffen, das er nicht rechtzeitig zugemacht hatte. Die Hornhautschramme war sehr schmerzhaft. Wir entdeckten Gemeinsamkeiten als Väter kleiner, zugreifender Kinder. Eines Nachts saß in meinem Notdienst Klaus Kinski mit knallroten Augen auf der Wartebank. Bei Filmaufnahmen hatte er irgendwelchen Schmauch hineinbekommen. Er war sehr geduldig bei der Behandlung und dankbar dafür. Ich habe ihn danach noch ein paar Mal nachbehandelt.

An der Universitätsklinik arbeitete jeder Arzt auch wissenschaftlich. Meine Themen waren entoptische Phänomene und die Chorioretinitis juxtapapillaris Jensen.

Hille und ich genossen das Leben in Hamburg. Im Schauspielhaus gab es bemerkenswerte Aufführungen unter der Intendanz von Oskar Fritz Schuh. Besondere Theatererinnerungen sind Barlachs „Die echten Sedemunds“. Schon 1959 hatte ich im Schauspielhaus Gründgens' Inszenierung von Brechts „Die Heilige Johanna der Schlachthöfe“ mit Hanne Hiob besucht.

Eine recht willkommene Erholung vom Klinikstress war die Übernahme einer mehrmonatigen ärztlichen Leitung der Augenheilstätte „Haus Osterberg“ in Niederkleveez bei Malente. Von unserer Klinik wurde diese Einrichtung ärztlich versorgt. Dort konnte man endlich völlig seinen eigenen Tagesrhythmus bestimmen. Im Frühjahr 1965 verbrachte ich hier einige Monate in der wunderschönen ostholsteinischen Seenlandschaft. Meine kleine Familie besuchte mich öfter, und auch sie konnte sich hier gut vom Großstadtleben erholen.

Im Dezember erhielt ich mit 29 Jahren die Anerkennung als Facharzt für Augenheilkunde. Das bisherige Beamtensalär war nicht gerade üppig, obwohl sich durch das Erstellen von Obergutachten immerhin etwas dazuverdienen ließ. Zur eigenen Niederlassung hatte ich nicht genug Erfahrung im Umgang mit Krankenkassen und auch überhaupt noch keine Lust. Ich schaute mich nach besseren Möglichkeiten um. Das Angebot einer Augenheilstätte in Bad Dürrheim fand unser Interesse. Mit einem Umzug dorthin hatten wir uns innerlich schon angefreundet. Allerdings hatte ich mich parallel auch beim internationalen Arbeitsamt in Frankfurt für eine Arbeit im Ausland interessiert. Madagaskar schwebte uns vor, und der Konsul für Madagaskar in Hamburg unterstützte unseren Wunsch. Weil aber deutsche Diplome dort nicht anerkannt wurden, mussten wir diesen Traum bald wieder fallen lassen.

Anfang des Jahres 1966 kam überraschend vom Bundesministerium für wirtschaftliche Zusammenarbeit in Bonn die dringende Bitte, die deutsche Augenklinik in Addis Abeba, der Hauptstadt Äthiopiens, zu übernehmen. Der exotische Reiz dieses Angebotes ließ alle bisherigen Pläne platzen.

Nach meiner Vorstellung im Ministerium war ich entschlossen, das recht gute Angebot zu akzeptieren. Als 30-Jähriger einen Chefarztposten auszufüllen, war eine große Herausforderung, auf die ich mich, trotz aller gesunden Skepsis, sehr freute.

Träger dieser Auslandsstelle war die bundeseigene Deutsche Garantieabwicklungsgesellschaft GAWI, ein Vorgänger der Gesellschaft für Internationale

Zusammenarbeit GIZ, mit Sitz bei Frankfurt. Vieles musste vorher noch erledigt werden, wie Tropentauglichkeitsuntersuchung, Privatunterricht in der Berlitz-School, um das Schulenglisch noch mal aufzufrischen, und so weiter. Ein neuer VW Variant 1500 mit Luftkühlung wurde im März gekauft und Ende April nach Djibouti verschifft. Dazu kamen noch rund 600 Kilogramm Schiffsladung mit persönlichen Dingen. Den größten Teil unserer Möbel deponierten wir im elterlichen Keller in Pinneberg, und rund 120 Kilogramm Hausrat waren „unaccompanied" Luftgepäck. Eigentlich hätte ich schon ab dem 1. April dort anfangen sollen, aber die bürokratischen Hürden der Äthiopier wollten nicht enden.

Abb. 16: In Peniscola am Mittelmeer 1959

Abb. 17: Vettica/Praiano 1961, Fahrt zur Sirenen-Insel (Hildburg ist die mittlere Sirene)

Abb. 18: Als Verlobte im Garten Thesdorf. Die Schwiegereltern hatten dort einen sehr gepflegten Nutzgarten angelegt. Hille füttert mich gerade mit Erdbeeren aus eigener Ernte.

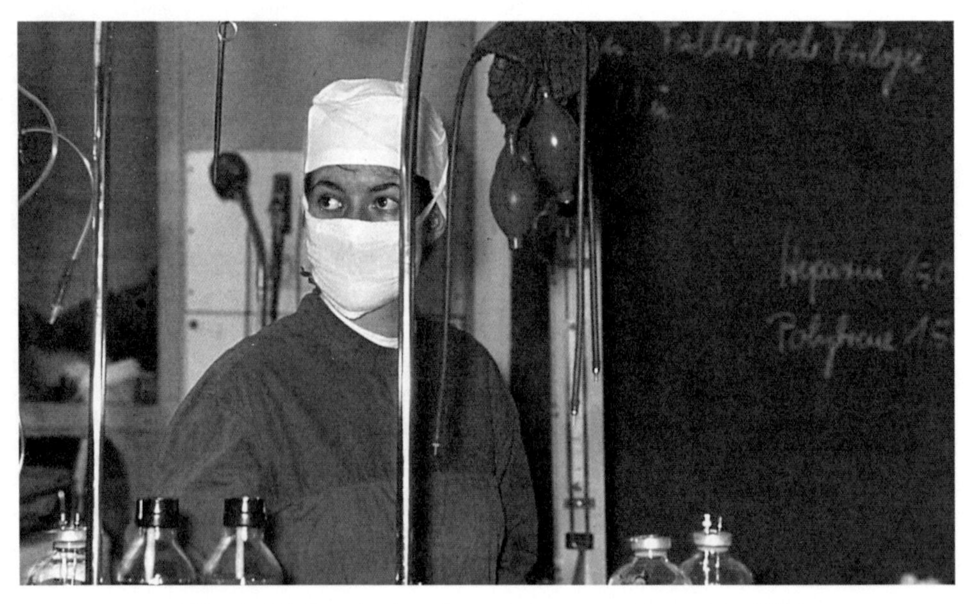

Abb. 19: Hildburg im herzchirurgischen Operationssaal des UKE

Abb. 20: Wir Ärzte im UKE hatten manchmal die Möglichkeit, als Schiffsarzt mit Ehefrau kostenlos auf der „Wappen von Hamburg" nach Helgoland zu fahren (1963).

Abb. 21: Die Ärzte und Ärztinnen der UKE-Augenklinik 1963. Ich bin der dritte von links.

Hakim in Addis Abeba

Am 13. Mai klappte aber dann doch die Abreise. Wir hätten uns diese Flugreise mit Kleinkind erheblich bequemer gestalten können, aber darin waren wir zu unerfahren. Und so reisten wir also entsprechend dem von der GAWI gebuchten Flugticket, durch das wir fast 20 Stunden unterwegs waren. Durch das Umsteigen in München und Athen war es ein einziger Stress. Aber immerhin, von Hamburg nach München erlebten wir damals noch einen Flug mit einer Superkonstellation!

Als der Jet am Morgen des nächsten Tages zur Landung in Addis Abeba ansetzte und wir die ersten Menschen neben ihren Rundhütten, den Tukuls, erkennen konnten, wurde uns der enorme Unterschied zwischen unserer bisherigen und künftigen Umwelt sehr bewusst.

Im Flughafengebäude von Addis Abeba wurden wir völlig Übermüdeten vom Empfangskomitee der deutschen Kollegen und vom deutschen Kulturattaché begrüßt und in unser großes Haus am Sidist Kilo gebracht. Hille musste erst einmal heulen, Dirk war durch Übermüdung kaum noch zu steuern. Die Flöhe hatten hungrig auf uns gewartet und stürzten sich sofort massenweise auf Hilles Beine. Das Haus war schon vor einigen Monaten von meinem deutschen Vorgänger, Herrn Dr. Reiter, verlassen worden, der eine Praxis in Bad Reichenhall aufmachen wollte. Nun begann also hier unser völlig andersartiges Leben.

Das Haile-Selassie-Hospital, direkt neben unserem Wohnhaus gelegen, wurde allgemein als „The German Hospital“ bezeichnet, weil hier alle Chefärzte aus Deutschland entsandt waren. Wir wurden auch ausschließlich von Deutschland bezahlt und hatten keinerlei vertragliche Verpflichtungen gegenüber den Äthiopiern, was von großem Vorteil für uns war. Träger des Krankenhauses war die Haile Selassie I. Foundation, eine Stiftung des Kaisers. Ein erfahrener tschechischer Kollege, Herr Dr. Ludek Rokos, stand mir hilfreich zur Seite.

Hille war ursprünglich für die Leitung des Labors vorgesehen. Wegen des kleinen Dirk ließ sich das aber nicht realisieren, weil das für uns vom Vorgänger reservierte deutschsprechende Kindermädchen inzwischen eine andere Stelle angenommen hatte und der kleine Dirk jedes Mal losbrüllte, wenn ein schwarzer

Mensch sein Zimmer betrat. Das ging so über Wochen. Also wurde der Plan mit der Laborleitung nach einigen Wochen endgültig fallen gelassen.

Dirk freundete sich aber schnell mit seinem Spielgarten am Hause an und kroch gern alleine in den Häusern unserer deutschen Nachbarn herum. In Hamburg hatte er noch „Im Märzen der Bauer die Rösslein einspannt …" gesungen. Jetzt hatte er irgendwo „We all live in a yellow submarine …"aufgeschnappt und gab das allerorten kund.

Wir wohnten in einem Compound, dessen vier Wohnhäuser einen zentralen Garten mit hohen Bäumen u-förmig umschlossen. Alle vier Häuser wurden von deutschen Ärzten und deren Familien bewohnt.

Unser direkter Nachbar war Herr Dozent Dr. Johannes Otto, ein alter Junggeselle, ehemaliger Chefarzt der Nordseeklinik auf Sylt und auch Leibarzt der letzten äthiopischen Kaiserin. Das mittlere Haus bewohnte Dr. Harald Friedrichs, Chirurg und ärztlicher Direktor, mit seiner Frau, Tochter und Sohn. Gegenüber wohnte die Radiologin Frau Dr. Omansen mit einer ihrer Töchter.

Nachbar Otto war Hobby-Botaniker und erklärte uns ausführlich die subtropischen Pflanzen in unserem Gemeinschaftsgarten. Jeder von uns hatte dann zusätzlich auch noch ein kleines eigenes Stück, das wir für Dirk zum Spielgarten mit Rasen gestalteten. Dort wuchs auch eine kleine Dattelpalme und über einer Sickergrube ein riesiger Papyrus.

Durch das Leben im Ausland wurde uns unsere Nationalität bewusster, eine Erfahrung, die ich aber schon aus der Zeit in der Sowjetunion kannte. Einheimische und andere Ausländer hatten bestimmte, klischeehafte Vorstellungen von den Deutschen, überwiegend sehr positive, denen wir nun gerecht zu werden versuchten. In der Kanzlei unserer Botschaft hatte ich mich schon anfangs vorgestellt. Nicht allzu lange danach meldete sich bei mir telefonisch ein Attaché Freiherr von Jena und fragte an, wann ich mit meiner Frau meinen Antrittsbesuch beim deutschen Botschafter zu machen gedenke. Erst da wurde mir bewusst, dass ich hier durch meine berufliche Position doch sehr im Rampenlicht stand. Der Antrittsbesuch beim Herrn Botschafter Dr. Kurt Müller verlief völlig nett und locker, und wir waren von da ab auf fast allen offiziellen Anlässen unserer Botschaft stets gern gesehene Gäste. Müller war ein Mensch, der die Bodenhaftung nicht verloren hatte. Der Umgang mit ihm und seiner

Frau war unkompliziert und freundschaftlich. Später wurde er noch Botschafter in Kairo, bevor er ein Amt in Brüssel übernommen hat.

Die jungen deutschen Mütter mit ihren kleinen Kindern schlossen sich bald freundschaftlich zusammen. Besonders half uns in der Anfangsphase die Freundschaft zum Ehepaar Dr. Rohwedder. Sie hatten auch einen Sohn in Dirks Alter. Kollege Dr. Rohwedder war der Chef der inneren Abteilung in unserem Krankenhaus. So liehen sie uns ganz selbstverständlich ihren Peugeot 204, als sie in den Heimaturlaub gingen und bevor unser eigener VW eingetroffen war. Mit ihnen fühlten wir uns besonders verbunden, machten gemeinsame Familienausflüge an den Wochenenden und unternahmen auch sonst viel gemeinsam. Dann gab es noch Christens, Kaffee-Importeure aus Hamburg und viele mehr.

An Personal hatten wir gleich eine sogenannte „Mamite" fürs Kind, dazu einen „Boy" für Garten und für Hausarbeiten. Einen Nacht- und Torwächter, „Sabanja", bezahlten die vier benachbarten deutschen Haushalte gemeinsam.

Zwischen den neuankommenden und den nach Deutschland zurückgehenden Familien entstand sogleich ein Kontakt zum „Güterhandel". Gebrauchte Möbel, Kühlschränke und sogar Personal wurden weitergereicht.

Am Wochenende traf man sich gern am Langanosee, der rund 160 Kilometer von Addis Abeba entfernt im ostafrikanischen Graben liegt. Dadurch, dass er gut 1.000 Meter tiefer als unser Haus in der Hauptstadt lag, war es hier deutlich wärmer. Durch seinen hohen Sodagehalt bestand beim Baden keine Gefahr einer Infektion durch Bilharziose. Außerdem wurde man beim Baden ganz von selbst völlig sauber. Hier lebten die Arussi-Oromo Südäthiopiens, über die schon der deutsche Ethnologe Haberlandt ausgiebig geforscht hatte. Die Oromo kannten wir damals nur unter der Bezeichnung Galla.

Damals gab es hier links und rechts der Straße die typische afrikanische Savanne mit Schirmakazien, Kandelaber-Euphorbien und Buschwerk. Die Menschen zogen auch damals immer entlang der Straße, und man fragte sich, woher und wohin. Diese Oromo in ihrer Kleidung aus Leder, mit Glasperlen und Kaurimuscheln geschmückt, hatten einen typischen Geruch, so etwa zwischen Holzfeuerrauch und ranziger Butter. In Adami Tullu machte man auf der Fahrt gelegentlich eine kurze Pause, weil es hier eine besondere Delikatesse gab, frische Buttermilch. Zu haben beim Senior der Deutschen in Äthiopien, Opa

Götz. Er thronte dort auf seinem Hügel, in der Oromosprache genannt Tullu, und kommandierte sowohl seine Familie als auch seine Untergebenen mit einer Trillerpfeife.

Die Straße zum Langanosee bot bei meinem Besuch nach 37 Jahren leider ein völlig anderes Bild. Wie früher zwar massenhaft wandernde Menschen, aber jetzt viele liegen gebliebene Lkw-Wracks, eine kleine Moschee neben der anderen, selten christliche Kirchen. Die ursprüngliche Flora besteht durch enorme Zersiedlung nur noch wenig. Straßenschilder waren jetzt in der Sprache Orominja mit lateinischen Buchstaben geschrieben, weil hier die traditionelle amharische Schrift politisch nicht gewollt ist. Opa Götz gibt es schon lange nicht mehr. Auf seinem Grundstück wurde aber eine orthodoxe Kirche gebaut, wie gut. Und das besonders in Anbetracht der Inflation von neuen Moscheen. In der Nähe des Awashflusses existierten jetzt neben der Straße riesige Gewächshäuser für Blumen, die für den Export gezüchtet wurden. Immerhin machte wenigstens das einen recht positiven Eindruck. Inzwischen war zu erfahren, dass durch deren enormen Wasserverbrauch ein ökologisches Desaster entsteht.

Sehr rege lief damals der Briefverkehr zwischen den Eltern und uns, weil das internationale Telefonieren noch sehr umständlich, handvermittelt, mit langen Wartezeiten verbunden und teuer war. Auch hatten wir ja ständig irgendwelche Wünsche und Bitten, weil eben doch nicht so alles in Äthiopien unserem Wunsche entsprechend zu bekommen war und weil es auch immer noch Dinge in Deutschland zu regeln gab. Als Entwicklungshelfer der Bundesrepublik Deutschland hatten wir das Privileg, über einen Katalog Artikel direkt aus unserer Botschaft zu beziehen.

Die täglichen Nachrichten der Deutschen Welle in Köln waren die einzige Möglichkeit, über die Heimat aktuell informiert zu bleiben. Als Hilles Schwester Irmtraud in einem Wunschkonzert der DW einen angekündigten Musikgruß zum Geburtstag in unserem Haus ertönen ließ, trat das Taschentuch in Aktion.

Im Krankenhaus hatten Rokos und ich sowohl operativ als auch konservativ täglich ein volles Programm. Wir operierten hauptsächlich den grauen Star, auch den grünen Star oder Schielstellungen. Flache Netzhautablösungen wurden durch Punktion und anschließende Kryopexie mit zufriedenstellendem

Erfolge operiert. Last, not least waren wir in großer Anzahl mit der trachombedingten Korrektion der Lidstellung beschäftigt. Für diesen Eingriff wurden zur Arbeitsentlastung auch zwei Pfleger ausgebildet. Obwohl wir für die Augenheilkunde die oberste Instanz in Äthiopien waren, stießen wir doch manchmal an unsere Grenzen. Dann musste eine Universitätsaugenklinik einbezogen werden. Die nächstgelegene war die Uni-Augenklinik der Hadassah-Universität unter Prof. Michaelson in Jerusalem, zu der wir in großen Ausnahmefällen Patienten senden konnten. Aber es kam auch vor, dass ich Patienten zu Prof. Meyer-Schwickerath nach Essen oder auch zu meinem Lehrer Prof. Sautter in Hamburg schickte.

Als ich meinem Krankenbericht auch meine Visitenkarte beifügte, kam aus Hamburg prompt vom Kollegen Rossmann ein Brief mit der Bemerkung zurück: „Ihre Visitenkarte ist hier wie eine Bombe eingeschlagen!"

Unsere äthiopischen Krankenschwestern und -pfleger waren sehr kooperativ und ausgesprochen freundlich zu den Patienten. Dazu kam das Sprachproblem. Amharisch, Oromisch, Tigrinisch und Guraghinisch, seltener Arabisch, waren die Idiome, die dann für uns Ärzte simultan ins Englische übersetzt werden mussten, was aber recht gut klappte. Ich selbst hatte großes Interesse und Spaß am „Aufschnappen" des Amharischen und konnte nach einem guten halben Jahr zum freudigen Erstaunen meines Personals und auch der Krankenhausverwaltung in der Sprechstunde sprachlich teilweise allein zurechtkommen. Die Schrift dagegen blieb für mich lange ein Buch mit sieben Siegeln. Aber irgendwann später hatte ich eine Art Quantensprung und konnte diese Schrift lesen. Welch ein Glücksgefühl!

Zusätzlich gab ich auch noch Schwesternunterricht in „Ophthalmic Nursing". Es war jedes Mal ein besonderes Gefühl, wenn mich im Unterricht die dunklen Augen der Schülerinnen aus den schönen und jungen äthiopischen Gesichtern fesselten.

Sowohl beim Operieren als auch in der Ambulanz halfen mir besonders der humorvolle Krankenpfleger Ambaye und die sanftmütige Schwester Kenya. Ich denke oft an die beiden zurück! Zu ihnen hatte ich einen guten Draht.

Ende Juni bekam ich in der Klinik den ersten Besuch des Kaisers Haile Selassie, weil ich eine Tante von ihm, die angeblich schon 104 Jahre alt war, stationär behandelte. Bei mir war die Aufregung unmittelbar nach der Besuchsankündigung natürlich groß. In meinem Brief an die Eltern schrieb ich damals über den Besuch:

„... Dann kam er, von Leibgarde, Adjutanten und Familienangehörigen begleitet, in das Krankenhaus. Über seinem Anzug trug er einen langen schwarzen Umhang, der vorn durch eine goldene Kette zusammengehalten wurde. Schon in einer Entfernung von etlichen Metern machte ich meine tiefe Verbeugung – die Hofschranzen feixten. Dann noch einmal einen Diener, als er mir die Hand reichte. Er blieb kurz stehen und fragte mich, ob ich Französisch sprechen könne, denn er schien diese Sprache mit Europäern am liebsten zu sprechen. Leider musste ich verneinen, und so verfiel er sofort in fließendes Englisch. Nun gingen wir beide langsam nebeneinander her und unterhielten uns über die Patientin und ihre Krankheit. Alle anderen hatten hinter uns gebührenden Abstand zu halten. Im Krankenzimmer waren wir beide mit der Patientin ganz allein. Der Kaiser war während seines ganzen Besuches sehr freundlich und interessiert. Er sprach mit seiner Tante, Woizero Lakech, amharisch, streichelte ihre Hände, tröstete sie und übersetzte mir ihre Fragen und Sorgen ins Englische. Meine Antworten gab er dann umgekehrt an sie zurück. Wer hat je schon einmal einen leibhaftigen Kaiser als Dolmetscher haben dürfen! Zwischendurch fragte er mich mit verschmitztem Augenblinkern, ob ich wüsste, wie alt sie sei. ‚Sie ist schon 104!', schmunzelte er. Vielleicht war es eine Art fishing for compliments, denn er war immerhin auch schon fast 75 – für mich 30-Jährigen damals unerreichbar alt. Eine Operation hatte ich bei der Patientin wegen ihres hohen Alters abgelehnt beziehungsweise dringend davon abgeraten. Haile Selassie war Gott sei Dank der gleichen Ansicht. Der ganze Krankenbesuch dauerte nur ungefähr zehn Minuten. Ich begleitete ihn danach selbstverständlich bis zu seinem Auto, wo er vorm Einsteigen noch mal seine zarte braune Hand reichte. So war das!"

Die Leibwächter müssen damals vor der Tür des Krankenzimmers Blut und Wasser geschwitzt haben, weil es völlig gegen die Vorschriften verstieß, dass sich ein Fremder mit dem Kaiser allein in einem Raume aufhalten durfte. Nach zwei Wochen standen wir wieder beide an Woizero Lakechs Krankenbett. Zu ihrer späteren Entlassung schenkte sie mir eine Unze Gold in Form eines Reifens.

Später sollte ich Seiner Kaiserlichen Majestät noch öfter begegnen. In unregelmäßigen Abständen besuchte er Patienten in meiner Klinik. Wir nutzten dann fast stets auch die Gelegenheit, ihm völlig mittellose Patienten vorzustellen, mit der Frage, ob er bereit sei, die Behandlungskosten zu übernehmen, womit er immer einverstanden war. Die vom Patienten geldfordernde Krankenhausverwaltung hatten wir damit durch allerhöchste Absegnung elegant ausgeschaltet. Die längste Begegnung war, als ich HIM (His Imperial Majesty) anlässlich der offiziellen Eröffnung durch die neugebaute Augenklinik führen durfte, aber das netteste Zusammentreffen war sein Krankenbesuch bei der alten Dame. Meine Anrede hatte auf Englisch „Your Imperial Majesty“ zu sein. In Deutschland wird er ja üblicherweise als der „Negus“ oder der „Löwe von Juda“ bezeichnet, weil sich seine Dynastie auf die in der Bibel beschriebene Vereinigung zwischen König Salomon und der Königin von Saba zurückführt. Der Begriff „Negus“ bezog sich auf die offizielle amharische Bezeichnung „neguse negesti“ für Kaiser, oder genauer für „König der Könige“. In offiziellen Ansprachen an ihn hörte ich auch manchmal die zusätzliche Anrede „ye itiopia berhanu“, „Erhabene Leuchte Äthiopiens“. Seine Untertanen hatten ihn mit „Janhoy“ anzureden. Mein Vater gab gern den Spruch von sich „Gehe nicht zu Deinem Fürst, wenn Du nicht gerufen wirst“. Na, gut und schön! Aber was soll man machen, wenn der Fürst selbst kommt?

Wenn er das Hospital betrat, bewirkte das sofort eine feierliche Atmosphäre. Man sprach leise und bewegte sich nur langsam. Ehrerbietiges Verhalten stellte sich in seiner Gegenwart ein.

Offenbar standen wir nun auch auf einer Einladungsliste des Kaisers und wurden manchmal zu offiziellen Anlässen eingeladen, sei es in die Africa Hall, in den Palast Kaiser Meneliks II., den „Großen Ghibi“, nach Sebeta oder in die Blindenanstalt.

Alljährlich zur Weihnachtszeit veranstaltete der deutsche Schulverein regelmäßig einen Lufthansa-Sonderflug von Frankfurt nach Addis Abeba und nach drei Wochen zurück zu einem sehr attraktiven Preis. Meine Eltern nutzten diese

Möglichkeit, um mit dem sogenannten „Oma-Bomber“ Ende 1966 zu uns zu kommen. Es war sehr schön, das Weihnachtsfest in dieser größeren Runde begehen zu können. Zu der Zeit wuchs in Hilles Bauch schon der kleine Bernd heran. Am zweiten Weihnachtsfeiertag machte ich mit meinen Eltern eine Autofahrt zum Tanasee bis Baher Dar, wo wir auch die Nilfälle besuchten. Nach vier Tagen und ein paar Reifenpannen waren wir wieder zu Hause. Weil asphaltierte Straßen die Ausnahme waren und man fast nur über Schotter fuhr, hatte man immer zwei Ersatzreifen dabei. War einer schon ausgetauscht, hielt man im nächsten Dorf an. Dort gab es meist einen sogenannten „Gomista“, ein Begriff aus der italienischen Besatzungszeit, der den kaputten Reifen umgehend flickte.

Am Neujahrstag 1967 fuhren wir alle, dazu auch die Timms aus Hamburg mit ihrem VW-Bus, zum Langanosee. Das junge Ehepaar Timm war von Hamburg aus bis zu uns gefahren und reiste nach längerer Pause auf abenteuerlichen Wegen weiter bis nach Südafrika.

Bei dieser Gelegenheit erwarben und bezogen wir am Langano ein aufgestelltes großes Zelt mit Vorzelt von einer deutschen Familie, die gerade in die Heimat zurückging. Dieses Mal genossen wir die Ruhe, machten kleine Ausflüge zu benachbarten Seen und zu einer bekannten Kaffeeplantage im weiteren Süden des Landes. Die benachbarten Seen hatten einen völlig anderen Charakter als unser Badesee. Der interessanteste war der Abiatasee mit seiner riesigen Flamingo- und Pelikankolonie.

Mitte Januar feiert Äthiopien das Fest Timkat, das unserem Epiphanias entspricht. In Addis Abeba konnte man die farbenprächtige und sehr fotogene Prozession auf dem Janhoy-Meda-Platz unweit unseres Hauses beobachten.

Alle Äthiopier waren auf den Beinen, und auch wir Europäer mischten uns zwischen das Volk, um das große Spektakel zu sehen, die Gesänge zu hören, die lauten Trommeln und das Klingen der Sistren. Der Kaiser erschien dort regelmäßig mit höfischem Anhang.

Im März besuchten wir mit dem jungen Ehepaar Timm die Provinz Hararghe, die im Osten des Landes gelegen und überwiegend von muslimischer Kultur geprägt ist.

Start war noch in der Nacht um vier Uhr morgens. Wir fuhren und fuhren auf Schotterpisten, bis wir gegen 16.30 Uhr endlich im Ras-Hotel der romantisch orientalischen Stadt Harar eintrafen. Am nächsten Tag holte ich mit dem Auto im nahen Dire Dawa meine Familie ab, die bis dort geflogen war. Am selben Abend und schon in der Dunkelheit besuchten wir vor den Mauern Harars den berühmten „Hyena Man", der diese Tierchen mit Aas fütterte.

Aber wir blieben nicht in dem mittelalterlichen Harar, sondern fuhren später zum berühmten Leprosorium in Bisidimo. Pater Hilarius, der Leiter, führte uns durch diese vorbildliche Einrichtung. Weiter ging die Fahrt durch das „Tal der Wunder" mit seinen bizarren Sandsteinformationen nach Jijiga in der Provinz Ogaden, unweit der somalischen Grenze. Das hier war eine völlig andere Welt als in Addis Abeba. Herrlich anzusehen waren die Nomaden, die ihre Wüstenschiffe, die Dromedare, mit ihrem ganzen Hausrat bepackt hatten. Nebenher schritten, elegant wie Models, die schlanken und auffallend schönen Somalierinnen. Aber auch unvergessen sind die fingerlangen Kakerlaken in der Dusche unseres Hotels.

Danach ging es wieder zurück über Harar nach Dire Dawa, wo Hildburg und Dirk wieder in das Flugzeug nach Addis Abeba stiegen. Ich war in diesem Lande schon so bekannt, dass ich selbst hier, in dieser entfernten Ecke Äthiopiens auf einen Patienten, Ato Achmed, traf, der es sich nicht nehmen ließ, uns mit landestypischen Souvenirs zu beschenken.

Auf der langen Rückfahrt machten Timms und ich diesmal eine Übernachtungspause im Wildreservat am Awashfluss.

Obwohl wir frisches Gemüse, vor allem Salate, zur Vorsicht immer in einer Kaliumpermanganatlösung wuschen, wurden wir hin und wieder von der Amöbenruhr heimgesucht, die uns ordentliche Durchfälle bescherte. Aber bald hatten wir die richtige Medizin für den Darm stets griffbereit.

Die deutsche Literatur wurde sehr gepflegt, dank der Aktivität des Goethe-Instituts. Nach Art der früheren Salons in Berlin wurden in den Privathäusern Literaturzirkel veranstaltet. Das alteingesessene Ehepaar Hildebrandt von der Löwenapotheke lud in unregelmäßigen Abständen zu interessanten Vorträgen von Experten der unterschiedlichsten Gebiete ein.

Im Februar hatte mich unser Pfarrer William Graffam um die Mitarbeit als Kirchenältester im Vorstand der Deutschen Evangelischen Kirche gebeten, was ich auch gern machte, mehr aus nationalem als aus religiösem Pflichtgefühl. Ich hatte dort schon seit einiger Zeit im Kirchenchor unter der Leitung von Frau Galda mitgesungen.

Im April erhielten wir aus der Zucht des österreichischen Barons Hiltbrandt unseren Rauhaardackel Peggy. Dieser kleine Verrückte wurde Liebling und Spielzeug der Familie.

Im Mai bekam Hille, die sich gerade mit Dirk und Freunden für kurze Zeit am Langano aufhielt, erste Wehen. In Eilfahrt ging es zurück nach Addis. Der äthiopische Frauenarzt Dr. Yohannes Workeneh aber fand den Muttermund noch geschlossen und stoppte die Wehen medikamentös ab. Hille musste vier Wochen Bettruhe einhalten.

Es war übrigens auch der Monat, in dem wir unseren eigenen Koch Sharif, den geübten „Spätzlemacher“ bekamen, der bisher auf unserer Botschaft gearbeitet hatte.

Das kirchliche Hilfsprojekt Kloster Sebeta, östlich von Addis Abeba gelegen, hatten wir schon durch eine Deutsche, das ältere Fräulein Clemens aus Lübeck, kennen gelernt. Im Juni waren wir zum fünfjährigen Jubiläum eingeladen. Hille war nun hochschwanger. Besonders haften geblieben aber ist die Erinnerung, dass der dreijährige Dirk ungeniert zu dem separaten Tisch schritt, an dem der Kaiser und unser Botschafter Dr. Kurt Müller saßen, dem Kaiser sein Stück Kuchen vom Teller nahm mit den Worten „Ach, du hast ja noch den leckeren Kuchen“ und es an Ort und Stelle verschlang. Der Kaiser schien es nicht zu bemerken. Dirk hatte inzwischen keine Angst mehr vor dunkelhäutigen Äthiopiern, sondern ließ sich bei der Besichtigung des Klosters von der Cousine des Kaisers, Prinzessin Yeshashworq Yilma, ruhig an die Hand nehmen.

14 Tage später, am 24. Juni, wurde unser zweiter Sohn, **Bernd** Klaus, geboren.

Bei dieser Geburt, die von Herrn Dr. Sokoloff im Princess-Yeshashworq-Yilma-Hospital, genannt Omedla-Klinik, geleitet wurde, durfte ich nun auch dabei sein, während das ja bei Dirks Geburt nicht möglich gewesen war. Alles ging glatt und nach zwei Tagen kamen Mutter und Sohn wohlauf nach Hause.

Aus dem gemeinsamen Schlafzimmer musste ich jetzt in das Arbeitszimmer umziehen.

Ein großes Ereignis war der Sechstagekrieg, der Anfang Juni begann, und in dem Israel dem allen auf die Nerven gehenden ägyptischen Gamal abdel Nasser sein aggressives Großmaul stopfte. Die Äthiopier feierten den Sieg Israels und etliche wären am liebsten mitmarschiert. Als ich viele Jahre später von den besetzten Golanhöhen auf die israelischen Kibbuzim unten im Tale hinabschaute, war mir klar, dass die Rückgabe des Golans an eine syrische Diktatur für Israel nicht machbar ist. Die Syrer hatten seinerzeit von dort oben mit Kanonen geschossen.

Im August hatte ich Gelegenheit, für ein paar Tage an einer recht abenteuerlichen Landroverfahrt zum Awashfluss und zu dem sehr abgelegenen Hertalesee am südwestlichen Rand der Danakilwüste mitzumachen. Morgens sechs Uhr fuhren wir im Landrover ab. Nachdem wir Awashstation hinter uns gelassen hatten, überquerten wir den hüfttiefen Awashfluss mit großen Schwierigkeiten und gingen auf Kurs Nord durch Buschwerk. Uns begegnete ein Fahrzeug der italienischen Ölfirma AGIP. Als wir ihnen unser Ziel nannten, riefen sie nur: „Impossibile, impossibile!!" Die Piste sei wegen der Regenzeit fast nicht befahrbar. Bis zum Einbruch der Nacht quälten wir uns vorwärts, mussten dann aber unser Schlafzelt aufbauen. Vor dem Einschlafen hörten wir eigenartige Rufe, die ich erst für Kranichschreie hielt. Sie kamen aber näher. Wir hörten jetzt menschliche Stimmen. Zum Lichtausmachen war es zu spät, denn man hatte uns sicher schon entdeckt. Mit dem Handscheinwerfer konnten wir bald etwa zehn Danakil erkennen, die auf der Piste in unsere Richtung kamen, alle ein Gewehr quer über die Schultern trugen und am Gürtel den bekannten krummen Somalidolch. Wir standen auf und warteten, bis sie herankamen. Sie machten erstaunte, aber nicht unfreundliche Gesichter, grüßten „Salaam!" und stellten sich als Issa vor. Diese sind Verwandte der Danakil-Somali. Wir waren aber trotzdem not amused, weil wir wussten, dass diese Stämme eine besondere Art der Geburtenkontrolle betreiben. Die wüstenartige Landschaft, in der diese Völker leben, ernährt nicht viele Bewohner. Deshalb muss ein Jüngling seiner Angebeteten mehrere menschliche Phallustrophäen überbringen, um erhört zu werden. Nachdem sie wieder weitergezogen waren, packten wir unser nasses Zelt zusammen, stopften es und uns selbst in den Landrover und fuhren weiter bis etwa zwei Uhr nachts. Dann schliefen wir einfach sitzend im Auto ein. Bis dort war die Tour noch recht strapaziös gewesen. Wir waren in einem Schlammloch stecken geblieben und mussten mitten in der Nacht mit dem Vorschlaghammer einen starken Bodenanker einschlagen, um uns mit der Seilwinde herausziehen zu können. Es gab keinen Baum dort. Dann fiel auch noch der Vierradantrieb aus, weil uns eine Schraube verloren gegangen war. Aber alles war reparabel. Im Morgengrauen sahen wir große Antilopenherden, Strauße und Zebras an uns vorbeiziehen. Wir standen am Rande einer Prärie und hatten die menschlichen Besiedlungen völlig hinter uns gelassen. Nach rund insgesamt 130 Kilometern hatten wir den Hertalesee erreicht, der sich rund 70 Kilometer östlich von Debre Sina befindet. Das Zelt wurde wieder ausgepackt, wir hauten uns darin auf die Luftmatratzen und schliefen erst einmal ergiebig. Es war die wildreichste Gegend, die ich je gesehen habe. Man sah tausende Antilopen der verschiedensten Arten. Nicht weit von uns lagerten zwei Geparde im Schatten einer Schirmakazie und betrachteten mit schläfrigen Augen und vollen Bäuchen das paradiesisch reichhaltige Essen, das vor ihnen äste. Aber das ganz Besondere war der Anblick der seltensten Säugetiere unserer Erde, der Somali-Wildesel. Auf dem Rückweg am nächsten Tag mussten wir bis zum Awashfluss noch rund 20-mal den Bodenanker einschlagen, um mit der Winde wieder aus Schlammlöchern herauszukommen. Aber ich hatte jetzt Übung. Zum Schluss erholten wir uns noch für einen Tag an den heißen Quellen des Awash bei 38° C warmem Wasser, wuschen uns sauber und kamen dann voller Erlebnisse wieder zu Hause an. Kurz danach trafen wir auf einem Empfang des Goethe-Institutes den bekannten Ethnologen Prof. Eike Haberlandt aus Frankfurt, der sich besonders mit den Völkern Äthiopiens beschäftigte. Als wir ihm unsere Begegnung mit den Issa-Kriegern erzählten, erklärte er uns für völlig verrückt, mit der Quintessenz: „Das hätte ich nie gemacht!"

Am 1. September hatten wir unseren fünften Hochzeitstag und bis dahin schon zwei Nachkommen produziert.

In diesem Monat besuchte uns auch der Vorsitzende der Christoffel-Blindenmission aus Deutschland, Herr Wiesinger, der mich schließlich und mit viel Energie überredete, den ehrenamtlichen ersten Vorsitzenden des regionalen

CBM-Komitees zu übernehmen. Wegen der beruflichen Belastung wollte ich das eigentlich nicht machen, ließ mich aber dann doch breitschlagen.

Noch zwei wichtige Ereignisse sollte es in diesem Jahre geben.
Den Umzug in den Neubau der Augenklinik sowie deren offizielle Einweihung durch den Kaiser und Bernds Taufe.

Anfang Oktober war es so weit, dass wir in das neu gebaute Klinikgebäude umziehen konnten. Es war ein Flachbau mit Atrium, mit zentralem OP, darum angeordneten Kranken- und Funktionszimmern. Insgesamt hatten wir jetzt 40 Betten und waren damit die größte Augenklinik Äthiopiens. Etwas abgeteilt und zum Eingang hin lag das „Outpatient Department" mit drei Sprechzimmern. Die Verlegung der Patienten aus dem Altbau verlief zügig, und unsere Arbeit ging im neuen Gebäude ohne Pause voll weiter.

Wenige Tage danach kam Haile Selassie zur offiziellen Einweihung der Augenklinik, begleitet von seiner Tochter Prinzessin Tenagne Worq, dem Palastminister, dem Chef der kaiserlichen Wohlfahrts-Stiftung, Herrn Abebe Kebede, vielen anderen Persönlichkeiten samt Bodyguards.

Über diesen Besuch gibt es Fotos und Presseartikel. HIM war sehr interessiert an den Apparaten, Salben und Tropfen und in bester Laune. Abebe Kebede hielt eine Ansprache, während der Kaiser auf einem kleinen Thron saß, der extra im Innenhof der Augenklinik errichtet wurde. Es war ein unvergesslicher Tag! Dieser Bau war größtenteils von zwei Damen aus dem äthiopischen Adel gestiftet worden. Auch der Lions Club hatte die Kosten für einen Patientensaal übernommen.

In unserer Familie war aber auch immer etwas los. Am folgenden Wochenende, es war Sonntag, der 8. Oktober, wurde unser Bernd in der deutschen evangelischen Kreuzkirche getauft. Die Taufpaten Onkel Heinz Köhlmann und Barbara Ulrich blieben in Deutschland und wurden hier vertreten. Taufgäste in Addis Abeba aber waren Doz. Dr. J. Otto, Pastor William Graffam mit seiner Frau, Ehepaar Langer von der Botschaft und das ältere Fräulein Clemens aus Sebeta vom evangelischen „Dienst in Übersee".

Am 2. November führte ich in Addis Abeba meine erste Hornhautübertragung durch. Der Erfolg war sehr gut. Prof. Patrick Trevor-Roper, Chef vom Moorfields-Eye-Hospital in London*, der kurz danach unsere neue Klinik besuchte, war über das Ergebnis sehr positiv überrascht. Er hatte am HSI-Hospital noch vor meiner Tätigkeit aufsehenerregende Transplantationen mit tiefgefrorenen Hornhäuten durchgeführt. Er war übrigens der Bruder des bekannten Historikers Sir Hugh Trevor-Roper. Bei Patrick war mir nicht sofort aufgefallen, dass alle ihn auf seinen Reisen begleitenden Assistenzärzte männlich waren. Erst später erfuhr ich, dass er der britischen Gay-Organisation vorstand.

Anfang Dezember gaben wir Bernd vertrauensvoll in eine kurze Pflege zur Familie Langer in der Botschaft, während Hildburg, Dirk und ich uns zu einer Fahrt ans Rote Meer aufmachten. Wir lenkten unseren mit zwei Ersatzreifen, reichlich Benzin und Wasser vollgepackten VW nach Norden über Debre Berhane, über den sogenannten Mussolini-Pass bis nach Majete, wo wir bei den DED-Helfern Steffens aus Ostfriesland unterkamen und dort auch unseren späteren Hausgehilfen Shewakena Retta kennen lernten. Der folgende Tag brachte uns bis Bati am Rande der Danakilwüste, wo wir am Nachmittag den sehr malerischen Kamelmarkt besuchten. Noch in der Dunkelheit und Kühle des folgenden Morgens, um 4.30 Uhr, befanden wir uns schon wieder auf der Fahrt durch die Wüste in Richtung Assab, das wir kurz vor Mittag bei Sandsturm erreichten, und konnten den Nachmittag noch zum Baden im Meer ausnutzen. Abends verspeisten wir Erwachsenen jeder einen großen Hummer. Dieses Assab war sehr betriebsam, nüchtern und windig. Zwei Tage dort reichten uns völlig. Die Rückfahrt ging zügig vonstatten. Als wir am siebenten Tag wieder in Addis ankamen, hatten wir auf der Fahrt zweimal wegen Reifenpannen den „Gomista“ in Anspruch nehmen müssen.

Vor Weihnachten bekamen wir Besuch von Elisabeth B. aus Gummersbach, einer Verwandten. Mit ihr brachen wir unmittelbar nach Weihnachten zu einem Rundflug zu den historischen Stätten Nordäthiopiens auf, also nach Baher Dar an den Nilfällen, Gondar, Axum, Lalibela und Asmara. Bei Gondar besuchten

* Die Moorfields-Augenklinik ist eine der traditionsreichsten und renommiertesten Augenkliniken der Welt.

wir ein Dorf, in dem Felaschas lebten. Das sind Äthiopier jüdischen Glaubens. Sie sind für ihre gebrannten Figuren aus schwarzem Ton berühmt und bezeichnen sich als einen der „verlorenen Stämme Israels“, obwohl sie dunkelhäutig sind. Viele Jahre später wurden sie alle nach Israel geholt.

Weil unsere DC3 in Asmara wegen schlechten Wetters am geplanten Tag nicht nach Addis zurückfliegen konnte, nutzten wir die zusätzlich gewonnene Zeit, mieteten uns ein Auto und waren schon wieder am Roten Meer, diesmal in Massaua. Jetzt interessierte uns die alte Hafenstadt weniger, sondern nur das Strandleben im Red Sea Hotel. Als wir bei Einbruch der Dunkelheit wieder vor Asmara ankamen, hatten wir Probleme, durch einen Militärposten in die Stadt hineinzukommen. Erst jetzt realisierten wir, dass hier in Eritrea ein vor der Öffentlichkeit geheim gehaltener Bürgerkrieg stattfand. Von Saudi-Arabien unterstützte Guerillas kämpften für die staatliche Unabhängigkeit dieser damals noch äthiopischen Provinz.

Mit Elisabeth und Dirk fuhr ich einige Tage später noch zum Galila-Palace am Koka-Stausee, um Krokodile zu beobachten. Hille mochte diese Fahrt mit dem kleinen Bernd noch nicht riskieren.

Elisabeth blieb bei uns noch bis zum Januar 1968, um dann nach Nigeria zu ihrem späteren Ehemann Tayo S. weiterzufliegen. Wir hatten schon an ihren Telefonaten nach Lagos gemerkt, dass sich da etwas anspann. Elisabeth war ein angenehmer Besuch, der jetzt zu Ende ging.

Die berufliche Arbeit füllte mich restlos aus. Der Ruf der Klinik führte dazu, dass Patienten von sehr weit her kamen, oft über hunderte von Kilometern nicht nur zu Fuß, sondern sogar barfuß!

Gelegentlich bekamen wir Patienten, die bereits von einem einheimischen Starstecher, genannt whogesha, gegen den grauen Star operiert worden waren. In Europa gab es diese Operationsmethode durch herumreisende Augenärzte noch im 18. Jahrhundert. Aber auch der berühmte Siegerländer und Augenarzt Heinrich Jung-Stilling hatte nach dieser Methode operiert. Es interessierte mich jetzt, mehr darüber erfahren zu können. Das war aber sehr schwierig, denn die whogeshas befürchteten, durch die westlichen Augenärzte in Bedrängnis zu kommen. Der Grund ist, dass der Starstecher die getrübte Linse nur in den

Augapfel hineinschiebt, was viele Komplikationen nach sich ziehen kann. Die moderne Augenchirurgie entfernt nur den trüben Linsenkern und verankert eine Kunstlinse mit großem Erfolg. Durch Vermittlung unseres Krankenpflegers Ambaye durfte ich aber dann doch einen Starstecher in der Nähe des Merkatos besuchen. Er schenkte mir eine Nadel, sein Hauptinstrument, einige Medikamente aus der Natur, ließ mich aber bei keiner Operation zusehen. Mit der Desinfektion dürfte es bei ihm abenteuerlich gewesen sein.

Neben der arbeitsintensiven klinischen Arbeit haben Kollege Rokos und ich den Blick für die Besonderheit unserer Tätigkeit nicht verloren. Wir referierten auf ärztlichen Kongressen und veröffentlichten in Fachblättern. Nach meiner Arbeit über das Entropium in den „Klinischen Monatsblättern für Augenheilkunde" meldete sich brieflich ein Augenarzt Dr. Emil Raubitschek aus Bagdad. Es handelte sich tatsächlich um denjenigen Raubitschek, dessen Messkurve wir in der Eppendorfer Augenklinik ständig verwendet haben. Ich hatte bis damals keine Ahnung, dass der ein emigrierter deutscher Jude war. Zwischen uns entwickelte sich eine Brieffreundschaft bis zu seinem Tode in den 70er Jahren in London. Sehr gern wäre ich dem klugen Kollegen persönlich begegnet.

Im April besuchte uns das Ehepaar Dr. von Oettingen aus Siegen in Südwestfalen. Der Besuch dieses Augenarztes sollte entscheidende Auswirkungen auf unser späteres Leben haben. Oettingen, eine beeindruckende Person, war als linkes SPD-Mitglied damals entschlossen, seine Praxis aufzugeben und lieber eine augenärztliche Tätigkeit in der evangelischen Mission zu beginnen. Er wollte wegen der Politik der Regierung Kiesinger nicht in Deutschland bleiben. Auch seine Frau war Ärztin. Durch Empfehlung der Christoffel-Blindenmission kamen die beiden auch zu einer Besichtigung in unsere Augenklinik und waren von deren Modernität recht beeindruckt, nachdem sie einige Missionskrankenhäuser gesehen hatten. Zum Dinner war das Ehepaar unser Gast. Sie erfuhren dabei, dass auch wir schließlich nicht ewig in Addis Abeba zu bleiben beabsichtigten. Herr Kollege von Oettingen gab seinen ursprünglichen Auswanderungsplan nach der Rückkehr aber dann doch wieder auf. Sehr überrascht waren wir, als er mir gegen Ende des Jahres brieflich die Gründung einer Gemeinschaftspraxis in Siegen anbot und dabei ein recht offenes und faires Angebot machte. Nach längerer Überlegung und Beratung nahmen Hille und ich das Angebot an, mit der Prämisse, dass man es ja mal beruflich miteinander probieren könne. Eine Operationsmöglichkeit am Evangelischen Jung-Stilling-Krankenhaus dort war gesichert. Es war aber selbstverständlich, dass ich meine vertraglichen Verpflichtungen in Äthiopien zu erfüllen hatte.

Die ursprüngliche Absicht des Ehepaares von Oettingen im Ausland leben zu wollen, ist Anlass, über die Zusammensetzung der damaligen deutschen Kolonie in Äthiopien zu berichten. Selbst unter den Chefärzten unseres Hospitals gab es deutliche politische Differenzen. Die Internisten Rohwedder und sein Oberarzt Sell waren Linksintellektuelle. Friedrichs, der Chirurg und ärztliche Direktor, hielt von den deutschen Nationalfarben Schwarz-Rot-Gold nichts und schätzte mehr das alte Schwarz-Weiß-Rot. Beide Gruppen hatten gemeinsam, dass sie in der demokratischen Bundesrepublik Deutschland nicht arbeiten wollten. In Äthiopien lebten sowohl emigrierte deutsche Juden, wie der Zahnarzt Dr. Kinski, mein aus Dresden stammender Patient Prof. Yehuda Peter, als auch offensichtliche Nazis. Die gingen sich gegenseitig aus dem Wege. Unter den Lehrern der deutschen Schule und am Goethe-Institut begegnete man Linken und politischen Aussteigertypen. Man stieß auch auf ausgesprochene Kuriositäten. Senior aller Deutschen war eindeutig „Opa Götz", der schon seit dem Anfang des Jahrhunderts in Adami Tullu im ostafrikanischen Graben lebte und als junger Handwerker und Abenteurer nach Abessinien gekommen war. Er hatte eine Äthiopierin geheiratet und seine Nachkommen, die von Generation zu Generation immer schwärzer wurden, auf die deutsche Schule nach Addis Abeba geschickt. Der Kunstmaler Baron von Wolf war eine verkrachte Existenz. Er wohnte im Bordell nahe der „Piazza" und wir kauften aus Mitleid seine gemalten Kunstpostkarten. Als sein erwachsener Sohn aus Deutschland kam, konnte der seine schmerzhafte Enttäuschung über den Vater nicht verbergen. Den in manchen Äthiopienbüchern erwähnten österreichischen Krokodiljäger Löwinger lernte ich als Patienten kennen.

Dr. Otto hatte ich schon erwähnt. Als junger Arzt war er nach China gegangen und war dort von einer chinesischen Familie sogar adoptiert worden. Er war ein sehr guter Diagnostiker, behandelte so ziemlich alles mit verschiedenen Teesorten, was seinen Kollegen wiederum etwas auf die Nerven ging. Aber er war ein in höchstem Maße gebildeter und netter Mensch. Der Grund seines frühen Wegganges aus Deutschland ist vermutlich seine Homosexualität gewesen. Als er in seinen letzten Jahren auf Sylt lebte, haben wir ihn hin und wieder besucht.

In Deutschland machten die „68er“ Furore. Ich verstand das, was da in Deutschland gerade ablief, überhaupt nicht, besonders auch nicht als ehemaliger DDR-Flüchtling. Auch fragten wir Ärzte am Hospital uns betroffen, was die dort in unserer Heimat wohl für Sorgen hätten. Vielleicht hatten wir nicht die ausreichenden Informationen. Deshalb meinten wir, dass es für die Aufmüpfigen bestimmt sinnvoller gewesen wäre, ihren Politikfrust als Entwicklungshelfer in Afrika zu besänftigen. Hier wurden die meisten Länder offen diktatorisch und korrupt regiert.

Im April dieses Jahres wurde ich zum ersten Mal nach Aira in der westlichen Provinz Wollega zu einer augenärztlichen Sprechstunde gebeten. In Aira lag die traditionsreiche Station der Hermannsburger Mission, der ersten deutschen evangelischen Mission in Äthiopien. Dazu flog ich mit einer Linienmaschine nach Jimma in der Provinz Kaffa und stieg dort um in eine Cessna der Missionsflieger nach Aira. Schließlich fand der Pilot den an einem Abhang gelegenen Landestreifen. Schon von oben konnte ich gewaltige Mengen von Menschen erkennen. Sicher kamen wir wohl gerade zu einem Volksfest. Erst als wir uns nach der Landung eine Gasse durch die Menge bahnten, wurde mir bedeutet, dass es mitnichten ein Volksfest gab, sondern dass alle nur auf den Augendoktor warteten. Ich war ja einiges gewohnt, aber da wurde mir doch etwas blümerant. Die Christoffel-Blindenmission, in deren Auftrag ich diesmal reiste, berichtete darüber, und das ist auch im Anhang zu lesen.

Unterkunft fand ich bei der Missionsärztin Dr. Elisabeth Knoche, die diesen Besuch auch in ihrem Buch „Mais lacht noch auf dem Feuer“ erwähnt hat. Hier in Aira, Siedlungsgebiet der Wollega-Oromo, war es angenehm tropischer als im kühlen Addis Abeba. Erstmalig lernte ich das Leben auf einer Missionsstation kennen. Es war ja so anders als dasjenige, was man bisher so kannte! Der festgelegte christliche Tagesablauf und die unerschütterliche Frömmigkeit dort beeindruckten mich durchaus. Ich selbst wäre aber für dieses Leben sicher nicht geschaffen.

Schon am ersten Tag sah ich rund 150 Patienten. Aus der heutigen Sicht des Alters staune ich über diese Arbeitskraft, die ich damals hatte. Der erste Tag war ein Sonnabend, und wir arbeiteten alle recht lange. Kollegin Knoche half mir praktisch und als Dolmetscherin in die Oromo-Sprache. Die Häuptlingstochter Mekkedesh Grein war von beeindruckender Schönheit. Zur Behandlung brachte sie mir einen pechschwarzen, weißhaarigen Alten, um den sie sich rührend sorgte. Zunächst dachte ich, dass er ihr Großvater sei, aber der Unterschied zwischen seinem pechschwarzen Bantu-Gesicht und ihrer milchkaffeefarbenen Haut mit ebenmäßigen Oromo-Gesichtszügen war doch zu deutlich. Ich erfuhr, dass er vom Nil stamme und schon immer ihr Sklave sei. Das sagte sie auf Englisch so ruhig, als wenn sie mir die Uhrzeit nennen würde. Peng! Ich musste noch einmal nachfragen. Diese Begegnung, mitten im 20. Jahrhundert, machte mich sehr nachdenklich. Die europäische öffentliche Meinung über Sklavenhaltung bekam bei mir Risse. Offensichtlich bedeutete für Mekkedesh der alte Sklave einen hohen menschlichen Wert. Möglicherweise war er schon sehr lange in ihrer Familie und hatte dort ein gesichertes und erfülltes Leben gehabt.

Der nächste Tag war Palmsonntag, und der Gottesdienst, den ich aus Höflichkeit und Interesse besuchte und von dem ich zwar fast nichts verstand, war für mich trotzdem durch das fröhliche Temperament der Gemeinde so erfrischend wie ein morgendlicher Champagner. Am Montagfrüh sah ich dann noch einmal rund 50 Patienten, bevor wir mit der Cessna direkt nach Addis zurückgeflogen sind. Mein Pilot machte sich den Spaß, im Sturz- und Tiefflug die Rinderherden zu erschrecken. Ich fand das weniger lustig. Die zur Operation ausgesuchten Patienten kamen einige Zeit später auf dem Landwege in unser Hospital.

Unser dreimonatiger Heimaturlaub war herangekommen. Auf der Hin- und Rückreise wollten wir mit unseren kleinen Söhnen möglichst oft in interessanten Gebieten Pause machen. So reisten wir deshalb mit an Windpocken erkrankten Kindern erst einmal nur bis Beirut, in dem damals von dem kriegerischen Niedergang dieses wohlhabenden Libanons, der „Schweiz des Nahen Ostens", nichts zu spüren war. Auf der Zwischenlandung in Asmara hatte ich im Duty-free-Shop meine erste Canon-Super-8-Filmkamera gekauft. Frau Nicole Medawar, ihr Vater war der Direktor des Nationalmuseums, nahm uns in Beirut in Empfang, holte uns zunächst erst mal zu einem Erfrischungstrunk in ihre Wohnung und brachte uns danach zu einem Strandhotel in Tabarja Beach, nördlich von Beirut. Hier konnten sich unsere Windpocken-Kinder erst einmal erholen. Den Weiterflug mussten wir aber deshalb auch verschieben. Nach einigen Tagen ging es aber doch wieder so gut, dass wir ein Taxi nach Baalbek mieten konnten, um dort die gut erhaltenen römischen Tempel zu besichtigen. Die Fahrt durch das Libanongebirge mit seinen Zedern und einem unvergleichlichen Blick auf das Mittelmeer war ein Erlebnis.

Zwei Tage später flogen wir nach Rom weiter. Die Gesundheitskontrolleure im Flughafen Fiumicino wurden angesichts unserer pickeligen Kinder misstrauisch. „What has that child?“ Mit meiner Antwort „It's an allergy only“ gaben sie sich aber dann doch zufrieden. In Rom wurde uns von der italienischen Pharmafirma Carlo Erba eine große Limousine mit ortskundigem Fahrer zur Verfügung gestellt. Hille sah hier die neuen europäischen Moden und musste gleich erst mal einkaufen. Vatikan mit Petersdom, Vatikanischem Museum und Sixtinischer Kapelle waren obligatorische Punkte. Wegen der Kinder konnten wir das aber auch nicht zu sehr ausdehnen und mussten deren Laune mit viel „Gelati“ aufrechterhalten. Am letzten Tag erwischte Hille auch noch ein grippaler Infekt. Wir flogen weiter über München nach Hamburg. Es war Pfingstsonnabend. In Pinneberg konnte unsere junge Familie erst mal bei den Eltern Waltsgott unterkriechen. Bei Ford in Köln hatte ich einen „12m“ bestellt, den ich dort abholte. Es war der Tag, an dem Robert Kennedy ermordet wurde.

Weil wir nicht die ganze Zeit in der kleinen Wohnung der Schwiegereltern bleiben konnten, hatten wir uns in weiser Voraussicht, schon von Äthiopien aus, und mit tatkräftiger Hilfe meines Schwagers Burkhard Asmussen, in Westerland auf Sylt eine kleine Ferienwohnung im Haus „Windhuk“ gekauft. Dorthin zogen wir uns nun erst einmal zurück. Aber schon nach einer Woche flogen Hille und ich schon wieder zum europäischen Augenarztkongress nach Amsterdam. Bernds ersten Geburtstag feierten wir mit der ganzen Verwandtschaft im Hamburger Klövensteen. Nach Sylt, in unser neues Quartier, konnten wir jedenfalls so schnell noch nicht wieder zurück. Viele Einkäufe waren nötig. Ein Besuch bei Wolfgang und Bärbel Ulrich folgte, die damals in Bad Godesberg wohnten. Zurück nach Pinneberg, drei Tage später mit dem Nachtzug wieder nach Bonn ins Ministerium und weiter nach Eschborn zum Arbeitgeber GAWI, wieder zurück nach Pinneberg und am folgenden Tag endlich wieder die ganze kleine Familie zusammen auf Sylt. Hier konnten wir bis fast Mitte August bleiben. Ich hospitierte zwischendurch in meiner ehemaligen Augenklinik in Hamburg-Eppendorf und hielt dort auch einen Diavortrag über meine Arbeit in Äthiopien. Alle waren neidisch und hätten gern auch so etwas gemacht – allein, den meisten fehlte wohl letztlich die Courage. Während dieser Zeit geschah der Einmarsch der sowjetischen Truppen in die ČSSR nach dem „Prager Frühling".

Für meine Frau kaufte ich in Pinneberg die Nachfertigung ihres ersten Trauringes, der ihr unter dubiosen Umständen beim Tauchen in den heißen Quellen Soderes abhandengekommen war. Nachdem wir unseren Ford 12m wieder verkauft hatten, flogen wir Anfang September zurück nach Afrika, aber erst einmal zum tropischen Badeurlaub in das Bungalow-Hotel „Two Fishes" südlich von Mombasa in Kenia. Hier blieben wir für ganze schöne zwei Wochen. Bernd fing mit seinen ersten Gehversuchen am weißen Sandstrand an. Dirk buddelte im Sand, so viel es ging. Das schöne Baden im warmen Wasser des Indischen Ozeans wurde für mich zum Maßstab aller späteren Badefreuden im Meer. Mit Dirk konnte ich auf einem Tagesausflug den Tsavo-Nationalpark besuchen.

In Addis Abeba nahm ich meine berufliche Arbeit sofort wieder auf. Am Tag vorher waren wir aus Nairobi erst angekommen. Ich aber musste noch unmittelbar nach der Ankunft in meine Klinik hetzen, weil der internationale Präsident des Lions Clubs zur Besichtigung erschienen war. Seinen Namen habe ich vergessen.

In der Klinik bekam ich einen weiteren Assistenten, den Kollegen Dr. Kojouharov aus Bulgarien. Er war eine willkommene Hilfe für Rokos und mich. Auch nahm er mir die Konsiliarbesuche im traditionsreichen russischen Dejazmatch-Balcha-Hospital ab. Die sowjetischen Kollegen hatten mich dort immer etwas misstrauisch betrachtet, weil es für sie völlig ungewöhnlich war, dass ich als Westdeutscher auf Russisch mit ihnen redete.

Im Dezember wurde Bernd sehr krank und bekam Fieberkrämpfe. Hille fuhr für einige Tage später mit ihm in das Erholungsheim der Sudan-Interior-Mission im 500 Meter tiefer gelegenen Ort Bishoftu.

Zur Weihnachtszeit kamen meine Eltern erneut zu Besuch. Mit ihnen machte unsere Familie einen mehrtätigen Ausflug in den Nationalpark am Awashfluss. Silvester verbrachten wir alle zusammen auf unserem Zeltplatz am Langanosee, wo wir fast die ganze Nacht am Lagerfeuer saßen. Das aufregende Jahr 1968 war vergangen.

Im Jahr 1969 habe ich meine Taschenkalendernotizen nur äußerst spärlich geführt. Unser Bernd war sehr viel krank, und unsere Ehe befand sich damals in einer ernsten Krise. Am liebsten hätte ich meine Berufstätigkeit in Äthiopien abgebrochen. Die Klinik konnte ich aber nicht alleinlassen. Diese ganze Situation war nicht einfach.

Für diese Zeit musste ich also mehr unsere aufgehobenen Briefe als Erinnerungshilfen heranziehen. Damals schrieb man ausschließlich Briefe. Fax, SMS und E-Mail gab es vielleicht als Science-Fiction, aber nicht in der Realität. Internationales Telefonieren war nur mit Anmeldung durch Vermittlung der äthiopischen Telekommunikation möglich und mit stundenlangem Warten auf das Gespräch verbunden. Außerdem waren internationale Telefonate um ein Vielfaches teurer als heutzutage.

Unser bisheriges Wohnhaus auf dem Compound der deutschen Ärzte am Yekatit XII. Square war von Anfang an ziemlich marode und verwohnt gewesen. Weil aber vom Eigentümer, der HSI-Foundation, keinerlei beantragte Reparaturen durchgeführt wurden, entschlossen wir uns zum Wohnungswechsel und mieteten ein Haus am Janhoy Meda neben der malawischen Botschaft.

Schon Ende 1968 hatten sich die ersten Zeichen der drohenden Dürrekatastrophe gezeigt, als wir plötzlich kein fließendes Wasser mehr hatten. Tatsächlich war dieses Problem im neuen Haus zunächst nicht vorhanden. Hinter dem eigentlichen Wohnhaus befand sich noch ein kleineres Häuschen. Hier wohnte jetzt unser Gärtner Shewakena Retta aus Majete, der ab jetzt auch noch die Aufgabe als Sabanja (Torwächter) zu übernehmen hatte. Er war ein ganz lieber Kerl, zu dem unsere Kinder vollstes Vertrauen hatten. Hier in Addis Abeba besuchte er die Schule, machte seinen Abschluss und wurde später Krankenpfleger im Black-Lion-Hospital. Ich stand mit ihm noch für lange Zeit in brieflichem Kontakt. Im Jahre 1994 besuchte ich mit Valerie Addis Abeba. Wir begegneten damals auch wieder unserem Shewakena, der nun schon ein reifer Mann geworden war und seine ganze Familie vorstellen konnte. Außer ihm arbeiteten damals im Haushalt auch noch unser muslimischer Koch Sharif und die Mamite (Kinderfrau) Ayelech. Sharif hatten wir von Diplomaten unserer Botschaft übernommen. Seine selbst gemachten Spätzle waren daher überall geschätzt.

Dieses Jahr war auch ein Jahr der Reisen in das Land. Im Frühjahr erkundete ich mit Bekannten den Weg in den weiteren Süden. Wir kamen bis zur Woitoebene hinter Konso in der Provinz Gamu Gofa. In Arba Minch hatte ich das Glück, von einem Medizinmann handgefertigte chirurgische Instrumente kaufen zu können. Aber es gab auch etwas Erschreckendes. Als wir in dem Ort den Wochenmarkt besuchten, baumelte direkt vor uns an einem Galgen ein gerade eben Gehängter. Das unter ihm lebendige Markttreiben schien davon völlig unbeeinflusst zu sein.

Aber besonders schön war der Besuch der amharischen Dorse oben in den Bergen. Sie sind geschickte Töpfer und Hersteller der weißen Umhänge, genannt Schammas, mit ihren phantasievollen, farbigen Borten.

Die erste bemannte Mondlandung am 21. Juli 1969 erlebten wir im Haus der Kinskis am Awasasee. Mit unserem batteriebetriebenen Kurzwellen-Radio hörten wir die Direktübertragung. In den Nächten danach schauten wir gespannt auf den Mond, ob sich dort irgendetwas verändert hatte.

Anfang des Monats hatte mich der Lions Club Addis Abeba sehr kurzfristig zu einem Referat zum Thema „Blindness in Ethiopia“ eingeladen. Eigentlich sollte Präsident Kenneth Kaunda aus Sambia referieren, einer der großen Männer Afrikas. Er hatte aber kurzfristig absagen müssen. Dass ich junger Spund nun diese gewaltige Lücke schließen sollte, machte mich etwas ängstlich. Mein Englisch war zwar ganz gut, aber ich zweifelte, ob es für einen ganzen Vortrag korrekt genug würde. Retter in der Not war der ägyptische Jesuit Pater Sama'an Hana, der Hilles Privatlehrer für Englisch war. Er war Professor an der Universität und ein sehr feiner älterer Herr. Der schaute sich am Vortag mein Manuskript an, machte leichte Korrekturen, und mir ging es danach besser. Ich ahnte aber nicht, dass auch er unter meinen Zuhörern weilte. Der Blickkontakt zwischen uns beiden und sein angedeutetes, zustimmendes Nicken beruhigten mich sehr.

Im August hatte ich das große Glück, an einer Gruppentour der Universität mit mehreren Geländewagen an den Turkanasee, ehemals Rudolfsee, teilnehmen zu dürfen. Wir waren elf Tage unterwegs. In der Zeitschrift „DIE WAAGE“ der Grünenthal Chemie habe ich diese einmalige Exkursion in das Gebiet der Altvölker Äthiopiens illustriert geschildert.

Dirk hatte Anfang Oktober seinen ersten Schultag in der deutschen Schule Addis Abeba. Sein Lehrbuch Amharisch regte uns an, mit ihm auch noch ein paar Worte dazuzulernen.

Der dritte Flug zur Hermannsburger Mission in Aira Anfang November bedeutete wieder ein sehr arbeitsintensives Wochenende – mit sehr großem Erfolg für viele Patienten, die ansonsten nie die Chance auf eine Augenbehandlung gehabt hätten.

Während meiner drei Besuche dort habe ich rund 720 Patienten untersucht und von denen rund sechs Prozent zur Operation in unserer Augenklinik verhelfen können.

In der Hauptstadt wurde es zunehmend unruhiger. Die Studenten demonstrierten gegen das politische System.

Hin und wieder waren wir zu offiziellen äthiopischen Anlässen geladen. Weil es schon früher Attentate gegen den Kaiser gegeben hatte, versuchte man bei diesen Anlässen nicht zu sehr in seiner Nähe zu sein. Als ich mit meiner ganzen Familie zu einer Veranstaltung in der Blindenanstalt geladen wurde und wir direkt hinter ihm zu sitzen hatten, waren meine Bedenken groß, und ich schaute mich verstohlen nach herrenlosen Aktentaschen um. Aber glücklicherweise blieben die Sorgen grundlos.

Unser Berndchen war weiter viel krank. Bei Fieber krampfte er, und wir machten uns wirklich sehr große Sorgen. Auf den Straßen fielen durch Unruhen immer wieder Schüsse. Der tschechische Kinderarzt Dr. Seiler konnte deshalb nur eine telefonische Beratung machen. Alle erforderlichen Medikamente holte ich in der deutschen Löwenapotheke.

Immer wieder gab es offizielle Besuche ausländischer Staatsoberhäupter, wie de Gaulle, des Schahs von Persien mit Gattin. Wir bekamen davon nicht allzu viel mit.

Im Januar 1969 besuchte das niederländische Königspaar Äthiopien, begleitet von der damaligen Kronprinzessin Beatrix und ihrem Prinzgemahl Claus. Sie lebten im Jubilee-Palace, auf dem mir nur die Oranierflagge aufgefallen war. Der Kaiser wohnte in der Zeit im Ghibi, dem alten Palast Kaiser Meneliks.

Ich bekam eines frühen Morgens aber einen Anruf aus dem Palast, ob ich helfen könne. Was war passiert? Beatrix hatte vergessen, ihre Pflegemittel für die Kontaktlinsen ausreichend mitzubringen. Davon hatte ich glücklicherweise noch ein paar Musterflaschen, die ich dann eilends zum Palasteingang brachte. Der Staatsbesuch war also nicht weiter gefährdet.

In der Zeit war ich aber auch ein wiederholter Unfaller! So wollten wir auf unserer ersten Erkundungsreise im März des Jahres zu den Konsos auf dem Rückweg noch für die häusliche Küche Wild erlegen. Am Margheritensee sichteten wir einen starken Warzenschweinkeiler, der durch ein Flintenlaufgeschoss zu Fall kam. Leider hatte ich in der Eile vergessen die Gummimuffe auf das Okular zu setzen. Durch den Rückstoß schlug mir das Fernglas die Stirn auf. Es blutete wie verrückt, und ich musste in ein nahes Missionskrankenhaus gebracht werden. Nach einem Gebet nähte mir der amerikanische Chirurg die Stirn wieder zu. Das Ganze war mir furchtbar peinlich.

Der Lions Club Düsseldorf schickte uns 1970 eine großzügige Brillenspende. Wir waren einerseits froh, andererseits hatten wir gemischte Gefühle. Ich musste für viele Stunden Personal abstellen, das die Brillen zu messen hatte. Man hätte sie ja sonst nicht passend vergeben können. Wegen sehr spezieller Brillenwerte, zum Beispiel bei hochastigmatischen Gläsern, konnte auch eine ganze Menge leider nur noch den Weg in den Abfall finden. Ein paar antike Stücke hob ich mir allerdings auf. Einige der Brillen waren aber für eine direkte Abgabe gut geeignet, nur waren die Fassungen nicht immer adäquat zum Empfänger. Eine ältere Nonne durfte sich über ihre neue Brille sehr freuen und war ganz stolz. Die Fassung aber war in Pink mit fein geschwungenen strassbesetzten Seitenbügeln, so etwa Modell Broadway-Melody. Uns fiel es schwer, ernst zu bleiben, als sie damit zurück zu ihrem Kloster aufbrach.

Als mein baldiger Weggang nach Deutschland bekannt wurde, bekam ich Anfragen, ob ich nicht anderweitig tätig sein könne. Es gab ein Angebot nach Togo vom bisherigen Arbeitgeber, nach Mogadischu von der Europäischen

Union und eine Direktanfrage vom Krankenhaus in Westerstede in Ostfriesland. Aber vieles sprach von uns aus gegen diese Offerten. Inzwischen war eine deutsche Nachfolgerin für mich in Vertrag genommen worden und würde bald ankommen.

Anfang des Jahres brachen Hille, Dirk und ich zu einer Autotour durch den Norden Äthiopiens und nach Eritrea auf. Bernd wurde bei unseren Freunden Branding untergebracht. Mit von der Partie waren der Frauenarzt Dr. Trabant mit seiner Frau und weitere Personen. Eritrea war damals noch eine von Äthiopien annektierte Provinz mit dem amharischen Gouverneur Fürst Asserate Kassa, den wir noch von der Einweihung der deutschen Kreuzkirche in Addis Abeba her kannten. Sein Sohn, Prinz Asfa Wossen Asserate, hatte an der deutschen Schule sein Abitur gemacht.

Baher Dar am Tanasee mit den Nilfällen, die historischen Orte Gondar, Axum und Adua waren die Stationen der Fahrt bis nach Eritrea. Die Landschaft des hohen Semiengebirges war aufregend. Nach dem Besuch Asmaras, der eritreischen Hauptstadt, feierte ich meinen 34. Geburtstag im Red Sea Hotel in Massaua am Roten Meer. Von dort aus fuhren wir dann wieder über Asmara nach Süden mit einer Übernachtung in Mekelle und weiter über Dessie zurück nach Addis Abeba. Diese Reise war nun unsere letzte in Äthiopien vor der endgültigen Rückkehr nach Deutschland.

Jetzt musste viel verkauft werden, als da waren Auto, Kleidung, Schreibmaschine Erika, Weltempfänger, Jagdflinte und so weiter. In unserem Compound stellten wir alles mögliche auf Tischen zum Verkauf aus, und es kamen viele Äthiopier, die auch das eine oder andere kauften. An dieser Stelle ist ein Nachruf auf meine weitgereiste „Erika“ angebracht. Diese Schreibmaschine, ein Qualitätsprodukt der DDR, hatte mich über 15 Jahre wie eine treue Dienerin begleitet. Meine Eltern schenkten sie mir damals in Halle gegen das Versprechen, nicht in den Westen zu gehen. Wie hätte ich ohne diese Getreue als Student, Doktorand und fleißiger Briefschreiber existieren können? Aber nun war die Zeit der Trennung gekommen, für mich nicht leichten Herzens.

Der nächste Unfall ereignete sich genau ein Jahr nach dem Jagdunfall. Ich flog bei einem Reitversuch vom Pferd und knackte mir einen Wirbel an. Kollege Friedrich steckte mich gleich in ein Gipskorsett, in dem ich eine kurze Zeit auch stationär in meiner eigenen Klinik zu liegen hatte. Danach erholte ich mich mit meiner Familie am Langano. Das war in der letzten Woche vor dem Abflug, als wir auch aus unserem Wohnhaus schon ausgezogen waren.

Es gab noch etliche Abschiedsdinner. Am 30. April abends fand sich eine große Freundesgruppe zu unserem Abschied auf dem Flughafen ein, bevor wir in die Maschine stiegen. Es war endlich Zeit, zurückzukehren.

Wenn ich die Jahre unseres Lebens in Äthiopien kurz rekapituliere, so waren es vor allem Jahre höchster beruflicher Verantwortung.

Wir lernten das wunderbare Land und seine Leute kennen. Es gab einzigartig schöne Erlebnisse, Enttäuschungen und Sorgen, gute Freundschaften und falsche Freunde. Meine größte Hochachtung galt meinen Patienten, die von weit her kamen, zum Teil über hunderte Kilometer zu Fuß, barfuß aus fernen Dörfern und Klöstern!

Sie kamen aus Djibouti, Wollamo, Kaffa, Diredawa und so weiter. Ich habe Krankheiten gesehen, die man in dieser Ausgeprägtheit hier in Westeuropa nicht mehr kannte, wie das Trachom, gigantische Tumoren, Erblindungen durch Vitaminmangel oder Parasiten.

Manchmal waren meine zehn freien von den 40 Betten schon belegt, wenn ich schwer erkrankte, völlig mittellose Patienten stationär aufnehmen musste. Wenn dann der Kaiser gerade wieder im Hause einen Patientenbesuch machte, stachelte mich mein Personal an, ihm diese Patienten zu zeigen und um Übernahme der Behandlungskosten zu bitten. Ich hatte immer wieder Bedenken, ihn mit solchen Problemen unvermittelt zu konfrontieren, aber mein Personal ließ nicht locker, und der Kaiser sagte, wie erwartet, seine Hilfe stets zu.

Während all dieser Jahre in Afrika beschäftigte unsere Familie fast ständig drei Hausangestellte und unterhielt damit auch deren Familien.

Wenn ich in der Klinik permanent nur mit Afrikanern zusammen lebte und arbeitete, vergaß ich völlig, dass meine eigene Haut weiß war. Ich war einer von ihnen. Tauchte dann mal ein weißes Gesicht in meinem täglichen Kosmos auf, wirkte das auf mich wie außerirdisch.

Zu den besonderen Menschen, denen ich in Äthiopien als Arzt oder privat begegnete, an die ich mich gern erinnere und die ich zum Teil schon an anderer Stelle erwähnte, gehörte natürlich Kaiser Haile Selassie. Ihn gut zu kennen war zweifellos ein Privileg für mich, war er doch ein Monument der Geschichte. Besonders seine Rede vor dem Völkerbund 1936 fand in der ganzen Welt große Beachtung, auch wenn sie letztlich wirkungslos geblieben ist, weil das faschistische Italien seinen Überfall auf Äthiopien ungehindert fortsetzte. Die Rastafaristen der Karibik erhoben ihn zu ihrem Religionsstifter.

Zu den besonderen Begegnungen zählen auch seine Tochter Prinzessin Tenagne Worq, Prinzessin Hiruth mit ihren Kindern, der Chef der HSI-Foundation, Herr Abebe Kebede, der Ethnologe Prof. Dr. Eike Haberlandt aus Frankfurt, unser Nachbar Dr. habil. Johannes Otto, die beieindruckende Persönlichkeit Staatsrat David Hall und Abuna Basilios, der Patriarch oder auch Papst der autokephalen Äthiopisch-Orthodoxen Kirche. Basilios war zu der Zeit schon bettlägerig, kam nur noch selten in seinen Amtssitz, sondern lebte hauptsächlich im Kloster Debre Libanos, unweit des Blauen Nils. Im Jahre 1970 ist er gestorben. Vorher hatte er seinen Stellverteter Abuna Tewofilos aus Harar mit der Ausübung des Amtes beauftragt. Tewofilos kannte ich auch. Für mich war er, wie man heute sagt, ein echter Typ. Er hatte im Gegensatz zu Basilios eine modernere und ökumenische Einstellung. Leider wurde er nach dem Umsturz durch den verhassten Mengistu erschossen. Außerdem behandelte ich Abuna Petros aus Gondar. In Afrika bin ich mehrmals beeindruckenden, würdevollen und weisen alten Männern und Frauen begegnet.

Sehr gern denke ich zurück an die Bekanntschaft mit dem Augenarzt und Konsul von Zypern Dr. Sergios Hadjimichalis, Prof. Dr. Patrick Trevor-Roper vom Moorfields-Eye-Hospital in London, Jesuitenpater Sama'an Hana, den von mir operierten lieben Olim B. Scott, Roman Hall aus Dire Dawa. Der schwer verunglückte Weltrekordläufer Abebe Bikela wurde von mir untersucht. Und andere kannte ich eher flüchtig, wie den evangelischen Bischof Kunst oder Otto von Habsburg. Die Brieffreundschaft mit dem vor den Nazis geflüchteten Augenarzt Dr. Emil Raubitschek war mir wichtig.

Etwas mehr über die außergewöhnliche Geschichte Äthiopiens befindet sich als Kurzfassung eines Vortrages im Anhang.

Dr. med. Klaus H. A. Jacob

CHIEF SURGEON OCULIST AND
SPECIALIST IN EYE-DISEASES
HAILE SELASSIE I HOSPITAL

TEL. OFF. 13065
RES. 17230

P. O. BOX 257
ADDIS ABABA

Abb. 22: Meine Visitenkarte erregte im UKE Aufsehen

Abb. 23,: Farbenprächtiges Timkat (Epiphanias)

Abb. 24: Farbenprächtiges Timkat (Epiphanias)

Abb. 25: Kloster Sebeta 1967, Dirk an der Hand der Cousine des Kaisers

Abb. 26: Die neue Augenklinik

Abb. 27: Warten auf den Kaiser

Abb. 28: Der „Löwe von Juda" will alles ganz genau wissen.

The Ethiopian Her

Vol. VI — No. 843
Price per copy 10 cents.
Annual Subscription Eth. $ 31

MORNING NEWSPAPER
Addis Ababa — Saturday, October 7, 1967 (Maskerem 26, 1960)

HIM Visits Clinic, Receives Message, Grants Audience

His Imperial Majesty visited the Children Nutrition Unit, gave audience to Sir Robert Jackson and received a message from the Sudanese President yesterday.

His Imperial Majesty, Haile Selassie I, gave audience yesterday morning at the Grand Palace to Sir Robert Jackson, the special advisor to the administrator of the United Nations Development Programme (UNDP).

Sir Robert is here to discuss with officials about the proposed project UN-

U.S. and UK

Members of the Lion's Club who donated Eth. $15,000 to the new Haile Selassie I Foundation eye clinic are here seen lined up during the clinic's opening ceremony by His Imperial Majesty Haile Selassie I.

Early i

Adv To To

ADDIS AB
preneurship an
practical assista
Community and

The United N
Programme (UN
the International

Abb. 29: Auch der Lions Club Addis Abeba hatte für den Neubau gespendet und stellt sich dem Kaiser vor.

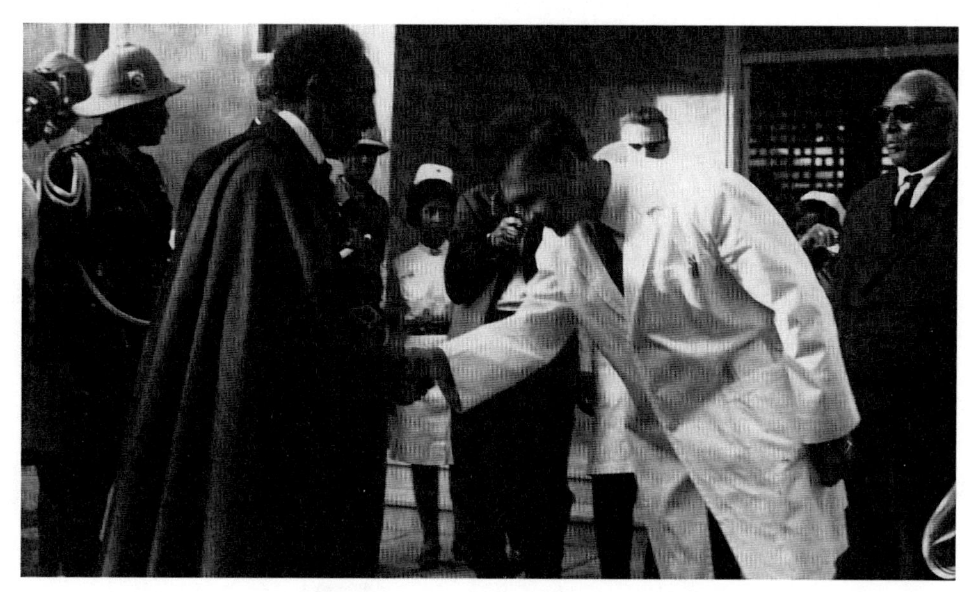

Abb. 30: Vorschriftsmäßiger Abschied

Abb. 31: Bernds Taufe
(v.l.n.r. Hille mit Dirk, Doz. Dr. Otto, Klaus mit Bernd, Pastor W. L. Graffam)

Abb. 32: Der fliegende Augenarzt wurde in Aira, Provinz Wollega, erwartet.

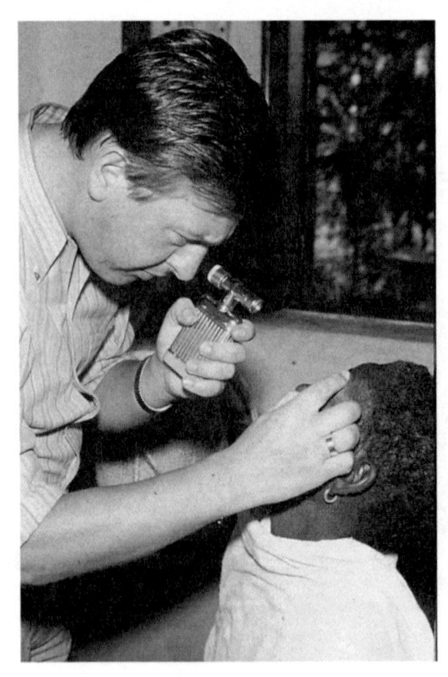

Abb. 33: Aira

Abb. 34: Dorf der Konso

Abb. 35: Konsostelen

Abb. 36: Geleba-Typ am Turkanasee (Rudolfsee)

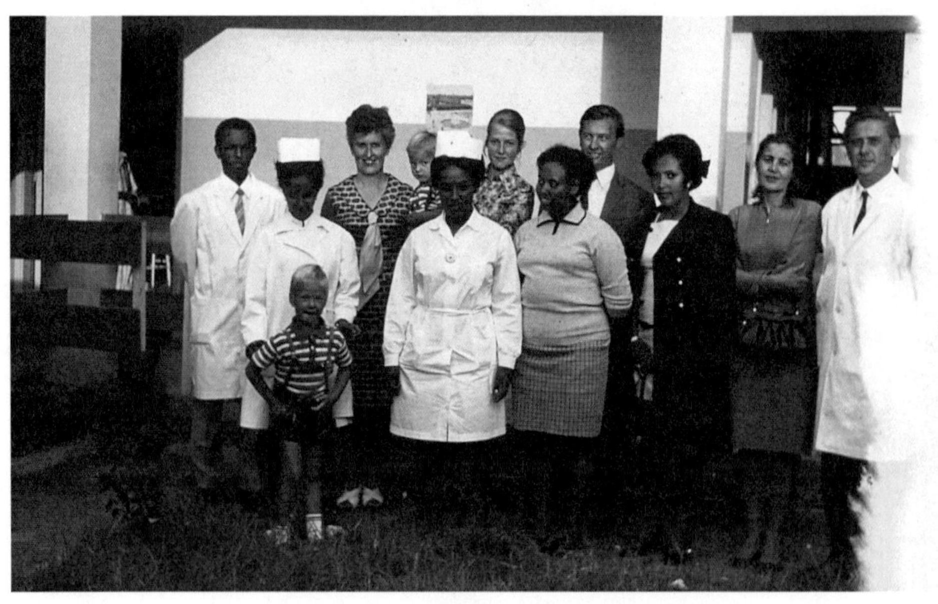

Abb. 37: Abschiedsfoto 1970 in der Klinik

Im Siegerland

Wir flogen bis Köln, um dort unseren Ford abholen zu können. Schon beim Anflug wurde uns beim Blick auf den Verkehr auf der Autobahn recht mulmig zumute. Solche Verkehrsdichte und Hektik waren wir lange nicht mehr gewöhnt.

Prompt passierte dann in Köln ein Zusammenstoß unseres fabrikneuen Ford 17m XL mit einem städtischen Bus, weil uns die hiesigen Vorfahrtsregeln nicht mehr geläufig waren. Gott sei Dank war es nur Blechschaden, aber doch sehr ärgerlich. Nach unserem provisorisch reparierten Crashauto ging es auf die Fahrt nach dem uns bisher unbekannten Siegen. Damals ging es aber noch nicht wie heute über die Autobahn A 4, weil es die noch nicht durchgehend gab, sondern über Land via Waldbröl. Als wir von der nur teilweise fertiggestellten Sauerlandlinie kommend zur Leimbachstraße kamen, war ich entsetzt. Diese Straße war damals eine auf uns sehr trist und spießig wirkende, mit dunkel verschieferten Häusern, kaum Grün. Die steile Rosterstraße wirkte kaum besser. Mir wurde klar, dass ich hier nicht lange bleiben wollte. Doch es kam alles total anders.

Das Ehepaar von Oettingen hatte sich freundlicherweise um ein Haus für uns bemüht. Es war ein dreistöckiger Bau aus der Zeit um 1930, der aber erheblichen Renovierungsbedarf hatte. Er lag direkt neben dem Hause meines neuen Kompagnons am Rosterberg. Obwohl noch sehr viel zu erledigen war, um hier wirklich wohnen zu können, drängte Oettingen doch auf mein schnelles berufliches Einsteigen in der neuen Gemeinschaftspraxis. Eine derartige Praxisform war damals noch so unüblich, dass es kaum Vertragsvorlagen gab. Aber wir kamen zu einem fairen Vertrag mit Hilfe eines erfahrenen Anwaltes in Düsseldorf.

Jetzt begann erst ein Klinkenputzen zur Vorstellung bei allen Fachkollegen im Siegerland, bei allen Chefärzten im Evangelischen Jung-Stilling-Krankenhaus und beim Superintendenten Dilthey. Neben all diesen wollte mich Herr Kollege von Oettingen aber auch mit der Ärztin Dr. Tony Rieke in Netphen-Deuz bekannt machen. Diesen Besuch habe ich nie bereut, denn zwischen dieser alten Dame und mir entstand eine herzliche Freundschaft. Frau Dr. Rieke war ledig, verbeulte fast jedes Jahr ihren stets frisch reparierten Porsche, weil sie immer auf ihre Vorfahrt bestanden hatte. Aber sie war auch Jägerin. In diesem Metier begegneten wir uns auch mehrmals. In Deuz war sie eine solche Institution, dass sie nach ihrem Ableben noch heute in der Ortsmitte als Bronzerelief existiert.

Dirk wurde wieder eingeschult. Hille kümmerte sich um beide Kinder und um das Häusliche. Letzteres war anfangs recht schwierig, obwohl wir unsere in Pinneberg deponierten Möbel schnell in Siegen hatten. Aber die neugekauften Möbel hatten ihre Lieferzeiten. Durch Renovierung gab es sehr viel Staub und Unordnung im Hause. Zwischenzeitlich floh meine Familie deshalb nach Westerland. Wir brauchten modernere Fenster, ein neues Bad, Teppichböden und zeitgemäße Elektroinstallation und Wasserleitungen.

Die Arbeit in der Praxis im Ärztehaus Frankfurter Straße und im Krankenhaus lief sofort voll an. Ich hatte inzwischen große OP-Erfahrung sammeln können.

Wir operierten den grauen Star, damals noch durch Kryoextraktion, und den grünen Star. Auf dem Programm standen auch Schieloperationen. Bald pflanzte ich künstliche Linsen ein. Vor der gesetzlichen Einführung der Gurtpflicht im Auto hatten wir oft nachts schwerste Augenverletzungen zu operieren. Was anfangs zu meiner Popularität beitrug, war die Operation einer fehlerhaften Lidstellung bei einer alten Diakonisse. Das hatten wir ja in Afrika massenhaft operiert. Als ich ihr sagte, dass sie die erste Weiße sei, an der ich diese Operation gemacht habe, trug sie es begeistert in alle Winde.

Auch hier in Siegen sah ich noch gelegentlich Patienten aus Nordafrika oder Saudi-Arabien. Auch bei denen konnte ich noch oft ein inaktives Trachom beobachten. Für andere Lidoperationen entwickelte ich eine gebogene Klemme, die bei einer Heidelberger Firma als Prototyp gebaut wurde. Weil sie sich aber doch nicht so bewährte, wie ich es mir vorgestellt hatte, wurde das Projekt begraben. Zusätzlich arbeitete ich konsiliarisch in der Kinderklinik und gab auch wieder Unterricht in der Krankenpflegeschule. Jahre später habe ich alle kleineren chirurgischen Eingriffe mit Narkose bei Kindern in der Kinderklinik durchgeführt.

Willy Brandts berühmter Kniefall in Warschau und sein Treffen mit Honecker und der Bevölkerung in Erfurt schienen zunächst nichts weiter bewirkt zu haben. Später zeigte sich aber doch, dass dadurch die Ost-West-Konfrontation zu bröckeln begonnen hat.

In Äthiopien hatte ich mir eine Lizenz zur Enten- und Gänsejagd gekauft. Mit Shewakena fuhr ich deshalb gelegentlich nach Norden in Richtung Blauer Nil, wo sich einige kleine Seen befanden. Wenn wir genug erlegt hatten, brachten wir alles zu unserem Koch Sharif, der uns schon erwartete und das Wild so weit herrichtete, dass es in den Gefrierschrank eingelagert werden konnte.

Jetzt lebten wir im Siegerland in einem wald- und wildreichen Gebiet. Wegen der afrikanischen Jagderfahrungen besuchten Hille und ich seit dem Herbst 1970 einen Jägerkursus. Im März 1971 bestanden wir die durchaus nicht leichte Jägerprüfung, das „grüne Abitur", und erhielten später auch feierlich das Diplom und die berühmten drei Hirschfängerschläge auf die Schultern. Hilles Schwangerschaft war da schon nicht mehr zu übersehen.

Zu ihrem Geburtstag schenkte ich ihr deshalb eine Flinte, die sie aber danach nur einmal auf einer Treibjagd auf einen Bottenberger Hasen einsetzte. Danach blieb sie weiter voller Interesse für alles Jagdliche, aber nur theoretisch.

Die Sommerferien verbrachten wir regelmäßig in unserem „Sommerplaisier" auf Sylt. Auch trafen wir uns dort mit unserem ehemaligen Hausnachbarn aus Addis Abeba, Herrn Kollegen Dr. Johannes Otto. Er lebte jetzt bei seinem Adoptivsohn in Wenningstedt. Mit ihm besuchte ich das wunderbare Noldemuseum in Seebüll, durch das uns der damalige Leiter Urban führte.

Am 25. August, 22.55 Uhr, wurde unsere **Valerie** Johanna im Evangelischen Jung-Stilling-Krankenhaus in Siegen geboren. Hurra – ein Mädchen! Und ich war wieder mit dabei. Wie schon zu Dirks Geburt kam auch jetzt die Schwiegermutter aus Pinneberg und war eine große Stütze für uns alle.

Wasserknappheit kannten wir aus Afrika. Hier im naturparadiesischen Siegerland hätten wir solches allerdings nie erwartet. Jetzt aber mussten wir genau das hierzulande erleben. Die Obernau-Talsperre war damals noch nicht in Betrieb. Dieser Zustand war für den Haushalt mit einem Neugeborenen keine leichte Sache, aber wir kamen letztlich doch damit irgendwie zurecht.

Ich trat in die FDP ein. In deren Landesgesundheitsausschuss arbeitete ich für einige Jahre mit, bis ich dann merkte, dass sich in politischen Parteien zu viele karrieregeile Selbstdarsteller befinden, die auch jede von oben vorgegebene Meinung kritiklos übernehmen. Das ist nichts für mich. Nach wenigen Jahren gab ich dieses Parteibuch wieder ab.

Im Jahr 1972 folgte die befreundete Familie Ulrich von Essen nach Siegen, weil sich hier für Wolfgang eine gute Arbeitsmöglichkeit als selbständiger Chirurg bot. Wolfgang und ich kannten uns schon aus der Oberschulzeit und aus dem Medizinstudium in Halle.

Im Revier Bottenberg hatte ich Jagderlaubnis. Das Unglück passierte Anfang Juni, als ich beim Absteigen vom Ansitz einen Ast abbrach, auf dem ich mich abgestützt hatte. Beim Sturz brach ich mir die rechte Schulter. Nur noch einhändig lenkend und schaltend musste ich nach Siegen fahren, wo Freund Wolfgang im Stadtkrankenhaus zusammen mit dem chirurgischen Chef Dr. Schulze den Schulterbruch nagelte.

Nun war guter Rat teuer, denn ich war erstens arbeitsunfähig, und zweitens wollte ich Anfang Juli im fernen Japan einen Vortrag halten. Noch vor der großen Reise wurden die Nägel wieder entfernt. Die Bruchstelle war aber noch weich, sodass ich niemandem die Hand schütteln durfte. Wir reisten in westlicher Richtung los und machten Übernachtungsstopps in New York, San Francisco und Honolulu-Waikiki. In Honolulu hatte die Hotelreservierung ohne unsere Schuld glücklicherweise nicht geklappt. In dessen Folge wurden wir in die Luxus-Lounge eingewiesen und konnten von dort oben den gesamten weltberühmten Waikikistrand mit seinen Wellenreitern beobachten.

Mein Vortrag auf dem 5. Afro-Asiatischen Augenärztekongress in Tokio hieß „Couching for Cataract in Ethiopia". Ein paar Ausflüge, wie in die schöne Tempelstadt Nikko, waren mit im Nebenprogramm enthalten. Hille hörte sich einige Kongressvorträge an, unternahm auch eigene Ausflüge. Sie stieg sogar ein Stück den Fujijama hinauf. Von Japan ging es dann mit neuen Stopps in Hongkong und Bangkok wieder nach Frankfurt. Als der Flug direkt über das sich im Krieg befindende Vietnam hinwegging, war das kein sehr gutes Gefühl.

Die Familie des slowakischen Augenarztes Dr. Kuruc aus meiner Klinik in Addis Abeba suchte bei uns für einige Zeit Unterschlupf, weil sie beschlossen hatte, nicht in die kommunistische Heimat zurückzukehren. Ich konnte ihm behilflich sein und seinen hiesigen Weg weitgehend ebnen. Frank Kuruc ließ sich dann in Gerlingen bei Stuttgart als Facharzt nieder. Seine Frau Klara arbeitete als Hausärztin. Unsere Familien sind bis heute befreundet, auch nach Frank Kuruc' Tod im Jahre 2011.

Den Sommerurlaub 1973 erlebten wir mit Hilles Schwesterfamilie in einem Häuschen in Tisvilde auf der dänischen Insel Seeland. Nachdem unser Bernd eine Mumpserkrankung überstanden hatte, habe ich mich im Urlaub dummerweise bei ihm angesteckt, obwohl ich in der Kindheit schon einmal diese Infektion hatte. Es war sogar so schlimm, dass ich für ein paar Tage im Krankenhaus von Hilleröd bleiben musste. Aber es ging alles gut, und so kamen wir wieder gesund nach Siegen, nachdem wir auch noch Schloss Kronborg und Kopenhagen besucht hatten. Im Spätherbst fanden wir ein geeignetes Baugrundstück am Witschert mitten im Fichtenwald. Die Erschließung und der Hausbau sollten uns für die nächsten zwei Jahre voll in Anspannung halten.

In fachlicher und menschlicher Hinsicht deutete sich 1974 an, dass ich in der Gemeinschaftspraxis mit Herrn Kollegen von Oettingen nicht mehr verbleiben wollte. Wir beiden Kollegen waren doch recht verschieden. Aber bis zum Ende dieses Kalenderjahres wollten wir noch zusammenarbeiten. Bald fand ich geeignete Praxisräume im Ärztehaus Am Kaisergarten, die ich auch kaufen konnte.

Mit Hille fuhr ich nach Parma zu einem pädiatrisch-ophthalmologischen Symposium, weil mich dieses Teilgebiet mehr und mehr interessierte.

Andreas Brandt hatte mich zur Vernissage in der Galerie Springer in Westberlin eingeladen. Deshalb fuhr ich zum ersten Mal mit dem Auto auf der Transitstrecke durch die DDR. Unterwegs hörte ich hingerissen die Gruppe ABBA. Ihre Lieder ließen mich wie in einem Raumschiff durch die DDR schweben, die ich damals gedanklich noch nicht wieder wahrhaben wollte.

Anfang Januar 1975 wagte ich den Ausstieg aus der Gemeinschaftspraxis, um ganz allein arbeiten zu können. Gleichzeitig ließen wir unser neues Haus in der

Landsberger Straße bauen. Auf ein solch hohes finanzielles Risiko hätten wir uns später nicht noch einmal eingelassen. Aber dank unseres Fleißes und der planbaren wirtschaftlichen Situation damals ging alles gut. Beide Immobilien waren nach einigen Jahren schuldenfrei.

Beruflich lief alles sehr erfolgreich. Die Arbeit nahm schnell zu. Ich musste mehr und mehr Personal einstellen und richtete bald auch eine Sehschule und Kontaktlinsenabteilung ein. Nicht viel später beschäftigte ich einen eigenen Augenoptikermeister. Am Krankenhaus wurde regelmäßig operiert. Beim Operieren mit dem Mikroskop konnte ich mich so konzentrieren, dass ich um mich herum nichts anderes mehr wahrnahm. In meinem Operationssaal war es immer sehr still, und ich war völlig entspannt. Diese Stunden dort waren für mich die stressfreiesten des Tages.

Meine Patentante Ursel B. aus Ostberlin kam zu Besuch. Als sie zu meiner Praxis kam, fuhr sie im Fahrstuhl mit zwei älteren Damen aufwärts, die auch zu mir wollten. Typisch für Tante Ursel fragte sie diese: „Wie ist er denn so, der Doktor Jacob?“ Deren Antwort konnte nicht besser ausfallen: „Er ist ein Engel.“ Das brachte mich zu der Überlegung, was eigentlich Engel überhaupt sind. Schon der Begriff muss doch irgendeinen Sinn haben. Sind Engel Menschen mit einem zeitweiligen Auftrag? Von wem?

Einen sehr schönen Sommerurlaub erlebte die Familie 1976 im Robinson-Club bei Crotone in Kalabrien. Von dort bereisten wir mit einem gemieteten Auto die Ostküste Siziliens und machten auch eine Schiffsreise zu den Äolischen Inseln.

Dux vom Ihnetal, die Olper Bracke mit langem Stammbaum, tauften wir Birko. Wir kauften sie 1977. Sie war bestens veranlagt. In der Anlagenprüfung wurde Birko bundesweiter Sieger! Eine Bracke braucht als jagdlicher Hetzhund täglich einen mehrstündigen Auslauf. Das war uns beim Kauf nicht richtig klar gewesen. Wir gaben sie nach einiger Zeit und schweren Herzens wieder an den Züchter zurück.

Der Familienurlaub begann im Juli 1978 mit der Fahrt im Autozug bis Narbonne. Die Kinder genossen die Übernachtung der ganzen Familie zusammen in einem engen Schlafwagenabteil. Von dort ging es weiter nach Süden bis zum

Haus unserer Nachbarn Mankel in Maryvilla bei Calpe. Es war ein schöner sonniger Urlaub, in dem Valerie schwimmen lernte und wir Ausflüge in die interessante Gegend unternahmen.

Mit Wolfgang und Bärbel U. erlebten wir im Herbst eine phantastische Segelreise mit dem Rahsegler „Ariadne" von Rhodos aus durch die Ägäis bis Piräus.

Ehemalige Mitschüler hatten mich zum Klassentreffen bei Halle eingeladen. Deshalb wagte ich nach 20 Jahren eine Einreise in die DDR. Als ich mich meiner alten Heimatstadt aus dem Mansfeldischen kommend näherte und die altvertraute Silhouette mit der Marktkirche, Pauluskirche und dem Wasserturm nach sehr langer Zeit vor mir liegen sah, war ich doch sehr bewegt und musste den Wagen anhalten. Nach diesen langen Jahren traf ich Freund Thilo in unserem alten gemeinsamen Abenteuerspielplatz wieder, im Bergzoo. Wir sahen uns zum letzten Mal.

Die traditionsreiche Siegerländer Jagdgesellschaft Ensheim-Uffhofen nahm mich als Gesellschafter auf, nachdem ich schon als Jagdgast teilgenommen hatte. Diese Gesellschaft war 1931 von Siegerländer Persönlichkeiten gegründet worden. Die Treibjagden fanden in der Regel im November in Rheinhessen statt und gingen über zwei Jagdtage. Ganz festlich war am letzten Abend das Schüsseltreiben in Abendgarderobe. Im Bad Kreuznacher Kurhotel wurde vornehm diniert und kräftig getrunken, aber auch kräftig gesungen. Man konnte sich glücklich schätzen, wenn der eigene Name beim obligaten Jagdgericht nicht genannt wurde. Denn da hagelte es Strafen für unwaidmännisches Verhalten oder für unvorsichtigen Umgang mit der Waffe. Bald danach pachtete ich mit Wilhelm Jung die schöne Jagd in Plittershagen.

Die ganze Familie absolvierte 1979 am Gardasee einen Segelkurs.

In Halle wurde das 25-jährige Abi-Jubiläum gefeiert. Auf dem Hinweg besuchte ich nach 25 Jahren mein altes Stolberg. Ich fuhr langsam durch die Gassen, stieg am Rathausmarkt aus und wurde als Westler sehr beäugt.

Auf späteren Besuchen meiner alten Heimatstadt Halle spürte ich mehr und mehr, dass sie nun meine Heimat nicht mehr ist. Natürlich hatte sich die Stadt verändert, aber ich auch mich selbst. Die vertrauten Menschen sind nicht mehr erreichbar oder sie haben ihren Lebenslauf schon beendet. Keiner kennt sie mehr, obwohl sie damals doch das Leben hier geprägt haben. Schloss ich die Augen, sah ich sie noch mit mir sprechen und lachen.

Dirk besuchte seit 1980 die Evangelische Landesschule zur Pforte in Meinerzhagen mit angeschlossenem Internat. Hier sollte die frühere Tradition in Schulpforta aufrechterhalten bleiben. Im Sommer frischte er seine Englischkenntnisse in Southend on Sea auf. Hille hatte in diesem Jahr ihren 40. Geburtstag gefeiert – natürlich auf Sylt.

Mit befreundeten Paaren gingen wir jetzt regelmäßig kegeln. Einmal im Jahr machten wir einen gemeinsamen Ausflug. Der erste führte uns in das schöne Antwerpen. Inzwischen haben wir längst unser 30-jähriges Jubiläum feiern dürfen. Aber das Kegeln selbst steht inzwischen nicht mehr auf dem Programm unseres monatlichen Zusammentreffens zu einem gemeinsamen Dinner.

Valeries zehnten Geburtstag feierten wir 1981 an der französischen Atlantikküste. Mit dem gemieteten Wohnmobil waren wir über Paris, Chartres, Loire bis zum Campingplatz La Paillotte am Etang de Soustons gefahren. Schlauchboot und alles zum Windsurfen hatten wir mit dabei.

Meinem Vater ging es im Sommer 1982 gesundheitlich immer schlechter, und er musste ins Krankenhaus. Kurz zuvor hatten die Eltern mit uns im Harz ihre goldene Hochzeit gefeiert. Für mich stand zu dem Zeitpunkt eine Kongressreise in die USA an, die längst fest gebucht war. Im Krankenhaus ging es ihm wieder so weit besser, dass ich die weite Reise doch wagen konnte. Während der Reise blieb ich in telefonischem Kontakt mit meiner Familie, was zu der Zeit mit den heutigen technischen Möglichkeiten der globalen Kommunikation noch nicht zu vergleichen war. Unsere Augenärzte-Reisegruppe besuchte zuerst New York. Der Opernbesuch in der MET war ein Höhepunkt. Es gab „La Gioconda“ mit Carlo Bini. Ein Hubschrauberflug um das südliche Manhattan blieb auch unvergesslich. Ein schönes Erlebnis war mein Besuch in der Bar „Windjammer“ im Hotel Essex am Central Park. Dort saß ich am Nachmittag, um einen Kaffee zu trinken. Ich hatte mich so gesetzt, dass ich die Leute auf der Central Park South Avenue sehen konnte. Außerdem stand in der Bar ein Konzertflügel, an dem eine junge blonde Musikstudentin verträumte Lieder mit Begleitung sang, wie es schien nur für mich. Denn sonst war niemand in der Bar. Sie sang auch das schöne „Someone To Watch Over Me“ von Gershwin. Dabei schaute sie immer zu mir. Wo sollte sie auch sonst hinschauen? Ich wurde dadurch verlegen, fühlte mich aber auch geehrt. Ein Zigarillo hatte ich mir angesteckt, um alles noch mehr zu genießen und diese Zeit zu strecken. Es war einer der schönsten, verträumten Momente. Ich musste mich kneifen, um mir die Situation in New York am Central Park voll bewusst zu machen.

Aber die Todesnachricht meines Vaters ereilte mich in Scottsdale in Arizona, und ich musste eilig den Rückflug antreten. Der Taxifahrer, der mich zum Flughafen brachte, bemerkte meine traurige Stimmung und fragte mich deshalb. Als ich ihm den Grund nannte, sagte er mitfühlend: „I will pray for your father, Sir.“ Das öffnete bei mir die Schleusentore der Gefühle. Ich weinte.

Wir hatten Geschmack an Familienreisen mit Wohnmobil gefunden. 1983 reisten wir damit über die Normandie nach Südengland und bis hin nach Landsend in Cornwall. Als wir im Dartmoor nächtigten, waren wir beim morgendlichen Aufwachen von einer Herde halbwilder Pferde umstellt. Wir besuchten Stonehenge, Tintagel und zuletzt auch London, bevor wir uns in Dover wieder einschifften. Übrigens hatte Bernd ein Jahr vorher seine Englischkenntnisse in Brighton on Sea verbessern können. Bernd besuchte damals auch die Realschule auf dem Giersberg, in der er sich sehr wohlfühlte und aktiv in der Theatergruppe mitspielte.

Nach Herrn Kollegen von Oettingens Wegzug 1984 nach Norderney wurde ich als nunmehr Ältester zum Obmann der Augenärzte im Siegerland gewählt. Das bedeutete vor allem berufspolitisches Engagement, aber auch die Organisation des Notdienstplanes, einen alljährlichen Danksagungsbesuch für technische Unterstützung bei der Feuerwehr und so weiter.

Hille weilte zum Lehrgang für Privatabrechnung am Ammersee. Dirk und ich besuchten sie, gingen aber auch zum Starkbiergenuss ins nahe gelegene Kloster Andechs. Die Wirkung dieses Getränkes hatten wir beide sehr unterschätzt!

Für die Ausstellung „Äthiopische Volkskunst“ 1985 im Museum für Völkerkunde München gaben wir zwei Bilder. Unser heiliger Georg prangte dort sogar groß im Treppenhaus am Eingang.

Dirk war von der Evangelischen Landesschule zur Pforte in Meinerzhagen schon vor einem Jahr wieder zum Evangelischen Gymnasium in Siegen gewechselt und bestand hier das Abitur. Ich machte mit ihm zur Belohnung eine kurze Reise nach New York.

Anschließend ging er zur Bundeswehr, zuerst nach Böblingen und dann bis September 1985 als Panzergrenadier nach München.

Mit befreundeten Ehepaaren besuchten wir Israel und den Sinai. Für mich war es eine der beeindruckendsten und nachhaltigsten Urlaubsreisen meines Lebens. „Unter jedem Stein liegt die Geschichte der anderen. Alle glauben sie an denselben Gott. Es könnte friedlich sein“ (Wibke Bruhns). Zu den stärksten Erlebnissen gehörten im Sinai der nächtliche Aufstieg vom Katharinenkloster auf den Mosesberg und der Sonnenaufgang dort oben im Miteinander von christlichen, muslimischen und jüdischen Gruppen. Am bewegensten war der Besuch der Gedenkstätte Yad Vashem in Jerusalem. Zu der Zeit machte unser Bundespräsident von Weizsäcker gerade seinen Staatsbesuch in Israel. In Jerusalem sahen wir ihn unweit von uns in einer Gruppe stehen. Das war für uns Anlass, unseren alten israelischen Führer Michael, der als Kind aus Deutschland fliehen musste, sich beim Bundespräsidenten als Führer einer deutschen Besuchergruppe vorzustellen. Er zierte sich erst sehr, aber wir konnten ihn doch überreden, fast telekinetisch hinschieben. Und wir konnten genüsslich beobachten, dass sich Weizsäcker darüber sehr freute und dass er sich mit Michael länger unterhielt. Das Schönste für uns aber war zu sehen, als unser Michael wie auf einer Wolke glücklich zu uns zurückschwebte.

Zu meinem 50. Geburtstag luden wir 1986 in das Wasserschloss Hainchen ein. Es wurde eine ausgelassene Feier mit viel Musik, Tanz und unernsten Reden. Ein Highlight war die überraschende Theateraufführung „Die Hochzeit des Caspar“, ein Menschenfresserstück von H.C. Altmann. Es spielten meine Freunde und Freundinnen aus der Kegelgruppe. Die Regie hatte Christian Thomsen. Nicht zu vergessen waren das Essen und Trinken bis weit in den nächsten Morgen hinein.

Während Hille gut Tennis spielte, hatte ich in diesem Sport keine Erfolgserlebnisse. Deshalb begann ich im Herbst mit Golfunterricht. Das war auch schon eine bewusste Planung für die Zeit nach der Berufstätigkeit. Golfen kann man auch noch im hohen Alter, wenn gesundheitlich alles einigermaßen in Ordnung bleibt. Im Sommer 1986 trat ich in den Golfclub ein, nachdem ich die Platzreife erhalten hatte. Mein freier Mittwochnachmittag der Ärzte spielte sich von da ab fast immer auf dem schönen Golfplatz ab.

In diesem Jahre gab es für mich eine literarische Offenbarung, als ich in der Frankfurter Allgemeinen Zeitung „Siebzig verweht" von Ernst Jünger las. Ich war fasziniert. Daraus folgte, dass ich mich in den nächsten Jahren intensiv mit seinem Werk beschäftigte. Die linke deutsche Leserschaft lehnt Ernst Jünger ab, obwohl sie ihn fast nie gelesen hat. Er wird hier als Verherrlichender des Krieges, als Antidemokrat eingestuft und daher in Gänze abgelehnt, während er in Frankreich von einer breiten Leserschaft geschätzt wird, auch von den Linken. Und das, obwohl er im Kriege dort Besatzungsoffizier war. Mitterand, der sozialistische Präsident Frankreichs, ließ es sich während seines Staatsbesuches in Deutschland nicht nehmen, Ernst Jünger zu besuchen. Man muss sich schon wundern, welche linken Literaten hierzulande mit großer Verehrung gelesen werden, obwohl gerade deren totalitaristisches Geschrei oft erschreckend ist.

Vor einigen Jahren besuchte ich im Pariser Centre Pompidou eine Ausstellung über die Literatur Europas. In der Abteilung für die Literatur Deutschlands wurden rund zehn Namen gezeigt, natürlich Goethe und Schiller. Aber Ernst Jünger war auch dabei. In Deutschland wäre solch eine Ehrung leider undenkbar.

Die Katastrophe von Tschernobyl ließ erste Zweifel über den Sinn der Kernenergie aufkommen. Die rein persönliche Folge war, dass wir Golfer wegen der radioaktiven Niederschläge den Platz damals nur mit Gummistiefeln betraten.

Im Oktober gründeten wir engeren Golffreunde eine Spielgruppe und machten in den nächsten Jahren viele Reisen zusammen. Erst 20 Jahre später lösten wir uns mit einem abschließenden Tournier in Baden bei Wien wieder auf.

Dass ich in diesem Jahr Großvater wurde, sollte ich erst 18 Jahre später erfahren.

Das nächste schöne Jubiläum war unsere silberne Hochzeit. Die ganze Familie schipperte 1987 auf einer gecharterten Motorjacht mehrere Tage durch die Kanäle im holländischen Friesland. Bernd kam dafür extra aus England angereist.

Unsere Israel-Reisegruppe wollte jetzt Ägypten, insbesondere seine mächtige Geschichte, kennen lernen. Nach dem Besuch Kairos und Luxors reisten wir mit zwei großen Mercedes Unimogs durch die Libysche Wüste, zu deren erstaunlich großen Oasen, bis wir den Nil bei Abu Simbel wieder erreichten. In Assuan wohnten wir im berühmten Old Cataract Hotel und kreuzten ab Esna mit einer traditionellen Felluka bis nach Luxor. Wir schliefen auf dem Deck, wurden durch ein Gewitter klatschnass und ließen uns bei Sonnenaufgang durch den Ruf des Muezzins wecken.

Es waren für uns alle unvergessliche Erlebnisse.

Am Abend des 28. Juli 1988 schmückten 48 Teelichter die Sanddüne am Strand vor unserem kuscheligen Ferienhaus in Dueodde auf Bornholm. Hildburg feierte hier ihren 48. Geburtstag mit Bernd, Valerie und mir. Dirk konnte von München leider nicht weg.

Mit Valerie flogen wir im März 1989 nach Kreta. Jedem stand ein eigener Motorroller zur Verfügung. Das hieß, dass wir diese Insel ausgiebig durchstreiften. Kreta gab seine auch für unsere Kultur wichtige Historie und seine Sagen wie ein Füllhorn preis.

Hille schenkte ich zum Geburtstag und mit Hintergedanken einen Gutschein für zehn Golftrainer-Stunden, dessen Virus sie voll infizierte. Wie schön! Nun können wir beide hoffentlich bis ins hohe Alter zusammen golfen.

Für eine Woche besuchten wir mit Bärbel und Wolfgang U. im September Moskau und Leningrad, ahnten noch nicht, dass acht Wochen später die Berliner Mauer endlich fallen würde. In Siegen hatte mich schon länger an einer Hauswand der gesprühte, fast weissagende Spruch *„Die Mauer muss we…“* sehr erfreut.

Nach dem Mauerfall fuhr ich so schnell wie möglich „nach drüben“ und verteilte kleine Werbegeschenke einer politischen Partei, weil dort bald die ersten demokratischen Wahlen anstanden. Dabei besuchte ich auch unseren Stammort Elsterberg und in Werdau den lieben alten Hans Pohle aus Podberesje. Es war eine uns alle sehr bewegende Zeit!

Gewiss waren es über hundert Pakete, die die Familien Jacob und Schlüter in den vergangenen Jahrzehnten in die DDR geschickt haben. Oft beinhalteten sie dringend benötigte Medikamente. Ein Bandwurmmittel zum Beispiel packte ich in eingewickelte einzelne Bonbons für die Großtante Gustchen in Stolberg. Auch der sehr schwer erkrankte Freund Thilo in Ludwigsfelde bekam auf diesem Wege Medizin, die es in der DDR nicht gab.

Das Jahr 1990 großer Fernreisen war gekommen. Im März fand der augenärztliche Weltkongress in Singapur statt. Den Aufenthalt in Südostasien nutzten wir auch zu einer Rundreise durch Malaysia und zu einem Aufenthalt auf Bali und Java. Im Mai besuchte ich Valerie in Montreal. Sie lebte dort für ein Jahr als Austauschschülerin.

Hille und ich machten eine Tour über das Elsass nach Burgund, bewunderten die schöne Kirche von Le Corbusier in Ronchamp, golften in Beaune, fuhren dann noch bis zum Genfer See nach Annecy, besuchten auch Chamonix, wohnten in Evian, wo wir auch feste golften.

Auf der Fähre von Kopenhagen nach Oslo fand ein Kontaktlinsenkongress statt. Bernd luden wir als mitreisenden Gast dazu ein.

Auf Hilles 50. Geburtstag im „Hotel Keller“ in Kreuztal hielt ihre Mutter eine sehr anrührende Rede.

Das Reisemaß war eigentlich im Herbst schon richtig voll, als wir zu einer augenärztlichen Tagung in die USA nach Atlanta und Ford Worth eingeladen wurden. Das konnten wir uns nun wirklich nicht entgehen lassen.

Der Beruf lief und lief. Nur das Außergewöhnliche bleibt in Erinnerung. Noch im Winter 1991 fuhr ich mit Dirk, der in München lebte, zu einem Langlauf-Skikurs in das schöne schweizerische Val Müstair. Dirk nahm an der Fachhochschule Nürtingen sein Studium der Betriebswirtschaft auf.

Im April bereisten wir mit Valerie die Provence, besuchten Nimes, die Camargue und den Pont du Gard.

Ich wurde Gründungsmitglied des Lions Clubs Siegen-Rubens. Die Organisation Lions Clubs International setzt sich für die bürgerliche, kulturelle, soziale und allgemeine Entwicklung der Gesellschaft ein. Seit der berühmten Rede der taubblinden Amerikanerin Helen Keller im Jahre 1925, in der sie die Lions zum Kampf gegen die Blindheit aufrief, gehört diese gezielte Hilfe zu den traditionsreichen Aufgaben dieser Klubs. Für mich ist das eine besondere Motivation.

Und wieder fand sich die alte Orient-Reisegruppe zur zweiten Ägyptenreise zusammen. Diesmal starteten wir in Alexandria, wieder mit den großen Unimogs. Es ging an der Küste nach Westen über El Alamein und Mersa Matruh. Dann bogen wir ab nach Süden in die berühmte Oase Siwa, weiter zur Oase El Bahariya und El Minyia wieder bis Luxor. Hier blieben wir und sahen das Tal der Könige und Karnak.

Im Februar 1992 starb meine arme Schwester Reni mit 61 Jahren in Pinneberg an Krebs.

Der internationale Kontaktlinsenkongress in Rom verschaffte uns wieder die Möglichkeit Bekanntes und Neues kennen zu lernen. Zuerst fuhren Hildburg und ich bis Abano Terme, besuchten Venedig und die Euganäischen Hügel, fuhren weiter bis Salerno. Nach 31 Jahren sahen wir Paestum, Ravello, Positano und Vettica wieder.

Hille hatte mir vor längerer Zeit eine Ballonfahrt geschenkt, die nach langem Warten über das Bergische Land führte. Das war ein Erlebnis! In Erwartung großer Kühle da oben hatte ich mich sehr warm angezogen. Aber das war völlig falsch, denn die Luft war wunderbar warm, und man trieb mit dem Winde.

Wir reisten 1993 zum ersten Mal nach Namibia. Zusammen mit Freunden lernten wir dieses Land mit einem VW Bulli gut kennen. Auf eine Empfehlung hin besuchten wir auch das Schuldorf Otjikondo im Norden, wurden vom Schulleiter-Ehepaar Stommel zum Mittag eingeladen und ließen eine dringend benötigte Geldspende dort. Hille und ich ahnten damals nicht, dass wir noch oft diesen Ort besuchen würden.

Weihnachten erlebten meine Mutter, Hille, Dirk und ich in Stolberg. Besonders meine Mutter genoss den Weihnachtsgottesdienst, trotz der sehr kalten Martinikirche, in der sie einst getauft und konfirmiert worden war.

Mit Bernd ging die Abiturreise einst nach London. Valerie hatte sich immer wieder darüber beschwert, dass sie während unseres Lebens in Äthiopien noch nicht dabei sein konnte. Deshalb machte ich mit ihr im Februar 1994 ihre Abiturreise nach Addis Abeba und zum Langanosee. Sie war aber innerlich für die Gerüche und Menschen Afrikas noch nicht recht bereit. Das kam dann später umso mehr.

Große Hochzeit von Bernd und Alexandra K. 1995 in Moosbrunn und Baden-Baden. Das Ende dieser Ehe nach zwei Jahren sah glücklicherweise keiner voraus.

In Dresden wurde ein großes und erstmalig gesamtdeutsches Treffen der ehemaligen Podberesjer veranstaltet. Die damaligen Schüler sahen nach 45 Jahren deutlich älter aus als ihre eigenen Väter und Mütter seinerzeit in Russland. Nach diesem Wiedersehen wollten wir aber weiter in Verbindung bleiben. Eine Sentimental-Journey-Gruppenreise nach Podberesje wurde schon angedacht.

Wegen des stark angewachsenen Freundeskreises musste mein 60. Geburtstag im Januar 1996 auf zwei Termine aufgeteilt werden. Einer fand als Brunch im „TZ" in Geisweid statt und der andere im Klubhaus unseres Golfplatzes.

Meine Golfgruppe reiste im Juni in das Golfparadies Irland. Die irischen Plätze fordern bestes Können heraus. Unsere Scores waren also nicht gerade zum Herumzeigen.

Der Paukenschlag kam im Dezember, als bei mir Prostatakrebs festgestellt wurde. Wegen der Zellstruktur drang mein Urologe und Lionsfreund Prof. Funke auf eine baldige Operation. Ich dachte an meine Familie, aber auch an das Schicksal meiner Schwester und war bereit. Noch im selben Monat wurde ich im Jung-Stilling-Krankenhaus radikaloperiert.

Als geheilt nach Hause entlassen wurde ich im Januar 1997. Eine postoperative Rehabilitation war wegen der Praxis nicht möglich. Der Augenarzt Wieth hatte mich zwischenzeitlich vertreten. Mit Hille stieg ich wieder voll in den Betrieb ein. Kollege Wieth aus Herborn suchte eine Praxis und zeigte Interesse an einer Übernahme. Gegen Ende dieses Jahres stand fest, dass er die Praxis ab April 1998 übernehmen wird.

Im Oktober hatten wir die Möglichkeit, das Haus unserer Freunde in Sotogrande zu mieten. Wir luden alle unsere Kinder dazu ein, und es wurde ein sehr schöner Urlaub mit Ausflügen in Andalusien und nach Gibraltar.

Nach der Operation musste unser Lebensplan neu durchdacht werden. Wie viel Zeit würde ich noch haben? Die Folgen der OP mindern die Lebensqualität durchaus. In solchen Zeiten zieht man Bilanz.

Bisher habe ich fast immer Glück gehabt!

Schon in der Sowjetunion kam ich mit einer technischen Elite und deren Kindern zusammen. Das bedeutete dort schon eine positive Auslese der geistigen Fähigkeiten und Bildung. Ich fühlte mich unter ihnen wohl und konnte sehr gut schulisch mithalten.

Auf der Oberschule in Halle waren es nach anfänglichen Schwierigkeiten meine Freundin Hidda Sch. und die Freunde Dietrich P., Peter R. und Andreas B. Sie wirkten durch ihre Freundschaft auf mich wie Induktionsspulen, die mein noch schlafendes Aktivitätsfeld wachrüttelten. Im Studium verhielt es sich ähnlich mit unseren „Superhirnen“ Peter B. und Dietrich C.

Später hatte ich das große Glück, meine Hildburg kennen und lieben zu lernen.

In der Universitätsaugenklinik in Hamburg waren wir jungen Ärzte dann ohnehin voll motiviert und uns gegenseitig intellektuell befruchtend.

Eine positive Herausforderung war letztendlich die Tatsache, dass ich mit 30 Jahren die größte Augenklinik Äthiopiens zu leiten hatte.

Der Grund des beruflichen Erfolges? Im Patientengespräch konnte ich immer gut hinhören. Schon deshalb hatte ich die Diagnostik leichter, musste die Apparatemedizin nicht übermäßig nutzen. Es machte mir Freude, Patienten zu führen. Ein wenig Charisma gehört dazu. Wichtig war aber auch, dass meine Familie den Lebensmittelpunkt hier in Siegen hatte und mir den Rücken für den Beruf frei hielt. Bekanntschaften, Freundschaften und Patienten stellten sich wie von selbst ein.

Immer wieder war es für mich ein beglückendes Erlebnis, wenn ich blinden Patienten das Sehen wiedergeben konnte. Wie oft durfte ich diesen Ausruf „Ich kann ja sehen!" hören, wenn ich erstmalig nach einer Operation den Verband abnahm.

Einzelne Patienten waren Sterne im Alltagsbetrieb. Da kam mehrmals extra aus Äthiopien der Maler des Hungertuches Alemayehu Bizuneh, den ich wegen der weiten Anreise kostenfrei behandelte. Da war auch die sehr aufgeweckte und medienbekannte Soziologieprofessorin Helge Pross. Und es fällt mir auch noch eine ganz liebe alte Patientin aus der Schwalm ein, die stets ihre Tracht trug, einschließlich des kleinen „Töpfchens" auf dem Kopf.

Ein schöner, doch leider unerfüllter Traum blieb es, einigen berühmten, sehr unterschiedlichen Zeitgenossen persönlich begegnen zu dürfen: Für mich waren das Albert Schweitzer, Ray Charles, Ernst Jünger, Willy Brandt und Emil Raubitschek.

Bei Goethe und Luther habe ich mir oft vorzustellen versucht, wie sie sich äußern würden, wenn sie sich mit unserer heutigen Welt konfrontiert sähen. Feministinnen bitte ich um Verzeihung, weil sich leider keine Frau unter den genannten Personen befindet. Oder doch? Ich schwärmte doch so sehr für die Schauspielerinnen Kim Novak und Maria Casares! Aber bei denen war es doch mehr ein Wunsch des Begehrens als des Gedankenaustausches.

Abb. 38: Sölden Januar 1983 mit Bernd

Abb. 39: Ijsselmeer August 1984 mit Dieter S. und Dirck H.

Abb. 40: New York 1985 mit Dirk

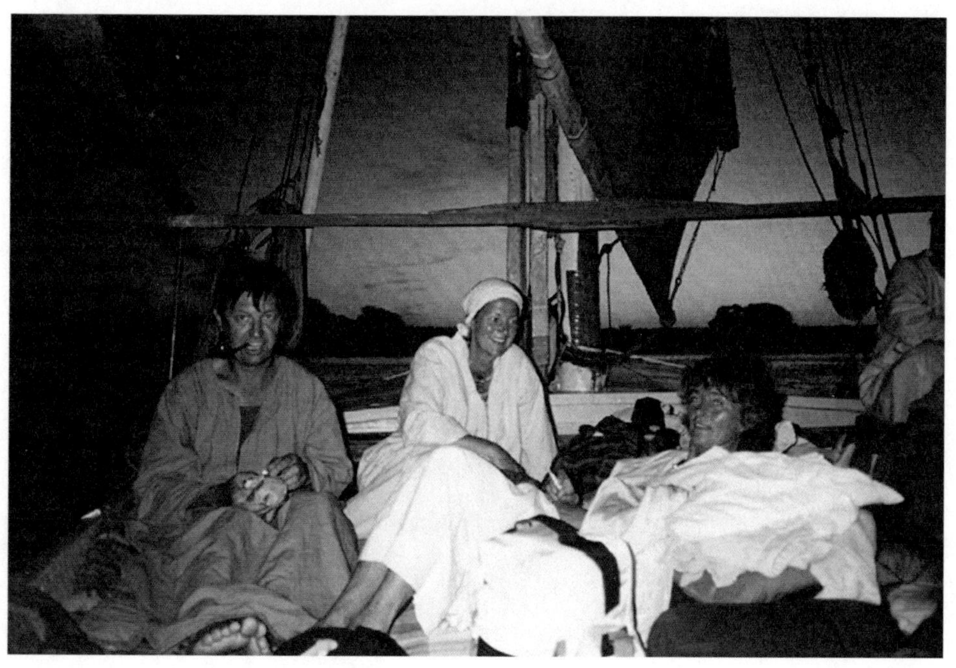

Abb. 41: Auf dem Nil 1987

Abb. 42: Im Hotel Old Cataract, Assuan 1987

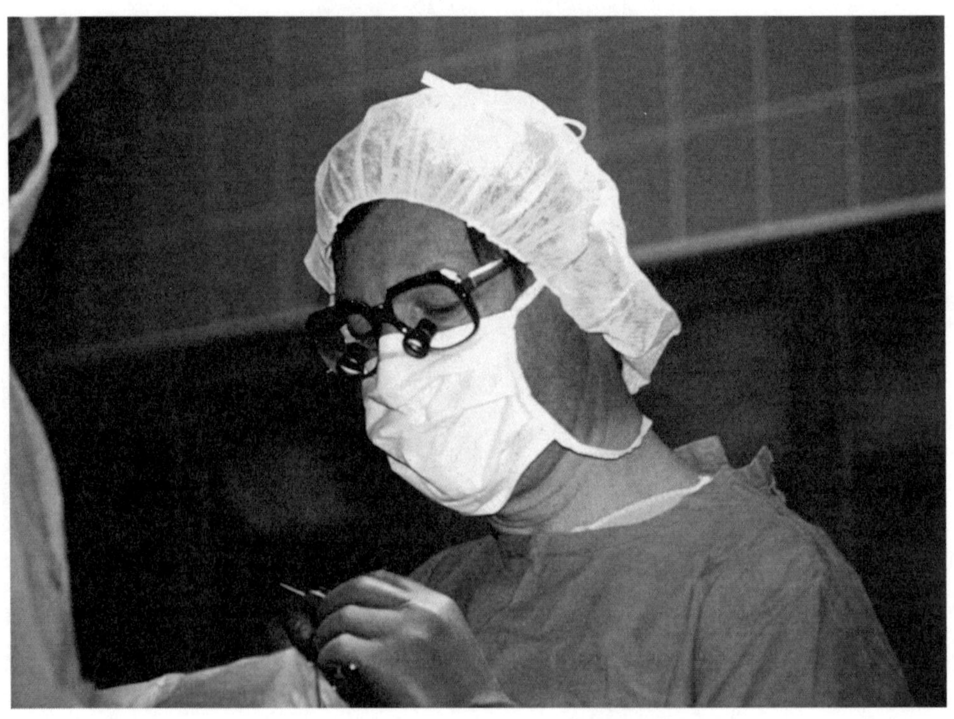

Abb. 43: Im Jung-Stilling-Krankenhaus

Abb. 44: Unser VW Bulli in Namibia

Erntezeit

Nachdem seine Frau durch Passantenbefragung in der Bahnhofstraße das Renommee meiner Praxis als bemerkenswert gut erfahren hatte, übernahm Herr Kollege Wieth die Praxis am 1. April 1998.

Seitdem leben Hildburg und ich im Altersruhestand. Hille hatte seit 25 Jahren mehr und mehr an meiner Seite in der Praxis mitgearbeitet. Ihr Arbeitsgebiet war hauptsächlich die Kontaktlinsenanpassung und die Betreuung dieser Patienten. Dazu kümmerte sie sich um die korrekte Weitergabe der Privatabrechnung an die Ärztliche Verrechnungsstelle in Büdingen. Wir haben uns problemlos auf den Ruhestand eingestellt. Ich hoffe, dass uns noch viele gemeinsame und gute Jahre bevorstehen. Ich bin innerlich wie gelöst und habe keinerlei Probleme in dieser neuen Lebenslage ohne Berufstätigkeit, im Unterschied zu vielen anderen Kollegen.

Wir überlegten in dieser Zeit, ob wir nicht wieder nach Hamburg zurückkehren sollten. Ich war anfangs über viele Jahre hier in Siegen innerlich nicht angekommen. Aber doch hatte sich hier in den 28 Jahren viel Positives aufgebaut. Unsere Universitätsstadt bietet viel Kultur, Natur, Wissenschaft und eine interessante Gesellschaft. Das Siegerland ist für uns inzwischen zur „Kuschelheimat" geworden.

Über einen Freund erreichte uns eine Anfrage aus Otjikondo, dem schon bekannten Schulinternat in Namibia. Einige Schulkinder könnten an der Wandtafel nichts erkennen. Was könne man tun? Das war das Signal für unseren ersten augenärztlichen Einsatz dort und in der Missionsschule St. Michael. Mein Lions Club unterstützte diese Hilfe, sodass wir eine gute Ausrüstung zusammenstellen konnten. Das Ganze wurde ein großer Erfolg, und die anfangs etwas skeptischen Stommels waren auch begeistert. Zu ihnen entstand eine bis heute existierende Freundschaft. Danach fuhren wir durch das wunderbare Namibia und genossen den ersten Urlaub als Ruheständler. Über unsere Arbeit befindet sich im Anhang mein Artikel „Hilferuf aus Otjikondo". Die Einsätze dort wiederholten sich bis zum Jahre 2006.

Mit Malte und Helga Beyer reisten wir im Dezember nach Mexiko. Silvester erlebten wir in Oaxaca, und das Feuerwerk war erbärmlich. Hier begann also das Jahr 1999. Die Reiseleitung und Führung durch die Geschichte und die Kultur des Landes waren überragend gut! Aber das Ganze war auch durchaus anstrengend. Deshalb erholten wir vier uns in der letzten Woche noch am Strand von Yucatan und kegelten mit Kokosnüssen unter unserer „Palme 16".

Mit den Beyers und Heyes besuchten wir in diesem Jahr auch Venedig. Anlass war eine vielbeachtete Ausstellung über die Geschichte Mexikos in der Villa Grassi.

Valerie war aus New York zurück, wo sie eine Tätigkeit als Praktikantin bei der UN hatte. Sie erzählte viel Interessantes. Seitdem bäckt sie zu Weihnachten gern dunkle Plätzchen, die den Namen „Kofi" haben. Kofi Annan war damals Präsident der UN.

Hille und ich fuhren später durch Spanien am Mittelmeer entlang bis zu Sachwehs Haus in Sotogrande, golften dort und reisten wieder gemächlich zurück über Granada und die La Mancha. Angeleitet von Notebooms „Umweg nach Santiago" übernachteten wir fast nur in den herrlichen Paradores. Einmalig war die Übernachtung im Turmzimmer der Alhambra mit einem Blick nach allen Himmelsrichtungen.

Nach fast vierjähriger Vorbereitungszeit stand für mich im August eine der gefühlsmäßig aufregendsten Reisen an: Podberesje, der Ort meiner Kindheit in Russland. Es würde ein Wiedersehen nach fast 50 Jahren sein. Dank der Vorbereitung durch meinen damaligen Mitschüler Dieter Sch. in Dresden und Herrn Prof. Kuwshinow in Moskau wurden wir von der Russischen Staatsuniversität in Moskau eingeladen. Wir waren eine Gruppe Kinder der ehemaligen Spezialisten, die auf diese Reise ging und in der wohl jede Person dieselben Gefühlswellen wie ich durchlebte.

Die Fakultät Geschichte der Technik der Staatlichen Universität Moskau sorgte für Unterbringung auf dem Campus. Man interviewte uns vor der Filmkamera über unsere Erinnerungen an Podberesje. Moskau hatte sich sehr entwickelt, und wir machten die übliche touristische Runde dort. Am ersten Abend gingen wir zum Essen ins „Jolki Palki" am Puschkinplatz, am zweiten in ein anderes gleichnamiges an der Metrostation Tretjakowskaja. Der dritte Tag brachte uns im Bus nach Norden in den Ort Dubna an der Wolga. Wir kamen über Dmitrow, wo 1946 unsere Habseligkeiten und wir selbst vom Zug auf Lkws umgeladen wurden, um zum Ziel gefahren zu werden. Diesen alten Bahnhof schauten wir uns noch einmal an. Dort hatte sich nichts verändert.

Vom Hotel in Dubna konnten wir schon über die Wolga Teile vom ehemaligen Podberesje erkennen, das inzwischen Dubna – Linkes Ufer heißt. Am Ufer stehend aßen wir frische Melone und starrten unentwegt nach drüben. Erinnerungen liefen wie ein Film ab. Was wird uns erwarten?

Am nächsten Morgen bekamen wir einen vom Bürgermeister in Dubna gestellten Bulli mit der jungen Reiseleiterin Julia und fuhren durch den früher stark bewachten Tunnel auf die andere Seite der Wolga, rollten auf unser damaliges Dörfchen zu. Das Erste war der Besuch unserer alten Schule. Ein ehemaliger Lehrer tauchte auf. Ich erinnerte mich kaum an ihn. Kleine Geschenke wurden ausgetauscht.

Dann fuhren wir über die altbekannte Straße nach Kimry, der Kreisstadt. Die Kirchen waren damals stillgelegt. Jetzt herrschte dort reges Gemeindeleben. Es gab dort auch eine neue Brücke über den Strom. Am nächsten Tag hatten wir wieder nur ein Ziel: Podberesje. Am Friedhof steht jetzt ein sehr schmuckes kleines Holzkirchlein, in dem der junge Priester Semjonov gerade Gottesdienst hielt. Damals lagen auf dem Friedhof auch einige Deutsche. Ich fragte einen älteren Russen, ob er weiß, wo deren Gräber sind. Aber er hatte keine Kenntnis mehr davon.

Im Laufe des Tages besuchten wir einige Stellen besonderer persönlicher Erinnerungen, zum Beispiel das Steilufer an der Wolga, wo sich oberhalb ein duftender Jasminbusch befunden hatte. Unten hatte ich früher erfolgreich nach Ammonshörnern und Donnerkeilen gesucht. Jetzt ging es zum Staudamm am Moskauer Meer. Erinnerung pur!! Dann hielt ich es nicht mehr aus und lief zu unserem ehemaligen Finnenhäuschen. Es steht tatsächlich noch da, ist bewohnt und etwas umgebaut. Drin wohnte ein alter, klappriger Veteran, der mich auch reinließ, nachdem ich ihm erklärte, dass ich vor 50 Jahren hier gewohnt habe. Ich schaute mich drinnen um und staunte, wie klein doch alles ist. Der Garten dagegen hatte sich hinter dem Haus stark vergrößert. Es ist ein typisch russischer

Gemüse- und Blumengarten, den viele Menschen dort zum Überleben brauchen. Auch sind die Russen generell sehr überzeugte Gärtner. Dem Alten schenkte ich ein paar schöne Handtücher und stieß wieder zur Gruppe. Inzwischen begleitete uns ein russisches Fernsehteam. Unser Besuch schien doch mehr Furore zu machen, als wir erwartet haben. Dass ich vergeblich die Pawlows in Podberesje gesucht habe, erwähnte ich schon.

Am folgenden Tag verließen wir diese Gegend, sicher auf Nimmerwiedersehen. Für alle Reiseteilnehmer war es gefühlsmäßig wichtig, wieder hier gewesen zu sein. Wohl jeder aus unserer Reisegruppe wird das Podberesje unserer Kindheit ein Leben lang in sich tragen.

Der Bus brachte uns gegen Aufpreis nach Sergijev Posad, dem ehemaligen Sagorsk. Diesen Ort hatte ich schon vor zehn Jahren mit Hille besucht. Meine Reisegruppe fuhr wieder nach Moskau zurück in unsere Campus-Herberge. Ich kam endlich dazu die Tretjakowgalerie zu besuchen. Ausländer bezahlen dort den fünffachen Eintrittspreis. Dieter war so schlau, sich als Balte auszugeben, die bei den Russen immer noch als Inländer gelten. Diese Galerie ist ein Schatz! Die romantische russische Malerei des 19. Jahrhunderts von Repin, Schischkin und anderen ist unerreicht. Mein Vater hatte damals nicht übertrieben.

Am nächsten Tag führte uns die neue Reiseleiterin Nadja in das 190 Kilometer östlich gelegene Wladimir, eine der machtvollsten Städte der russischen Geschichte, gegründet um 1100. Besonders im Gedächtnis geblieben ist der Besuch der Pokrow-Kirche von 1165, die am Zusammenfluss zweier Flüsse wegen regelmäßiger Überflutungen auf einer hohen Warft gebaut wurde. Der Pope sang für uns mit beeindruckender Stimme einige Kirchenlieder.

Am Tag danach blieb noch etwas Zeit für Moskau, dann flogen wir zurück. In Frankfurt kamen wir, Georg und Erika aus Göttingen und ich, so verspätet an, dass ich den letzten Zug nach Siegen nicht mehr erreichte. Die liebe Hille holte mich also ab.

Es war ein nicht enden wollendes Reisejahr. Im September und Oktober machten wir eine Studiosusreise, zusammen mit Frieder und Herlinde B., in den Libanon und nach Syrien. Unglaublich viel ist es, was Syrien bietet. Man steht am Nabel unserer eigenen Kultur. Aleppo, Palmyra, der Euphrat, Damaskus und so weiter – Staunen ohne Ende! Man kann das an dieser Stelle leider nicht ausführlich schildern. Der Bürgerkrieg dort seit 2010 hat leider vieles zerstört. Man hörte leider nicht nur von der großen Menge unschuldiger getöteter Menschen, sondern auch von großen Schäden an der berühmten Zitadelle von Aleppo. Es ist sehr zu hoffen, dass die Kämpfe die beeindruckende Umayyaden-Moschee mit ihren berühmten Mosaiken in Damaskus nicht beschädigt haben.

Als sich in unserer Nachbarschaft 2000 eine helle, kleine Neubauwohnung anbot, konnten wir meine Mutter überzeugen, im Januar von Holstein nach Siegen umzuziehen. „So schön habe ich noch nie gewohnt", sagte sie erfreut, als sie diese Wohnung bezog.

Valerie hatte eine Tätigkeit in Mailand. Wir besuchten sie dort im Mai und fuhren mit ihr noch für ein paar schöne Urlaubstage zum Comer See.

Ab Juli war ich für ein Jahr Präsident meines Lions Clubs. Die Auswahl des obligaten Präsidentenausflugs fiel wegen der Expo 2000 nach Hannover nicht schwer.

Hilles 60. Geburtstag feierten wir mit der großen Verwandtschaft, Freunden und Hilles Patenkindern in der „Vogelkoje" auf Sylt. Mit 30 Fahrrädern fuhren wir dann alle zum Strand von List und zu Rüdigers „Wonnemeyer" am Wenningstedter Strand. Einige ließen den Tag mit uns noch in einer Bar lustig ausklingen.

Hille, Valerie und ich waren im Januar 2001 in Sürley bei St. Moritz. Als wir dort eintrafen, herrschte gerade Lawinenalarm, und wir hätten deshalb fast unser Hotel nicht erreicht. Als wir aber nach großer Diskussion mit der Polizei doch dort ankamen, mussten wir sofort in den Schutzkeller des Hotels flüchten. Es war der wunderbare Weinkeller, der durch seine Nutzung keine schlechte Stimmung aufkommen ließ. Dirk kam später nach, sodass wir dort alle zusammen meinen 65. Geburtstag feiern konnten. Skilaufen war erst angesagt, als die Lawinen abgeschossen waren.

Im März brachen wir zum zweiten Einsatz nach Otjikondo in Namibia auf. Danach fuhren wir mit dem gemieteten Geländewagen über Windhuk und den

Gamsbergpass nach Swakopmund, erlebten dort eine sehr lehrreiche Führung in die Wüste und kehrten anschließend zum zehnjährigen Jubiläum der Schule nach Otjikondo zurück. Hier folgte noch eine medizinische Nachlese. Auf der Rückfahrt besuchten wir noch die Buschmannschule Ombili und den durch die Kolonialgeschichte leider berüchtigten Waterberg.

Valerie feierte im August ihren 30. Geburtstag mit einer Kanufahrt auf der Rur in der Eifel und danach in der Kölner Südstadt. Ich hatte mir einen Leierkasten geliehen, tauchte dort mit echt wirkendem Theaterbart, buschigen Augenbrauen und Zylinder auf und wurde lange nicht erkannt, als ich vor dem Lokal meine Lieder ertönen ließ. Erst als ich nicht mehr ernst bleiben konnte, näherte sich Bernd mir etwas verunsichert, um mich näher betrachten zu können. Die anfängliche Fassungslosigkeit wich schnell einer großen Belustigung.

„Nine Eleven“ passierte in New York! Sprachloses Entsetzen erfasste die ganze westliche Welt.

Zweimal fuhr ich im Jahr 2002 nach Sachsen. Einmal nach Treuen, um dort die ältesten Eintragungen über Jacobs im Kirchenbuch zu finden. Die zweite Sachsenfahrt ging mit Hildburgs Turngruppe zum Deutschen Turnfest nach Leipzig. Diese, meine Geburtsstadt begeisterte mich wieder aufs Neue.

Eine dreitägige Fahrradtour mit Hille durch Eiderstedt weckte Lust auf Wiederholung, denn wo sonst fährt man so ungestört durch die Marsch, über sich nur den Lerchengesang.

Ende Juli waren wir erneut in Sölden und stiegen mit Freunden auf zur Siegerlandhütte, die 2.710 Meter hoch liegt. Wir nächtigten dort. An Hilles Geburtstag wanderten wir bei bestem Wetter auf die Rettenbach-Alm.

Im Herbst reisten wir mit Balds und Beyers durch das klassische Griechenland. Den Abschluss bildete eine Erholungswoche auf der Insel Ägina vor Piräus.

Es war eine gute Idee, im Januar 2003 nach Paris zu fahren. Die Stadt war erfreulich leer, und in den Louvre konnte man einfach so hineinspazieren. An diesem Ort wurde mir sehr bewusst, dass es allein schon wegen der bedeutenden Schätze im Louvre Krieg in Europa nie mehr geben darf. Die gemeinsamen Kunstschätze, auch die technischen Errungenschaften, Philosophie und Musik sind zu einmalig und zu großartig, als dass sie verloren gehen dürften. Sie gehören der Menschheit doch gemeinsam. Also sollen wir sie auch gemeinsam beschützen.

Wir waren in diesem Jahr wieder mit der Ausrichtung des Kegelausfluges beauftragt. Dieser ging im Juni nach Bamberg, Coburg und zum Staffelstein. Auf der Rückfahrt besuchten wir unter anderem auch Hildburghausen, wo meine Hildburg schon oft war – mit dem Finger auf der Landkarte.

Als wir im Juli Cousine Gisela und ihren Ehemann Gerhard in Berlin-Friedrichshagen besuchten, kamen wir auch in den Genuss einer exklusiven Führung durch die Alte Nationalgalerie durch deren Tochter und die Kustodin Birgit, während das Museum für die Öffentlichkeit geschlossen war.

Unser Dirk wurde 40, und wir feierten mit ihm in Kleve einen erlebnisreichen Tag. Der abendliche Abschluss war ein Lichterfest mit Händels Wassermusik und schönem Abendessen im Klever Forstgarten.

Im Oktober war der dritte Einsatz in Otjikondo angesagt. Valerie begleitete uns. Noch davor flogen Hille und ich in einer Cessna von Windhuk zum Grenzfluss Kunene und besuchten das noch recht ursprünglich lebende Volk der Himba. Zur anschließenden Arbeit in Otjikondo und in der St.-Michael-Schule stieß auch Valerie zu uns, die vorher das Seebad Swakopmund besucht hatte.

Nach der geleisteten Arbeit reisten wir drei zusammen durch den Etosha-Nationalpark und wohnten in der Mokuti-Lodge. Wir reisten weiter nach Gaub, Ombili, Tsumeb, Fingerklip, Omaruru und zu dem einsamen alten Ehepaar Rust im abgelegenen Erongogebirge. Auch in Ombili halfen wir diesmal augenärztlich. Valerie musste aber zurück nach Deutschland. Wir brachten sie dafür nach Ondekaremba zum Flughafen, fuhren selbst aber noch weiter zur Clayhouse-Lodge und abschließend zum Ehepaar von Hase in der Farm Jena.

Dort informierten wir uns über die Möglichkeit einer weiteren augenärztlichen Hilfe für Schulkinder.

Den mit meiner früheren Studentenliebe Hanna gezeugten Sohn Hans-Christian Lachmann hatte ich schon erwähnt. Ich wusste, dass er in Münster aufgewachsen war, konnte aber sonst nichts über ihn erfahren, weil alle früheren Versuche, zu seiner Mutter diskreten Kontakt zu bekommen, völlig fehlschlugen.

Nach langem Zögern schrieb ich 2004 einen Brief an Hanna und forderte sie durchaus druckvoll zu einem Gespräch über unseren Sohn auf. Das zeigte diesmal Wirkung. Der inzwischen 43-jährige in Hamburg lebende Sohn wurde von seiner Mutter über mich aufgeklärt. Er war völlig verwirrt. Wir standen uns erstmalig am dritten Advent in Hamburg gegenüber. Dass wir Vater und Sohn sind, war zu erkennen. Hanna selbst war zu einem Gespräch angeblich nicht bereit. Erst später erfuhr ich, dass sie damals schon unter schweren Depressionen litt. Sie nahm sich im Jahre 2010 das Leben.

Weihnachten ist die Welt über den schrecklichen Tsunami im Indischen Ozean erschüttert.

Mit Dirk machte ich im Januar 2005 meinen letzten alpinen Skiurlaub im Montafon. Vor dem endgültigen Ausstieg aus diesem Sport, der mir allmählich zu gefährlich wurde, wollte ich gern noch die neuen Curving-Ski probieren.

Im Februar fand ich meine Mutter in ihrer Wohnung hilflos am Boden liegend. Sie kam ins Krankenhaus. Ihr Blutzucker war viel zu hoch. Es war klar, dass sie nun nicht mehr allein in ihrer Wohnung bleiben konnte. Danach mussten wir sie im benachbarten Seniorenheim unterbringen. Dort waren wir auch ganz in ihrer Nähe und jeden Tag bei ihr. Trotz ärztlicher Fürsorge erlitt sie nach vier Wochen einen Schlaganfall, war nicht mehr ansprechbar und musste sofort wieder in das Krankenhaus. Meine liebe Mutter starb dort am 23. März in ihrem 98. Lebensjahr. Wir beerdigten ihre Urne mit in Vaters Urnengrab in Pinneberg. Dort gab es am Grab eine kleine Andacht, wie sie es gewünscht hat.

Mir wird bewusst, dass ich der letzte Lebende aus unserer alten, kleinen Familie und Schicksalsgemeinschaft bin. So wie es jetzt aussieht, wird nach dem Ableben meiner Kinder der Familienname unserer alten Linie ausgestorben sein.

Im April flog ich allein nach Namibia, um in Otjikondo nach dem Stand der Dinge zu sehen. Es sollte eine neue Klinik gebaut werden. Anschließend war ich in Ondekaremba zur Jagd eingeladen und konnte eine große Kuhantilope erlegen, deren Trophäe laut Jagdführer Oliver eine Goldmedaille bedeutete.

Ab diesem Jahr wurde ich Kabinettbeauftragter für die weltweite Kampagne „SightFirst" im Distrikt Westfalen-Lippe der Lions. Das Programm „SightFirst" dient dem Kampf gegen Blindheit. Diese Aufgabe bekleidete ich mit Interesse bis zum Juni 2012.

Hilles 65. Geburtstag wurde groß im Garten und mit einem Besuch des Gilbergköpfchens bei herrlichem Wetter gefeiert. Es war ein reiner Damengeburtstag. Dirk, Bernd und ich trugen einheitliche T-Shirts mit einer „65" und waren sowohl Gäste als auch Bedienungspersonal.

Anfang 2006 verschwanden wir nach Mauritius, weil ich zu meinem 70. Geburtstag abtauchen wollte (man beachte das passende Foto!).
Mit Schwägerin und Schwager Irmtraud und Burkhard Asmussen trafen wir uns in der Oberlausitz, radelten dort entlang der Neiße und zu Hildburgs Geburtsort Mattendorf.

Freund Ralf Goebel feierte seinen 50. Geburtstag in Namibia. Wir reisten in einer großen Freundesgruppe hin und erlebten eine der schönsten Rundreisen durch das ehemalige Deutsch-Südwestafrika und die Kap-Provinz Südafrikas. Als die Gruppe heimflog, nutzten Hille und ich anschließend die Gelegenheit zur Arbeit in Otjikondo. Das war dann auch der letzte unserer Hilfseinsätze dort.

Mit Albrecht Branding kam ich im Februar 2007 nach Äthiopien, um die alten bekannten Stätten noch einmal zu besuchen. Frieder Bald schloss sich uns an, um dieses Land erstmalig kennen zu lernen. Von Axum im Norden bis zum Awasasee im Süden reisten wir zum Teil recht abenteuerlich herum. Das ehemalige Kaiserreich hat sich sehr verändert. Den Charme der Monarchie hat das Land verloren. Es wirkt auf mich jetzt gesellschaftlich verflacht, ärmer an Orientierung. Aber das ist nur die Sicht des Ausländers. Es mag von den Einwohnern anders empfunden werden. Unter den jungen Amharen konnte ich eine Renaissance der Kaiserverehrung beobachten.

Im Mai hatten wir das Glück, noch einen Platz für die Busrundfahrt „Norddeutsche Backsteingotik" mit der Stiftung Denkmalschutz und unter der Leitung von Prof. Kiesow zu erhalten und zu erleben. Diese Bauten, insbesondere St. Georgen in Wismar, sind beeindruckend. Der große Bekanntheitsgrad Kiesows war für das gute Gelingen der Rundreise von großem Vorteil. Oft wurden wir vor Besichtigungen mit einem Glas Sekt empfangen. Eine Ministerin bot sich sogar an, uns durch ihr denkmalgeschütztes Ministerium in Schwerin zu führen.

In Stralsund hörte ich die klingenden Hammerschläge der Straßenpflasterer, ein erinnerungsstarker Ton aus der Kindheit. Genau dort sah ich das erste bronzene Stadtmodell für Blinde und war sofort entschlossen, so etwas auch in Siegen zu haben.

Ich wurde Melvin Jones Fellow bei den Lions.

Nach dem diesjährigen Ausflug mit den Kegelfreunden zu Sachwehs in München fuhren wir allein für eine gute Woche ins Hotel Patrizia im Dorf Tirol. In München war durch ein gewaltiges Hagelgewitter die Karosserie unseres Wagens ziemlich verunstaltet. Es ist erstaunlich, wie gut man so etwas spurlos reparieren kann.

Unsere erste große Kreuzfahrt startete als sogenannte Expeditionsreise mit der „MS Alexander von Humboldt" im August in Bremerhaven. Vorträge von sachkundigen Referenten über Land und Leute, auch Walbeobachtungen machten diese Reise besonders reichhaltig. Unseren 45. Hochzeitstag begingen wir in Grönland, umgeben von Eisbergen und Gletschern in der Disco-Bucht. Die Arktis war das Hauptziel. Von dort schipperten wir nach Westen zum St.-Lorenz-Strom, den wir bis Montreal hinauf kamen. Hier verließen wir das treue Schiff. Hier in Kanada besuchten wir Ottawa, Toronto, Thousend Islands und die Niagarafälle.

Aus Anlass des 100. Geburtstages meiner Mutter traf sich die ganze von den Schlüters abstammende Verwandtschaft Ende September im „Hotel Schindelbruch" bei Stolberg. Außer Dirk kannten meine Kinder dieses schöne alte Stolberg bisher nicht. Leider regnete es an diesen Tagen fast unentwegt. Stolberg machte seinem Spitznamen „Des lieben Gottes Pinkeltöpfchen" wieder mal alle Ehre.

Meine Idee von einem Siegener Blinden-Stadtmodell, entsprechend dem von Stralsund, stellte ich in meinem Lions Club in Siegen vor und bekam große Zustimmung. Welche Schwierigkeiten ich bis zur feierlichen Aufstellung zu bewältigen hatte, ahnte ich noch nicht. Die bekannte Erfahrung, dass eine Initiative fast immer aus zehn Prozent Inspiration, aber neunzig Prozent Transpiration besteht, hat mich damals glücklicherweise nicht abschrecken können.

Im Laufe des Jahres 2008 wurde das Blinden-Stadtmodell immer realistischer. Der Bürgermeister zeigte Interesse. Hinsichtlich der Spendeneingänge war ich vielleicht zu optimistisch, aber doch brachte ich die erforderlichen 26.000 Euro letztendlich zusammen.

Bernd und Hans zogen von Geesthacht in die neuerworbene und herrlich am Steilufer oberhalb der Elbe gelegene Immobilie in Lauenburg um.

Wir Alten flogen mit den Brandings zu einem kurzen Frühlingsurlaub nach Zypern.

Valerie hatte für ein sehr lustiges und lebendiges Verwandtschaftstreffen eine witzige Schnitzeljagd auf Helgoland ausgearbeitet.

Unser Klubpräsident führte uns nach Paris. Seine Ehefrau ist Pariserin. Deshalb war der Besuch der Stadt etwas anders als der allgemein touristische. Wir lernten das alte, wenig bekannte Paris und seine Restaurants kennen. Mich beeindruckte die Ausstellung des Stahlkünstlers Serra im Grand Palais. Für mich zählt Serra zu den künstlerischen Global Playern ersten Ranges.

Noch einmal konnten wir mit Herrn Prof. Kiesow reisen. Er zeigte uns diesmal die interessanten alten Kirchen Nordhessens.

Schon seit einiger Zeit suchten wir für uns eine seniorengerechte Wohnung und wollten das inzwischen zu große Haus in der Landsberger Straße verlassen. Bernd machte uns auf eine Penthouse-Wohnung aufmerksam, die in der Sankt-Michael-Straße 6 angeboten wurde. Er hatte sie im Internet entdeckt. Wir kamen, sahen und griffen sofort zu.

Jetzt, im Jahre 2009, beschäftigte uns nicht nur unsere neue Wohnung, die wir in unserem Sinne noch zu gestalten hatten, sondern der Verkauf unseres großen Hauses. Die Eurokrise und die demografische Entwicklung erleichterten diesen Verkauf keineswegs. Aber letztendlich hatten wir doch Glück und veräußerten das Haus an einen russischen Zahnarzt in Siegen. Der Umzug erfolgte im August.

Kurz danach geschah am Tage ein Einbruch in die Wohnung. Hilles Schmuck war weg. Auch die Versicherung konnte den Schmerz über den Verlust ererbter Stücke nicht vergessen machen.

Im August wurde endlich das bronzene Stadtmodell für Blinde am Dicken Turm vom Bürgermeister feierlich eingeweiht.

Unsere zweite Reise um die Welt sollte beginnen. Im Januar 2010 flogen wir nach Buenos Aires und bezogen unser Quartier auf der „MS Amadea". Jetzt begann eine wirklich große Reise, deren zahlreiche Erlebnisse und Stationen an dieser Stelle nicht beschrieben werden können. Die lange und interessante Reise führte nach Feuerland, um Kap Hoorn, durch die chilenischen Fjorde wieder nordwärts bis Valparaiso. Den Pazifik querend schifften wir nach Westen mit Besuchen von Zielen solch klingender Namen wie Robinsoninsel, Osterinsel, Bora Bora, Tahiti, Ile des Pins. Der Besuch der Osterinsel war schon seit meiner Jugend und durch die Lektüre von Hyerdahls „Kontiki" mein Traumziel, das sich nun endlich erfüllte.

Am frühen Morgen des 10. März ankerten wir in Sydney, direkt gegenüber der eindrucksvollen Oper. Diese lebendige Stadt hatte es uns so sehr angetan, dass wir unsere Kinder mit der SMS „Wir ziehen um nach Sydney" reichlich irritierten. Aber es war nur aus dem Bauch raus geschrieben und nicht ernst gemeint. Wir lernten auch noch das Outback Australiens kennen. Bei einem nächtlichen Dinner unter dem prächtigen Sternenhimmel der Wüste sah ich zum ersten Mal in meinem Leben durch ein Teleskop den Saturn mit seinen Ringen, im 75. Lebensjahr!

Nach langem Nachtflug landeten wir am 17. März, morgens kurz nach fünf Uhr, wieder in Frankfurt. Dass mir dort das Pech passierte, einen falsch gegriffenen Koffer nach Siegen mitzunehmen, sei nur kurz erwähnt. Es gab also doch noch einen Paukenschlag zum Schluss. Aber der Rücktausch des Koffers erfolgte schnell und unbürokratisch.

Als sich am 27. Februar in Chile das große Erdbeben ereignete und ein Tsunami im südöstlichen Pazifik, zum Beispiel auf der Robinsoninsel, gewaltige Zerstörungen anrichtete, waren wir schon weit auf hoher See und bemerkten selbst davon, und mit fünf Kilometer Wasser unterm Bug, fast nichts mehr. Unsere Kinder machten sich große Sorgen, aber wir konnten sie schnell beruhigen, dank der Möglichkeit, vom Schiff aus zu telefonieren.

Hilles 70. Geburtstag wurde ein großartiges Fest, das bei sehr schönem Wetter mit der norddeutschen Verwandtschaft im parkartigen Garten in Lauenburg gefeiert wurde.

Unser Dirk hat sich als Betriebswirtschaftler mit grüner Gesinnung beruflich auf den Vertrieb von Solaranlagen umgeschult und ist deshalb 2012 von Kleve nach Echterdingen bei Stuttgart umgezogen. Er betreibt auch noch das Geschäft mit seinem Musiklabel Tempus Fugit. Bei Bernd ist der Beruf immer ein Stoßgeschäft. Valerie ist nach ihrer Tätigkeit bei Bio-NRW seit 2012 Redakteurin der regelmäßig erscheinenden Mitteilungen der Bank für Sozialwirtschaft in Köln. Aber sie wechselt doch lieber noch einmal ihre Tätigkeit. Für ihr Hobby als Karnevalistin in der sogenannten „Schnittchensitzung" ist sie für mich eine wunderbare Entdeckung mit großer Begabung.

Sowohl Bernd als auch Valerie leben glücklich in einer kinderlosen Partnerschaft. Bernd wohnt in Lauenburg mit Blick auf die Elbe und Valerie in Köln-Rheinkassel fast direkt am Strom. Der Traum, so viele Nachkommen „wie Sterne am Himmel" zu haben, ist für Hildburg und mich wohl vorbei. Unsere beiden Schwiegerkinder sind wahre Glücksgriffe und eine Bereicherung für die Familie.

Die erwachsenen Kinder begleiten unser jetziges Leben aus ihrer eigenen Sicht. Glücklich bin ich darüber, dass sie bis jetzt keinen Krieg am eigenen Leibe erleben mussten. Ich hoffe für uns alle, dass wir das auch in Zukunft nie mehr erleben werden.

Obwohl uns Eurokrise, Fukushima und Rechtsterrorismus sehr besorgt machen, will ich diese Themen hier übergehen.

Schon im Januar 2011 war's wie ein kleiner Paukenschlag, weil ich das Dreivierteljahrhundert-Alter erreicht hatte. Hille erleichterte mir den Durchbruch in das wohl realistisch letzte Vierteljahrhundert durch eine Fahrt nach Berlin mit vollem Kulturprogramm und einem Festessen im Reichstagsrestaurant plus Überraschungsgästen.

Wandern ist in den letzten Jahren allgemein wieder „in". Im relativ milden, schon schneefreien Februar fing ich ein Wandertraining an, weil ich mich für März zu einer Wanderung durch Galiläa in Israel angemeldet hatte.

Diese Strecke auf historischen, legendären Wegen interessierte mich. Meine nette Gruppe war in den fünf Wandertagen richtig gut drauf, und ich konnte auch als Ältester erfreulich voll mithalten. Die Tage voll Bodenhaftung hielten Leib und Seele zusammen. Aber hier ist ein etwas genauerer Bericht über das Erlebnis.

Ich hätte es ahnen sollen. Eigentlich wollte ich vom Flughafen Tel Aviv aus mit dem Zug nach Haifa fahren, fand aber den Weg zum Bahnhof im Flughafen nicht sofort, sondern ging durch den Hauptausgang. Dort standen kleine Taxibusse mit Schildern zu den Zielen, die sie anfahren. Einer fragte mich: „Wohin?", und komplimentierte mich direkt in den Bus nach Haifa. Na prima, dachte ich, nachdem ich mit dem Preis einverstanden war. Sicher geht's gleich los, tat's aber nicht. Nach 20 Minuten frage ich nach. Man müsse noch auf einen bestimmten Fahrgast warten. Ein paar Leute steigen zu, die mal russisch, mal hebräisch, mal deutsch reden. Es dauert sage und schreibe eine ganze Stunde, bis dieser dämliche Bus losfährt. Wäre ich doch lieber mit dem Zug gefahren! Dass ich in Haifa zum ZOB und Linienbus nach Nazareth gebracht werden muss, weiß der Fahrer und will mich dort absetzen. Die Fahrt geht an der Küste entlang über Herzliya. In Haifa wird's schon dunkel. Der Fahrer sagt mir, dass er mich besser an eine Haltestelle bringt, wo die richtige Buslinie hält. Die Haltestelle ist aber eine Baustelle. Er meint, der Bus käme bestimmt. Da stehe ich nun mit meinem Koffer und Rucksack und warte wie blöd. Nichts kommt, nicht mal ein leeres Taxi. Keiner spricht hier englisch. Ein kleiner arabischer Junge umkreist mich mit seinem Fahrrad und ist neugierig, fragt mich Löcher in den Bauch. Na, wenigstens ein Zeitvertreib. Aber englisch kann der auch fast nicht. Es wird immer dunkler! Nach über einer Stunde hält ein Kleinbus mit quietschenden Bremsen und heraus ruft mein alter Chauffeur, ich solle schnell einsteigen. Er bringe mich zum ZOB, weil an dieser Baustelle zurzeit doch kein Bus fährt. Das muss ihm wohl jemand gesteckt haben. Ich bin sehr wütend auf diesen Fahrer!

Am ZOB will der letzte Bus nach Nazareth gerade abfahren. Mein Fahrer hupt wie verrückt, und endlich öffnet der Bus noch mal seine Türen und fragt, was los ist. Großes Gestikulieren und Palaver. Okay! Koffer in den Laderaum und ich in den Bus, in dem nur fünf alte Männer sitzen, die halb schlafen, an einer Zeitung herumdrehen und außer Hebräisch nichts sprechen können. Ich hatte noch ein paar Schekelmünzen. Es stellt sich heraus, dass die schon lange nicht mehr gültig sind. Aber das Papiergeld stimmt. Die Fahrt ist nicht so lang, wie ich dachte. Der Bus bringt mich in Nazareth so weit, wie er fahren kann, an den Souk und unweit der Verkündigungskathedrale, an die ich mich noch von früher her erinnere. Ich frage in einem palästinensischen Schnellimbiss nach meinem Quartier Fauzi Azar Inn. Man gibt freundlich einen genauen Hinweis. Also, hinein in die dunkle Altstadt mit Souk und feste und verwinkelt bergan, zum Teil über alte Treppen. Der Koffer hinter mir macht mit seinen Rollen Lärm. Für ihn ist das eine Marterstrecke. Kaum ein Mensch ist zu sehen, aber es gibt Schilder mit Richtungspfeil zu meinem Quartier. Weil dort die kleine Eingangstür nachts übersehen wird, laufe ich erst einmal dran vorbei. Dann wieder zurück bergab. Na, endlich!

Zum Abendessen komme ich zu spät. Die Gruppe ist ohne mich irgendwo in der Altstadt essen. Macht nichts. Ich habe keinen Hunger. Aber das Zimmer ist wunderbar mit großem Bett und funktionierender Dusche, sogar warm.

Am nächsten Morgen zum Frühstück haue ich ordentlich rein, weiß aber noch nicht, wer von allen Frühstückenden zu meiner Wandergruppe zählt. Ich lerne die Chefin Anna kennen, eine hübsche junge amerikanische Mennonitin, die aber so schnell plappert, dass ich unheimlich aufpassen muss, um sie zu verstehen. Immerhin kriege ich mit, dass sich meine Gruppe zur Stadtbesichtigung gleich „upstairs“ versammeln wird. Mit Anna hatte ich schon viel vor der Reise gemailt. Sie hatte auch höflich angefragt, ob ich mit der Kamerabegleitung der Deutschen Welle TV einverstanden sei. War ich natürlich („I am delighted …“ und so weiter). Jetzt lernen wir uns alle kennen, stellen uns vor. Liv und Aud Helen aus Norwegen, Kyle aus USA, Kollegin Susanne aus Berlin und ich. Susanne ist Oberärztin in einer Spandauer Frauenklinik. Kyle lebt als Wissenschaftler zurzeit im irakischen Kurdistan. Die Israeli haben ihn bei der Einreise erst ein paar Stunden festgehalten, durften seinen Pass aber nicht abstempeln, weil er sonst nicht in den Irak zurück reisen könnte. Liv, eine Diakonin, stellte sich während der Wanderung als recht dominante Frau heraus, im Gegensatz zu ihrer Freundin Aud Helen. Liv ließ sich einen Pilgerausweis geben und schwenkte ihn immer jubelnd, wenn sie wieder unterwegs einen Stempel ergatterte. Wir anderen taten das nicht, weil für uns der Weg das Ziel war.

Ich dürfte wohl der Älteste sein. Später auf der Wanderung erfahre ich, dass Aud Helen immerhin auch schon 70 ist. Bravo!

Unsere Stadtführerin ist auch Amerikanerin, die aus Nazareth nicht mehr weggekommen ist. Sie spricht etwas tiefer im Alt und langsamer. Ich verstehe sie gut. Im Souk kennt sie fast jeden. Wir bummeln durch die alte, biblische Stadt, in der Jesus aufgewachsen ist und wo er als Jugendlicher bei seinem Vater Josef den Beruf des Zimmermanns erlernte. Als er später als Prediger wieder hierher zurückkam, hatten Einwohner von seinem wunderbaren Wirken an anderen Orten gehört. Er aber wollte die Erwartungen seiner Zuhörergemeinde auf prompte Wunder nicht erfüllen. Als dadurch die zuvor positive Stimmung in Wut umschlug, wollten sie ihn lynchen. „Aber er ging mitten durch sie hindurch“, schreibt der Evangelist Lukas.

Nachmittags wird’s echt biblisch im Nazareth Village. Also, so hat man dort vor 2.000 Jahren gelebt und gearbeitet. Hier steht man in einer Landschaft, vor Werkstätten und begegnet Menschen wie zu der Zeit, als Josefs und Marias Sohn heranwuchs. Es ist nett gemacht und sogar für europäischen Geschmack nicht übertrieben. Zum Schluss bekommt jeder Besucher ein repliziertes römisches Öllämpchen geschenkt.

Am nächsten Morgen stehen wir alle wanderfertig im Hof der Herberge. Anna will ein großes Stück mit uns gehen. Auch ein junger amerikanischer Volontär läuft erst einmal mit. Tania und Oren sind filmbereit. Wir gehen recht zügig los und, noch in der Altstadt, ständig auf einer endlosen Treppe bergauf. Als wir oben mit Hammerpuls angekommen waren, blickten wir noch einmal zurück auf die Stadt und die alles beherrschende Kathedrale. An der Stelle soll Maria der Erzengel Gabriel erschienen sein und ihr nach neun Monaten die Geburt des Gottessohnes verkündet haben. Wie mag der Erzengel ausgesehen haben? Wie eine geschlechtsneutrale Lichtgestalt oder wie ein Latin Lover?

Ein Baum mit knallroten Blüten kann von keinem benannt werden. Ich fotografiere ihn sicherheitshalber. Am Rande Nazareths senkt sich der Weg und wir gehen durch grünes und blühendes Land bis zum Nationalpark Zippori, wo wir am Mittag zwischen Ruinen des römischen Sepphoris eine gute Pause machen. Von dort kann man in der Ferne die Stadt Kana, das Tagesziel, schon liegen sehen. Während wir unser Wasser trinken und das am Kiosk gekaufte Sandwich verspeisen, beobachten wir über Kana ein Gewitter, das näher kommt. Wir beiden Ältesten, Helen und ich, sind im Gegensatz zu den anderen, auf so etwas nicht eingerichtet, und wir erstehen im Kiosk schnell zwei Regencapes. Als uns der Regensturm erreicht, lassen wir uns ein Taxi kommen, das uns ein Stück bringt. Kurz vor Kana steigen wir aus und wandern in die Altstadt, um das Quartier ausfindig zu machen, das wir nach einigem Hin und Her endlich finden. Wir sind bei einem sehr freundlichen christlichen, palästinensischem Ehepaar untergebracht. Ich bekomme ein Einzelzimmer, während sich der Rest der Gruppe mit einem Schlafsaal begnügen muss. Nachdem wir uns die Umgebung angesehen und nach Spuren der berühmten Hochzeit zu Kana gesucht haben, wird uns abends ein sehr appetitliches orientalisches Essen serviert.

Das Frühstück am folgenden Morgen ist mindestens eben so reichlich und gut. Der Regen hat nachgelassen. Es wird Zeit weiterzuwandern. Der sogenannte Jesus-Trail ist bestens markiert. Es geht in Richtung Nordost. Irgendwo aber war die Wegmarkierung durch das wuchernde Wachstum im Frühling so verdeckt, dass wir falsch liefen. Wir mussten querfeldein abbiegen und nach Kompass gehen. Die Stimmung war dadurch nicht beeinträchtigt! Bald sahen wir vor uns im Tal ein bewachtes und von hohem Zaun umgebenes militärisches Sperrgebiet, und wir wussten, dass wir richtig waren. Hinter diesem Gebiet lag unser Ziel, die Ökofarm der Siedlung Ilaniya. Die Füße taten weh, als wir dort einkehrten. Ein junger Mann bereitete uns sofort einen frischen Salbeitee, der richtig guttat. Untergebracht wurden wir in zwei Großzelten. Der junge jüdische Mann ist mit einer Deutschen verheiratet.

Auf meine Frage, in welcher Sprache sie mit ihrem kleinen Kind reden würden, war die Antwort seiner Frau: „Mein Mann auf Hebräisch und ich auf Deutsch. Das Manko dabei aber ist, dass es auf Hebräisch meist Ja heißt, auf Deutsch dagegen leider meist Nein."

In der jungen und sehr gepflegten Siedlung gab es ein gutes Restaurant, in dem wir am Abend köstlich bewirtet wurden und auch den guten Rotwein vom Berg Hermon reichlich genossen haben. Müde schafften wir danach in der sehr dunklen Nacht kaum noch den Weg zu den Zelten. Mein Bettnachbar Kyle las noch in seinem iPad in der Bibel, die er zu meinem Erstaunen komplett da drin gespeichert hatte.

Das Frühstück vor dem allgemeinen Aufbruch war wieder schön kräftig und mit reichlich Ziegenkäse versehen, der auf der Farm produziert wurde.

Wir kommen an den Fuß der sogenannten Hörner von Hattin, einen in höchstem Maße geschichtsbelasteten Hügel, den wir auf einem schmalen Weg hinaufsteigen. Vor über 800 Jahren ging hier die Armee der Kreuzfahrer unter Saladins Schlägen unter. Das war 1187. Oben ist der Weg eigentlich nur noch ein Springen von einem Felsbrocken zum nächsten. Aber man wird durch einen Panoramablick belohnt. Tief unten liegt Nebi Shu'eib, das Grab Jethros, Moses Schwiegervaters, der auf diesen starken Einfluss hatte und für die Drusen ein Prophet ist. Auf der Seite, auf der wir langsam absteigen, sieht man im Dunst der Ferne auch schon den See Genezareth liegen. Wieder überrascht uns ein gewaltiger Regen. Unser Tagesziel, den Moshav Arbel, können wir unten im Tal erblicken. Als wir uns schon auf der Landstraße diesem Orte nähern, hält ein Auto und die Fahrerin sagt: „Ihr seht so nach Jesus-Trailern aus. Stimmt das?" Wir bejahen. „Dann steigt bitte ein. Ich bin die Besitzerin eures Quartiers hier." „Aber wir sind doch pitschnass!" – „Macht nichts, steigt ein." Am Abend stürzen wir uns wieder auf einen reich gedeckten Tisch.

Der nächste Tag lässt sich mit etwas Sonnenschein freundlicher an. Der Moshav Arbel besitzt auch eine Schafherde, die uns stolz präsentiert wird. Dann zieht die Gruppe wieder los. Zuerst besuchen wir die Ruine einer Synagoge aus dem 4. Jahrhundert. Dann steigen wir langsam zum Berg Arbel Cliff auf. Wunderbar ist alles, als wir oben sind. Tief unten liegt der See Genezareth. Dahinter erhebt sich der Golan. Unser letztes Ziel, Kapernaum, ist im Dunst zu erkennen. Tania filmt und interviewt uns. Unser Religionsstifter könnte an dieser exponierten Stelle wirklich gestanden und auf Galiläa geblickt haben. Diese Vorstellung scheint mir sehr real zu sein. Was nun folgt, dürfte er mit seinen Sandalen aber wohl kaum gemacht haben.

Wir hangeln an der fast senkrechten Wand des Cliffs an Stahlseilen und eingeschlagenen Eisengriffen abwärts. Deutsche-Welle-Tania ist nicht schwindelfrei. Deshalb klettern wir dicht neben ihr und sagen ihr laufend, dass sie nicht nach unten, sondern nur auf den Fels vor sich schauen soll. So geht's ganz gut. Der arme Oren Rosenthal muss die Kamera schleppen und hat deshalb immer nur einen Arm frei. Als er unten ankommt, sieht seine ehemals weiße Hose durch den feuchten Fels völlig anders aus. Zufällig sehe ich später im Fernsehen, dass eben diese Wand von der israelischen Armee auch zum Training benutzt wird.

Unten angekommen sind wir alle erst mal ziemlich fertig und müssen eine längere Sitzpause machen. Aus dem arabischen Dorf Hamam ruft gerade der Muezzin.

Weiter geht's am See nach Norden bis zu unserem Endziel Kapernaum, das ich schon von der ersten Israelreise her kenne. Jesus sammelte hier etliche Jünger ein und beeindruckte das Volk nicht nur durch seinen Gang über das Wasser, falls das überhaupt so geschehen ist. Inzwischen ist hier erheblich mehr Pilgerbetrieb als vor 26 Jahren. Italienische Nonnengruppen, russische Popen als Reiseführer ihrer Gemeinde, viele Philipinos und so weiter. Die anderen sind noch ein ganzes Stück hinter uns. Ich schaue mich hier nur flüchtig in den alten Ruinen um, denn der Weg war das Ziel. Weil wir nicht ständig zusammen gegangen waren, kann ich mich am See etwas zurückziehen. Ich sitze am Ufer und sehe in der Ferne den Berg Arbel, von dem wir auf den See geblickt haben. Der See liegt still und gleißt in der Sonne. Ich spüre jetzt stark, dass ich mich hier an einem einzigartigen Ort befinde.

Zwischen ihm und mir entsteht ein Zwiegespräch ohne Worte. Auch ich werde ganz ruhig und sehr ausgeglichen. Ich werde dieses Gefühl und eine Sehnsucht nach diesem Ort nicht mehr vergessen.

Die Gruppe löst sich unter herzlicher Umarmung und mit der Versicherung, den Kontakt zu behalten, auf. Einige wollen heute noch nach Tel Aviv. Ich möchte gern Jerusalem wiedersehen. Es wird Freitagnachmittag, und der Sabbat beginnt. Ich darf mit dem Deutsche-Welle-Team nach Jerusalem fahren. Wir nehmen den kürzesten Weg durch das Westjordanland. Die jordanischen Berge hinter dem Jordan sind noch von der Abendsonne beschienen. Unterwegs bekommen wir aber ein Problem, denn der Wagen verliert Kühlwasser, und wir müssen an einer Tankstelle anhalten. Das Personal kann das Leck aber nicht ausmachen. Sie sind dort alle sehr hilfsbereit und sprechen auch perfekt hebräisch mit unserem Fahrer. Da fällt mir glücklicherweise meine LED-Stirnlampe im Rucksack ein. Endlich können sie das Leck ausmachen, aber nicht abdichten. Wir kaufen einfach etliche Wasserflaschen, füllen den Kühler damit auf und hoffen, dass der Rest dann auch noch bis Jerusalem reicht.

Es ist schon Nacht, als wir die bewachte Grenze der Stadt erreichen und von schönen Soldatinnen mit umgehängter Maschinenpistole kontrolliert werden. Haben kein Problem. Wegen des Sabbats muss ich bald in eine Taxe umsteigen. Im jüdischen Bezirk darf jetzt nicht mal mehr gefahren werden. Ausnahmen sind Taxen. So erreiche ich aber dann doch mein Hotel im oberen Teil der Jaffastraße. Abendessen findet also wieder mal nicht statt, aber ich bin auch sehr müde. Auch hier muss ein Glas Wasser bis morgen reichen.

Das Frühstück im Abraham-Hostel war erwartungsgemäß etwas jugendherbergsmäßig und wohl auch dem Sabbat angepasst. Die Sonne schien, und ich machte mich auf den Weg in Richtung Altstadt, die ich am Jaffa-Tor erreichte. Mein Ziel war der Tempelberg mit der Klagemauer. Hier wurde man wieder genau untersucht, bevor man diesen Bereich überhaupt betreten durfte. Ich setzte mich auf Stufen in die Sonne und schaute entspannt dem Treiben auf dem Tempelberg, am muslimischen Felsendom und der Klagemauer der Juden zu. Von meiner Stelle schaute ich hinüber bis zum Ölberg und der einzigartigen Kirche Dominus Flevit. In die Betrachtung drängt sich mir das Lied „Tochter Zion, freue dich, jauchze laut, Jerusalem …!“. Dieser Ort verdient Frieden.

Mein aufkeimender Hunger trieb mich aber wieder zurück zum Jaffa-Tor. Alles, was jüdisch ist, hatte geschlossen. Na, dann Schabbat Schalom! Aber ich fand eine kleine palästinensische Pizzeria, in der ich mich endlich stärken konnte. Auf dem Platz vor dem Tor bot ein anderer Palästinenser frisch gepressten Granatapfelsaft an, der wunderbar schmeckte.

Hier herrschte viel buntes Leben. Gegen Abend endete der Sabbat, und die öffentlichen Verkehrsmittel liefen wieder. Die Geschäfte öffneten.

Ich schrieb ein paar Postkarten und kaufte für die letzten Schekel noch ein paar Mitbringsel. Übrigens war es schwierig, einen Briefkasten zu finden. Der an meinem Hotel war einfach zugeschweißt wegen der Gefahr hineingesteckter Bomben. Ich musste den ganzen Weg wieder zurückgehen, bis ich am Jaffa-Tor einen geöffneten Briefkasten fand. Was heißt geöffnet? Er war so weit zugeschweißt, dass wirklich immer nur ein dünner Brief durch den Schlitz passte. Die israelische Post hatte dafür gute Gründe. An diesem Tag hatte übrigens die Hamas vom Gazastreifen aus wieder Raketen nach Israel geschossen. Vor einigen Tagen hatten wir erfahren, dass es in Jerusalem gerade wieder Tote durch eine Bombe der Terroristen gegeben hatte. Die Explosion passierte nur ein paar hundert Meter von meinem Hotel entfernt.

Der Shuttlebus holte mich am nächsten Vormittag ab. Es ging in Kurven ständig bergab. Zeitweilig fuhr der Bus an der großen Betonmauer entlang, der Abgrenzung zur Westbank. Militärfahrzeuge patrouillierten davor. Ich war froh, als ich im Flughafengebäude sitzen, Kaffee trinken und ein Sandwich essen konnte. Die Kontrollen waren dann unglaublich genau. Ich sah manche Passagiere mit ihren Koffern wieder zurückgehen. Einige wurden also mehrmals kontrolliert. Ich selbst war davon ziemlich verschont, obwohl man mich wegen meines Reiseführers misstrauisch befragt hat. Politische Schriften aus dem Westjordanland durften nicht mitgenommen werden.

Ansonsten ging die Reise glatt vonstatten, und ich konnte pünktlich, und um fünf Kilogramm Körpergewicht erleichtert, meine Frau in Siegen in die Arme nehmen.

Der Film der Deutschen Welle wurde am 25. April gesendet.

Im April trafen wir uns mit unseren Freunden, Inge und Ali Branding, in der Toskana, unweit Florenz, und erlebten einen wohltuenden, jetzt körperlich entspannten Urlaub in Sachen bildender Kunst, Kochkunst und Weinkunst. Ein Wermutstropfen aber war, dass mich ein Trickdieb in Florenz um meine Geldbörse erleichterte. Das Bargeld war jedenfalls weg, aber die gestohlene Kreditkarte konnte ich noch rechtzeitig blockieren. Am meisten ärgerte mich meine eigene Naivität. Das Malheur konnten wir aber mental schnell wegstecken und uns die Urlaubsfreude nicht verderben lassen.

Mit der ganzen Familie feierten wir aber meinen Geburtstag noch einmal, und zwar nicht wie seit 75 Jahren im tiefen Winter, nein, endlich im Sommer! Wir trafen uns durch Sternfahrt im Harz, am und auf dem Brocken. Gewandert wurde von oben herab bis Schierke. Für unsere Kinder und deren Anhänge war das dort alles bisher Terra incognita. Jetzt reizt sie diese schöne Gegend zum Wiederbesuch.

Wilhelm Busch wusste schon: „Rotwein ist für alte Knaben eine von den besten Gaben." Nachdem wir im Juli mit unseren Frauen in den Weinbergen Rheinhessens das 80-jährige Jubiläum der Siegerländer Jagdgesellschaft mit einem Grillfest gefeiert hatten, organisierten unsere aus der Pfalz stammenden Freunde schon zum zweiten Mal einen Ausflug in ihre liebliche Heimat. Erstaunlich, wie voll besetzt dort die Hotels und Restaurants bis ins kleinste Weindorf waren. Der Besuch des Hambacher Schlosses gehörte wegen des richtungweisenden nationalen Ereignisses im Jahre 1832 selbstverständlich dazu.

Durch den in Wilhelmshaven lebenden Schulfreund Peter Radler lernten wir diese uns noch völlig unbekannte ostfriesische Gegend kennen. Wie schön es dort ist! Deutschland ist wirklich ein sehr sehenswertes und anregendes Land.

Valerie, unsere Jüngste, hatte zu ihrem 40. Geburtstag nach Köln eingeladen und dafür ein volles Genussprogramm ausgearbeitet, mit Dombesteigung, Rheinspaziergang und piemontesischem Dinner. Am nächsten Tag konnten wir bei herrlichem Wetter im Hof ihres Kölner Hauses unter Sonnenschirmen tafeln. Wir Gäste zeigten dazu pantomimisch als Rätsel das, was das Geburtstagskind früher so für Sprüche, oder besser „Klöpse", herausgehauen hatte. Es war lustig, locker und voller Spontaneität!

Maastricht, das wir im Juni besuchten, ist eine sehr empfehlenswerte kleine Stadt mit großem Inhalt, voller Leben und interessanter Geschichte, gelegen im Dreiländereck D, B und NL.

Antwerpen und noch einmal Berlin waren nicht die einzigen Ziele im Oktober. Mit unserem „Museum des Jahres 2011" besuchten wir Madrid und dort besonders die mit horrenden Mengen berühmter alter und moderner Bilder bestückten Museen Prado, Reina Sofia und Sammlung Thyssen. Zumindest ich musste immer wieder zwischendurch Pausen machen, um das alles verarbeiten zu können.

Hille trainiert ihr Gehirn durch Bridge. Das Kartenspiel ist so fordernd, dass man ständig die Regeln, Sonderregeln und Ausnahmen lernen muss, um gegen erfahrene Spieler bestehen zu können. Das kostet sehr viel Zeit und ist deshalb überhaupt nichts für mich!

Nach dem Verkauf unserer Ferienwohnung auf Sylt haben wir endlich auch nicht mehr die Pflicht, immer wieder dieselbe lange Strecke dorthin auf uns nehmen zu müssen.

In Weihnachtsbriefen will man sich keine Klagen anhören. Aber – der langsam zunehmende, regelmäßige Medikamentenverbrauch ist nun einfach mal da. Im Herbst überraschte es mich, dass ein Knie auch schmerzen kann und nur mit Reizstrom und Tabletten wieder Ruhe gibt. Der Orthopäde meinte dazu, etwas trocken lachend, dass solches nun einfach mal zum Altwerden gehört. Na denn! Die Bronchien ärgern mich auch mal mehr, mal weniger. Hille und ich arrangieren uns einigermaßen mit unserer gemeinsamen Pollenallergie. Die wurde leider auch an die nachfolgende Generation vererbt.

Unsere Kinder wünschten 2012, dass wir Hildburgs Geburtstag in ihrer Geburtsgegend, der Niederlausitz, feiern sollten. Die Organisation hatten sie übernommen. Von unserem Stammquartier in Cottbus bereisten wir die ganze nähere Umgebung, zum großen Teil auf Fahrrädern. Am Geburtstag selbst machten wir ein gemütliches und lustiges Picknick unmittelbar oberhalb von Mattendorf, Hilles Geburtsort, auf einem Wiesenplatz. Der Muskauer Park war das letzte Ziel vor der Heimreise. Wir beide und Dirk blieben noch für einen zusätzlichen Tag in Dresden.

Die Hauptreise des Jahres führte uns in die drei baltischen Länder. Uns wurde klar, dass es nun höchste Zeit wird, endlich diejenigen, für uns weißen Flecken zu sehen, die fast vor der eigenen Haustür liegen. Und derer gibt's noch viele.

In die Baltikumreise fiel auch unser 50-jähriges Hochzeitsjubiläum. Das war in Tallinn, Estlands Hauptstadt. Als wir am Abend des 1. September 2012 an der Hotelbar mit Sekt anstoßen wollten, meinten wir zu halluzinieren.

Sind das wirklich unsere Kinder, die dort sitzen? Sie waren es und überraschten uns mit einer Einladung in ein feines Tallinner Restaurant. Dieser vor uns geheim gehaltene Coup war ihnen voll gelungen und der Jubel groß. Das Wochenende verbrachten wir gemeinsam mit unseren Kindern in Tallinn.

Kurz danach reisten wir noch mit einer Museumsgruppe in das jetzt wieder prachtvolle Budapest.

Inzwischen sind wir auch stolze E-Bike-Besitzer, aber bisher noch keine ausgiebigen Nutzer. Ein Problem mit der Achillessehne verhinderte da bisher Aktiveres. Also gibt es schon einen neuen guten Radelvorsatz für das kommende Jahr.

Hildburg und ich sind gut durch dieses Jahr gekommen. Man nimmt allerdings häufiger seine Kollegen für den geriatrischen Reparaturdienst in Anspruch. Wie gut, wenn's nicht viel mehr wird!

Abb. 45: Erholung in Yucatan 1999

Abb. 46: Die Siegerländer Jagdgesellschaft 2002 in Ensheim

Abb. 47: Aufstieg von Sölden zur Siegerlandhütte

Abb. 48: Valerie in Otjikondo

Abb. 49: Otjikondo 2003

Abb. 50: Mit 70 Abtauchen, Mauritius 2006

Abb. 51: Unser 45. Hochzeitstag vor Grönland

Abb. 52: Auf der Weihnachtsfeier der Lions am 13. Dezember 2008 feiere ich auf den Tag genau meine Flucht in den Westen vor 50 Jahren.

Abb. 53: Kap Hoorn bei gutem Wetter ist einen Aquavit wert, oder zwei.

Abb. 54: Bis Kapernaum ist es nicht mehr sehr weit.

Abb. 55: Wir auf dem Brocken 2011

Anhang

Alle Abbildungen stammen aus dem Archiv Jacob, Siegen.

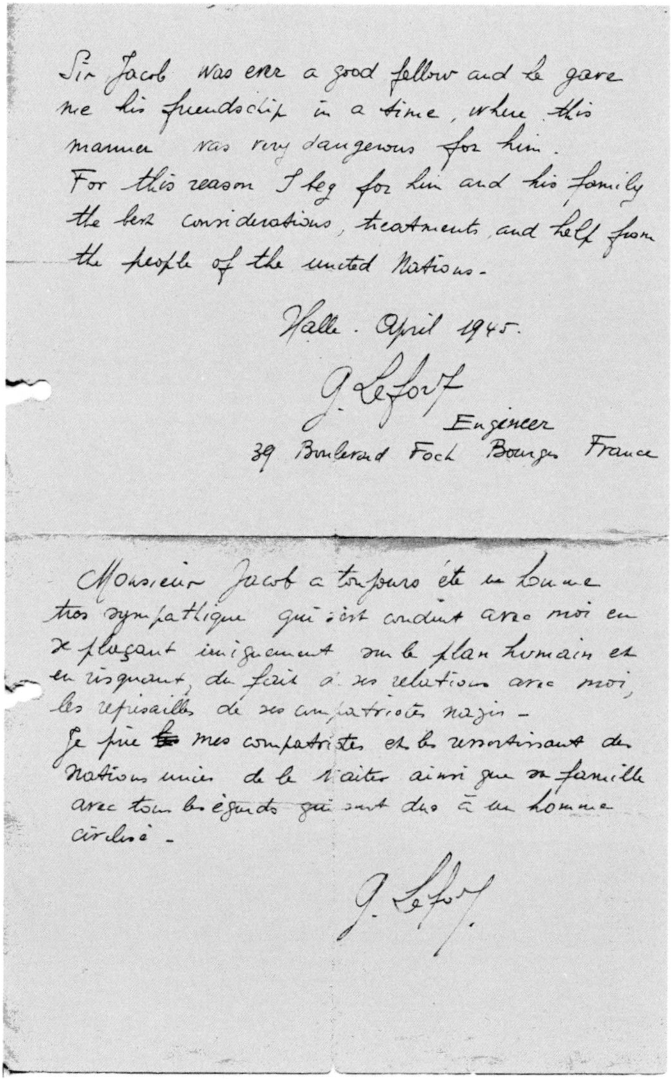

Sir Jacob was ever a good fellow and he gave me his friendship in a time, when this manner was very dangerous for him.
For this reason I beg for him and his family the best considerations, treatments and help from the people of the united Nations.

Halle. April 1945.

G. Lefort
Engineer
39 Boulevard Foch Bourges France

Monsieur Jacob a toujours été un homme très sympathique qui s'est conduit avec moi en se plaçant uniquement sur le plan humain et en risquant, du fait de ses relations avec moi, les représailles de ses compatriotes nazis -
Je prie mes compatriotes et les ressortissant des nations unies de le traiter ainsi que sa famille avec tous les égards qui sont dus à un homme civilisé -

G. Lefort

Abb. 56: Leforts Bezeugung

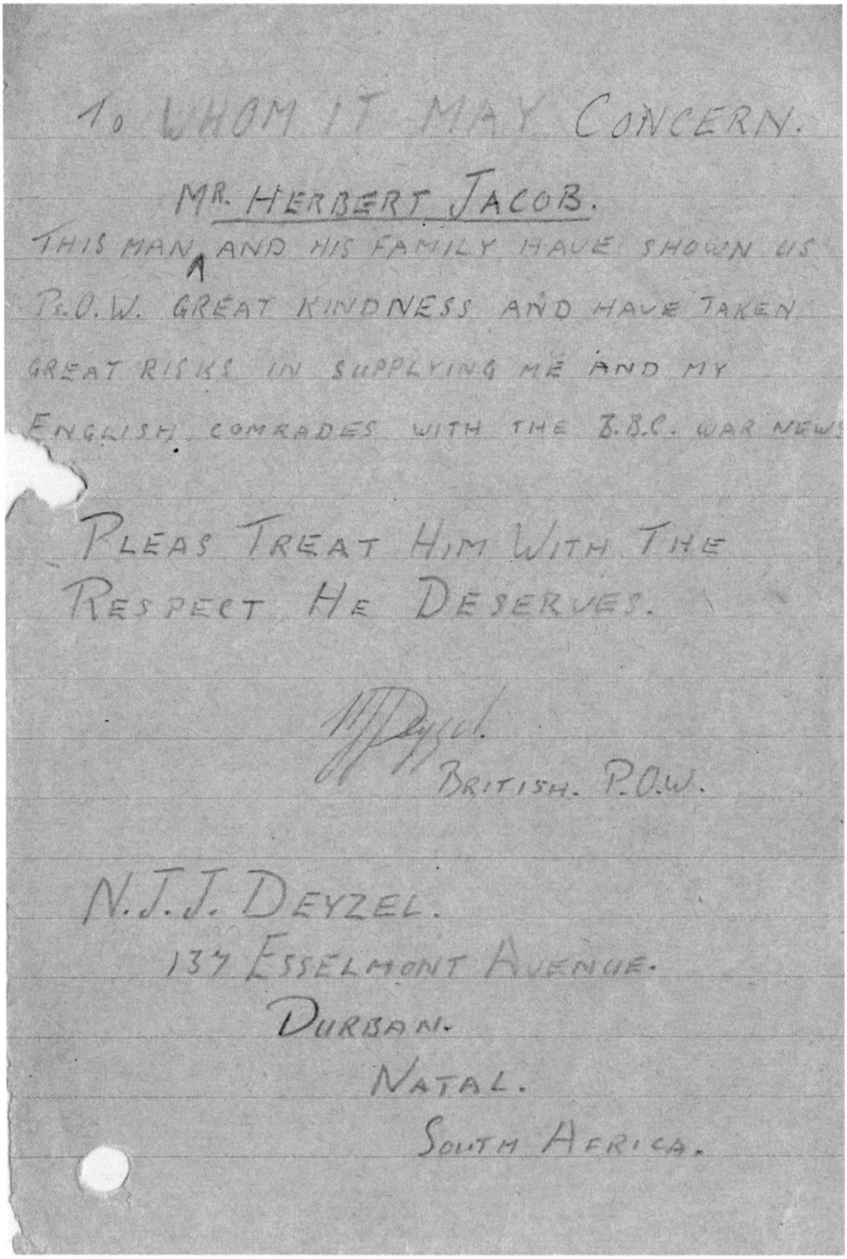

TO WHOM IT MAY CONCERN.

MR. HERBERT JACOB.

THIS MAN AND HIS FAMILY HAVE SHOWN US P.O.W. GREAT KINDNESS AND HAVE TAKEN GREAT RISKS IN SUPPLYING ME AND MY ENGLISH COMRADES WITH THE B.B.C. WAR NEWS

PLEAS TREAT HIM WITH THE RESPECT HE DESERVES.

NJDeyzel.
BRITISH. P.O.W.

N.J.J. DEYZEL.
137 ESSELMONT AVENUE.
DURBAN.
NATAL.
SOUTH AFRICA.

Abb. 57: Bezeugung des britischen Kriegsgefangenen

Nationalsozialistische Deutsche Arbeiterpartei

Gauleitung Halle-Merseburg

Kreisleitung Halle a. S.-Stadt
Telefon-Sammel-Nummer 27821
Bankkonto: Mitteldeutsche Landesbank, Filiale Halle
Konto: Nr. 8140

Amtl. Gaupresse:
„Mitteldeutsche National-Zeitung"
Verlag: Halle (S.), Gr. Ulrichstr. 57, Ruf 27631
Postscheckkonto: Leipzig 2454

Ortsgruppe Halle-Wittekind
Richard-Wagner-Straße 33
Fernsprecher 32423

Halle a. S., den 8. Oktober 1942

Eingegangen 21.10.42.

Abteilung: Ortsgruppenleiter

An
Pg. Herbert Jacob
Halle/S.
Krosigkstr. 3

Nach Mitteilung des Zellenleiters haben Sie Ihren Dienst als Blockhelfer nicht so verrichtet, wie es einem Parteigenossen zukommt. Ihr Zellenleiter war deshalb gezwungen, auf Ihre weitere Mitarbeit zu verzichten, da es unmöglich ist, mit einem Parteigenossen zusammen zu arbeiten, der keinerlei Interesse für die Partei aufweist. Er hat Sie deshalb dem Personalamt zur anderweitigen Verwendung zur Verfügung gestellt und hätte ich nunmehr eigentlich Veranlassung, Sie dem Kreisgericht wegen Interessenlosigkeit zu melden.

Bereits bei der Einstellung als Blockhelfer wurden Sie in der Unterredung am 24.3.1942 durch meinen Personalamtsleiter nicht darüber im unklaren gelassen, daß Sie bei Nichterfüllung Ihrer Pflichten zur Rechenschaft gezogen würden. Ich will z. Zt. hiervon noch absehen, wenn Sie das Gegenteil durch aktive Mitarbeit in der NSV. beweisen. Ich habe deshalb meinen Leiter der NSV., Ortsgruppenamtsleiter Pg. Narré, beauftragt, Ihnen einen Block in der NSV. zuzuweisen. Sollten Sie auch hier versuchen, durch Vernachlässigung Ihrer Pflichten von dem Amt freizukommen, so bin ich dann gezwungen, ein Kreisgerichtsverfahren anzustreben.

Jeder Parteigenosse muß sich darüber klar sein, daß die Mitgliedschaft erhebliche Pflichten mit sich bringt und dies ganz besonders jedoch im Kriege.

Meine Erkundigungen bei Ihrer Dienststelle haben ergeben, daß Sie nicht wesentlich mehr belastet sind als andere Partei-

b.w.

Abb. 58: Mein Vater und die NSDAP

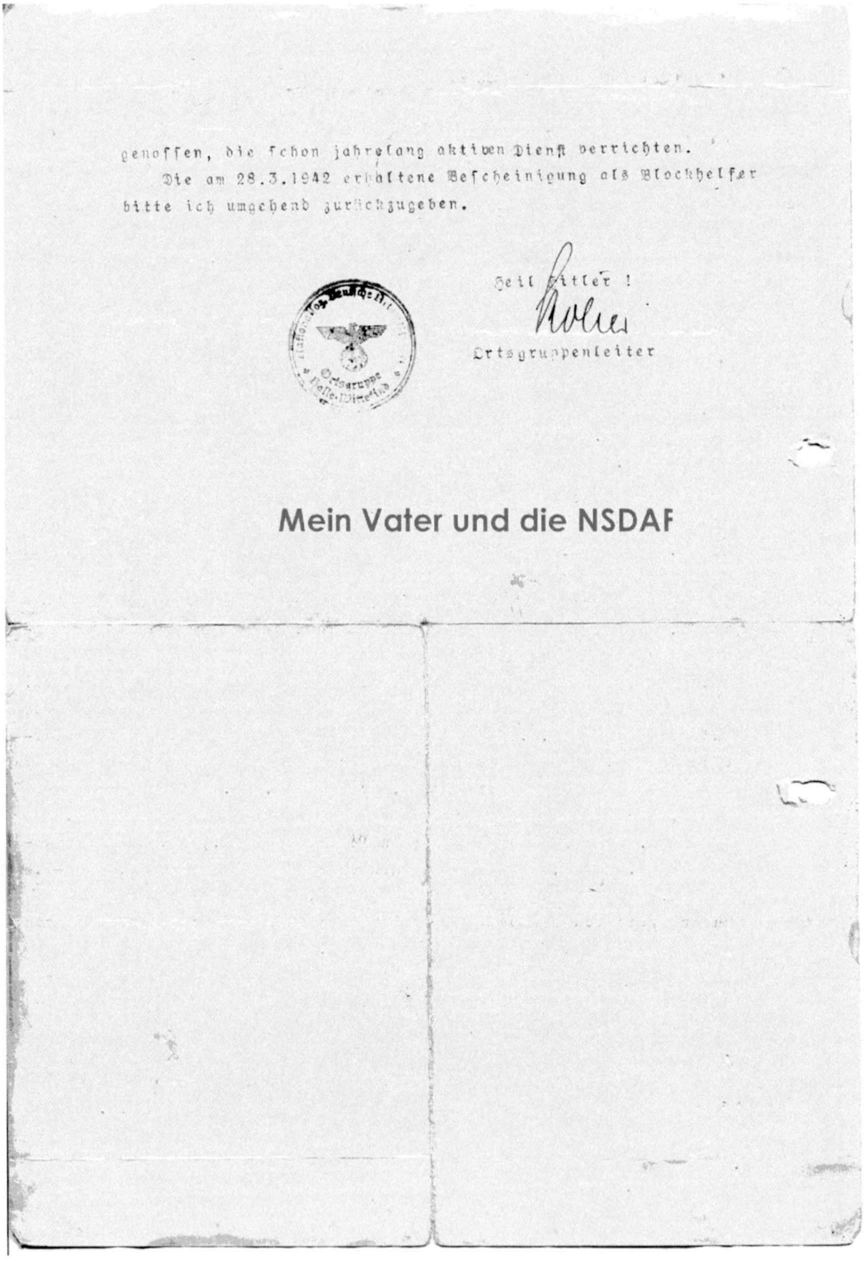

genoſſen, die ſchon jahrelang aktiven Dienſt verrichten.

Die am 28.3.1942 erhaltene Beſcheinigung als Blockhelfer bitte ich umgehend zurückzugeben.

Heil Hitler!

Ortsgruppenleiter

Abb. 59

FROM THE DEPARTMENT OF DOCUMENTS

Dr K H A Jacob
Landsberger Str 19
D-57072 Siegen
GERMANY

Imperial War Museum
Lambeth Road
London SE1 6HZ

Telephone 020 - 7416 5221
Fax 020 - 7416 5374
E-mail srobbins@iwm.org.uk

SNR/DOC1

1 May 2008

Dear Dr Jacob

Thank you very much for your recent letter enclosing the original commendation which was written in pencil and given to your late father, Mr Herbert Jacob, who lived in the city of Halle (Saale) in Germany, by N J J Deyzel, a South African prisoner of war, who was liberated by the US Army, at the end of April 1945.

I am delighted to accept this commendation as a welcome addition to the Museum's archive and I am sure that it will be of great value to those carrying out research into the experiences of prisoners of war during the 1939-45 War and in particular the great risks taken by men such as your father in supplying POWs with news from the BBC. Mr Deyzel's commendation of your father's kindness gives a good picture of relations between POWs and the local German population at the end of the War and is exactly the kind of material that we are always anxious to preserve in our archive for posterity.

Thank you once again for your generosity presenting this most interesting document to the Museum.

With best wishes.

Yours sincerely

Dr Simon Robbins
Archivist

IMPERIAL WAR MUSEUM LONDON · CHURCHILL MUSEUM and CABINET WAR ROOMS · HMS *BELFAST*
IMPERIAL WAR MUSEUM DUXFORD · IMPERIAL WAR MUSEUM NORTH

Abb. 60: Brief des IWM

Abb. 61 CBM-Bericht über meine Arbeit in Aira

DAS AKTUELLE THEMA AUS DER ARBEIT

Aktion: »Licht für Äthiopien«

Eine Reportage über einen augenärztlichen Einsatz in Aira, zusammengestellt aus den Arbeitsberichten des Augenarztes Dr. med. K. Jacob, sowie aus Beiträgen von Direktor Harms, Frl. Westberg und Missionar Waßmann von der Hermannsburger Mission.

Im Flugzeug nach Aira

Auf dem Flugplatz in Addis Abeba erhält die viersitzige Cesna der MAF (Missionary Aviation Fellowship) Starterlaubnis und hebt sich vom Boden, um in Richtung Aira zu fliegen. Einer der Fluggäste ist Dr. med. Jacob von der Augenklinik des Haile-Selassie-Hospitals in Addis Abeba. Er hat die Absicht, den Augenkranken im Bereich von Aira und Umgebung medizinische Hilfe zu bringen und die dort stationierten Kräfte des Missionshospitals fachärztlich zu beraten. Die Christoffel-Blindenmission ermöglicht ihm diesen wichtigen Dienst seit einiger Zeit. Sie trägt auch die Kosten für diejenigen heilbaren Blinden, die er für eine Operation auswählt und nach Addis Abeba kommen läßt. Vielen Menschen soll im Namen Jesu auch diesmal wieder leiblich und geistlich geholfen werden.

Inzwischen hat das Flugzeug Höhe gewonnen. Erst fliegt es so nahe an den hohen Bergen bei Addis Abeba entlang, daß man fast meint, die Tragfläche müsse im nächsten Augenblick den Abhang streifen. Man merkt, daß Pilot Pieter nach einer Krankheitszeit zum ersten Mal wieder fliegen darf und mit Freude erprobt, daß er sein Flugzeug noch beherrscht. Aber wir fühlen uns ganz sicher. Vor dem Abflug hat der Pilot mit uns die Hände gefaltet und uns alle Gottes Schutz befohlen und um Seinen Segen für die Missionsarbeit gebeten. Das tun alle Piloten dieser weltweiten Flug-Bruderschaft, die eigens zur Hilfe für die Missionen gegründet ist, vor dem Abflug.

Nun sind wir nicht mehr weit von Nekempte, der Provinzhauptstadt der Wollega-Provinz. Aber wir lassen sie rechts liegen und überfliegen das weite Didessa-Tal. Schon haben wir es überquert. Es waren nur wenige Minuten. Früher bedeutete diese Strecke einen ganztägigen Karawanenweg durch verseuchtes Gebiet.

Jetzt geht es über die Ghimbi-Berge. Gerne hätte ich den Mitfliegenden das Gelände gezeigt, auf dem die Blindenschule erbaut werden soll, die wir zusammen mit der Christoffel-Blindenmission planen. Aber der Pilot wählt einen anderen Kurs. Die Berge werden niedriger. Der Pilot übt sich anscheinend im Tiefflug. Die Baumkronen auf den Höhen sind dicht unter uns. Wir erkennnen deutlich bizarre Felsformationen und sehen, wie die Menschen erschreckt in die Hütten flüchten. Da, ein Fluß! Nun kann Aira nicht mehr weit sein. Wenige Minuten und das Flugzeug geht in die Landungskurve.

Die Ankunft

Aber was ist denn da unten los? Da sind ja Menschen über Menschen auf dem Platz vor dem Hospital versammelt! Dort unten drängen sich schätzungsweise 2 000 Menschen in Erwartung des „vom Himmel herabschwebenden Augenhakims". Der Anblick dieser Menschenmassen verschlägt uns die Sprache.

Beim Ansetzen zur Landung sehen wir gerade noch rechtzeitig auf der Graspiste ein wildgewordenes, von knüppelschwingenden Männern verfolgtes Maultier herumtollen. So muß wieder durchgestartet werden. Pieter traut dem Frieden auf der Landebahn aber immer noch nicht so recht. Er geht deshalb im Tiefflug von nur 2 m Höhe über die Piste hinweg, um auch allen klarzumachen, daß jetzt niemand etwas darauf zu suchen habe. Endlich können wir beim dritten Anflug landen. Am Boden waren indessen schon Befürchtungen lautgeworden, daß wir gar nicht erst landen würden, weil wir uns angesichts der großen Menschenmasse zu sehr erschrocken hätten.

Wir werden sofort in einen Wagen verfrachtet, da wir zu Fuß wohl kaum bis zur etwa 300 m entfernten Mission hätten durchdringen können. Die Menschen-

Abb. 62

Ein Blinder kommt, geführt von einem Augenkranken

menge teilt sich nur widerstrebend vor dem im Schrittempo fahrenden Fahrzeug und schließt sich dahinter wieder wie Wasser. Pilot Pieter hat uns noch ein „Have a nice weekend!" zugefrozzelt und ist eiligst wieder davongestartet.

Am Missionshospital hat die wartende Menge schon fast die Zäune eingedrückt. Ein Lastwagen mußte von innen an das Tor gefahren werden, damit es dem Druck von außen standhielt. Solch ein starker Andrang hat bei den früheren Besuchen des Augenarztes in Aira nicht geherrscht. Man sieht es ihm an, daß ihm diesmal nicht wohl ist bei dem Gedanken, daß er wegen der Kürze der zur Verfügung stehenden Zeit wohl kaum alle Augenkranken würde behandeln können.

Das Hineinkommen auf die Station wird zum Problem. Die Menschenmauer vor dem Tor will oder kann nicht weichen. Schließlich sind wir doch drinnen und stemmen uns schnell gegen die Torflügel.

(Soweit aus dem Reisebericht von Herrn Kondirektor Harms.)

4

Die Vorbereitungen

Aus den Aufzeichnungen von Fräulein Westberg, die zu dieser Zeit gerade in Aira auf Besuch weilte, erfahren wir, was dem Besuch des „fliegenden Augenarztes" vorangegangen war: „Seit Wochen war die Nachricht durch all unsere 160 Gemeinden geeilt: Am nächsten Monatsende kommt ein Augenarzt der Christoffel-Blindenmission aus Addis Abeba und will allen Augenkranken und Erblindenden helfen. Er wird auch denen helfen, die kein Geld haben.

Wie ein Lauffeuer ging diese Nachricht von Hütte zu Hütte. Und so kamen sie alle ans Licht, die sonst verborgen im Dunkel ihrer Hütten gelebt und von denen vielleicht niemand vorher gewußt hatte, denn man schämt sich hierzulande seines Unglücks und hält seine blinden Kinder versteckt. — Aber nun trieb sie die Hoffnung nach Aira und ließ sie Stunden- und Tagesmärsche überwinden: ein großer Elendsstrom wälzte sich heran. Blinde, die geführt oder auf Maultieren gelenkt wurden, Väter trugen ihre augenkranken Kinder während des tagelangen Fußmarsches durch unwegsames Gelände auf den Schultern; ja, Häuptlinge hatten 10 bis 20 Augenkranke ihres Gebietes in einen Wagen verladen und hergebracht. Von allen Seiten strömten sie heran, und dennoch weiß niemand die Zahl derer, die ohne Hilfe im Dunkel ihrer Hütte zurückbleiben mußten, weil sie niemanden hatten, der sie mitnahm.

Auch sie waren tagelang unterwegs, um augenärztliche Hilfe zu erlangen

Aus dem Augenarzt war in der Hoffnung und Verzweiflung der Leute längst ein Wunderdoktor geworden, so daß ihm, als er aus dem kleinen Flugzeug stieg, als erstes ein kranker Fuß entgegengehalten wurde. Man muß es verstehen, wenn man bedenkt, daß in der Provinz Wollega auf ca. 500 000 Menschen nur ein einziger Arzt kommt.

Glücklicherweise waren nicht alle ca. 1 800 Menschen, die schließlich vor dem Hospitaleingang standen, Augenpatienten. Viele Kranke wurden von ihren Angehörigen begleitet, und dazu hatten sich viele Neugierige eingefunden. Aber der Augenarzt hatte in den knapp anderthalb Tagen, die ihm zur Verfügung standen weil die Flüge nicht anders einzurichten waren, viele Hundert Augenkranke zu untersuchen und rund 350 eingehender behandelt." — Doch lassen wir Dr. Jacob jetzt selbst weitererzählen:

Abb. 63

Der Einsatz

Gleich nach meiner Ankunft, es war gegen 12 Uhr mittags, begann ich mit der Sprechstunde. Diese war von den Mitarbeitern des hiesigen Hermannsburger Missionshospitals vorsorglich gut organisiert worden: Ein Vorraum diente zum Heraussuchen und Ausschreiben der Krankenkarten. Die Patienten wurden dann von einer Helferin, die auch als Dolmetscherin vom Gallinja ins Englische fungierte, namentlich zu vieren oder fünfen aufgerufen. Während der Untersuchung der Patienten diktierte ich Diagnose, Behandlung usw. Der Arzt des Missionshospitals in Aira — Herr Dr. van Riesen — trug alles sofort in die Karten ein. So ging es schön rationell und flott voran. Wir arbeiteten „wie die Ochsen" bis in die Nacht hinein.

34 Patienten wurden zur Operation des grauen Stars in eine Warteliste aufgenommen, weitere 25 Patienten brauchen dringend eine Operation. In drei Wochen werden die ersten 3 Patienten mit der MAF zur Operation in das Haile-Selassie-Hospital in Addis Abeba kommen. Dann soll diese „Luftbrücke" in vierwöchigem Abstand jeweils 3 Operierte zurückbringen und am selben Tag 3 neue Patienten zu uns transportieren. Für die nächsten 11 Monate wäre also vorgesorgt.

Leider kann ich in der Augenklinik von Addis Abeba nicht mehr als jeweils 3 Patienten aus Aira aufnehmen, da ich sonst mit den anderen Operationen nicht mehr nachkommen würde, obwohl hier

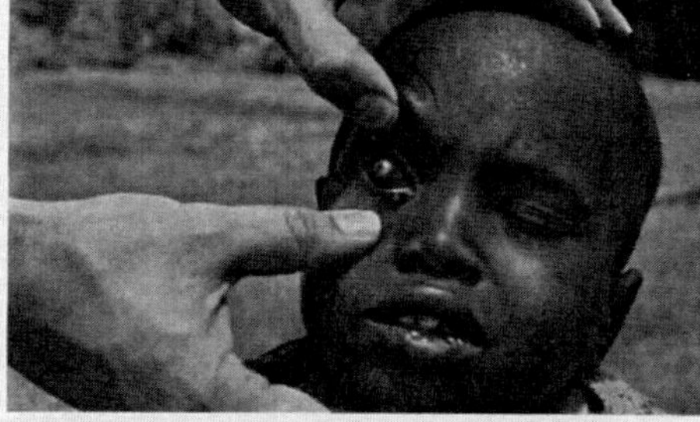

Dr. Jacob bei der Arbeit

in den ersten Monaten dieses Jahres fast 1 700 Augenoperationen durchgeführt wurden. Aber es ist geplant, daß Dr. van Riesen aus Aira hierher kommt, um während eines zweiwöchigen Aufenthaltes weitere Kenntnisse in der Behandlung von Augenkranken, sowie augenchirurgische Erfahrungen zu sammeln.

Spät abends saßen wir noch beisammen und besprachen das am Tage Erlebte. Uns allen war klar, daß diese große Hilfe für die Augenkranken zu sporadisch und in organisatorischer Hinsicht noch keineswegs ideal sei. Der Besuch eines Augenfacharztes in Aira müßte länger dauern können. —

Viele wartende Patienten zogen es vor, die Nacht über vor dem Tor zum Krankenhaus zu lagern, aus Angst, am nächsten Tage sonst nicht mehr dranzukommen. Noch spät abends konnte ich beobachten, wie man einen alten sehbehinderten Opa durch ein Loch im Zaun hereinbugsierte.

Schnell halfen Lehrer und Heilgehilfen Kaffee zu kochen; Brot wurde geholt, das ausreichte, um wenigstens 50—60 müde Patienten zu sättigen. Wo aber mögen all die vielen anderen Nahrung gefunden haben?

Als ich abends todmüde die Augen schloß, wurde ich die Bilder des Tages noch lange nicht los. Tastend und hilfesuchend streckten sich mir Hände entgegen oder ein dick vorstehendes Augengeschwür starrte ins Leere. Ich mußte daran denken, wie gering unsere Hilfsmöglichkeiten angesichts dieser gewaltigen Not in Äthiopien doch sind.

5

Abb. 64

Die augenmedizinische Gesamtlage in Äthiopien

Man muß wissen, daß für die 23 Millionen Einwohner Äthiopiens insgesamt nur fünf Augenärzte zur Verfügung stehen. Diese praktizieren durchweg in der Hauptstadt bzw. in zwei anderen Städten des Landes. Dabei ist Äthiopien in seiner Ausdehnung etwa fünfmal so groß wie die Bundesrepublik Deutschland. Auf jeden Augenarzt kommen also rund 4,5 Millionen Einwohner! Von den genannten 5 Augenärzten ist übrigens nur ein einziger ein Äthiopier.

Der Ansturm der Patienten auf diese wenigen Augenärzte des Landes ist natürlich sehr groß. Dazu kommt, daß das Einzugsgebiet der Augenabteilung des Haile-Selassie-Hospitals, in der ich arbeite, nicht nur ganz Äthiopien (außer Asmara) umfaßt, sondern darüber hinaus auch noch die Französische Somaliküste, den Yemen und Aden. Dabei muß beachtet werden, daß ich meine Sprechstunden immer nur halbtags von Montag bis Freitag durchführen kann, während ich mich zu den übrigen Zeiten um meine Operationsfälle kümmern muß. Mit 29 Betten ist die hiesige Augenklinik zur Zeit die größte geschlossene Augenabteilung des Landes.

Die Ursachen der Erblindung sind vielfältig, wie aus einer Auswertung von 3 623 männlichen und 2 273 weiblichen Patienten unserer Augenklinik hervorgeht. Star, Trachom und perforierende Verletzungen sind diejenigen Augenleiden, die im Vordergrund stehen. Das Glaukom entspricht mit 4 % Anteil am augenärztlichen Patientengut der internationalen Quote. Die Erfahrung hat bestätigt, daß allein das Trachom für mindestens ein Drittel der Erblindungen verantwortlich ist. Die Zahl der Erkrankungen an Trachom ist verständlicherweise wesentlich höher und beträgt in manchen Provinzen z. B. 66,2 % bei Schülern zwischen dem 5. und 17. Lebensjahr. Und diese Zahl ist noch nicht einmal die höchste, die berichtet wurde. Aber Nachuntersuchungen bei den Behandelten ergaben klinische Heilungen von über 80 %!

Weitere wichtige Ursachen für Erblindungen sind die schweren Entzündungen der Horn- und Bindehaut, die großen jahreszeitlichen Schwankungen unterworfen sind und die mit der Zunahme der Überträger, der Fliegen, epidemieartig zunehmen. Ferner sind Pocken und Lepra mit ihrem Befall auch der Augen als Vorläufer der Blindheit zu nennen. Wie einst im europäischen Mittelalter, treiben hier noch zahlreiche umherziehende „Starstecher" ihr Unwesen, deren bedauernswerten Opfern wir dann nicht selten in unseren Sprechstunden begegnen.

Aus finanziellen Gründen und wegen der schlechten Verkehrsverhältnisse kommen Patienten mit Glaukom, perforierender Verletzung oder Tumor oft erst im allerletzten Stadium zum Augenarzt. Jede sinnvolle Hilfe ist in solchen Fällen leider bei weitem zu spät.

Patientenandacht

Ein Krankenkassenwesen wie in Deutschland gibt es in Äthiopien nicht. Immerhin hat unsere Augenabteilung die Möglichkeit, besonders arme Patienten unter Vorlage eines Armutszeugnisses kostenlos ambulant oder auch stationär zu behandeln. 10 von unseren 29 Betten stehen solchen mittellosen Patienten zur Verfügung. Allerdings stehen wir z. Zt. einer Operationswarteliste von über 360 Starpatienten gegenüber.

Da sich die freie Behandlung leider nicht auch auf die Brillenverordnung erstreckt, standen wir besonders bei staroperierten Patienten oft vor großen Schwierigkeiten. Wie froh sind wir da, über einen Vorrat an gespendeten Gebrauchtbrillen verfügen zu können. — Doch nun wieder zurück nach Aira:

6

Abb. 65

Der Abschied

Am nächsten Morgen warf sich das gesamte Krankenhauspersonal den hineindrängenden Massen entgegen, um sie aufzufangen, als das Tor geöffnet wurde. Es war vergeblich; die Krankenpfleger, Schwestern und Hilfskräfte wurden abgedrängt. Angst und Verzweiflung ließen die wartenden Augenkranken unsere Klinik stürmen. Und immer wieder verstanden es Häuptlinge, vor denen unsere Türposten zusammenklappten, ihre Kranken durch Hintertüren hineinzuschmuggeln. Der sonst so geordnete Ablauf im Hospital schien zusammenzubrechen. Alle Fenster und Türen waren belagert.

Es kamen acht- bis zehnköpfige Familien, die alle trachomverseucht waren, sowie Scharen von Menschen mit völlig erloschenen Augen. Dazwischen zahlreiche Brillenträger, die sich strahlend und dankbar für früher empfangene augenärztliche Hilfe nur vorstellen wollten.

So gingen die kostbaren Vormittagsstunden nur allzu schnell dahin. Es war immer wieder dieselbe Reihenfolge: Untersuchung, Diagnose, Verordnung und Verschreibung von Medikamenten, Therapieplan, eventuell Vormerkung für eine Augenoperation in Addis Abeba.

Eigentlich hatte ich geplant, einige Tage in Aira zu bleiben. Aus in letzter Minute erfolgter Flugplanänderung mußte ich aber schon heute Mittag abgeholt werden. So arbeiteten wir, bis wir kurz vor 14 Uhr das Flugzeug herankommen hörten. Nun galt es Schluß zu machen, trotz des bedrückenden Gefühls, daß noch viele Hilfesuchende draußen standen, die nicht behandelt worden waren.

Um noch etwas Zeit zu gewinnen, wurde zuerst das Gepäck und Benzin zum Flugplatz gebracht. Aber dann konnte der Pilot nicht länger warten. Unter einem immer noch großen Geleit Hilfesuchender wurde ich zum Flugplatz gebracht. Wie ich später erfuhr, haben wir nur etwa die Hälfte der Bedürftigen zu Gesicht bekommen. Das Schlimme war, daß gerade diejenigen, die von weither kamen und keinerlei Beziehungen zum Hospitalpersonal hatten, oft wieder umkehren mußten. Die Stimmung wurde noch gereizter durch die Tatsache, daß viele eine Art Wunderglauben in den großen Arzt aus der Hauptstadt gesetzt hatten. Ato Tarfa, der Schulleiter von Aira, berichtete mir, daß etliche bitter enttäuscht und unter Verwünschungen auf das Krankenhaus und die Mission in ihre Dörfer und Hütten zurückgezogen seien.

Zukunftspläne

So meinen wir alle, die wir an dieser „Operation Licht" beteiligt gewesen sind, daß man solche Aktionen im Missionshospital von Aira noch besser und erfolgreicher gestalten könnte. Wenn es gelänge, einen geeigneten Augenarzt aus Deutschland dafür zu gewinnen, einmal im Jahr für 4—6 Wochen nach Aira zu kommen und dort zu arbeiten, dann wäre das natürlich sicherlich die beste Lösung.

Und wenn die Hermannsburger Mission dann in der Lage wäre, aus Anlaß dieses besonderen Einsatzes eines Augenfacharztes in ihrem Hospital, in Aira zusätzlich genügend behelfsmäßige Krankenbetten (u. U. auf einem Extragelände in mehreren großen Armeezelten) bereitzustellen, so könnte man nach einigen Tagen Sprechstunde, in der die in Frage kommenden Patienten ausgewählt werden, eine Woche lang praktisch nur operieren. Die nachfolgenden 3—4 Wochen könnten zur Nachbehandlung der Operierten und für leichtere Fälle genützt werden, außerdem für den augenärztlichen Besuch auf Außen- und Nebenstationen der Hermannsburger Mission in der Wollega-Provinz.

Auf jeden Fall darf ich als Augenarzt und als Kenner der hiesigen Verhältnisse abschließend sagen, daß das Auftauchen der Christoffel-Blindenmission vor 3 Jahren hier in Äthiopien, in dem ungefähr 1 Million Blinde oder fast Blinde leben, ein ganz großer Segen war.

(Soweit das Wesentlichste aus dem Arbeitsbericht von Herrn Dr. Jacob.)

7

Abb. 66

Die Nacharbeit

Fräulein Westberg beschreibt, wie sie mit drei blinden Kindern unterwegs ist.

Drei Wochen nach dem Augentag sollten die ersten der 30 zur Operation ausgesuchten Patienten nach Addis Abeba geflogen werden. Es waren drei Kinder, die ich begleiten sollte. Ein merkwürdiger Zug bewegte sich zum Flugplatz. Nur langsam und vorsichtig wurden die Schritte gewählt, denn der zehnjährige Tamasgen konnte nichts sehen. Außerdem war er so schwach und blaß, stark anämisch, daß die Schwestern ihn nicht ziehen lassen wollten. Aber Dr. Jacob in Addis Abeba wartete mit drei freigestellten Betten.

Das zweite Kind war ein zwölfjähriges Mädchen namens Alami, mit einem etwas wilden Haarkranz, aber feinen Gesichtszügen. Es konnte ein wenig sehen, war gefaßt und beinahe etwas beglückt über das neue Erlebnis. Das dritte war ein kleiner vierjähriger Junge mit Namen Olana, der gar nichts sehen konnte. Er hielt sich verzweifelt an seinem Vater fest, der ihn auf den Schultern zum Flugplatz trug. Der Abschiedsschmerz war groß, und dann die Angst im ungewohnten Flugzeug. Wie ein kleines Tierchen klammerte sich der Kleine an mein Bein und empfand jede Schwankung der Maschine stärker als wir Sehenden.

Nach einer Stunde Flug setzte uns der freundliche englische Pilot in der Provinzhauptstadt Jimma nieder. Die Anschlußmaschine nach Addis Abeba aber war weg. So mußte ich mit meinem kleinen Trauerzug in dieser fremden Stadt ein Quartier suchen. Das war nicht so einfach. Als erstes mußte ich versuchen, als Sehende Blindheit empfinden zu lernen, hatte ich doch mit zwei Händen drei Menschen zu führen. Auf jede Bodenschwelle oder Treppenstufe mußte ich aufmerksam machen, an das niedrige Autodach denken und die Hände der Kinder zum Abtasten an Türen, Betten, Stühle und Nachttöpfchen führen, damit sie sich zurechtfinden konnten. Das einzig akzeptable Gasthaus im Ort wollte uns nicht aufnehmen, weil es kein Wasser hatte. Aber wenn man aus dem Inland kommt, ist einem alles gleich und man kann getrost einmal auf solche „Luxusartikel" verzichten.

Jedes bekam sein Nachtlager, doch zuvor stand eine große Schale mit Fladenbrot und heißer Fleischsauce vor den Kindern. Wie würden sie ihr Essen finden? Aber diese Sorge war unnötig. Mit großer Sicherheit ertasteten sie alles und schoben sich die Brotklümpchen in den Mund. Nur das Fleisch mußte ich ihnen zustecken. Während die Großen bald gesättigt waren, hörte der kleine Olana gar nicht wieder auf zu essen. Er hat wohl noch nie so viel Essen für sich alleine haben dürfen. Voll Eifer stand er vor der Brotschale, tastete immer wieder über den Reichtum und stopfte und stopfte. Ich hatte richtig Angst, daß er platzen würde, denn sein Bauch war unheimlich dick geworden. Gesüßten Tee kannten meine Schützlinge nicht, ebensowenig gesüßten Kaffee. Sie verlangten nur nach Wasser. Welch arme Kinder, die nur Wasser zum Trinken kennen!

Operierte Augenpatienten kommen zur Nachbehandlung

8

Abb. 67

Als sie eingeschlafen waren, eilte ich in den Ort, um einige Kleidungsstücke zu kaufen. Im Inland fiel ihre Armseligkeit nicht auf, aber hier drehte sich jeder nach uns um. Das Mädchen trug nur ein Kleid und Höschen. Letzteres ist schon ein seltener Artikel und grenzt an Luxus. Tamasgen hatte so ein dünnes Höschen an, daß er bei seiner Blutarmut entsetzlich klapperte und fror. In der Tasche seines schmutzigen Hemdes barg er seinen ganzen Reichtum: in einen Fetzen geknotet ein 5-Cent-Stück und einen Blechring zum Spielen. Außerdem fand ich 8 Maiskörner, die ihm wohl die Eltern als Wegzehrung mitgegeben hatten. Er hütete seine Schätze und tastete immer wieder ängstlich nach ihnen. Am originellsten sah unser kleiner Olana aus. Er trug über seinem dicken Bäuchlein nur ein dünnes schwarzes Baumwollhemd, passend für einen Vierzehnjährigen, das ihm fast an die Füße reichte. Kein Wunder, daß sich jeder nach uns umgeschaut hatte. Dem konnte bald abgeholfen werden. Ein Strahlen ging über das kleine Gesicht, immer wieder strich er über seine neue Hose. Es war wohl die erste seines Lebens.

Am nächsten Tag saßen wir wieder erwartungsvoll auf dem Flugplatz, aber die Maschine hatte zwei Stunden Verspätung. Die armen Kinder, die nicht herumlaufen, nicht spielen oder sich ablenken konnten, taten mir leid. Tamasgen fragte immer wieder: „Komme ich noch einmal zurück nach Hause?" Da fing auch Olana an zu weinen. Und wie reagierten die Menschen um uns? Alle Äthiopier, ob alt oder jung, zeigten großes Mitleid und fragten nach dem Woher und Wohin, und ob ich die Kinder auch ganz gewiß den Eltern zurückbringen werde. Als ich ihnen von der Christoffel-Blindenmission erzählte, dankten sie mir für diesen Dienst an ihren Kindern. Dieser Dank galt nicht mir, sondern all denen in der Heimat, die diesen Kindern eine solch große Hilfe ermöglicht haben. Das will ich hiermit weitergeben.

Auch eine Amerikanerin wartete auf das Flugzeug und brachte uns spontan eine Handvoll Bonbons und drückte mir einige äthiopische Dollar in die Hand. So verschieden und wohl für ihre Nation typisch reagierten die Menschen.

Endlich wurde die letzte Strecke des Weges mit Flugzeug und Auto zurückgelegt, und ich konnte die Kinder in die neue, staatliche Augenklinik, die einzige und erste in diesem Land, das 23 Millionen Einwohner hat, bringen. Vielleicht hundert Menschen, weiße und braune, warteten auf den Augenarzt. Ich sah wieder einem stundenlangen Warten entgegen. Als aber Dr. Jacob herauskam und uns sah, ließ er alle anderen Patienten stehen und nahm sich gleich meiner kleinen Gesellschaft an. Sie wurden untersucht und erhielten ihr Bett, und damit Geborgenheit für die nächsten zwei Wochen.

Als ich sie tags darauf besuchte, waren sie schon operiert und lagen mit dunklen Augenklappen in ihren Bettchen. Der kleine Olana saß bei Alami und erzählte und erzählte und war völlig verändert. Auch spielte er sofort mit dem kleinen Auto, das ich ihm mitgebracht hatte.

Dann aber mußte ich „meine" Kinder verlassen, sie der Geschicklichkeit des Arztes und der Güte Gottes befehlen und die Rückreise nach Deutschland antreten.

Wie ich später zu meiner großen Freude hörte, konnten alle drei Kinder geheilt und mit wiedergewonnenem Augenlicht glücklich und völlig verwandelt heimkehren. Ich wünsche jedem von uns, daß er einmal eine kleine Wegstrecke mit einem lichtlosen Mitmenschen zurückzulegen hat. Gewiß würden wir dankbarer werden und ihre suchenden Hände nicht wieder loslassen.

Dr. Jacob wird dem Kaiser vorgestellt

Abb. 68

Einige Patientenberichte aus Äthiopien

Zusammengestellt von Missionar Wilh. Waßmann.

Als die nächsten drei unserer Augenkranken nach gelungener Operation hier in Addis auf ihre Heimreise nach Aira warteten, habe ich mich mit Hilfe eines Übersetzers ein wenig mit ihnen unterhalten können. Es handelte sich dieses Mal um zwei Männer und eine Frau. Alle drei sind am Grauen Star operiert worden und waren ganz stolz wegen der Brille, die sie alle drei bekommen hatten.

Herr Lamu Duti ist 70 Jahre alt. Vor ungefähr vier Jahren stellte sich völlige Blindheit bei ihm ein. Bis zu diesem Zeitpunkt hatte er sich noch von einer kleinen Landwirtschaft ernähren können. Er ist alleinstehend. Nun ist er sehr dankbar, daß er durch die Hilfe der Freunde in Deutschland wieder sehen kann. Auf die Frage, ob er nun wieder anfangen wolle zu arbeiten, sagte er nicht viel. Nach langem Zögern erwiderte er dann: „Weil ich so alt bin und niemanden habe, bleibt mir nun wohl trotzdem nichts anderes übrig, als zu betteln. — Aber dennoch bin ich so glücklich, das Licht wieder sehen zu können!" Ich wies ihn auf den hin, auf dessen Gnade und Liebe allein Verlaß ist. —

Frau Ilike Onscho ist 69 Jahre alt. Sie hat ein schweres Leben hinter sich. Nachdem ihr Mann sehr früh verstorben war, starben nacheinander auch noch ihre sechs Kinder, so daß sie schließlich völlig mittellos und ohne Heimat auf das Betteln angewiesen war, weil sich kein Mensch mehr um die arme Frau kümmerte. Jetzt nach der Operation kann sie bereits wieder ein wenig sehen, und das stimmte sie ungemein dankbar. Sie weiß, daß sie in erster Linie dem Herrn zu danken hat, der darauf wartet, daß sie ihr Leben jetzt ganz in seine Nachfolge stellt. —

Herr Weijiza Ateja schien mir der Gerissenste von den dreien gewesen zu sein. Er ist 65 Jahre alt, verheiratet, aber ohne Kinder. Ich wollte ihm das Versprechen abnehmen, daß er nun, nachdem er mit Brille wieder sehen kann, auch seine Frau wieder durch Arbeit (Landwirtschaft) versorgen solle. Er meinte aber, er könne das nicht versprechen, denn er wolle erst mal sehen, ob er wirklich wieder sehen könne. Immerhin sagte er zu, sich künftig mehr zur christlichen Gemeinde seines Heimatortes zu halten. —

Diese, und all die anderen Menschen, die der Finsternis entrissen worden sind, danken den lieben Freunden in Deutschland. Denn nun sind sie nicht mehr auf fremde Hilfe angewiesen, sondern können ihren Weg wieder alleine finden. Daß der Herr, wie Er es schon in manchem Fall getan hat, unseren Augenpatienten auch das innere Auge für Seine Gnade und Sein Heil öffne, ist und bleibt unser großes Anliegen.

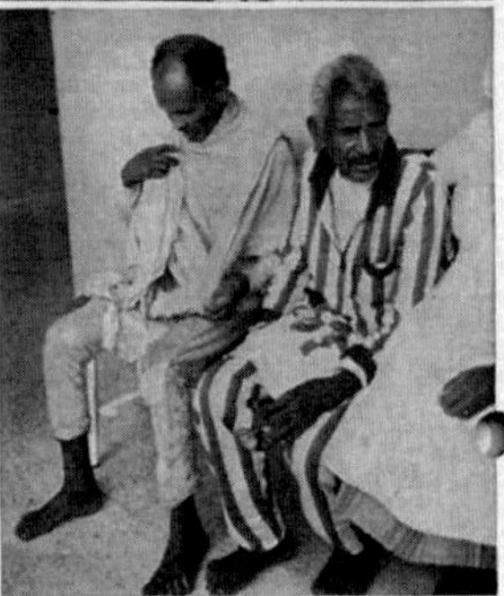

Bilder:

Missionar Waßmann bringt einen Patienten zur Operation in die Augenklinik

Weijiza Ateja und Lamu Duti können wieder sehen

10

Abb. 69

Activity

HILFSWERK aktuell

Hilferuf aus Otjikondo

Der LC Siegen-Rubens hörte ihn – und handelte. Die Activity für eine Schuldorfstiftung im Norden Namibias.

Es berichtet Dr. Klaus H. A. Jacob

Im Frühjahr 1998 war ein Hilferuf aus dem deutschsprachigen Schuldorf Otjikondo in Namibia an Freunde in Siegen und Kreuztal ergangen. Etliche Schulkinder klagten über Sehbeschwerden, was wiederum bedeutete, daß die Beteiligung am Schulunterricht erschwert war.

Der Lions Club Siegen-Rubens sprach sich daraufhin einstimmig dafür aus, diese Hilfe als Activity anzuerkennen und 4000 Mark bereitzustellen.

Vom Hilfswerk der Deutschen Lions und von privater Seite wurde die Spende weiter aufgestockt.

Als besonders hilfreich stellte sich dann auch noch heraus, daß sich LF Dr. Klaus Jacob, Augenarzt im Ruhestand, spontan dazu bereiterklärte, zusammen mit seiner Frau, Hilfe vor Ort zu leisten. Die Reisekosten waren sie bereit, selbst zu tragen.

Die Otjikondo-Schuldorfstiftung in der Nähe von Outji, im Norden des Landes, wurde 1991 mit Unterstützung der deutschen Hanns-Seidel-Stiftung gegründet und aufgebaut. Von Herrn Reiner Stommel, der seit 1951 in Namibia lebt, wurde das Grundstück eingebracht. Es entstand eine renommierte Internatsschule, die zur Zeit von 205 Kindern besucht wird.

Zusammen mit der Missions-Grundschule St. Michael sind es rund 600 Kinder. Beide Schulen werden zusammen vom Ehepaar Stommel verwaltet.

Nach erfolgreichem Abschluß der siebten Klasse können die Kinder eine weiterführende Schule besuchen. Um ihnen aber, in Anbetracht der hohen Arbeitslosigkeit, noch ein zweites Standbein zu sichern, wird auch Werkunterricht erteilt.

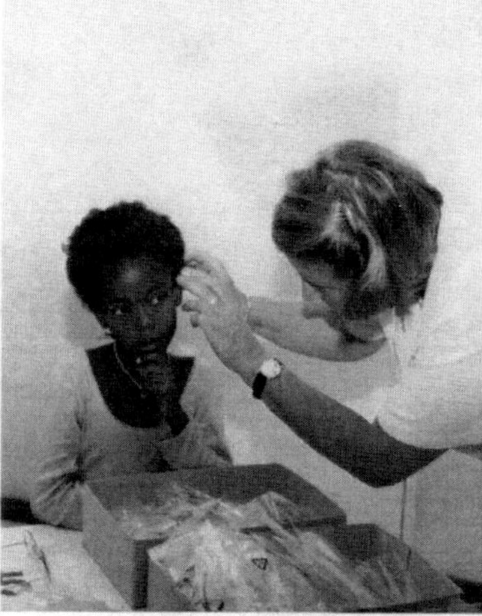

Bei der Behandlung der Schulkinder half auch Frau Jacob mit. Als frühere Mitarbeiterin ihres Mannes kennt sie den augenärztlichen Praxis-Alltag.

Die Ausbildungswerkstatt wurde seinerzeit mit Hilfe des Lions Clubs Mönchengladbach-Rheydt in Höhe einer Spende von 30 000 Mark ermöglicht.

Nachdem die Mittel aus dem Bundesministerium für wirtschaftliche Zusammenarbeit (BMZ) aufgrund der allgemein verschlechterten Finanzlage reduziert werden mußten, flossen auch die Gelder der Hanns-Seidel-Stiftung erheblich spärlicher. Auch eine einmalige Finanzspritze der Deutsch-Namibischen Entwicklungsgesellschaft e. V. konnte an der Bedürftigkeit des Schuldorfes grundsätzlich nichts verändern.

Otjikondo ist weiterhin auf Spenden angewiesen, obwohl auch die Eltern der Schulkinder einen Obolus für Schulgeld aufzubringen haben, sofern sie dazu in der Lage sind. Der Andrang von Schulanfängern ist trotzdem erheblich.

Das Ehepaar Jacob erlebte zufällig solch einen Anmeldetag. Zelte, Autos und Eselskarren nahmen das Schulgelände völlig ein, und es herrschte ein bunter Andrang vor dem Aufnahmebüro. Die Kinder waren herausgeputzt. Mütter erschienen in prächtiger Herero-Tracht.

Viele Eltern sind so arm, daß sie nicht in der Lage sind, das geringe Schuldgeld aufzubringen. Stommels werben deshalb für Patenschaften zu einem Geldbetrag von 150 Mark pro Jahr. Wer darüber näheres erfahren möchte, kann sich bitte an LF Hans Welter vom LC Mönchengladbach-Rheydt wenden. Selbstverständlich gibt es auch eine Spendenquittung.

Inzwischen existieren schon Patenschaften für über 160 Kinder.

Vom 23. bis 29. September wurde die Hilfsaktion verwirklicht.

Wegen der mitgenommenen Apparate, Medikamente, Kleider- und Brillenspenden flog das Ehepaar Jacob mit reichlichem Übergepäck nach Namibia.

LF Dr. Jacob führte in Otjikondo und der benachbarten Missionsgrundschule St. Michaels insgesamt 145 Untersuchungen an Schulkindern – und auch am Schulpersonal – durch. Hinsichtlich ihres Sehver-

26 Lion JANUAR 1999

Abb. 70: Unser erster Arbeitseinsatz in Namibia

Aus dem Distrikt 111-WL

Messung der Sehkraft bei einer namibischen Schülerin. LF Dr. Jacob in seiner Freizeit-Praxis in der Otjikondo-Schuldorfstiftung.

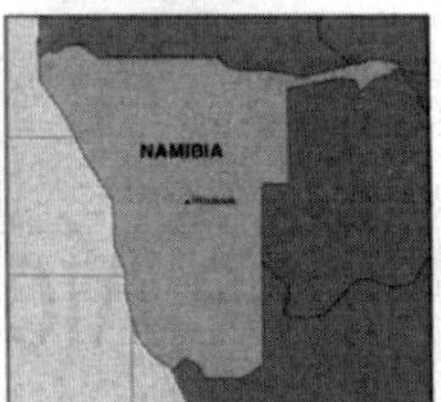

Für 150 Mark pro Jahr können auch Lions mit einer Patenschaft einem Kind in Namibia den Schulbesuch ermöglichen.

mögens auffällige Kinder waren vorher von der Lehrerschaft ausgewählt worden. Die augenärztliche Untersuchung sollte die verminderte Sehschärfe korrigieren und andere Ursachen für vermindertes Sehen abklären.

Von seiner Frau, die auch seine Mitarbeiterin gewesen war, konnte Dr. Jacob dabei tatkräftig unterstützt werden.

Dank einer großzügigen Spende von neuen Brillenfassungen für Kinder und Jugendliche der Firma Krane Optic war es möglich, den Preis für die verordneten Brillen individueller Gläserstärke mit umgerechnet 28 Mark sehr niedrig halten zu können. Insgesamt kam es zu 35 Brillenverordnungen.

Der nächstgelegene Augenoptiker Adam, ein Deutscher, im 130 Kilometer entfernten Otjiwarongo, war in der Lage, die verordneten Brillengläser zügig anzufertigen.

Zwei hochgradig sehschwachen Kindern wurden für den Schulunterricht als Hilfsmittel außerdem je ein Monokular verschrieben, mit dem diese Kinder immerhin das, was an der Wandtafel steht, erkennen können.

Dr. Jacob konnte darüber hinaus an einige Patienten kostenlos Augenmedikamente abgeben, größtenteils aus mitgebrachten Beständen, in einigen Fällen aus den dortigen Apotheken. In den Gesichtern der Schulkinder war deutlich zu lesen, daß sie am liebsten alle eine schöne Brille tragen würden, denn das gilt als ausgesprochen schick.

Sowohl die untersuchten Schulkinder, als auch das Schulleiterehepaar Stommel, waren für die erfolgreich durchgeführte Activity sehr dankbar und würden das Ganze, wenn möglich, in etwa zwei Jahren gern wiederholen lassen.

❖

Wie fast überall in Afrika, ist die Armut der Bevölkerung auch in Namibia, dem ehemaligen Deutsch-Südwestafrika, groß. Trotzdem kann sich dieses Land, dank der bis heute bestehenden wirtschaftlichen Verflechtung mit Südafrika, noch zu den bessergestellten Staaten Afrikas zählen.

Die rund 20 000 deutschstämmigen Einwohner haben eine eigene Zeitung und auch ein eigenes Radioprogramm. Für den Besucher ist nicht zu übersehen, daß die deutschen Namibier einen wichtigen Stabilitätsfaktor für die Wirtschaft des Landes darstellen.

JANUAR 1999  27

Abb. 71

Ärztlicher Lebenslauf, Mitgliedschaften, Kongressteilnahmen

Studium der Humanmedizin ab 1954 an der Martin-Luther-Universität Halle-Wittenberg.

Physikum dort 1956. Ab Januar 1959 Fortsetzung des Studiums in Hamburg.

Famulaturen: Chirurgie und Frauenheilkunde im Kreiskrankenhaus Sassnitz (Rügen), innere Medizin im Krankenhaus Berlin-Friedrichshain, Pathologie an der Universität Halle und Sozialmedizin in Dresden.

Staatsexamen in Hamburg 1960.

Medizinalassistenz in der Universitätsfrauenklinik Hamburg-Eppendorf, Chirurgie im Kreiskrankenhaus Pinneberg, innere Medizin im Krankenhaus Elmshorn, Sozialhygiene am Hygiene-Institut der Universität Hamburg und Augenheilkunde in der Universitätsaugenklinik Hamburg-Eppendorf.

Promotion 1962.
Bestallung als Arzt durch die Gesundheitsbehörde Hamburg 1962.

Anschließend wissenschaftlicher Assistenzarzt, als Beamter auf Widerruf, an der Universitätsaugenklinik Hamburg-Eppendorf.

Anerkennung als Facharzt für Augenheilkunde durch die Ärztekammer Hamburg im Dezember 1965.

Ab Mai 1966 im Rahmen der Deutschen Technischen Entwicklungshilfe GAWI Chefarzt der Augenklinik am Haile-Selassie-Hospital in Addis Abeba (Äthiopien), bis zum April 1970.

Nebenbei ehrenamtlicher Regionalbeauftragter der Christoffel-Blindenmission e.V. für Äthiopien 1969/1970.

Ab April 1970 niedergelassener Augenarzt in Siegen und Belegarzt der Augenabteilung am Evangelischen Jung-Stilling-Krankenhaus in Siegen.
Erteilung der Weiterbildungsberechtigung zum Augenarzt durch die Ärztekammer Westfalen-Lippe 1990.

Seit dem Frühjahr 1998 im Altersruhestand. Danach mehrere ehrenamtliche augenärztliche Einsätze in Namibia.

Mitgliedschaft im Berufsverband der Augenärzte e.V., BVA, in der Deutschen Ophthalmologischen Gesellschaft e.V. DOG bis 1998, in der Deutschen Tropenmedizinischen Gesellschaft e.V. bis 1998, in der Deutsch-Namibischen Entwicklungsgesellschaft e.V. bis 2011, in der Ärztekammer Westfalen-Lippe in Münster, Mitglied im Orbis Aethiopicus e.V., Delegierter des Hilfswerks der Deutschen Lions e.V. seit 2005.

Regelmäßige Teilnahmen an der Essener Fortbildung für Augenärzte EFA, an Fachtagungen in Wiesbaden, an DOG-Tagungen, an europäischen Kongressen in Amsterdam, Mailand, Helsinki, Hamburg, Brighton, Teilnahme an augenärztlichen Weltkongressen in Atlanta, San Francisco, Singapur, Teilnahme am 5. Afro-Asiatischen Augenärztekongress in Tokio, Teilnahme an ophthalmologischen Spezialtagungen in London, Ford Worth/Texas, Bensheim, Oslo, Seefeld/Tirol, Parma, Fachvorträge in Addis Abeba und Tokio.

Kabinettbeauftragter für Projekte der Blindenhilfe „SightFirst/Lichtblicke" des Distriktes Westfalen-Lippe der Lions Clubs International von 2005 bis 2012.

Wurzeln

Jacob

Unsere Jacobs werden in der Mitte des 16. Jahrhunderts erstmalig im Kirchenbuch der Bartholomäuskirche in Treuen im Vogtland erwähnt. Sie waren Bauern. Barthel Jacob, Bauer im hochgelegenen Weiler Eich bei Treuen, muss um das Jahr 1525 geboren sein. Es war die Zeit der Reformation, und die Eintragungen waren in Kirchenbüchern oder sonstigen Registern noch sehr lückenhaft. Es kann also nicht mit letzter Sicherheit belegt werden, ob Barthel wirklich unser leiblicher Vorfahr ist, obwohl es naheliegt. Ganz sicher aber ist ein weiterer Barthel Jacob, geboren 1574, ebenfalls Bauer „uff der Aich", gestorben am 21. Dezember 1648 in Schreiersgrün bei Treuen, lückenlos belegter Vorfahr. Im Jahre 1612 heiratete er in Treuen Anna Wolf „uff der Aich".

Das Vogtland ist eine klimatisch raue Hügellandschaft im Vierländereck Böhmen, Franken, Sachsen und Thüringen. Den heutigen Ortsteil Eich in Treuen besuchte ich im Frühjahr 2002. Er lässt kaum noch irgendetwas Historisches erkennen. Und wenn doch, dann ist es deutlich jünger als aus der Zeit der Jacobs. Die Jacobs blieben aber nicht dort, sondern wanderten allmählich in nordwestlicher Richtung durch das Vogtland.

Carl Friedrich Jacob wurde 1771 in Netzschkau geboren, war Webermeister und ging als junger Mann nach Elsterberg, wo er Johanne Christine Sophie Cuningham heiratete. Dadurch kommt die ursprünglich schottische Linie in unsere Familie. Carl Friedrich wurde Ratsbeisitzer in Elsterberg und starb dort im Jahre1841.

Unsere Jacobs hielten sich im Vogtland runde 350 Jahre auf, über viele Generationen hinweg als Webermeister und „angesehene Bürger". Die letztgenannte Bezeichnung war übrigens ein wichtiges Kriterium für besondere Bürgerrechte. Erst mein Großvater Bernhard August Jacob, Gastwirt, verließ Anfang des 20. Jahrhunderts seine Geburtsstadt Elsterberg und verbrachte sein weiteres Leben in Leipzig. Er war mit 35 Jahren schon Witwer mit drei kleinen Kindern. Mit 42 Jahren heiratete der Großvater im evangelisch-reformierten Dom zu Halle (Saale) seine zweite Frau, Anna Gerstung, meine Großmutter. In Leipzig wurden mein Vater Herbert Willi Jacob am 17. Februar 1908 und auch ich selbst am 11. Januar 1936 geboren.

Schlüter

Die mütterliche Linie Schlüter kommt aus Stolberg im Harz und lässt sich dort bis 1660 zurückverfolgen. Neuere Forschungen durch meinen Schwager und Onkel zweiten Grades Wilhelm Schlüter deuten auf eine ursprüngliche Herkunft aus dem Raume Hameln und Höxter hin. Stammvater Tönis Schlüter stammte aus Löwendorf im heutigen Kreis Höxter. Dessen Enkel Johann David Schlüter, der 1662 in Hameln geboren ist, heiratete 1708 in Stolberg und war Schneider von Beruf. Die in Stolberg nachfolgenden Schlüters waren meist Schmiede. Meine Mutter, Elli Schlüter, wurde am 29. September 1907 in Stolberg geboren. Mit 17 Jahren ging sie als Hausangestellte nach Leipzig-Lindenau. Sie war Halbwaise, weil ihr Vater, Karl Schlüter, 1915 als Soldat in einem Militärlazarett in Kolberg (Pommern) an Typhus gestorben war. Meine Eltern lernten sich in Leipzig im Jahre 1927 kennen. Ihr eigenes Leben hat meine Mutter in einer besonderen Broschüre „Von der Thyra an die Pinnau" geschildert. Ihre letzten guten Jahre erlebte sie bei uns an der Sieg.

Gerstung

Großmutter Anna Elise Gerstung wurde 1872 in Halle (Saale) geboren. Sie entstammte einer Tuchmachersippe aus Vacha in der Rhön und hatte noch drei Brüder und eine Schwester. Ihr Vater Konrad betrieb in Halle eine Tischlerei. Sie selbst war von Beruf Weißnäherin. Alle Gerstungs waren durchweg gut aussehende Personen.

Müller

Meine Großmutter Emilie Luise Auguste Müller, geboren in Stolberg im Jahre 1880, verwitwete Schlüter, verwitwete Reinhardt, starb im Jahre 1954 bei uns in Halle. Der Urgroßvater, Christian Müller, war fürstlicher Forstarbeiter und eine sehr angesehene Person. Auch die Müllers sind seit dem 17. Jahrhundert in Stolberg ansässig. Vom Ahnherrn Hanß Müller, geboren um 1620, ist bekannt, dass er Vogelsteller war.

Klaus H. A. Jacob
Das Reich des Priesterkönigs Johannes – ein Streifzug durch 3.000 Jahre Geschichte Äthiopiens (Stichworte eines Vortrags)

Das Land Äthiopien ist in seinen heutigen Grenzen mehr als dreimal größer als Deutschland.

Einwohnerzahl rund 70 Millionen mit 2,3 Prozent Zuwachs pro Jahr.

„Dach Afrikas" Semiengebirge mit Ras Dashen (4.620 Meter).

Ostafrikanischer Graben mit Afarsenke (–125 Meter).

Baumgrenze bei 3.000 Metern. Im Norden kann bis 4.000 Meter noch Gerste angebaut werden.

Man kann die Geschichte dieses Landes vor über **drei Millionen Jahren** beginnen lassen, denn in der Afarsenke fand man 1974 das Skelett von **Lucy** (die nach ihrer Entdeckung nach dem Song von John Lennon „Lucy in the Sky with Diamonds ..." benannt wurde), einem 1,5 Meter großen weiblichen Australopithecus afarensis, also eines Hominiden. Nach aktuellstem Wissen könnte man sogar noch weiter Jahre zurückgehen, denn kürzlich wurde Lucys Baby gefunden, das sehr gut erhaltene Skelett eines dreijährigen Mädchens. Lucys Baby aber kann es beileibe nicht sein, denn dieser Fund ist 150.000 Jahre älter als Lucy selbst.

Laut **Herodot** bezeichneten die alten Griechen als Äthiopien das Gebiet des heutigen Sudans bis hinein in die Bergwelt des heutigen Äthiopiens. Äthiopien ist griechisch und bedeutet: das Land der verbrannten Gesichter.

Die Äthiopier oder Abessinier, wie sie früher hießen, beginnen ihre eigene Geschichtsbetrachtung etwa um 1.000 v.Chr. Aber auch der legendenhafte Beginn der Geschichte beginnt nicht dort, wo das Volk heute lebt, sondern in Jerusalem. Es handelt sich um die auch bei uns bekannte Geschichte der Begegnung von **König Salomon und Makeda, der Königin von Saba** (1013–982 v.Chr.). Im Koran wird sie Königin Bilkis genannt.

In der Bibel (1. Buch der Könige, 10) wird beschrieben, dass die Königin aus Saba nach Jerusalem kam, um den in der damals bis in die fernsten Weltgegenden berühmten und weisen König Salomon kennen zu lernen und zu prüfen. Salomon war, als Nachkomme Abrahams, Monotheist und Erbauer des Tempels in Jerusalem. Die Königin betete die Sonne an. Die Bibel erwähnt, dass sie 797 Kamelladungen Öl, Edelsteine und 85 Zentner Gold als Gastgeschenk mitbrachte.

Die Äthiopier stützen sich auf diese biblische Begebenheit, über die sie aber offensichtlich noch erheblich mehr zu berichten wissen. Seit dem 13. Jahrhundert gibt es das Buch Kebra Negast, „Ruhm der Könige", die Nibelungensage der Abessinier. Dieser Roman war ursprünglich in Arabisch aufgeschrieben, wurde später in die alte abessinische Amtssprache Ge'ez übersetzt.

Neun Monate nach ihrem Staatsbesuch gebar die Königin von Saba den Sohn Menelik I. (im Koran Ibn al Hakim, Sohn des Weisen). Auf Menelik I. beziehungsweise Salomon führten sich alle nachfolgenden Herrscher Abessiniens zurück.

Menelik kehrte als junger Mann nach Jerusalem zurück. Salomon hatte zwar angeblich tausend Frauen, aber keinen männlichen Nachkommen. Über diesen Besuch war er überglücklich, und er schenkte Menelik sein vollstes Vertrauen. Der aber, als er bemerkte, dass Jerusalem offensichtlich moralisch zerfiel, stahl die Bundeslade Zion vom Berge Sinai aus dem Tempel und brachte sie nach **Axum.** Seitdem versteht sich Abessinien als das eigentliche und wahre Zion.

Bis in das 1. Jahrhundert v.Chr. existierte die **sabäische Kultur** beidseits des Roten Meeres. Das nördliche Äthiopien war im 1. vorchristlichen Jahrtausend eine sabäische Staatskolonie.

Die hellhäutigen semitischen Sabäer vom Ostufer vermischten sich mit den dunkelhäutigen Kuschiten des Westufers, aus denen sich die äthiopischen Amharen entwickelten, der Herrschaftsstamm des Landes. Das Wort Abessinien kommt etymologisch von „Habeshat", einem Stamm, der an der afrikanischen Küste des Roten Meeres lebte und mit den Arabern auf der anderen Seite Handel trieb. Noch heute bedeutet Habesha im Amharischen so viel wie Einheimischer.

Aus der sabäischen Kolonie in Afrika entwickelte sich das Reich Axum, das von 1000 vor bis fast 800 n.Chr. existierte. Es wurde im 1. vorchristlichen Jahrtausend das mächtigste Reich zwischen dem römischen Imperium und Persien und erstreckte sich vom Weißen Nil im heutigen Sudan bis nach Südarabien.

Nach Armenien ist Äthiopien das älteste christliche Land der Welt.

Die **Christianisierung** geschah durch zwei junge syrische Mönche, Frumentius und Aedesius aus Tyros, die sich auf einer Reise nach Indien befunden hatten und auf der Rückreise nach einem Zwischenfall im Roten Meer nach Axum verschlagen worden sind. Durch ihre Klugheit und Fähigkeit beeindruckten sie den königlichen Hof, bekamen administrative Aufgaben übertragen, sorgten dafür, dass christliche Händler ins Land kamen und dass diese auch Versammlungsräume für ihre Gottesdienste bekamen. Nach einem Aufenthalt beim Patriarchen Athanasius in Alexandria kehrte Frumentius als der erste christliche Bischof nach Axum zurück. Unter König Ezana wurde das Land um 330 (!) christlich. Vergleich: Kaiser Diokletian in Rom verbot im Jahre 303 das Christentum als staatsfeindliche Religion.

Im 7. **Jahrhundert** regierte in Axum der christliche König Armah, der den frühen Anhängern des Propheten **Mohammed** Asyl gewährte, weil sie in Arabien verfolgt wurden. Als die arabischen Verfolger den König um Auslieferung dieser Personen baten, hat er der Legende nach geantwortet: *„Wenn ihr mir auch einen Berg von Gold anbötet, so würde ich diese Leute nicht aufgeben, weil sie sich zu mir geflüchtet haben."* König Armah übergab der Umm Habibah eine Mitgift, als sie sich von selbst entschloss nach Arabien zurückzukehren, um dort Mohammeds Frau zu werden. Sie berichtete Mohammed von diesen Dingen und von der Schönheit der Kirche Maria von Zion zu Axum.

Mohammed, als er später von König Armahs Tod erfuhr, betete für dessen Seele, wies seine Krieger an, Abessinien in Frieden zu lassen und mit dem Heiligen Krieg zu verschonen. Einige Jahrhunderte später sollte es aber leider anders kommen.

Im **8. Jahrhundert** kam es zum Niedergang des axumitischen Reiches. In dieser Zeit entstand die neue Sprache Amharisch, die damals noch eine Vulgärsprache war, später und bis heute aber Staatssprache ist.

König Lalibela, 1140–1180, erbaute zwölf monolithische Kirchen in dem später nach ihm benannten Ort. Lalibela wurde als ein zweites Jerusalem geschaffen.

Legende zu seiner Geburt:

„Ruhm Lalibela, dem genialen Erbauer der Tempel
im trockenen Stein, ohne feuchtes Bindemittel.
Die Bienen umschwärmten ihn zu seiner Geburt,
um ihm zu zeigen, wie man richtig regiert,
die Freude der Könige und des Volkes ist wie Honig."

Das 13. Jahrhundert

Dies ist das Jahrhundert der großen Heiligen und einer neuen Christianisierungswelle. Die äthiopische Literatur erlebte eine neue Blüte. Die heutige Liturgie in ihrer dichterisch reichen Form stammt aus jener Zeit. Zahlreiche Marienlegenden wurden aus dem Arabischen übersetzt.

Die bedeutendsten Heiligen Abessiniens damals und heute sind **Tekle Haimanot,** dargestellt mit nur einem Bein und von Engeln (sechs Flügel) gehalten, und Gebre Menfas **Qeddus.**

Letzterer wird ohne Kleidung dargestellt, nur vom eigenen Haarkleid bedeckt. Der Teufel ließ ihm durch zwei Raben die Augen auspicken. Nach 90 Jahren Blindheit, während der er unter wilden Tieren in der Wüste lebte, wurde er wieder durch ein Wunder sehend. Die beiden Heiligen gelten als die Gründer der bedeutenden Klöster Debre Libanos und Zuquala.

Erstmalig taucht diese Figur schon in der Gralssage im 12. Jahrhundert auf. Im mittelalterlichen Abendland sprach man viel über einen legendären christlichen König und Priester aus dem Osten, der die Perser und Meder besiegt habe und Jerusalem wieder von den Heiden befreien wolle. In dem durch Fürstenstreitigkeiten uneinigen Europa tauchten sogenannte „Presbyterbriefe" des Priesters Johannes auf, die sich für eine Theokratie aussprachen.

Im Jahre 1177 richtet Papst Alexander ein Antwortschreiben an ihn, obwohl man zu der Zeit noch gar nicht richtig wusste, wo sich das Reich des Priesters überhaupt befand. Der Brief konnte also nicht zugestellt werden.

Kreuzritter hatten von ihm gehört, und so schrieb der Domherr Otto von Diemeringen aus Metz im frühen 14. Jahrhundert über Indien: „Der Priester Johannes hat 72 Königreiche unter sich, die so große Herren sind, dass jeder von ihnen andere Königreiche unter sich hat. Er hat allezeit zum Weibe die Tochter des Can von Cathay (Anmerkung: = Kaiser von China).Wäre er vielleicht in Indien zu finden?

Auf den ersten Landkarten galt Abessinien als ein Teil Indiens. Im 15. Jahrhundert wird er, der unermesslich reich, persönlich aber in großer Bescheidenheit leben soll, im christlichen Äthiopien in Afrika vermutet. Vasco da Gama, der Afrika, wenn auch nicht als Erster, auf dem Weg nach Indien umsegelte (1497–1499), hatte diese Unternehmung im Auftrage der portugiesischen Krone nicht nur aus wirtschaftlichen Gründen unternommen, sondern auch, um den Priesterkönig Johannes zu finden. Man erhoffte sich einen Verbündeten gegen den mehr und mehr vorherrschenden Islam, vor allem im östlichen Mittelmeerraum.

Anfang des 16. Jahrhunderts schickt die damalige Weltmacht Portugal eine Mission an den kaiserlichen Hof in der äthiopischen Bergwelt, die sich dort für sechs Jahre aufhält, den Gesuchten aber nicht findet.

Fazit: *Es hat ihn nie gegeben, den sagenhaften **Priester Johannes!*** Aber Europa tat sich offenbar schwer mit dieser nüchternen Erkenntnis, sondern hielt ein halbes Jahrtausend an diesem Thema fest.

Die schwerste Zeit der äthiopischen Geschichte ist der **Dreißigjährige Krieg von 1529 bis 1559** mit dem muslimischen Heerführer **Ahmed Granj** (Granj = Linkshänder).

Granj bezog seine Waffen aus Arabien. Viele Klöster, Kirchen und ungezählte wertvolle Manuskripte wurden von ihm verbrannt. In Äthiopien bestand die Gefahr, dass es total muslimisch werden würde.

300 bewaffnete Portugiesen eilten unter Christopher da Gama, Sohn des berühmten Vasco da Gama, zu Hilfe, um den „Priester Johannes" und damit das Christentum in Äthiopien zu retten. Das christliche Königreich war aber inzwischen so geschwächt, dass einige Gebiete verloren blieben. Aber auch im Inneren war das Land ausgelaugt.

Kaiser Susenyos, der unter dem Einfluss portugiesischer, jesuitischer Missionare stand, trat zum Katholizismus über, was wieder einen großen religiösen

Konflikt im Lande provozierte und ihn schließlich den Thron kostete. Sein Sohn **Fasilidas** kam an die Macht, brachte das Land zurück zur Orthodoxie, verjagte die Missionare und gründete die neue Hauptstadt **Gondar.** Diese wurde eine blühende Stadt mit wichtigem Handelsplatz, Burgen und Bädern, deren relativ gut erhaltene Reste heute noch die Bedeutung des Ortes erkennen lassen.

Der Kaiser in Gondar hatte damals keine vollständige zentrale Macht. Die Fürsten hatten in ihren Gebieten eigene Hauptstädte mit eigenen Palästen und Gerichten. Harar als muslimisches Zentrum prägte über Jahrhunderte eigenes Geld. Bürgerkriege zwischen den einzelnen Fürstentümern gab es immer wieder.

Diese ganze Geschichte aber wurde ansonsten in Europa kaum beachtet.

„Auf allen Seiten von Feinden ihrer Religion eingeschlossen, schliefen die Äthiopier fast tausend Jahre. Sie hatten die Welt vergessen, die sie ihrerseits vergessen hatte“ (englischer Historiker Gibbon).

Kaiser **Teodros II.** und General Napier im 19. Jahrhundert
Obwohl auch er behauptete, direkt von Salomon abzustammen, war er „nur“ der Sohn eines Stammeshäuptlings und mit der Herrscherfamilie überhaupt nicht verwandt.

Er wurde 1818 als Kassa Haile Mariam geboren, in einer Gegend, in der christliche und islamische Stämme immer wieder kriegerisch aufeinanderprallten. Er war intelligent, auch äußerlich ein Herrschertyp, sammelte große militärische Erfahrung und war skrupellos, auch gegen Christen, obwohl er sich selbst als Kreuzfahrer gegen den Islam bezeichnete. Noch als er sehr jung war, geriet seine Familie in so große finanzielle Schwierigkeiten, dass seine Mutter den Lebensunterhalt durch Straßenverkauf von Kosso (Hagenia abyssinica), einem giftigen pflanzlichen Taeniacid, bestreiten musste. Diese Tatsache wurde später von seinen Widersachern gern hochgespielt, um ihn zu schwächen.

Kassa wurde zunächst in einem Kloster erzogen. Im Jahre 1840 ereignete sich dort etwas, das sein ganzes Leben beeinflussen sollte. Ein feindlicher Fürst brach bewaffnet in das Kloster ein und richtete ein Blutbad unter den Zöglingen an. Kassa konnte dem Pogrom entfliehen. Er ging zurück in seinen Heimatort und begann sich militärisch zu engagieren. Bald war er schon sehr populär und begann Feldzüge in andere Herrschaftsgebiete, um diese zu unterwerfen. Das gab natürlich weiträumigen Widerstand und es wurden umgekehrt Strafexpeditionen gegen ihn ausgesandt. Einer dieser Feldherren prahlte aufgrund seiner militärischen Zahlenüberlegenheit, dass er mühelos „den Sohn der Kossoverkäuferin" fangen werde. Es kam aber anders. Kassa siegte. Auf dem Siegesbankett musste jener Feldherr eine große Menge Kosso austrinken. Bei seinem schrecklichen Todeskampf durfte jeder zusehen.

Kassa hatte auch danach immer wieder Kämpfe gegen muslimische, ägyptische Truppen zu führen, die er geschickt überstand. Als die Ägypter aber eine junge äthiopische Prinzessin, Tewabetch, entführten und sie dem Harem zuführen wollten, sah Kassa seine große Chance gekommen. Sie war zwar die Tochter eines mit ihm verfeindeten äthiopischen Herrschers, aber er befreite die sehr schöne 15-Jährige und schickte sie zu ihren kaiserlichen Eltern zurück – mit dem Hintergedanken, durch Heirat zum Frieden zu kommen. Diese aber lehnten dankend ab. In einer erneuten Schlacht siegte Kassa gegen die kaiserliche Armee. Er setzte die Eltern ins Gefängnis. Noch im gleichen Jahre heiratete er Tewabetch, die ihn ohnehin liebte, weil er sie seinerzeit befreit hatte. Endlich war Kassa mit dem Herrscherhaus verwandt, was ihm sehr wichtig war.

Im Jahre 1855 wurde Kassa zum Kaiser gekrönt und nahm den Namen Theodros II. (= Tewodros) an.

Nun konnte er auch seine innenpolitischen Pläne verwirklichen. Da war zunächst noch die Vergrößerung des Reiches. Keineswegs war er da zimperlich. Einen Aufstand in der Provinz Wollo schlug er nieder, ließ allen Gefangenen die Hände abhacken und entließ sie. Das allgemeine große Grauen im Lande bewirkte, dass seine kaiserliche Oberhoheit anerkannt wurde.

Er zentralisierte die Steuereinnahmen, schwächte die Justizprivilegien des Hochadels, hob den Sklavenhandel auf und bekämpfte die Polygamie, deswegen auch die eigenen Konkubinen abschaffend. Er verfügte das Recht auf Arbeit, um das enorme Banditentum zu bekämpfen. Dekret: „Auf dass die Bauern auf ihrem Hof, die Kaufleute zum Handel und ein jeder an seine Arbeit zurückkehren möge".

Dazu gibt es eine typische Geschichte. Am Kaiserhof erschien eine Gruppe von Menschen, die erklärte, es falle ihr schwer, die kaiserliche Anordnung auf

Arbeit zu befolgen. Sie hätten nichts gelernt und könnten nur rauben und plündern. Theodros hörte sich das ruhig an und meinte, sie sollten in ein paar Tagen zusammen mit den anderen Banden wiederkommen, dann wolle er ihnen seinen Willen im Hinblick auf eine passende Arbeit kundtun. Sie zogen ab, aber das Gelächter und der Spott am Hofe über den Kaiser waren kaum zu unterdrücken.

Als die Banditen wieder erschienen, in großer Anzahl und auch aus entfernten Gebieten, ließ sie Theodros von seiner Palastwache umzingeln und alle erschießen.

Theodros versuchte sein Land zu modernisieren. Dazu benötigte er Zugang zum Roten Meer, dessen Küste zum Osmanischen Reich gehörte. Mit Hilfe der Engländer hoffte er auf Erfolg. Die Engländer waren aus eigenen strategischen Überlegungen im Nahen Osten bereit, ihn zu unterstützen. Der Kaiser erhielt offiziellen Besuch vom britischen Konsul aus der Hafenstadt Massaua am Roten Meer. Von da an übte eben dieser Brite Plowden auch offiziell die Geschäfte eines Konsuls für Äthiopien aus. Die Briten aber ließen bald ihr Interesse daran mit Rücksicht auf die Türkei als Gegenmacht zu den Aktivitäten Russlands auf dem Balkan fallen. Als Plowden auf einer Reise von äthiopischen Aufständischen erschossen wurde, begannen die ersten Spannungen zwischen Großbritannien und Abessinien (1860). Der Kaiser nahm die veränderte Situation nicht wahr und schrieb sogar einen Brief mit der Bitte um Unterstützung an die Königin Viktoria, auf den er nie eine Antwort erhielt. Ja, der neue britische Konsul erhielt aus London sogar die Anweisung, Abessinien zu verlassen. Tewodros war darüber so erbost, dass er den Briten verhaften ließ (1864). Der Eklat war da!

Mit der Kirche hatte er es auch verdorben, weil er eine größere Kontrolle dieser Institution anstrebte. Es kam zu etlichen Konflikten mit dem Abuna, dem Patriarchen. Der Kaiser beging den Fehler, den Abuna in Ketten zu legen und in der Bergfestung Magdala, seiner Residenz, einzusperren.

Es gab wieder Aufstände. Theodros sah sich in der Lage, so ziemlich gegen jeden kämpfen zu müssen.

Zur Befreiung der englischen Inhaftierten, unter denen auch zwei Deutsche waren, wurde eine bewaffnete Expedition gegen Äthiopien vorbereitet unter General Napier.

Basis der Mobilmachung war Bombay. Im Oktober 1867 gingen 15.000 Mann in Zeila am Roten Meer an Land. Das militärische Übergewicht der Briten war erschreckend für Tewodros. Er zog sich nach Magdala zurück.

Als sich die Briten immer weiter näherten, ließ er alle Gefangenen frei. Zwei Tage später stürmten die Briten die Festung und der Kaiser nahm sich selbst mit einem Pistolenschuss das Leben. Sohn Prinz Alamayehu wurde nach Großbritannien verbracht.

Aber von Kriegen blieb das Land auch weiter nicht verschont. Im Laufe von 3.000 Jahren kommt da allerhand zusammen. 1876 musste eine Schlacht gegen die mit modernsten Waffen ausgerüstete ägyptische Armee geführt werden.

Trotzdem wurden die Ägypter durch geschickte Taktik der Äthiopier geschlagen. Die Schlacht verwandelte sich in ein Gemetzel der in Panik fliehenden ägyptischen Truppen. Der Anführer Mulay Hassan Pascha wurde gefangen genommen und vor den Kaiser gebracht. Der ließ ihm auf den Armen zwei Kreuze einbrennen, damit er diese Niederlage nie vergessen möge. Nach dem letzten Sieg über die Ägypter hatte Abessinien ganze acht Jahre Frieden. Deshalb wurde Yohannes IV. als populärer Friedenskaiser gefeiert. Im Juli 1887 schickte der Kalif Abdulla, der Chef des fundamentalistischen sudanesischen Mahdi-Staates an Kaiser Yohannes einen Brief: *„Wenn Du Dein Kreuz vernichtest und ähnlich wie ich Muslim wirst, dann schließen wir Frieden. Wenn Du außerdem Frieden willst, solltest Du mir alle Gefangenen zurückschicken, die sich in Deinem Lande befinden – Männer und Frauen, alte und junge Sklaven. Dann werde auch ich alle gefangenen Abessinier freilassen. Wenn Du aber ablehnst, erkläre ich Dir den Krieg.*“ In einer erneuten Schlacht erlag Kaiser Yohannes IV. einer Verwundung. Die Truppen des Mahdi erbeuteten seinen Leichnam und schändeten ihn.

Die Schlacht von Adua 1896

Dieses große geschichtliche Ereignis ist für Äthiopien bis heute das, was für uns die Varusschlacht oder der Sieg von Waterloo bedeutet.

Schon seit den 70er Jahren expandierten die Italiener im Bereich des Roten Meeres und bedrohten die Grenzen Äthiopiens. 1885 besetzten sie den noch von Ägypten verwalteten Hafen von Massaua, nachdem sie schon früher den südlicher gelegenen Hafen von Assab in ihre Hände gebracht hatten. Protestnoten aus England, der Türkei und Abessinien blieben unbeachtet und die Lage spitzte sich zu. Nach dem Tode des Kaisers Yohannes IV. konzentrierte sich die Macht um den Negus (König) von Shewa, Menelik II., geboren1844. Er wurde 1889 in der Stadt Entoto, dem heutigen Addis Abeba, zum Kaiser gekrönt.

Am **1. März 1896** kam es im Norden bei Adua zur entscheidenden Schlacht zwischen Äthiopien und Italien. Kaiser Menelik hatte sich aber gut vorbereitet. Durch eine Sondersteuer, zum Beispiel ein Taler für jedes Paar Ochsen, konnte er Waffen im Ausland einkaufen. Die italienische Seite hatte rund 17.000 Mann, Menelik rund 100.000 Mann, allerdings veraltet ausgerüstet gegenüber den Italienern. Es kam trotzdem zu einem spektakulären Sieg der Äthiopier.

Dieser erste große Sieg eines afrikanischen Heeres gegen eine europäische Kolonialmacht fand in ganz Europa ein starkes Echo. Der italienische Ministerpräsident musste abdanken.

Als Heerführer auf äthiopischer Seite hatte sich ein Fürst besonders hervorgetan, Fürst **Makonnen** aus Harar und Cousin Meneliks. Er war der Vater des späteren Kaisers Haile Selassie.

Seit 1905 bestehen reguläre Beziehungen zwischen Deutschland und Äthiopien, deren 100-jähriges Jubiläum gerade gefeiert wurde.

Kaiser Menelik II. starb 1913. Nach einem unruhigen Wechselbad der Machtkämpfe um den Thron kam es 1916 zum Staatsstreich, in dem der Großneffe Meneliks, Ras Tafari Makonnen, Sohn des aus der Schlacht von Adua berühmten Ras Makonnen aus Harar, eine große Rolle spielte.

Er wurde 1930 zum **Kaiser Haile Selassie** gekrönt, als 225. Nachfolger Meneliks I., wie seine salomonidischen Vorgänger auch als der „Löwe von Juda" bezeichnet.

Kaiser Wilhelm II. stiftete übrigens die Krönungskutsche.

Am nächsten geschichtlichen Ereignis kann man erstaunt sehen, wie doch auch Abessinien in die Geschichte unseres Landes hineinspielte und das in unerwarteter Weise.

Am 3. Oktober 1935 begann der größte Kolonialkrieg der europäischen Geschichte, als Mussolini 400.000 Mann gegen Haile Selassie in Äthiopien schickte. Aus äthiopischer Sicht begann schon damals der Zweite Weltkrieg.

Aber des Negus schwarze Krieger trugen Hitlers Waffen – für 400.000 Reichsmark. Von dieser geheimen Waffenspritze Hitlers, die den Abessinienkrieg „unter Feuer" halten sollte, wusste der Duce offenbar nichts. Auch die interessierte Öffentlichkeit erfuhr erst durch die Dissertation von Funke „Kanonen und Sanktionen", Bonn 1969, davon.

Wegen des sogenannten Anschlusses Österreichs und auch wegen des Einmarsches in die entmilitarisierte Zone des Rheinlandes hatte es deutliche Missstimmungen zwischen den beiden befreundeten, aber außenpolitisch rivalisierenden Achsenmächten Italien und Deutschland gegeben. „Deutschland war wegen der NS-Rassenpolitik mehr und mehr international isoliert. Eine demonstrative deutsche Neutralität im sicher bevorstehenden Abessinienkonflikt konnte Hitlers betonte Friedensliebe endlich glaubwürdig erscheinen lassen und damit das Misstrauen im Ausland einschläfern. [...] Aus all diesen Gründen ergab sich für die Reichsregierung die Aufgabe, den Ausbruch des Abessinienkonfliktes zu fördern und seine Dauer möglichst zu verlängern" (Funke), damit das faschistische Italien möglichst stark in Afrika gebunden ist. In Berlin wollte man, trotz aller Freundschaft zu Rom, eine außenpolitische Aufwertung das Duce verhindern.

David Hall

Im Juli 1935, also wenige Monate vor dem Angriff der Italiener, erschien der deutschstämmige abessinische Staatsrat David Hall inkognito beim ehemaligen deutschen Gesandten in Addis Abeba, Herrn Dr. Prüfer, in dessen Wohnung in Berlin. Er bittet um Waffen, da Deutschland wegen der österreichischen Frage an einer Schwächung Italiens interessiert sein müsse. Italien war wegen der Südtirolfrage nervös geworden. Deutschland reagierte auf Halls Vorschlag überraschend positiv und gewährte aus einem Sonderfond des Auswärtigen Amtes Geld für den Waffenkauf. Kanonen der Firma Rheinmetall-Borsig wurden nach Entfernung der Firmenzeichen in Stettin free on board nach Djibouti verschifft.

Ich hatte das Glück, diesen vornehmen alten Herrn Hall noch persönlich kennen zu lernen. Er war eine recht interessante Persönlichkeit. Sein Großvater war 1856 als junger Mann nach Abessinien gekommen. Dort gab er Unterricht und verliebte sich in eine seiner Schülerinnen, die aus einer deutsch-äthiopischen Ehe stammte.

Gegen die militärische Übermacht der Italiener war auf äthiopischer Seite diesmal aber trotz der Hilfe nichts zu machen. Im Mai 1936, drei Tage vor dem italienischen Einmarsch in der Hauptstadt Addis Abeba, ging der ganze kaiserliche Hof nach England ins Exil. Der englische Kreuzer „Enterprise“ nahm sie in Djibouti alle an Bord.

Der Maria-Theresien-Taler galt noch sehr lange als inoffizielles, aber begehrtes Zahlungsmittel in Äthiopien. Die Italiener hatten in Österreich die Prägestöcke für Maria-Theresien-Taler gekauft, um in Äthiopien die Währung zu schädigen.

Unter General Cunningham eroberten die Briten1941 Äthiopien zurück und Haile Selassie zog fast auf den Tag genau nach fünf Jahren wieder in Addis Abeba ein.

Obwohl er die Waffenhilfe der Deutschen nie vergessen hatte und daher weiter große Sympathien für unser Land empfand, wurde er jetzt von England noch dazu gezwungen, Deutschland formal den Krieg zu erklären.

Er revanchierte sich aber in der Weise, dass er 1954 als erstes ausländisches Staatsoberhaupt nach dem Kriege Deutschland besuchte.

Zehn Jahre später erfolgte der Staatsbesuch des deutschen Bundespräsidenten Lübke in Äthiopien. Deutschland engagierte sich sehr stark an der Entwicklung des Landes. Es gab die deutsche Internatsschule mit Abiturabschluss, das Goethe-Institut, zwei Krankenhäuser unter deutscher Leitung, die Kunstakademie, die Schule für Kunstgewerbe, last, not least eine deutsche evangelische Kirche. Später kam noch der Deutsche Entwicklungsdienst (DED) mit zahlreichen Hilfsprojekten auf dem Lande dazu. Ich selbst übernahm 1966 mit zwei Assistenzfachärzten die Augenklinik am Haile-Selassie-Hospital in Addis Abeba.

Es kam damals ein Augenarzt auf 4,5 Millionen Einwohner Auf deutsche Verhältnisse übertragen, würde es bedeuten, dass für ganz Nordrhein-Westfalen nur 4 Augenärzte zur Verfügung stehen. Die offizielle Einweihung der Augenklinik durch den Kaiser erfolgte 1967 mit großem Presserummel.

Wie sehr freundlich, charismatisch und nächstenliebend der „Löwe von Juda“ auch war, das Staatssystem war nicht mehr zeitgemäß. Auf dem Lande herrschte ein Feudalsystem und der Kaiser war nicht in der Lage, die notwendigen Reformen durchzuführen. Äthiopien war immer ein armes Land und ist ein armes

Land geblieben (zurzeit 70 Euro Einkommen pro Kopf und Jahr!!!). Es hat keinerlei Ressourcen. Anfang der 70er Jahre gab es durch mehrjährige Trockenheit eine Hungerkatastrophe. Die von der Sowjetunion und der DDR entscheidend unterstützte Revolution erfolgte 1974 unter dem Massenmörder Mengistu Haile Mariam. Kaiser Haile Selassie starb am 27. August 1975, laut Gerüchten von Mengistu selbst umgebracht. Mengistu lebt jetzt ungeschoren bei seinem ebenso berüchtigten Komplizen Mugabe in Simbabwe.

Das alte Land Abessinien-Äthiopien aber lebt in neuem Gewande weiter, wenngleich sich die Situation dort von Jahr zu Jahr weiter verschlechtert.

Immer noch gibt es die alten Stätten in Axum und die Felsenkirchen aus dem 12. Jahrhundert in Lalibela, die Unmengen Bettler auf den Straßen und die schönen Frauen der Oromo und der Somalier, aus denen gelegentlich viel beachtete Models hervorgehen. Das immer noch sehr arme Land bietet dem Besucher vieles, was es sonst auf der Welt nicht zu sehen gibt. Deshalb sei ein Besuch empfohlen.

Abb. 72: Die Stelen in Axum

Abb. 73: *So stellte man sich den Priesterkönig Johannes vor.*

Abb. 74: *Kaiser Tewodros erschießt sich vor General Napier.*

Abb. 75: Kaiser Menelik II.

Abb. 76: Kaiser Haile Selassie, ermordet 1975

Im Jahre 2004 schickte mir mein Schul- und Studienfreund Peter Bohley, inzwischen Professor emeritus in Tübingen, ein Kapitel aus seinem Buch „Sieben Brüder auf einer fliegenden Schildkröte". Damit dieses amüsant geschriebene, hier zitierte Kapitel besser zu meinem Buch passt, habe ich es etwas gekürzt und in einigen Worten verändert. Der Sinn des Kapitals ist dadurch nicht verändert. Es enthält dichterische Phantasie mit einem wahren Kern.

Victor Klemperer spricht Rimbaud

Die einzige Vorlesung von Victor Klemperer, die ich je in meinem Leben gehört habe, wäre mir gewiss entgangen, wenn Klaus Jacob sich nicht im Herbst 1956 so hoffnungsvoll in Johanna Politz verliebt hätte. Es war für uns Medizinstudenten nicht einfach, neben der Fülle von Fachvorlesungen auch noch zu den Romanisten zu pilgern, kaum jemand tat das. Aber nach dem Physikum hatte ich etwas mehr Zeit als zuvor, obwohl ich mir noch immer das bei uns stets fehlende Geld als Hilfsassistent und durch die schönen Nachhilfestunden hinzuverdienen musste. Klaus musste nichts hinzuverdienen, sein Vater lebte noch und verdiente gut. Aber Klaus hat es geschafft, mich in diese Romanistikvorlesung mitzuschleifen und bis heute bin ich ihm dafür dankbar. Ich begriff zwar später, dass er mehrere gute Gründe hatte, mir diese Wohltat anzutun, aber das schmälert meine Dankbarkeit ihm gegenüber gar nicht.

Klaus kannte ich schon aus der Schule, er war 1950 aus der Sowjetunion mit seinen Eltern zurück in die DDR gekommen und in die neunte Klasse der Thomas-Müntzer-Oberschule eingeschult worden. Sein Vater war Flugzeugkonstrukteur und vor mehreren Jahren von den Russen Hals über Kopf nachts aus Halle nach Podberesje.... bei Moskau transportiert worden, um dort (ebenso wie damals auch Manfred von Ardenne) der „Sowjetmacht beim Flugzeugbau zu helfen", so hieß das jedenfalls offiziell. Weil er viel besser genährt war als wir dürren Kerlchen und weil er so fließend Russisch sprechen konnte, nannten ihn alle Iwan.

Er hat dann ebenso wie ich Medizin studiert und das Physikum 1956 glänzend bestanden.

Er erlebte, wie wir alle, mit großem Erstaunen in der ersten Vorlesung des neuen Pathologieprofessors dessen Bitte an eine schöne junge Frau mit kurzen blonden Haaren, die wir alle bisher nicht gekannt hatten, sie möge doch künftig in seiner Vorlesung immer an eben diesem Platze in der ersten Reihe sitzen, damit er sie stets anreden und ihr in die blauen Augen blicken könne, wenn er für seine Gedankengänge eine Bezugsperson benötige.

Er sagte wirklich „benötige" und erkundigte sich nun sogar noch nach ihrem Namen.

Nein, nicht nur den Nachnamen, er wolle doch auch ihren Vornamen wissen und als sie recht widerwillig dann doch „Johanna" sagte, bat er sie höflich, ob er sie künftig zwar mit „SIE", aber eben auch mit „Johanna" anreden dürfe. „Ja, wenn Sie das auch noch BENÖTIGEN", kam es mit klarer und leicht indignierter Stimme aus Johannas Mund. Alle lachten schallend. Der Professor verhielt sich von nun an regelrecht respektvoll zu Johanna....... …

Sie nahm an allen obligatorischen Veranstaltungen unseres Studiums, also auch am Sport- und Russischunterricht und der „Politischen Ökonomie des Kapitalismus", (Vorlesung und Seminare!) teil. Es wurde oft aufregend, wenn sie knapp und deutlich ihre verfänglichen Fragen an den dümmlichen SED-Genossen zu stellen wagte, der uns über die „absolute Verelendung der Arbeiterklasse im Kapitalismus" belehren sollte.

Besonders aufregend aber war, dass sie fortan zu unserer Spezial-Sportgruppe „Schwimmen" gehörte und dass sie alle Schwimmstile exzellent beherrschte.

Auch Klaus gesellte sich dann bald zu dieser Schwimmgruppe. Er behauptete, Johanna habe so eine prächtige Figur natürlich wegen ihrer Zusatzlebensmittelkarte. Im Stadtbad konnte es jeder sehen, dass er seine Blicke gar nicht von Johanna wenden konnte und demnach sicherlich vollkommen in sie verschossen sein musste.

Auch unser Universitätssportlehrer bemerkte das natürlich, und so trieb er uns alle auf das schwankende Dreimeterbrett und verlangte von uns immer schwierigere Sprünge. Das war tückisch, denn wir alle wussten, wie schwer das vielen anderen werden würde …

„Wer keinen Salto kann, hält wenigstens die Zehen so lange am Brett, bis er beim Fall nach hinten die Uhr voll sieht!" und daran hielten wir alle uns und daran hielt sich auch Klaus und machte seine Sache gut bis auf den knallroten Rücken, mit dem er aus dem Wasser kletterte.

Nun sprach er sie mutig an und fragte sie, ob sie nachher mit ihm zur Klemperer-Vorlesung ins Melanchthonianum käme. „Na dann, bis gleich draußen!", versprach Johanna und verschwand im runden Frauenbad, um sich dort, getrennt von uns, zu duschen, so ist das geordnet im Stadtbad Halle. Wir wussten … von Victor Klemperer, dass er Jude sei und dass er während des Krieges in Dresden nur dank seiner Frau überleben und beim großen Luftangriff aus der brennenden Stadt aufs Land fliehen und sich dort bis zum Kriegsende verstecken konnte. Es gab … auch ein sehr gutes Buch von ihm, nämlich „Lingua Tertii Imperii (LTI)" … Wir drei waren uns einig darüber, dass unsere neuen Machthaber

Klemperers LTI nicht gelesen haben konnten, denn wieder „nahm sich der Staat so wichtig, war er von der Dauer seiner Institutionen so überzeugt, oder wollte davon überzeugen", dass alles, was er anrührte, „historische Bedeutung" hatte. Wieder war „historisch jeder Parteitag, historisch jeder Feiertag jeglicher Art". Wieder spielte das angeblich „Spontane" so eine große Rolle – bis zum vielfach vorher genau geübten „spontanen Durchbruch der Jungen Pioniere mit ihren Blumen durch die Postenkette" bei den vielen „Staatsakten" mit den „hohen Funktionären". Wieder wurden wir mit Fremdworten geprügelt wie mit dem von den „imperialistischen Aggressoren", die „unsere DDR diskriminieren" und ebenso wie viele Nazis sagten etliche der SED-Genossen dazu „diskrimieren". All das hatte Klemperer in der LTI beschrieben und es war tatsächlich auch in der DDR erschienen, wenn auch längst vergriffen und selbst unter guten Freunden schwer auszuleihen.

Klaus wusste auch zu berichten, dass Klemperer ein „ziemlich toller Hecht" sein müsse, denn er habe, sehr bald nach dem Tod seiner ersten Frau, als 71-Jähriger eine damals 26-jährige Studentin geheiratet und das ginge schon seit über fünf Jahren gut. Johanna fand „solchen Klatsch absolut uninteressant" und deshalb schwieg ich über den anderen Klatsch, den wohl nur ich kannte und der es mir schwermachte, Klaus zuliebe überhaupt mit dorthin zu diesem Mann zu gehen.

Klemperer hatte nämlich in seiner Eigenschaft als SED-Genosse und wohl auch als Senior des Universitätssenats kurz vor dem 17. Juni 1953 den Dekan der naturwissenschaftlichen Fakultät, Prof. Gallwitz, einen „staatsfeindlichen Verführer" genannt, obwohl der lediglich seine Kinder gegen die Vorwürfe der SED wegen ihrer Zugehörigkeit zur Jungen Gemeinde in Schutz genommen hatte. Unsere Mutter hatte uns oft von den vielen SED-Bosheiten gegen den aufrechten Gallwitz erzählt, die ihm schwer zugesetzt hatten. Deshalb war ich gegen Klemperer durchaus voreingenommen, obwohl ich andererseits seine LTI mit so viel Gewinn gelesen hatte. Aber ich ging ja Klaus zuliebe zu dieser Vorlesung, und ihm zuliebe schwieg ich also über all meine schweren und vielleicht doch ungerechten Vorurteile.

Der Hörsaal im Melanchthonianum war groß und ziemlich leer, es saßen vielleicht zehn bis fünfzehn Leutchen drin und wir drei erregten als unbekannte Fremdlinge und vielleicht auch wegen Johanna einiges Aufsehen. Wir setzten uns etwas weiter hinten in die uralten Bänke und nahmen Johanna in unsere Mitte. Obwohl wir lange geduscht hatten und obwohl unsere Haare inzwischen fast trocken waren, verbreiteten wir einen intensiven Chlorgestank. Etliche vor uns drehten sich um:

„Kommt ihr aus der Chemie oder aus dem Stadtbad?"

Johanna sagte knapp und trotzig: „Beides!", und nun ließ man uns in Ruhe.

Ein wenig verspätet erschien dann gebückt und tastend ein uraltes Männlein mit starken, buschigen Augenbrauen und schlaffen Hautsäcken unter den Augen, das war der berühmte Victor Klemperer. Seine anfangs schwache und ein wenig brüchige Stimme wurde allmählich immer kräftiger.

Er habe uns leider mitzuteilen, dass es heute in diesem Jahr die letzte Vorlesung sein müsse, weil er „nun vielleicht doch nach Paris reisen dürfe zu so einem europäischen Treffen über die deutsche Frage. Wollen wir hoffen, dass das dann dem Frieden auch irgendwie nützt. Mir nützt es natürlich auch, ich sehe Paris wieder."

Er hatte bisher uns drei, die für ihn fremden Hörer, noch gar nicht bemerkt. Als das kurz darauf geschah, staunte er wohl etwas und er blickte uns recht lange von unten herauf prüfend an und schließlich lächelte er freundlich und ein wenig verlegen. „Ja, und noch etwas: Heute halte ich kein Seminar, ich werde meine Vorlesung mit Rimbaud schließen."

So ganz nebenbei erklärte er uns, dass es einen „wissenschaftlichen Atheismus" nicht geben könne. Er allerdings hielte sich an den alten Franzosen, der statt „Tout est possible pour Dieu" ganz unverschämt behauptet hätte:

„Tout est possible, meme Dieu!"

Das wäre einer der schönen Sätze, mit denen man sowohl die sturen Theisten als auch die sturen Atheisten hinreichend hübsch ärgern könne.

Er sprach frei und er begann mit Rimbauds „Neujahrsgeschenken der Waisen" erst französisch und dann deutsch und mit immer stärkerer Stimme. Rimbaud sei da ja gar keine Waise gewesen, aber er habe sich so empfunden und so ginge es wohl allen Kindern abends im einsamen Bett. Das sei durchaus kein Kitsch, obwohl ja sonst 15-Jährige fast nur Kitsch produzieren würden. Wir sahen uns von der Seite in die Augen und genierten uns, wohl weil wir alle drei an unsere vor sieben, acht Jahren gebastelten Gedichte denken mussten. Klaus wurde richtig rot, Johanna aber schob frech ihre Unterlippe vor. Das sah Klemperer, und es muss ihm wohl gefallen haben, denn von nun an sprach er mehr und mehr zu uns hin. Er versuche sich vorzustellen, bei uns hätte ein junger Bursche mit knapp 16 Jahren den Mut, so einen Hausaufsatz wie „Charles d'Orleans an Louis XI." zu schreiben und sich so wie er für einen Verfemten wie Francois Villon einzusetzen, auch wenn dessen Geschichte sehr lange vor seinen eigenen Lebzeiten stattgefunden hätte. Aber auch eine Jeanne d'Arc sei in Deutschland schwer vorstellbar, oder doch? Und dabei sah er Johanna an, und er wusste doch nicht einmal, wie sie hieß. Und nun wurde Johanna ein wenig rot – immerhin. Dann sprach er „VOYELLES" auswendig und er rief jeden Vokal aus wie ein Marktschreier, ein bisschen peinlich war uns das. Aber er war so ein feiner alter Herr, der durfte das eben. Dann kam wieder sein Blick unter seinen buschigen Augenbrauen zu uns, und er sagte: „Und nun die Übersetzung!" Ich bekam einen Heidenschrecken, weil ich annahm, er würde das nun von uns verlangen. Aber so war es nicht, er hatte uns sicher angesehen, wie wenig wir verstanden hatten, und er selbst übersetzte nun Zeile für Zeile, korrigierte sich ab und zu oder bot Varianten an, es war faszinierend für uns, und die Romanisten kannten das ja längst alles und waren trotzdem begeistert wie wir. Danach sprach er „LE BATEAU IVRE", und hier las er dann eine (seine?) Übersetzung vom Blatt ab: „DAS TRUNKENE SCHIFF".

Dann drehte er sich zu seinen Romanisten und fragte die, ob sie von Baudelaire „Das **schöne** Schiff" kennen würden, und zu seiner sichtlichen Freude tönte es da vielstimmig: „O ja, natürlich von Ihnen!"

„Jetzt kommt was für meine Reise nach Paris, die mache ich nicht alleine", sagte er dann und trug (wieder auswendig!) „Für den Winter geträumt" vor und zum Schluss schloss er seine Augen lange und grinste frech wie ein junger Bursche in sich hinein.

Natürlich hatte er längst bemerkt, dass er uns alle erobert hatte, und als er zum Schluss Rimbauds „LE DORMEUR DU VAL" gesprochen und Zeile für Zeile übersetzt hatte, machte er vor der letzten Zeile eine kleine Pause, sprach über die Schrecken des Krieges und unser aller Hilflosigkeit gegen solche Gewalt und unser aller Pflicht, nie aufzugeben, und dann erst übersetzte er uns die letzte Zeile, die viele der Romanisten wohl längst verstanden hatten, und danach wartete er geduldig sehr lange, bis sich unsere große Bestürzung ein wenig gelegt hatte.

Dann aber verbeugte er sich wie ein großer alter Schauspieler, und das war er ja auch, und er hatte das minutenlange begeisterte Getrampel und Klopfen verdient wie keiner unserer Professoren je zuvor.

Es war fast so, als ob er der Dichter gewesen wäre.

ARTHUR RIMBAUD (20.10.1854–10.11.1891)

DER SCHLÄFER IM TAL

Es ist ein grünes Loch; ein kleiner Bach singt munter,
Der spielerisch das Gras mit Silberfetzen säumt,
Darein die Sonne blitzt vom stolzen Berg herunter:
Es ist ein kleines Tal, in dem's von Strahlen schäumt.

Ein blutjunger Soldat, barhaupt, mit offnem Munde,
Den Nacken eingetaucht ins blaubeblümte Kraut,
Schläft; ausgestreckt und bleich liegt er am Rasengrunde,
Im grünen Bett, von Licht und Wolke übertaut.

Er schläft, die Füße in den Schwerteln. Und er lächelt,
Ein kranker Junge, dem im Schlaf verging sein Harm:
Natur, es ist ihm kalt! Wiege ihn weich und warm!

Die Nase schauert nicht vom Duft, der sie umfächelt;
Die Hände auf der Brust, im Sonnenscheine ruhen
Er still. Zwei Löcher hat er rechts, noch rot von Blut.

(Oktober 1870)

Warum war dies die einzige Vorlesung, die ich von Victor Klemperer gehört habe?

Er hatte mir doch die Tür zu einer ganz anderen Welt weit geöffnet, und die von ihm ausgehende Faszination müsste doch eigentlich noch lange auch in mir wach geblieben sein?

Der Grund dafür ist höchst profan:
Im Mai 1958 wurden auch in der DDR die Lebensmittelkarten endlich abgeschafft.
Nun aber war alles viel teurer, und die Erhöhung meines Stipendiums von 130 Mark auf 140 Mark im Monat glich das gar nicht aus. Also musste ich wieder viel mehr fürs tägliche Geld arbeiten, und so hatte ich viel weniger freie Zeit, und nur deshalb bin ich dann nie mehr in eine Vorlesung von Victor Klemperer gekommen.
Am 11. Februar 1960 ist er in Dresden gestorben.

Klemperer, geboren 1881, stammte aus einer jüdischen Familie und war 1912 zum Protestantismus übergetreten. Dennoch verfolgten ihn die Nazis als „rassischen Juden". 1935 wurde er als Professor an der Technischen Hochschule Dresden entlassen und konnte nur aufgrund der Ehe mit seiner nichtjüdischen Frau Eva überleben. Nach 1945 war er wieder als Professor an den Universitäten Halle, Greifswald und Berlin tätig. (bpb 316).

Literatur zum Thema

Albrecht et al., Die Spezialisten, Berlin 1992

Bock, Übergabe oder Vernichtung, Halle 1993

Bohley, Peter, Sieben Brüder auf einer fliegenden Schildkröte, BoD, ISBN 3833422645*

Brief des Imperial War Museums, London 2009*

Christoffel-Blindenmission im Orient, Bericht Mai/Juni 1970*

Chronik 1946, Chronik-Verlag, Dortmund 1988

Funke, Manfred, Sanktionen und Kanonen. Hitler, Mussolini und der internationale Abessinienkonflikt, Droste-Verlag, 1970

Haberlandt, E., Die Galla Südäthiopiens, Kohlhammer Verlag, 1963

Haberlandt, E., Die Altvölker Südäthiopiens, Kohlhammer Verlag, 1959

Imperial War Museum London, Schreiben, 2008*

Jacob, Klaus, Ferien in Stolberg, Stolberger Geschichte(n), Heft 4/2009 des Stolberger Geschichts- und Traditionsvereins e.V.

Jacob, Klaus, Die Ophthalmologie in Äthiopien, Klin. Mbl. f. Augenheilk., Bd. 150, Heft 5
Jacob, Klaus, Der Starstich in Äthiopien, Klin. Mbl. f. Augenheilk., Bd. 162, Heft 3
Jacob, Klaus, Exkursion zum Rudolfsee, DIE WAAGE Grünenthal, Bd. 10, 1971
Jacob, Klaus, Der Einfluss deutscher Ärzte auf Äthiopiens moderne Medizin, DIE WAAGE Grünenthal, Bd.14, 1973
Jacob, Klaus, Hilferuf aus Otjikondo, Lion, Heft Jan. 1999*
Jacob, Klaus, Das Reich des Priesterkönigs Johannes. Ein Streifzug durch 3.000 Jahre Geschichte Äthiopiens, Kurzfassung eines Vortrages*
Jensen, AD.E., Im Lande des Gada, Strecker und Schröder Verlag, 1936
Knoche, Elisabeth, Mais lacht noch auf dem Feuer, Erlangen 1985
Limonin, W.M., Erinnerungen. Übersetzt von Dieter Scheller, rastor.dubna.ru
Maurer, Our Way to Halle, 2001
Michels, Kuwshinow et al., Deutsche Spezialisten im sowjetischen Russland, 1996
Mick, Forschen für Stalin, Deutsches Museum München, 2000
Rolf, David, Prisoners of the Reich, Germany's Captives 1939–1945, London 1988
Sawjeljew, G.A., Ot Gidro-Samoljotow do Super-sowremennych Raket, Dubna 1999
Schlockwerder, Hans-Christian, in der Festschrift zum 50-jährigen Abiturjubiläum des Thomas-Müntzer-Gymnasiums Halle (Saale), 2004
Schlockwerder, Hans-Christian, Halle hin und zurück, BoD
Schriftenreihe Luftfahrtgeschichte im Land Sachsen-Anhalt, Bd. 3, Dokumentation der 90-jährigen Geschichte der Luftfahrt in der Region Halle (Saale), 1996
Seilkopf, Felix Graf von Luckner, Aus dem Leben des „Seeteufels", Halle 2000
Sparrer, H., Chronik des Deutschen Schachklubs (Podberesje), Skript 1946–1950

* Diese Literaturstellen befinden sich, zum Teil auszugsweise, im Anhang.

Register